O ANJO PERDIDO

JAVIER SIERRA

O ANJO PERDIDO

Tradução
Clene Salles

Planeta

Título original
El ángel perdido

Capa
Adaptada do projeto original

Design de capa
Lucrecia Demestrini / Departamento de design, divisão Editorial do Grupo Planeta Espanha

Infografias de capa
© Roc Canals Photography, © Tim Hawley / Getty Images, RAGA e © Rafa Pérez / Iberfoto.

Diagramação
Osmane Garcia Filho

Preparação
Gabriela Ghetti

Revisão
Beatriz Moreira

Imagens internas
ED (exceto p. 417: Merche Gaspar)
Fac-símile da p. 201: Monas Hieroglyphica, John Dee, Antuérpia, 1564

CIP-BRASIL. CATALOGAÇÃO-NA-FONTE
SINDICATO NACIONAL DOS EDITORES DE LIVROS, RJ

S574a

Sierra, Javier, 1971-
O anjo perdido / Javier Sierra ; tradução Clene Salles. — São Paulo : Planeta, 2011.

Tradução de: El ángel perdido
ISBN 978-85-7665-719-4

1. Ficção espanhola. I. Salles, Clene. II. Título.

11-5310. CDD: 863
CDU: 821.134.2-3
028998

2011

EDITORA PLANETA DO BRASIL
Av. Francisco Matarazzo, 1500
Ed. New York – 3º andar – conjunto 32B
05001-100 – São Paulo – SP – Brasil
www.editoraplaneta.com.br
vendas@editoraplaneta.com.br

A Eva, Martín e Sofia.
Meus anjos da guarda.

... observando os filhos de Deus que as filhas dos homens eram formosas; e tomaram para si mulheres de todas as que escolheram.

Então disse Yahweh: "O meu Espírito não permanecerá para sempre no homem, porquanto ele é carne, mas os seus dias serão cento e vinte anos".

Gênesis 6,2-3

Qui non intelligit, aut taceat, aut discat.

[Quem não entende que se cale
ou que aprenda.]

John Dee (1527-1608)

DOZE HORAS ANTES

A ENORME TELA DE PLASMA do escritório do diretor da Agência Nacional de Segurança se iluminou enquanto suas persianas elétricas escureciam a sala com um suave zumbido. Um homem trajado de modo impecável aguardava atrás de uma mesa de mogno que o todo-poderoso Michael Owen lhe explicasse o motivo de tê-lo feito vir com tanta pressa de Nova York.

— Senhor Allen — pigarreou o enorme negro, cravando seu olhar nele —, eu lhe agradeço que tenha vindo com tanta prontidão.

— Suponho que eu não tivesse outra opção — respondeu o homem.

Nicholas L. Allen era um agente calejado naqueles lances. Ele passara décadas se movendo com razoável agilidade pela selva burocrática de Washington, e era possível contar com os dedos de apenas uma mão as vezes que havia pisado naquele gabinete. Se o diretor Owen havia lhe convocado à sua toca em Fort Meade, Maryland, era porque uma crise estaria se instalando em breve. E daquelas bem grandes. Atender ao chamado rapidamente era o mínimo que ele deveria fazer.

— Você vai entender, coronel Allen — prosseguiu Owen. Enquanto falava, seus olhos encaravam o coronel com seriedade. — Há seis horas, nossa embaixada em Ancara nos enviou um vídeo que desejo lhe mostrar. Eu peço encarecidamente que preste atenção a todos os detalhes e compartilhe suas impressões assim que terminar de vê-lo. Você fará isso, certo?

— Claro, senhor.

Nick Allen havia sido treinado para isso. Para obedecer a seus superiores sem discutir. Possuía o perfil do soldado perfeito: corpo atlético, quase um metro e oitenta e cinco centímetros de altura, rosto quadrado, marcado por uma ou outra feia cicatriz cravada em combate, olhos azuis que podiam mostrar desde a mais infinita bondade até a fúria mais impiedosa. De maneira obediente, ele se reclinou em sua poltrona e aguardou até que as listras multicoloridas da tela desaparecessem para revelar sua primeira imagem.

O que ele viu lhe causou um sobressalto.

Sentado em um quarto com as paredes descascadas e muito manchadas, um homem aguardava com as mãos atadas e a cabeça coberta por um capuz. Alguém o havia vestido com um macacão laranja como aqueles utilizados nas prisões federais dos Estados Unidos. Sem dúvida, os indivíduos que se moviam ao seu redor estavam bem longe de parecer norte-americanos. Allen percebeu que dois, talvez três daqueles homens usando *jellabyia*, as túnicas árabes, escondiam seus rostos por trás de balaclavas negras. "Fronteira entre Turquia e Irã", calculou em silêncio. "Talvez Iraque." As aproximações que a câmera fazia de vez em quando lhe permitiram reconhecer logo em seguida vários grafites escritos em curdo, impressão que se confirmou quando os ouviu falar. O vídeo tinha uma qualidade razoável apesar de ter sido filmado com uma câmera doméstica. Poderia ser de um telefone celular. Outra frase dita por aqueles homens foi o suficiente para identificar sua procedência. "Fronteira com a Armênia", concluiu. Além disso, dois deles carregavam as AK-47 em seus ombros e, no cinto, grandes facas de lâminas curvas típicas da região. Não foi surpresa para ele que a pessoa que operava a câmera fosse a mesma que dirigia a cena. Menos ainda que falasse em inglês com o refém usando o sotaque áspero que tantas vezes havia escutado na região noroeste da Turquia.

Está bem. Agora fale, ordenou.

O prisioneiro estremeceu ao sentir as mãos fortes que o agarravam pelo pescoço e giravam sua cabeça com rudeza em direção à câmera, enquanto lhe arrancavam o capuz.

Fale!

O homem no vídeo titubeou. Tinha um mau aspecto. Barba malfeita. Cabelos desgrenhados e um rosto sujo, abatido e com a pele queimada pelo sol. Nick Allen sentia dificuldades para conseguir vê-lo melhor. A iluminação era pobre. Possivelmente havia apenas uma lâmpada naquele quarto. Mas algo naquele perfil lhe parecia familiar.

Em nome das Forças Populares de Defesa... exijo do governo dos Estados Unidos que pare de apoiar o invasor turco, disse o homem em um inglês perfeito. Uma algazarra de gritos se elevou por trás dele. *Continue, cão infiel!* O pobre homem — que Allen não conseguia identificar, apesar de estar concentrado em cada um de seus gestos — estremeceu. Balançou seu corpo para a frente, mostrando as mãos atadas para a câmera. Tinha vários dedos enegrecidos, talvez congelados, que pareciam se aferrar a um pequeno objeto. Era uma espécie de pingente opaco, de aspecto irregular e pouco atrativo, que fez os olhos de Nick Allen se arregalarem. *Se quiserem me resgatar com vida, façam o que eles estão pedindo*, disse como se uma tristeza infinita houvesse se instalado em sua garganta. *Minha vida... Minha vida vale a saída das tropas da OTAN em um perímetro de duzentos quilômetros ao redor de Ağrı Dağı.*

"Ağrı Dağı? Isso é tudo? Não pedem resgate?"

Allen viu quando os homens que estavam atrás do refém voltaram a soltar seus gritos em curdo. Pareciam muito excitados. Um deles chegou inclusive a tirar sua adaga e a agitá-la ao redor do pescoço do prisioneiro, como se fosse sacrificá-lo ali mesmo.

— E agora, preste muita atenção — sussurrou Owen.

O coronel esfregou o nariz e aguardou que o vídeo avançasse.

Diga seu nome!

A nova ordem do operador da câmera não o surpreendeu. Já havia visto inúmeras cenas como essa para saber o que viria a seguir. Depois de obrigar o refém a identificar sua unidade militar, sua graduação ou sua procedência exata, aproximariam a câmera para que não restasse dúvida alguma sobre sua identidade. Se nesse momento eles não tivessem mais interesse no prisioneiro, o deixariam chorar e se desesperar enquanto se despedia de sua família e, em seguida, o obrigariam a baixar a cabeça para degolá-lo. Os mais afortunados terminariam sua agonia com um tiro de misericórdia. Aqueles que não tivessem essa sorte acabariam perdendo sangue até morrer.

No entanto, aquele homem devia ter um grande valor, devia ser especial. Michael Owen não teria chamado Nick Allen se não fosse assim. Ele era, afinal de contas, um perito em operações especiais. Em seu currículo, figuravam missões de resgate na Líbia, no Uzbequistão e na Armênia, e ele fazia parte da unidade mais discreta da Agência. Era isso que seu diretor queria dele? Que trouxesse aquele homem de volta?

O vídeo rugiu de novo:

Você não me ouviu?, gritou o operador da câmera. *Diga seu nome!*

O prisioneiro levantou os olhos, mostrando manchas arroxeadas debaixo dos olhos e uma testa toda cortada.

Eu me chamo Martin Faber. Sou cientista...

O todo-poderoso Michael Owen parou então o vídeo. Como era esperado, Allen estava mudo de assombro.

— Compreende agora a minha urgência, coronel?

— Martin Faber! — resmungou, movendo sua mandíbula de um lado para o outro sem acreditar. — Sim, claro!

— E isso não é tudo.

Owen ergueu o apontador a laser e traçou um círculo ao redor da imagem congelada daquele indivíduo.

— Você viu o que ele leva nas mãos?

— É... — aquele confiante militar amargou um gesto de profunda inquietude. — É o que eu imagino, senhor?

— É.

Nick Allen apertou os lábios como se não pudesse acreditar naquilo que via. Aproximou-se o máximo que pôde da tela e fixou melhor a sua atenção.

— Se eu não estiver equivocado, senhor, essa é apenas uma das peças de que necessitamos.

Um brilho malévolo relampejou nos olhos daquele enorme gorila que dirigia os desígnios do serviço de inteligência mais poderoso do planeta.

— O senhor tem razão, coronel — sorriu. — A boa notícia é que este documento revela, sem querer, o paradeiro da que falta.

— Verdade?

— Repare bem nisso, por favor.

Michael Owen apontou o controle remoto para a tela e o acionou. A figura abatida de Martin Faber se moveu como que por magia. Seus olhos azuis estavam ainda mais aquosos, como se estivessem a ponto de irromper em lágrimas.

Julia, sussurrou. *Talvez a gente não volte mais a se ver e...*

"Julia?"

Ao apreciar a expressão de satisfação de seu homem mais capacitado, o diretor da Agência Nacional de Segurança sorriu. O vídeo ainda não havia terminado quando sua ordem se fixou no cérebro de seu melhor agente, ocupando o primeiro lugar da sua lista de prioridades:

— Julia Álvarez — completou Owen com a informação que faltava. — Encontre essa mulher, coronel. Imediatamente.

I

POR ALGUMA ESTRANHA RAZÃO, eu tinha a ideia de que no dia em que eu morresse minha alma se desprenderia do corpo e, sem gravidade, ascenderia até as alturas. Eu estava convencida de que uma vez ali, guiada por sua irresistível força de atração, seria arrastada até perto do rosto de Deus e poderia olhar em seus olhos. Nesse momento, eu compreenderia tudo. Meu lugar no Universo, minhas origens. Meu destino e até o porquê de minha percepção das coisas ser tão... singular. Era assim que minha mãe costumava me explicar quando eu lhe perguntava sobre a morte. Inclusive o padre da minha paróquia. Ambos sabiam como tranquilizar minha alma católica. A determinação com que eles defendiam tudo o que tivesse a ver com o lado de lá, com a vida depois da morte ou com as almas no purgatório, era invejável. Agora eu começava a entender o motivo.

Naquela primeira noite de novembro, eu, por acaso, não estava morta. Em vez disso, essa era a imagem exata que eu tinha à minha frente: um semblante gigantesco, sereno, unido a um corpo de quase cinco metros de envergadura que havia cravado seus olhos nos meus enquanto pairava a poucos palmos de meu rosto.

— Não vá ficar até tarde, garota.

Manuel Mira, responsável pela segurança da Catedral de Santiago de Compostela, arrancou-me daquele momento de atordoamento com seus gritos que vinham do andar inferior. Ele havia passado a tarde tentando descobrir como se instalava o equipamento de escalada bem em frente ao severíssimo Cristo em Majestade do Pórtico da Glória, na fachada mais ocidental do templo e, agora que seu turno estava terminando, devia sentir certo remorso por me deixar ali sozinha, à mercê de cordas e ganchos que ele não compreendia.

Na verdade, ele não tinha por que se preocupar. Eu estava em excelente forma física, contava com experiência de sobra em técnicas de escalada e montanhismo, e o alarme que monitorava essa parte da catedral vivia me denunciando há dias, o que me obrigava a descer de meu andaime antes da meia-noite.

— Não é bom trabalhar num lugar tão solitário.

O vigilante se lamentou em voz alta para que assim pudesse ser ouvido por mim lá em cima.

— Pode ir, Manuel. Não vou perder minha alma aqui não — repliquei com um sorriso, sem perder de vista o que estava prestes a fazer.

— Julia, você é quem sabe. Se cair ou se o andaime ceder, ninguém saberá até amanhã às sete. Pense bem.

— Eu vou correr o risco. Isso aqui não é o Everest. E você sabe, eu sempre estou com meu celular!

— Sim, eu sei, claro que sei — resmungou. — Mesmo assim, seja prudente. Boa noite.

Manuel, que deveria ter vinte e cinco ou trinta anos a mais do que eu e era pai de uma garota da minha idade, ajeitou o gorro me avaliando como alguém impossível de se convencer. Ele sabia que, enquanto eu estivesse suspensa na altura do segundo andar, enfronhada no meu macacão branco, com o capacete serigrafado com o logotipo da Fundação Barrié de la Maza, usando óculos de plástico de proteção, uma tiara cheia de luzes ao redor do crânio e um tubo de *nylon* conectado de um lado a um *palmtop*, e pelo outro a uma agulha cravada logo abaixo do lado direito do Cristo, era melhor não me contrariar. O meu trabalho era do tipo que requeria um pulso de cirurgião e uma concentração absoluta.

— Boa noite — respondi, agradecendo-lhe o conselho.

— E tenha cuidado com as almas penadas — acrescentou ele sem nenhuma pitada de humor. — Hoje é noite dos defuntos e eles sempre vagueiam por aqui. Eles gostam desse lugar.

Não pude nem sequer sorrir. Tinha nas mãos um endoscópio de trinta mil euros desenvolvido na Suíça exclusivamente para aquele trabalho. Os mortos, por tudo o que eu podia lembrar e saber, ainda se encontravam bem longe.

Ou, quem sabe, não.

Após meses redigindo informes sobre como conservar a obra mestra do período românico, eu sabia que me encontrava a um passo de poder explicar a deterioração de um dos conjuntos escultóricos mais importantes do mundo. Um monumento que havia emocionado e encantado gerações inteiras, recordando-lhes que depois desta vida nos espera outra e melhor. Não me importava que fosse a noite dos defuntos. De fato, aquela era uma coincidência das mais oportunas. As imagens prestes a serem analisadas estavam há séculos recebendo os peregrinos do Caminho de Santiago, a rota religiosa mais antiga e movimentada da Europa, reavivando sua fé e recordando-lhes que transpassar aquele umbral simbolizava o fim de sua vida pecadora e o início de outra, mais sublime. E daí o seu nome, Pórtico da Glória. Suas mais de duzentas figuras eram, pois, autenticamente imortais. Um exército alheio ao tempo e aos medos dos humanos. Porém, sem explicação, desde o ano 2000 uma estranha enfermidade extraía sua vitalidade. Isaías e Daniel, por exemplo, estavam descascando, e por sua vez alguns daqueles músicos, tocando seus instrumentos um pouco mais acima, ameaçavam se desprender se não os impedíssemos. Anjos trompetistas, personagens do Gênesis, pecadores e condenados mostravam também sinais preocupantes de enegrecimento. Isso sem falar da incontrolável descoloração do conjunto como um todo.

Desde a época das Cruzadas, nenhum ser humano havia examinado aquelas figuras de tão perto e em tanta profundidade como eu. A Fundação Barrié acreditava que estavam sendo atacadas pela umidade ou por bactérias, mas eu não estava tão segura disso. Por isso, fazia horas extras sempre que não havia turistas olhando para mim nem peregrinos reclamando que havíamos ocultado a obra mestra do Caminho por trás de alguns andaimes quase opacos. E, é claro, sem que outros técnicos pudessem questionar as minhas ideias.

Além disso, eu tinha uma razão a mais.

Uma ao meu juízo tão poderosa que não havia feito outra coisa senão me arranjar mais problemas.

Eu era a única da equipe que havia crescido próxima dali, em um povoado da Costa da Morte, e sabia — ou, para ser mais precisa, intuía — que existiam motivos menos mundanos que liquens ou ácidos que estavam fazendo a pedra apodrecer. Diferentemente de meus colegas, eu não deixava que minha formação científica tivesse o poder de impedir que eu considerasse alternativas menos convencionais. Toda vez que me colocava seriamente falando com eles e recorria a conceitos como telurismo, forças da terra ou radiações, vinham para cima e riam de mim. "Não há estudos criteriosos sobre isso", resmungavam. Por sorte, eu não estava só naquela luta. O decano da catedral me apoiava. Era um ancião carrancudo que eu, ao contrário dos demais, adorava. Todos o chamavam de padre Fornés, mas eu preferia usar seu nome de batismo, Benigno. Suponho que eu me divertia bastante com o contraste daquele nome em relação ao seu caráter. Foi ele, de fato, quem sempre me defendeu perante a Fundação e quem me estimulou a prosseguir.

"Cedo ou tarde", ele dizia, "você os salvará desse terror."

"Algum dia", pensava eu.

Já eram vinte para uma da manhã, depois de passar um bom tempo introduzindo o endoscópio em cada uma das nove fendas cartografadas pela nossa equipe, quando o *palmtop* emitiu três apitos agudos anunciando que já estava transmitindo os primeiros dados ao computador que havia instalado em frente ao pórtico. Suspirei aliviada. Se tudo progredisse conforme o previsto, no dia seguinte a Universidade de Santiago processaria meus dados no Departamento de Minerologia da Faculdade de Ciências Geológicas e em questão de trinta e seis horas poderíamos discutir os primeiros resultados.

Cansada, mas cheia de expectativas, eu me desprendi das correias para me certificar de que o envio das leituras do endoscópio havia sido realizado segundo o previsto. Não podia me permitir nenhum tipo de erro. O disco rígido de cinco *terabites* ronronava como um gato satisfeito, preenchendo o recinto com um sonzinho repetitivo que me deixou de bom humor. Em seu interior, com efeito, estavam terminando de se acomodar os perfis microcriptográficos de cada fenda, as análises dos espectrógrafos e até um arquivo de vídeo que documentava cada uma das minhas incursões na pedra. À primeira vista, tudo parecia correto, e assim, com calma e com a satisfação de um trabalho benfeito, comecei a tirar o equipamento de proteção e a arrumar e recolher tudo. Eu precisava de um bom banho, jantar algo quente, hidratar a pele e ler algo que pudesse me distrair.

Eu merecia.

Mas o Destino brinca sempre e tira vantagem... E justo nessa noite ele me preparara algo que eu não esperava. Algo... extraordinário.

Foi ao desconectar as potentes luzes do arco que estava na minha cabeça e retirar o capacete que um movimento incomum ao fundo do templo me causou um sobressalto. Tive a impressão de que, de repente, a atmosfera havia se carregado de eletricidade estática. A nave inteira — com seus noventa e seis metros de largura e suas cento e dezoito sacadas com pilaretes — pareceu se agitar com uma "presença". Meu cérebro tentou racionalizar aquilo. Ao fundo, acreditei ter visto apenas um rápido lampejo. Uma chispa fugaz. Silenciosa. Um brilho que emergiu quase rente ao solo, de aparência inofensiva e que pareceu desfilar até a encruzilhada entre os corredores, a uns dez ou doze metros de onde eu me encontrava.

"Eu não estou só." Foi meu primeiro pensamento. Notei a pulsação do meu corpo se acelerar.

— Olá! Tem alguém aí?

Somente o eco acolheu minhas palavras.

— Alguém está ouvindo? Tem alguém por aí? Olá... Olá!

Silêncio.

Tratei de manter a calma. Conhecia aquele lugar como a palma de minha mão. Sabia para onde deveria correr em caso de urgência. Além disso, eu dispunha de um celular e das chaves de uma das portas que davam para a Praça do Obradoiro. Era impossível que algo mais grave acontecesse comigo. Então, disse a mim mesma que talvez tivesse sido vítima do contraste entre a zona iluminada do laboratório, no lado oeste, e a penumbra que envolvia o resto da catedral. Às vezes, as mudanças de luz provocam este tipo de mal-entendido. Mas também não estava muito convencida não. Aquilo não havia sido um reflexo no sentido estrito do termo. Nem um inseto. Tampouco a brasa de uma tocha se espatifando contra o chão de pedra.

— Olá! Olá!

O silêncio continuou sendo minha única resposta.

Ao escrutinar a nave da catedral, senti-me como se estivesse encarando a bocarra de uma baleia colossal. As luzes de emergência serviam apenas para indicar os acessos a algumas capelas e não davam a ideia das dimensões do monstro. Sem iluminação elétrica, era difícil intuir onde estava o retábulo central. Inclusive o acesso à cripta. E os dourados do altar maior ou o rico busto de madeira policromática do apóstolo Santiago pareciam ter se esfumaçado na escuridão.

"Chamo o Serviço de Emergência da Polícia?", pensei enquanto minhas mãos tremiam procurando o celular no meu bolso. "E se for uma bobagem?"

"E se for uma alma penada?"

Descartei aquela última ideia por achá-la absurda. Minha mente lutava para não conceder ao medo um único centímetro de vantagem. E sem dúvida meu coração batia para lá de acelerado.

Querendo exorcizar aquele formigamento inquietante em meu cérebro, peguei meu agasalho, a bolsa e a tiara de luzes e mergulhei na escuridão até o lugar onde eu acreditava ter visto a luz. "Os fantasmas desaparecem no momento em que os enfrentamos", lembrei-me. E, tremendo de medo, dirigi-me à nave lateral direita do templo em direção ao transepto, rezando para que não tivesse ninguém ali. Quando cheguei, *Deus te salve, Maria*, fui com determinação até a Porta das Pratarias, que a essa hora, claro, estava trancada.

E então eu o vi.

Por pouco, quase bati de frente com ele.

Mesmo o tendo assim tão próximo de mim, duvidei.

— Meu Deus!

Era um indivíduo sem rosto, escondido por uma túnica negra como de monge, que parecia mexer em alguma coisa que acabara de depositar sob o único monumento moderno de toda a catedral: uma escultura de Jesús León Vázquez que representava o *campus stellae* ou o caminho das estrelas. Graças a Deus, sua atitude era fugidia, não agressiva, como se tivesse acabado de cair dentro do templo e não conseguisse saber muito bem onde estava.

Sei que devia sair correndo dali e avisar a polícia, mas por instinto, ou quem sabe porque nossos olhares se cruzaram no último segundo, senti-me impelida a lhe falar:

— O que está fazendo aqui?

A pergunta saiu da minha alma.

— Você não me ouviu? Quem lhe deu permissão para entrar na catedral?

O ladrão — pelo menos era isso que parecia ser — deixou o que estava fazendo sem se alterar pela minha presença. Ouvi no momento em que fechava o zíper de uma bolsa de *nylon*, ao mesmo tempo em que se voltava para mim como se não estivesse preocupado por alguém tê-lo descoberto. O pior: vendo-o agora, estava quase tentada a acreditar que ele havia se agachado ali para me esperar. Infelizmente, a escassa luz ambiente não me ajudou a identificá-lo. Intuí que vestia uma malha escura debaixo da túnica negra e que era um indivíduo forte. Então, o homem disse algo em um idioma que não reconheci e, em seguida, deu um passo à frente murmurando uma pergunta que me desconcertou:

— Ul-á Librez?

— Como?

O "monge" titubeou, talvez avaliando uma forma de deixar sua pergunta mais precisa.

— Ul-ia Alibrez?

Ante minha cara de perplexidade, ele reformulou mais uma vez suas palavras, deixando-as tão compreensíveis quanto surpreendentes:

— Jul-ia Álvarez? É você?

2

FORA DA CATEDRAL CHOVIA PARA VALER. Era *el orballo*. Aquela chuva típica do norte da Espanha que, sem chamar a atenção, vai se infiltrando até ensopar tudo. Os paralelepípedos da Praça do Obradoiro estavam entre suas mais conhecidas vítimas e, a essa hora, eram incapazes de absorver mais água. Por isso, quando um elegante automóvel vermelho-sangue atravessou a esplanada mais célebre da Galícia e estacionou rente à porta do Albergue dos Reis Católicos, levantou uma onda de água que salpicou as paredes do estabelecimento.

Dentro, na recepção, o porteiro do turno da noite deu uma olhadela pela janela que estava mais próxima e desligou o televisor. Chegavam seus últimos clientes. Solícito, colocou o pé na rua justamente no momento em que os sinos da catedral badalavam as doze. Nessa hora, o motorista desligou o motor de seu Mercedes, apagou os faróis e ajustou o horário de seu relógio de pulso como se aquilo fizesse parte de um ritual.

— Chegamos, querida. Compostela.

A mulher que estava ao seu lado soltou o cinto de segurança e abriu a porta. Sentiu-se aliviada ao perceber que o porteiro se aproximava deles levando um enorme guarda-chuva preto.

— Boa noite, senhores — disse em um inglês perfeito. O cheiro da terra úmida inundou o interior impecável do veículo alugado. — Fomos avisados que chegariam tarde.

— Excelente.

— Eu os acompanharei até o hotel. Nós nos incumbiremos de estacionar o carro e levar as bagagens ao seu quarto o mais brevemente possível. — Sorriu. — Deixamos algumas frutas em sua suíte. A cozinha já está fechada.

O homem correu os olhos pela praça vazia. A atmosfera que a pedra proporcionava ao lugar lhe agradava. Era incrível que um espaço limitado como aquele reunisse em harmonia uma catedral com sua fachada barroca, o imóvel do século XV onde ficava sua suíte e um palácio neoclássico como o que tinham à sua frente.

— Diga-me uma coisa, amigo — sussurrou ele quando entregou a chave do Mercedes e uma nota de dez euros. — Eles ainda não terminaram a restauração do Pórtico da Glória?

O porteiro deu uma olhada rápida para a fachada. Ele ficava muito incomodado que os andaimes a enfeassem daquele modo, afugentando os turistas de classe como aqueles dois.

— Sinto muito, senhor, mas receio que não — suspirou. — O jornal disse que nem os técnicos conseguem entrar em acordo sobre o estado de conservação da catedral. Infelizmente, essas obras continuarão por um longo tempo.

— Você acredita nisso? — o hóspede balançou a cabeça incrédulo. — Então, por que fazem turnos de vinte e quatro horas?

O homem falou aquilo depois de ver como as duas colossais janelas que estavam sobre a porta principal da catedral, abaixo da estátua do apóstolo peregrino, irradiavam uma potente luz alaranjada, que oscilava em seu interior com aspecto ameaçador.

O porteiro emudeceu.

Aquilo não parecia luzes da obra. Elas piscavam e emitiam lampejos alaranjados que não pressagiavam algo de bom. Ele devia chamar a polícia. Naquele instante mesmo.

3

— JULIA AL-VAREZ?

Demorei alguns segundos para assumir que aquela espécie de "monge" estava pronunciando meu nome. Era evidente que ele não falava espanhol. E muito menos parecia que soubesse francês ou inglês. Para o cúmulo dos males, meus primeiros esforços para me comunicar por sinais com ele não haviam funcionado. Ignoro o motivo. Chame de instinto. Mas por sua atitude, entre tímida e de aceitação, deduzi que aquele homem se perdera e não pensava em me causar nenhum mal. Não seria a primeira vez que um peregrino ficava trancado na catedral. Alguns deles vinham de países distantes e não eram capazes de entender os cartazes informativos com as instruções dos horários. De vez em quando, um ou dois ficavam rezando na cripta diante das relíquias do apóstolo ou em alguma das vinte e cinco capelas menores e, quando se davam conta, percebiam que tinham ficado presos em seu interior, fora do horário de visita e sem poder sair ou avisar alguém... Até que o alarme soasse.

Sem dúvida, havia algo naquele sujeito que eu não conseguia entender. Sua proximidade era estonteante. Estranha. E me inquietava — e não era pouco — que soubesse meu nome e que o repetisse cada vez que eu lhe fazia uma pergunta.

Quando eu me atrevi a focalizá-lo com minhas luzes, descobri um homem alto e jovem, de tez morena e olhar claro, com aspecto que me lembrava algo oriental, com uma pequena tatuagem em forma de serpente abaixo do olho direito e um gestual de infinita seriedade. Teria mais ou menos a minha estatura e uma compleição física atlética. Eu diria que havia algo de marcial em seu porte. Atraente, inclusive.

— Sinto muito — encolhi meus ombros enquanto terminava de examiná-lo. — Você não pode ficar aqui. Deve ir embora.

Porém, aquelas ordens de nada surtiram efeito, qualquer que fosse.

— Ju-lia Ál-varez? — repetiu pela quarta vez.

Era uma situação embaraçosa. Sem perder a calma, tratei de indicar o caminho que nos levaria ao meu laboratório e dali em diante, com sorte, poderia guiá-lo até a rua. Fiz um gesto indicando que recolhesse suas coisas do chão e me seguisse, mas a única coisa que consegui foi deixá-lo nervoso.

— Vamos! Acompanhe-me! — disse, tomando-o pelo braço.

Foi um erro.

O jovem se sacudiu como se eu o tivesse agredido e se agarrou à sua bolsa negra soltando um grito. Algo que soou como *Amrak!* e que me deixou com os cabelos em pé.

Nesse momento, uma dúvida terrível me tomou de assalto. Será que ele levava algum objeto roubado em sua bolsa? A perspectiva me aterrorizou. Algo valioso? Talvez do tesouro da catedral? E se fosse isso, se esse fosse o caso, como eu deveria proceder?

— Acalme-se. Está tudo bem — disse eu, retirando o celular do bolso e mostrando a ele. — Vou pedir ajuda para que nos tirem daqui. Você me compreende?

O homem conteve a respiração. Parecia um animal encurralado.

— Juli-a Álva-rez...? — ele repetiu.

— Está tudo bem, não vai lhe acontecer nada de mal — eu ignorei sua pergunta. — Vou chamar o número de emergências... Está vendo? Em breve você estará fora daqui.

No entanto, alguns segundos depois e nada do maldito celular estabelecer conexão.

Tentei pela segunda vez. E uma terceira. Em nenhuma das ocasiões consegui algum resultado. Aquele rapaz me observava com rosto assustadiço, abraçado à sua bolsa, mas na quarta tentativa, e sem se mover de onde estava, colocou-a no chão e a apontou para que eu prestasse atenção nela.

— O que é? — perguntei.

E o intruso, que pela segunda vez disse algo que não era meu nome, sorriu antes de articular a resposta mais inoportuna que se poderia esperar. Outro nome. Um que, seguramente, eu conhecia muito bem:

— Mar-tin Faber.

4

SOMENTE A ALGUNS METROS DALI, dois veículos da polícia de Santiago, acompanhados por uma perua da Guarda Civil e um caminhão de bombeiros entravam a toda a velocidade na Quintana de Mortos. Eles haviam subido pela rua Fonseca guiados por outra patrulha que, nesse momento, vigiava a evolução das luzes dentro da catedral. Ao que parece, eles haviam recebido um aviso de incêndio de alguém que telefonara do Albergue dos Reis Católicos e o telefonista da emergência estava se desesperando como um urso que acabara de sair da hibernação.

— Não parece fogo, inspetor Figueiras — mastigou o agente que ficara alguns minutos em frente à Porta das Pratarias, ensopando-se até os ossos sem perder de vista o telhado do templo.

O inspetor, um tipo rude endurecido na luta contra o narcotráfico *en las rías gallegas*, ou seja, na área costeira entre as encostas nos encontros do rio com o mar, olhou-o desconfiado. Havia poucas coisas que o incomodavam mais do que ficar sob um aguaceiro com os óculos cheios de respingos. Ele estava com um humor de cão.

— E como você chegou a essa conclusão?

— Estou há um bom tempo a postos aqui, senhor, e até agora não vi sinais de fumaça. Além disso — acrescentou confidencialmente —, não sinto cheiro de queimado. E, como se sabe, a catedral está cheia de materiais inflamáveis.

— Já notificaram a diocese?

Antonio Figueiras fez aquela observação com desgosto. Ele odiava ter que se ver às voltas com a cúria.

— Sim, senhor. Estão a caminho, mas nos advertiram de que os restauradores costumam fazer horas extras e as luzes podem ser deles. Quer que entremos?

Figueiras titubeou. Se o seu homem tivesse razão e não surgisse outro indício de incêndio além dos brilhos que refletiam de vez em quando nas janelas, uma entrada à força no templo só poderia trazer mais problemas. "Comissário comunista profana a catedral de Santiago." Quase já podia ver a manchete do jornal *La Voz de Galicia* do dia seguinte. Por sorte, antes de tomar sua decisão, um terceiro indivíduo vestido com uniforme azul antichamas se aproximou deles de maneira solícita.

— E como andam as coisas? — Figueiras o recebeu com uma pergunta. — Qual é o parecer dos bombeiros?

— Seu homem tem razão, inspetor. Não parece que seja um incêndio — o suboficial chefe dos bombeiros, um sujeito resoluto, de sobrancelhas espessas e olhar felino, compartilhou seu diagnóstico com profissionalismo. — Os alarmes anti-incêndio não dispararam e nós os revisamos faz apenas um mês.

— E então?

— Certamente se trata de uma falha no fornecimento de energia elétrica. De meia hora para cá, a rede desta zona encontra-se sobrecarregada.

Aquela informação o intrigou.

— Por que ninguém me disse nada sobre isso?

— Pensei que o senhor havia deduzido por si mesmo — disse o bombeiro, sem aspereza, apontando ao redor. — A iluminação da rua já está apagada há um bom tempo, inspetor. Há luz somente naqueles edifícios que contam com um gerador elétrico de emergência, e a catedral é um deles.

Antonio Figueiras retirou os óculos para enxugar as lentes com uma flanela enquanto balbuciava um impropério. Havia vestígios evidentes de que seus dotes de observação estiveram adormecidos. Então levantou a vista, ajustou seus óculos e viu que a praça, de fato, iluminava-se apenas com a luz dos faróis de seus próprios veículos. Não havia uma só luz acesa nas casas vizinhas, e somente junto à torre do relógio emergiam esses desconcertantes lampejos. Careciam de ritmo. Eram quase como relâmpagos em uma tempestade.

— Um apagão geral? — sussurrou.

— É o mais provável.

Apesar da chuva e da falta de visibilidade, Figueiras reconheceu a silhueta de um homem enorme que caminhava com toda a pressa em direção à Porta das Pratarias e se detinha em frente à sua fechadura, como se pretendesse forçá-la.

— Quem é esse? — perguntou o inspetor em voz alta.

O inspetor adjunto Jimenez, que estava a seu lado, sorriu.

— Oh, esse... Eu me esqueci de comentar sobre ele. Chegou esta tarde na delegacia vindo dos Estados Unidos. Veio com uma carta de recomendação. Disse que trabalhava em um caso e que precisava localizar uma mulher que vivia em Santiago.

— E o que ele está fazendo aí?

— Bem... — hesitou. — É que a mulher que ele procura trabalha na Fundação Barrié e esta noite estava em seu turno trabalhando na catedral. Quando soube do fogo, veio atrás de nós.

— E o que ele vai fazer?

Jiménez respondeu o óbvio, com toda a tranquilidade:

— Não está vendo, inspetor? Entrar.

5

— **FIQUEM ONDE ESTÃO** e ponham as mãos para cima!

Aquela frase trovejou nas abóbadas da catedral, fazendo-me perder o equilíbrio. Caí de joelhos, enterrando-os nas duras lajes de mármore ao mesmo tempo em que uma súbita corrente de ar frio percorria a nave.

— Não se mexam! Estou armado!

A voz vinha de algum lugar atrás do intruso de vestimenta negra, como se um novo hóspede houvesse atravessado a Porta das Pratarias e nos mantivesse agora sob sua mira. Não sei o que me alterou mais, se foi aquele grito num inglês perfeito ou o desconcerto em que eu havia mergulhado ao ouvir daquele rapaz que tinha tatuada a maçã do rosto o nome de Martin, meu marido. Não tive tempo de avaliar a situação. Por puro instinto, deixei cair a tiara de luzes e a bolsa, e levei as mãos à cabeça. Ele, em contrapartida, não seguiu o meu exemplo.

Tudo aconteceu muito depressa.

O "monge" deu uma giro sobre si mesmo, livrando-se do hábito que o cobria, e se jogou entre os bancos que estavam à sua direita. Por debaixo da túnica, tal como eu havia intuído, ele vestia uma roupa elástica, daquelas para a prática de esportes, e brandia algo entre as mãos que demorei a reconhecer.

Se sua reação me surpreendeu, não fez menos a silenciosa rajada de impactos que estalaram nos corrimãos dos bancos, bem atrás dele, levantando uma nuvem de serragem.

— Julia Álvarez?

A mesma voz que havia ordenado levantar as mãos pronunciava meu nome. Sua dicção era melhor do que a do "monge". Eu a ouvi às minhas costas, mas estava tão assustada por aquilo que pareciam disparos que demorei em me dar conta de que, nesta noite, todo mundo parecia saber como eu me chamava.

— Deite-se no chão!

Deus.

Caí outra vez sobre o pavimento do transepto. Tudo o que eu consegui fazer foi me arrastar até o único confessionário que se apoiava contra a parede. Três ou quatro trovões retumbaram por toda a catedral, acompanhados por seus respectivos relâmpagos. Mas dessa vez... Eles procediam do rapaz da tatuagem! Ele também estava armado!

Durante alguns segundos, tudo parou.

A catedral sumiu num silêncio mortal. E eu, aterrorizada, permaneci encolhida como um bebê assustado, com o coração a ponto de sair pela boca e sem me atrever sequer a respirar direito. Queria chorar, mas o medo — um terror visceral, torturante, como jamais senti antes — havia se enroscado em minha traqueia, impedindo o choro. O que estava acontecendo ali? O que faziam esses dois estranhos disparando um contra o outro em um templo cheio... Santo Cristo... de obras de arte únicas?

Foi então, ao procurar no teto um ponto de referência que me ajudasse a sair, que vi aquilo. Não era fácil de descrever. Justamente no centro da catedral, estendendo-se como um gás ao longo do cruzeiro e rente à abóbada decorada com o Olho de Deus, uma substância etérea, translúcida como um véu, flutuava a uns vinte metros de altura, desprendendo feixes elétricos de luz de um tom alaranjado. Jamais havia visto algo assim. Nunca. Essa espécie de fumaça se assemelhava a uma nuvem de tempestade que houvesse se empenhado em gravitar sobre a mesmíssima tumba do Apóstolo.

"Martin ficaria encantado se pudesse ver isso", pensei.

Porém, meu instinto de sobrevivência apagou essa ideia da minha mente naquele mesmo instante e se concentrou de novo em sair dali.

Eu ia abandonar meu esconderijo e rastejar até uma coluna de pedra que poderia me proteger melhor quando uma mão enorme pousou nas minhas costas, mantendo meu nariz pregado no chão.

— Senhora Álvarez... Não se mexa! — disse a voz, que agora esmagava minhas costelas.

Fiquei petrificada.

— Eu me chamo Nicholas Allen, senhora. Sou coronel do Exército dos Estados Unidos e vim até aqui para resgatá-la.

Resgatar-me? Eu havia entendido bem?

De repente, eu me dei conta de que o tal Allen é quem havia dado todas as ordens em inglês. Um inglês com leve sotaque sulista. Como o de Martin.

"Martin...!"

Mas antes que eu pudesse pedir-lhe alguma explicação, uma nova chuva de projéteis atravessou a parte superior do confessionário e estralou contra a pedra.

— Esse desgraçado tem uma pistola — lamentou-se em voz baixa o coronel. — Temos que sair daqui. E rápido.

6

O ROSTO ESQUÁLIDO DE Antonio Figueiras empalideceu.

— Isso são disparos? — Ninguém teve como contradizê-lo. — São disparos, cacete!

Os seis agentes de polícia e os dois guardas-civis que o acompanhavam se olharam desconcertados, como se duvidassem de que aquela explosão acústica que havia ecoado pudesse proceder do cano de uma arma de fogo.

— Então esse filho da puta está circulando dentro da catedral e dando tiros! — disse, encarando Jimenez como se ele fosse o verdadeiro responsável por tudo aquilo. Desembainhou sua arma regulamentar, uma Compact Heckler & Koch de nove milímetros que levava dentro do casaco, e acrescentou num tom muito sério:

— É preciso detê-lo agora!

O inspetor-adjunto se encolheu.

— E você vai me dizer já quem é esse cara! — ameaçou Figueiras. — Siga-me!

Quatro homens cumpriram a ordem. Aproximaram-se cautelosos pelo lado direito da Porta das Pratarias, tomando cuidado para que ninguém pudesse vê-los do lado de dentro — porque isso significaria abrir fogo sobre eles. Os três restantes ficaram na retaguarda, vigiando de soslaio a Porta Santa e os acessos laterais do templo. A maldita chuva era tão intensa que apenas se distinguiam os toldos de cor creme da joalheria Otero. Como se não bastasse, a falta de iluminação conferia ao umbral mais antigo da catedral um aspecto perturbador. Sinistro. As cenas do Antigo Testamento em tímpano tampouco pressagiavam algo de bom. Ali estava a imagem da adúltera, famosa entre os peregrinos porque mostra uma mulher suspendendo a cabeça decapitada de seu amante, como advertência da severa justiça divina. A expulsão de Adão e Eva do Paraíso. E nos tímpanos dos arcos brilhavam, úmidas, as trombetas dos anjos do Apocalipse.

— Como esse veado disse que se chamava? — murmurou Figueiras a seu agente enquanto se grudava a uma das colunas estriadas do pórtico.

— Nicholas Allen, inspetor. Ele veio de Washington em um voo particular direto até o aeroporto de Santiago.

— E o deixaram passar pela fronteira com todo esse armamento?

— Parece que sim, chefe.

— Pois bem, não importa que demônio de merda ele seja, você me entendeu? Vá até o rádio e peça reforços. E que mandem uma ambulância... E um helicóptero! Quero que ele pouse na Praça do Obradoiro e feche essa saída. E envie outra unidade à porta norte! Ande com isso! Depressa!

Jimenez se retirou para cumprir as instruções. O plano de Figueiras, caso nada desse errado, era aguardar ali fora até que o americano desse sinal de vida e prendê-lo. E seria melhor se ninguém desse mais um tiro sequer.

Só que isso não aconteceu.

Três golpes ensurdecedores e contundentes os surpreenderam a alguns metros acima deles. Justamente sobre a chamada Fachada do Tesouro, que corre longitudinalmente desde a Porta das Pratarias até a Fonte dos Cavalos, uma janela espatifou-se em mil pedaços, cobrindo-os de vidros quebrados.

— Mas... O quê...?

Figueiras teve tempo apenas para levantar a cabeça. Os estilhaços haviam terminado de desfigurar seu campo de visão, mesmo assim ele contemplou algo que o deixou estupefato: a silhueta de um homem magro, de movimentos acrobáticos, que parecia ter o cabelo preso num rabo de cavalo e segurava algo debaixo do braço, pulava por aquele telhado de quinhentos anos acompanhado por uma estranha nuvem de pó luminoso.

O inspetor, ateu, filho de republicanos e afiliado ao Partido Comunista desde seus dezoito anos, ficou pálido. E das profundezas da sua garganta só pôde sair uma expressão na língua de sua mãe:

— *O demo!*

O demônio.

7

QUANDO FINALMENTE PUS O PÉ FORA da catedral, o que me recebeu foi uma impressionante cortina de água. A tempestade fez a rua sumir em trevas e somente o brilho dos relâmpagos parecia dar volume e contorno às escadarias e às portas das casas próximas. Eu estava um tanto atordoada, com a sensação de ter perdido a audição do meu ouvido esquerdo e incapaz de controlar nas pernas e nos braços alguns espasmos, que por sorte foram desaparecendo logo em seguida. Encharcar-me com a chuva tão de repente me fez sentir bem. Fez lembrar que eu estava viva... Bem, e que ainda poderia acontecer qualquer coisa. Assim, por puro instinto, agarrei-me ao mar de aromas que flutuavam na atmosfera — ao cheiro do musgo, da terra molhada, da lenha nas chaminés. Esses aromas, e o repicar da chuva contra a pedra, fizeram meu ritmo cardíaco reencontrar o compasso, ajudando a me aquecer.

Nem todos tiveram a mesma sorte.

Sem ir muito longe, o homem que me retirou da catedral parecia preso em sua própria fúria. Eu saí primeiro, correndo, e não reparei muito nele, mas pareceu que eu o ouvi discutir com um grupo que, não mais do que alguns instantes depois de ele abandonar a catedral, o repreendia com palavras grosseiras. Em seguida, afastaram-me de seu lado. Dois bombeiros vieram até mim e, por sua vez, não demoraram em me levar até um dos pórticos mais próximos, abrigando-me do aguaceiro e cobrindo-me com uma manta.

— Vejam! — exclamou um deles ao ver como um poste de luz tremeluzia. — A luz voltou!

Extremamente atenciosos, os bombeiros me trouxeram uma cadeira de plástico e me ofereceram uma garrafa d'água, que bebi em grandes goles.

— Não se preocupe, senhora. Você irá se recuperar.

"Me recuperar?"

Seu tom ao dizer aquilo me deu o que pensar. Os últimos sobressaltos, somados às nove horas quase ininterruptas de trabalho daquele dia, deviam ter deixado marcas no meu rosto. Sei que pode parecer frivolidade, mas, por puro instinto, procurei uma superfície que pudesse fazer a vez de um espelho para comprovar os estragos. No fundo, eu estava mesmo querendo ocupar minha mente com algo que não fossem monges, tiros ou nuvens luminosas. E, durante alguns momentos, aquele bálsamo funcionou. A porta toda envidraçada do único café da praça que ainda estava aberto naquela hora me serviu para certificar o lamentável estado em que eu me encontrava. Meu olhar cruzou com o de uma mulher que tinha seu cabelo todo alvoroçado e que parecia completamente fora de lugar. A única coisa que fazia seu cabelo cintilar era aquela condição própria de luz em que se encontrava e seus olhos verdes haviam perdido o brilho, dando lugar a bolsas debaixo deles que de fato me assustaram bastante. "Onde foi parar Julia?", eu disse a mim mesma. O que mais me preocupou, sem dúvida, foi o que não encontrei em meu reflexo. Eu me refiro ao tônus muscular. Devo ter sofrido uma bela pancada, porque a parte superior de minhas costas doía como se eu tivesse caído do andaime.

O andaime... E tinha mais essa!

Cruzei os dedos para que os disparos não o tivessem alcançado. O laboratório estava justamente embaixo dele, com todos os dados de minha exploração no disco rígido.

— A polícia virá falar com você em seguida — anunciou então um dos bombeiros, o mais disposto deles. — Aguarde aqui, por favor.

De fato, após um minuto, um homem vestindo uma capa de chuva bege, com o rosto respingando água, uns atrevidos óculos de armação branca, as lentes embaçadas e com um ar de profunda contrariedade, aproximou-se para me cumprimentar sem vontade. Ele utilizou o lado interno da sua capa de chuva para secar as mãos e me estendeu uma delas com uma estudada formalidade.

— Boa noite, senhora — soltou ele apenas para dar início à conversa. — Sou o inspetor Antonio Figueiras, da polícia de Santiago. A senhora está bem?

Assenti.

— Veja só... — titubeou. — Esta é uma situação um pouco embaraçosa para nós. O homem que a retirou da catedral fala que vocês dois foram vítimas de uma emboscada. Ele nos disse, em um espanhol bem rudimentar, que seu nome é Julia Álvarez. Está correto?

Assenti pela segunda vez. O inspetor continuou:

— Minha obrigação é interrogá-la o quanto antes, mas esse homem, que pertence aos órgãos de segurança dos Estados Unidos, insiste que há algo urgente para comunicar-lhe.

— O coronel?

Figueiras fez uma cara de surpresa, como se não esperasse que eu me referisse a Nicholas Allen por seu cargo. Assim que processou a informação, ele movimentou a cabeça para cima e para baixo.

— Bem, o próprio. Há algum inconveniente em falar com ele primeiro? Se tiver, eu...

— Não, não. Nenhum — atalhei. — Na verdade, eu também tenho algumas perguntas a fazer a ele.

O inspetor o mandou chamar.

Quando vi Nicholas Allen pela primeira vez sob uma luz clara, eu me surpreendi. Era um homem de um metro e oitenta, que beirava uns cinquenta anos e tinha o porte de um perfeito cavalheiro. Seu terno tinha sido arruinado durante a batalha que acabáramos de vivenciar, mas sua gravata de marca e sua camisa engomada ainda guardavam boa parte de seu esplendor original. Allen saiu de um carro estacionado do lado oposto da praça somente quando Figueiras lhe deu permissão para fazê-lo. Trazia uma maleta de couro junto de si e, antes até mesmo de me cumprimentar, pegou outra cadeira, colocou-a ao meu lado e sentou-se.

— Você não sabe como eu me alegro por ter chegado a tempo, senhora Álvarez — disse ele, apertando minhas mãos e, respirando aliviado.

— Nós... nos conhecemos?

O rosto embrutecido do coronel se arqueou desde cima como se pudesse fingir um gesto de felicidade. Na verdade, ele não conseguiu. Em função da curta distância, dava para ver uma desagradável cicatriz que lhe sulcava a testa desde acima do supercílio, perdendo-se por debaixo de uma esplêndida cabeleira que já mostrava alguns fios de cabelos brancos.

— Eu a você, sim — respondeu o coronel. — Fui companheiro de seu marido. Trabalhamos juntos em vários projetos do governo de meu país antes, até mesmo, de vocês se conhecerem. Depois, sei lá... Mais tarde, cada um seguiu seu caminho.

Aquela confissão me pegou desprevenida. Martin nunca havia me falado sobre um cara desse tipo. Por um momento, avaliei se eu poderia desabafar contando sobre o "monge" que havia mencionado o nome de Martin antes que o coronel o espantasse a tiros, mas decidi escutar o que ele tinha a dizer antes de me decidir.

— Tenho que lhe fazer algumas perguntas — anunciou. — Porém, mesmo que dê sua permissão, preferia que mantivéssemos esta conversa sem espectadores.

Allen soltou essa frase olhando de soslaio em direção ao inspetor Figueiras, que se encontrava a poucos metros de nós. Encolhi os ombros.

— Como queira.

— Para que isso aconteça, então, basta que você peça — ele sorriu.

Fiquei em dúvida, mas a curiosidade foi maior. Eu me levantei da cadeira para solicitar ao inspetor com aspecto desajeitado que nos concedesse algum tempo a sós. E mesmo que eu tenha notado que aquilo lhe caiu como uma úlcera no estômago, o inspetor concordou, levando seu celular ao ouvido e fazendo de conta que não se importava.

— Obrigado — sussurrou o coronel.

Nós nos refugiamos dentro do café La Quintana, que ainda estava se recuperando do apagão. A cafeteira rugia por detrás de um balcão, fazendo um barulho ensurdecedor. Estavam a ponto de fechar e seu único atendente corria atarefado a fim de colocar tudo em ordem para o dia seguinte. Vendo que teríamos um pouco mais de tempo, acomodamo-nos em uma mesa ao fundo do café.

— Julia... — sua maneira de começar a conversa soou como uma sondagem. — Sei que você e Martin se conheceram no ano 2000, quando ele fez o Caminho de Santiago de Compostela. Sei que ele deixou tudo por você. Seu trabalho, seus pais. E também que vocês se casaram próximo de Londres e...

— Espere um momento — eu o detive. — Você vai me falar sobre Martin depois de tudo isso que acaba de acontecer?

— Sim. Estou aqui por causa dele. E esse homem do qual acabei de lhe salvar, também.

— O que você está querendo dizer?

— Deixe que eu faça as perguntas, eu lhe peço encarecidamente.

Aceitei surpresa enquanto nos serviam duas xícaras de café.

— Diga-me — prosseguiu Allen. — Quanto tempo faz que você não vê seu marido?

— Um mês mais ou menos.

— Um mês? Tudo isso?

— Isso não lhe diz respeito, não acha? — reagi com mau humor.

— Não, não! Claro! Eu compreendo, claro!

Então, acrescentei algo para não parecer tão ríspida:

— Na última vez em que falei com ele, Martin estava em uma zona montanhosa da Turquia recolhendo dados para um estudo científico sobre as mudanças climáticas.

— Em Ararat, certo?

Sua precisão me deixou aturdida.

— Mas como você sabe disso?

— Sei de mais coisas, senhora — ele disse retirando de sua maleta um iPad, que colocou bem na frente de meus olhos. A tela se iluminou no ato. — Seu marido está em sérios problemas, ele corre grande perigo. Martin foi sequestrado.

8

— E O QUE VOCÊ ESTÁ ESPERANDO? Envie-me essa informação imediatamente!

O inspetor Figueiras não era um homem que fica de braços cruzados à espera de algo. Cortou aquele chamado aprisionado por sua própria impaciência. Já era suficiente que um estrangeiro estivesse interrogando a única testemunha daquele tiroteio na catedral como forma de lhe conceder mais vantagem sobre aquele incidente. Um indigesto intercâmbio de impressões com o decano, enquanto examinavam os estragos nas peças sagradas do templo e seus homens recolhiam os primeiros cartuchos vazios das balas, havia servido para lhe dar uma ideia de quem se tratava essa Julia Álvarez. O padre Fornés a descreveu como uma mulher tenaz, talvez até mais do que o necessário, pouco inclinada a se submeter à disciplina eclesiástica e, em sua opinião, um pouco contaminada pelas ideias pagãs. "Celtas, Nova Era e esse tipo de coisas", explicou, revelando confidências de uma forma não autorizada. Figueiras não se importou muito com isso. "Mas ela é a melhor em seu trabalho. Estou certo de que um dia desses da vida ela nos fará uma surpresa, com alguma descoberta transcendental. Julia salvará o Pórtico de sua deterioração. Você verá", acrescentou.

No meio de todo aquele falatório houve, não obstante, um detalhe que o surpreendeu de verdade: segundo o decano, Julia Álvarez estava casada com um norte-americano.

Por isso ele havia telefonado à delegacia e pedido que o abastecessem com tudo o que soubessem sobre aquele casal.

Figueiras estava absorto na frente do computador do seu carro patrulha quando sentiu que o ar estremecia à sua volta. As pás de um helicóptero sacudiram a turva atmosfera daquele lugar, fazendo tremer até os paralelepípedos da praça. Ele havia quase se esquecido de sua ordem e temia o risco que era, com aquela chuva, seu único aparelho se atrever a sobrevoar a cidade. Mas nem sequer teve tempo de se arrepender. Outra ligação telefônica o distraiu.

— Figueiras falando.

— Inspetor? — era a voz do delegado-geral.

— Sim, pode falar.

— Já está pronto o relatório com as informações solicitadas. Em primeiro lugar, não há nenhuma ficha aberta com o nome de Julia Álvarez. Ela não tem antecedentes, nem sequer uma multa de trânsito, nada. O que sabemos com certeza é que se trata de uma doutora em História da Arte e autora de um livro sobre o Caminho de Santiago, *La vía iniciática*. Um tanto esotérico para o meu gosto. E temos só um pouco mais que isso.

— Como conseguiu? Jogou no Google?

— Tenha mais cuidado com o que diz, inspetor — ordenou o seu delegado-chefe, bastante irritado.

— Tem razão — ofegou. — Perdoe-me. Continue, por favor.

— O que chama muito mais a atenção, em contrapartida, é o marido dela.

— Imagino.

— Martin Faber é climatologista. E dos melhores, Figueiras. De fato, ninguém tem como explicar o que o faz viver aqui. Em 2006, ele publicou um trabalho sobre o degelo das neves perpétuas das principais montanhas europeias e asiáticas, o que lhe valeu inclusive um prêmio da Organização das Nações Unidas. Parece que suas previsões estão se cumprindo à risca. Ele tem um prestígio impressionante. O mais curioso, inspetor, é que... Bem, parece que ele se formou em Harvard e foi recrutado pela Agência Nacional de Segurança dos Estados Unidos, onde trabalhou até que se casou com Julia e veio viver aqui com ela.

— O marido é um espião?

— Tecnicamente, sim — a voz do delegado ficou mais baixa. — O problema é que o resto do seu perfil é restrito, ou seja, secreto.

— Que ótimo.

Os pequenos olhos cheios de vivacidade do inspetor brilharam por trás dos óculos de armação branca. Parecia uma estranha coincidência que o homem que estava interrogando sua testemunha e o marido dela tivessem trabalhado para a mesma agência de inteligência. "Isso aqui cheira a problema, e dos grandes!", conjecturou o policial.

— Nós temos a data de quando se casaram, delegado?

— Ainda não consegui encontrar esse dado no Cartório de Registros Civis. Entretanto, ao fazer uma consulta ao arquivo de cidadãos dos Estados Unidos residentes na Espanha, verificamos que parece terem se casado na Grã-Bretanha. E sabe o que mais? Temos um dado muito curioso num dos arquivos da alfândega...

— Vamos, delegado! Não faça suspense.

— Aparentemente, o casal Faber viveu durante um ano em Londres, dedicando-se a algo que parece bem distante da formação de ambos. Eles se tornaram negociantes de antiguidades. Mas, ao se mudarem para cá trazendo seus pertences, venderam tudo. Tudo, menos duas pedras da era isabelina que declararam ser herança de família.

— Duas pedras?

— Dois talismãs antigos, bem velhos. Estranho, não é verdade?

9

AS IMAGENS QUE COMEÇARAM a desfilar diante de meus olhos eram irreais. Pareciam tiradas de um telejornal ou, ainda pior, de um filme horrível sobre a guerra no Golfo. Na verdade, eu deveria ter desviado minha visão daquele dispositivo e não ver nada daquilo, porque reconheci no ato o homem vestido com farrapos de cor laranja que ocupava o centro da tela. Santo Deus. Ao identificar seus traços faciais angulosos, o perfil da sua cabeça, suas grandes e fortes mãos atadas e aquele gesto de contrariedade que ele manifestava a cada vez que as coisas não saíam como ele queria, soube que não estava preparada para assistir a mais nada.

— O que... O que é isso? — vacilei.

O coronel Allen parou o vídeo.

— É uma prova de vida, senhora Álvarez. Foi obtida na semana passada em um lugar indeterminado de uma província turca ao nordeste da Anatólia. Como vê, ela mostra...

— Mostra meu marido, já sei, já o vi — atalhei, enquanto um nó de excitação misturada com angústia se instalava em minha garganta. Eu comecei a dar voltas na minha aliança de ouro e estava prestes a explodir em lágrimas. — Mas... Como é possível? Quem o sequestrou? Por quê? O que querem dele?

— Acalme-se, eu lhe imploro, por favor, acalme-se.

— Me acalmar!? — bufei. — Como você quer que eu me acalme!?

O atendente do café La Quintana deu uma olhadela de esguelha para a mesa onde estávamos sentados quando percebeu que eu acabara de perder o controle e me viu com os nervos à flor da pele. Eu disse aquilo gritando de raiva, com os olhos empapados de lágrimas e o peito encolhido por falta de ar. Tomando as minhas mãos, o coronel olhou para elas mostrando expressões ambíguas, talvez ele estivesse indeciso em não meter o nariz onde não devia ou soltá-las porque não havia nada de errado com elas, o fato é que ele se retirou e se deslocou para o outro extremo do local.

Retomando o ponto, Allen voltou a se concentrar em mim.

— Eu responderei às suas perguntas todas, uma a uma, senhora Faber. Pelo menos, até onde eu e o meu governo pudermos. Mas, em troca, preciso que, por favor, me ajude com as minhas. A senhora compreende?

Não consegui responder. Podia apenas afastar meu olhar da imagem congelada de Martin. Ele estava quase irreconhecível. Com a barba por fazer de muitos dias, o cabelo num estado desastroso e sua pele cheia de erupções. Um mar de remorso tomou conta de mim e começou a me torturar. Como eu pude ter sido tão estúpida? Por que eu o deixara ir sozinho naquela viagem? As lembranças da nossa última discussão começaram a relampejar de forma fugaz em minha memória. Ela aconteceu um pouco antes que Martin embarcasse em seu voo para Van, não muito longe de Ararat. Joguei na sua cara que ele passara cinco anos me usando em seus experimentos e jurei de pés juntos que não participaria de mais nenhum sequer. "Nem por amor?", perguntou ele, surpreso com meu estado colérico. "É claro que não!" Agora, eu começava a lamentar meu gênio. Será que eu teria colaborado para levá-lo a essa situação?

— A primeira coisa que você deve saber é que um grupo terrorista já assumiu o sequestro dele — disse Allen, alheio às minhas críticas. — É o Partido dos Trabalhadores do Curdistão, uma facção política ilegal com inspiração marxista que confronta as autoridades turcas há décadas. A boa notícia — sorriu — é que eles têm um longo histórico de sequestros de alpinistas e a maioria deles é libertada. Mas a notícia não tão boa, senhora, é que nesse incidente eles agiram com uma impecabilidade assombrosa. Não deixaram pistas da ação. De fato, nem sequer nossos satélites têm sido capazes de encontrá-los.

— Saté... satélites? — balbuciei, tentando afogar um soluço, e cada vez mais incrédula.

— Meu governo considera a senhora como último recurso — o coronel recuperou o sorriso levemente. — Antes de seu marido a conhecer, ele trabalhava em projetos importantes para nosso país. Ele sabe de informações delicadas que não podem cair de forma alguma em mãos como essas. Por isso estou aqui. Para ajudá-la a encontrá-lo, mas também para que nos ajude. Você me compreende?

— Não... Não estou certa disso.

Outra avalanche de ideias apressadas caiu sobre minha cabeça. Martin nunca fora explícito comigo com relação ao seu tempo em Washington. Apenas mencionava essa sua etapa de vida por alto. Era como se houvesse alguma coisa nela que lhe causasse desgosto. Sabe, como falar de ex-namoradas a uma esposa, algo que não é agradável de mencionar.

Nicholas Allen deu uma guinada na conversa que, para variar, deixou-me mais perplexa ainda.

— Eu lhe peço encarecidamente, senhora, que termine de ver o vídeo.

— O quê?

— Não estou insistindo nisso para atormentá-la, creia, mas apenas para que nos ajude a interpretar uma mensagem que seu marido lhe enviou.

— Para mim? Nesse vídeo?

Uma ligeira tremedeira voltou a apoderar-se das minhas mãos.

— Sim, para a senhora. Não quer vê-la?

A tela do aparelho voltou a relampejar, enchendo o ambiente daquela cafeteria de tons azulados. O coronel Allen acionou o botão "avançar" até que a gravação chegasse ao sétimo minuto. Apertei o meu estômago com as duas mãos, como se isso fosse ajudar a controlar minhas emoções. O contraste da imagem estava no nível máximo. Ao retomar a visão do rosto abatido de meu marido, estático, preparei-me para o pior.

A primeira coisa que ouvi foi a voz de um homem falando um inglês com um sotaque endurecido.

"Diga o seu nome!"

O tom de voz era irascível e vinha de alguém que não aparecia na tela do vídeo.

"Não me ouviu?", insistiu. "Diga seu nome!"

Martin ergueu o olhar como se, por fim, tivesse escutado.

"Eu me chamo Martin Faber. Sou cientista..."

"Tem alguma mensagem para enviar a seus entes queridos?"

Meu marido assentiu. Seu interlocutor continuava pronunciando a letra "H" aspiradas e a letra "s" como se fosse um russo recém-saído do filme *Caçada ao outubro vermelho*. Martin voltou a fixar seu olhar na câmera e, como se aquele instante tivesse sido gravado somente para que eu o visse, falou:

"Julia. Talvez nós não nos vejamos novamente... Se eu não conseguir sair dessa, quero que você se lembre de mim como um homem feliz que encontrou seu complemento ao seu lado..."

Uma lágrima furtiva rolou pela maçã do meu rosto. Eu o vi empunhar em suas mãos a prova de nosso amor. O objeto pelo qual nossas vidas haviam adquirido um — ao menos para mim — inesperado sentido. E com a voz trêmula, entre pequenas interferências de som, ele continuou:

"... Se o tempo for dilapidado, tudo o mais estará perdido. As descobertas que fizemos juntos. O mundo que se abriu diante de nós dois. Tudo. Lute por mim. Use o seu dom. E tenha sempre em mente que ainda que a persigam para lhe roubar aquilo que é nosso, o caminho para o reencontro sempre *se te da visionada* [lhe será visualizado]."

O vídeo acabou de modo brusco justamente aí, nessa última frase dita em espanhol.

— Não há mais nada? — perguntei, como se tivessem roubado o ar que eu respirava.

— Não.

Estava confusa. Desorientada. E o coronel Allen, que não havia soltado as minhas mãos esse tempo todo, apertou-as um pouco mais.

— Sinto muito! — murmurou ele. — Sinto muito mesmo!

No entanto, impelido por um interesse que eu não conseguia compreender, formulou uma pergunta que eu não esperava.

— Que dom é esse, senhora?

10

MIGUEL PAZOS E SANTIAGO MIRÁS tinham apenas um ano de experiência na delegacia de polícia de Santiago de Compostela. Haviam concluído seus estudos na Academia com excelentes qualificações e desfrutavam disso trabalhando em uma cidade como aquela, que, apesar de ser o local onde o governo da região estava radicado e receber a maior população flutuante do norte da Espanha, quase nunca acontecia nada digno de menção.

O inspetor Figueiras os enviara para vigiar a escadaria que dava acesso à porta principal da catedral e ao Pórtico da Glória, e os dois especulavam animados sobre o que acabara de acontecer. Ambos estavam relaxados. Os disparos que haviam colocado a sua unidade em estado de alerta já tinham cessado há pouco. Graças a Deus, o templo não se incendiara e, mesmo com o tiroteio, não havia feridos. Apesar de tudo, suas ordens é que deveriam permanecer em estado de alerta ante qualquer movimento suspeito. Um fugitivo seguia armado e estava escondido em alguma das ruelas que terminavam na impressionante Praça do Obradoiro, e a prioridade, agora, era detê-lo.

Na porta do Albergue dos Reis Católicos, tudo parecia tranquilo. O acesso ao parador, ou seja, o hotel de alta categoria mantido pelo governo e de interesse histórico, encontrava-se fechado a sete chaves, como de costume a essa hora, e a luz elétrica devolvera o tom macilento à catedral e à fachada do Palácio de Rajoy. A chuva, além disso, jogava a seu favor. Ela obrigava os policiais a ficarem dentro do carro patrulha, estacionados na esquina da rua San Francisco, proporcionando-lhes um observatório seco e privilegiado de onde podiam controlar o aparecimento súbito de qualquer transeunte.

Nenhum dos dois esperava que a essa altura, meia-noite e quarenta, o chão começasse a tremer.

Primeiro foi um tremor suave, como se a chuva tivesse intensificado sua força e feito vibrar o Nissan Xtrail sobre seus eixos. Os policiais trocaram olhares sem dizer nenhuma palavra. Mas quando um zumbido cortante começou a trovejar sobre eles, ambos pularam em seus assentos.

— Caralho! O que é isso...? — murmurou o agente Pazos.

Foi seu parceiro quem o tranquilizou.

— Deve ser o helicóptero que o delegado solicitou. Calma! — disse ele.

— Ah! Tá bom, então.

— Os caras têm que ser bons para voar numa noitezinha como esta.

— Tem razão.

A intensidade do zumbido aumentou, fazendo algumas poças de água que haviam sido formadas sobre os paralelepípedos da praça se elevarem em pequenos jatos para o céu.

— Santo... — o policial Pazos tinha seu nariz grudado no para-brisa, observando como a aeronave descia diante deles. — Esse helicóptero é nosso?

Um pássaro de quinze metros de envergadura, pintado de preto, com dois rotores sobrepostos como eles jamais haviam visto antes em suas vidas e um terceiro incorporado na parte traseira, ao estilo de uma hélice de barco, desceu a poucos metros deles, fazendo os quase dois mil quilos de sua picape gravitar a um palmo dos paralelepípedos.

Quando as hélices deixaram de girar, um ensurdecedor silvo agudo percorreu toda a praça, obrigando-os a tapar os ouvidos.

— Quem chamou o exército? — murmurou Pazos com uma visível expressão de desagrado.

Seu parceiro não o escutou.

Ele mantinha o olhar cravado em um sujeito de tez branca e cabelo preso em uma trança, que apresentava uma chamativa ferida debaixo de seu olho direito e dava pequenos golpes no vidro de sua janela. O policial Mirás baixou o vidro.

— Boa noite, o que...?

Não teve tempo de terminar sua pergunta.

Duas detonações secas se confundiram com o último silvo do helicóptero, lançando a cabeça de ambos os policiais contra os encostos dos bancos. Os impactos da Sig-Sauer de última geração que aquele homem empunhava foram tão certeiros que os arrancou do mundo dos vivos sem que se dessem conta. Eles nem sequer chegaram a escutar como seu carrasco murmurava algo em um idioma ininteligível — uma espécie de ladainha, algo como *Nerir nrants, Ter, yev qo girkn endhuni!* —, antes de fazer o sinal da cruz e continuar seu caminho.

II

— **É UMA LONGA HISTÓRIA CORONEL.** E nem sei se é adequado que eu a conte — engoli em seco.

Nicholas Allen, muito sério, deu um bom gole em seu café antes de se reclinar contra o encosto da cadeira e espalmar suas grandes mãos sobre a mesa.

— Está bem! Quero que pense no que vou lhe dizer antes que continue: seu marido utilizou a prova de vida que os sequestradores dele nos mandaram para lhe enviar uma mensagem. Mas também há uma advertência. Suponho que já se deu conta disso, certo?

Assenti sem muita segurança.

— Quando assisti a esse vídeo em Washington algumas horas atrás — continuou, acariciando seu iPad —, compreendi que essa alusão a alguém que pudesse roubar de vocês o que lhes pertence continha um aviso. Você tem algo de valor que seja necessário proteger?

Allen formulou aquela pergunta como se já conhecesse a resposta de antemão. De fato, ele nem sequer esperou que eu abrisse a boca.

— Uma coisa está clara — prosseguiu o coronel. — Seu marido não se enganou ao acreditar que você também corre perigo.

Meus olhos brilharam de ansiedade.

— Você acredita que o "monge" da catedral queria...?

— E o que mais poderia ser? Ele estava lá por sua causa, senhora. Disso eu tenho certeza. Ele chegou a falar com você? Ele disse algo?

— O monge apenas mencionou Martin e...

— Em que termos, senhora?

— Não sei... — eu me desesperei. — Não consegui entendê-lo.

— Está bem. Não se preocupe. Iremos pouco a pouco. Eu gostaria que respondesse à minha primeira pergunta, se não se importar.

Voltávamos ao início.

— Está bem... — suspirei.

— A que dom o seu marido se referia no vídeo, senhora Faber?

— Tenho o dom da visão, coronel.

Eu disse aquilo sem pensar, quase como se estivesse me libertando de um peso. Sem preâmbulos. De supetão. E como eu bem imaginava, ele fez uma cara de que não entendeu muito bem. Como todos.

— Sim, sei que será uma longa história, sim, sim... — disse ele e encolheu os ombros.

Antes que ele acrescentasse mais alguma coisa, retomei a palavra.

— É uma herança familiar, sabe? Suponho que seja algo inato. Minha mãe tinha. Minha avó também. O fato é que, pelo que eu me lembre, todas as mulheres da linhagem de origem materna o tiveram. Às vezes, penso que se trata de uma espécie de defeito genético. Tento reprimir esse dom tomando remédios, mas de nada adiantou até agora. Não sei como, mas Martin soube disso no momento exato em que me viu e me ajudou a conviver com ele.

— E isso consiste no quê?

— É difícil de explicar, senhor Allen — respondi, procurando um guardanapo para enrolar em meus dedos, como sempre fazia quando me sentia nervosa. — Na realidade, eu nunca me vangloriei ou ostentei esse dom, muito menos o utilizei em público. O caso é que Martin percebeu que eu o possuía. Por exemplo, ele conhecia a minha capacidade para pegar um objeto nas mãos e *ver* a história dele. Eu podia saber de onde ele vinha ou a quem havia pertencido antes. Martin me explicou que alguns cientistas chamam essa capacidade de psicometria, sabe? Mas eu também podia, em certas circunstâncias, esquecer meu idioma e falar em línguas estranhas. Uma vez eu falei em um latim perfeito durante um transe induzido pela minha avó. Isso se chama xenoglossia. Dom das línguas. O bom é que foi Martin quem me ajudou a assumir tudo isso e a perder o medo dessas coisas.

Se o coronel estranhou o que eu lhe explicara, pelo menos não deu mostras disso.

— E como aconteceu? — perguntou ele.

— O quê? Como foi que nos encontramos?

Allen assentiu.

— Isso é importante?

— Poderia ser.

— Está bem! — deixei escapar o ar. — Foi há alguns anos. Martin chegou ao meu povoado como mais um peregrino do Caminho de Santiago. Eu, naquela época, trabalhava como guia turística em uma igreja de Noia, na Costa da Morte. Ele insistiu em visitá-la, conversamos, foi empatia à primeira vista e depois ele começou a dizer coisas sobre a minha vida. Coisas pessoais, do meu trabalho, das minhas amigas... Eu pensei que fosse algum truque ou charme do qual ele se servia para impressionar as garotas, e que aquele peregrino só pretendia mesmo transar comigo. Mas a conversa foi além. Martin me disse que eu também poderia fazer o mesmo que ele. Que eu possuía uma capacidade natural para esse tipo de coisa. E também prometeu que me explicaria tudo o que eu poderia chegar a fazer... E assim, pouco a pouco, durante os dias em que ele ficou em meu povoado, acabou se apaixonando por mim. Simples assim.

Observei uma nuvem de preocupação cruzar os olhos do militar. Já havia visto isso outras vezes. Sempre que eu contava aquela história. Mesmo assim, decidi continuar.

— Quero que resgate Martin, coronel. Se você prometer que vai encontrá-lo, eu explicarei "tudo", esse meu dom em todos os detalhes. Mas, por favor, ajude-me.

O olhar de Allen mostrou compaixão pela primeira vez. Inclusive doçura. Suas sobrancelhas grisalhas se arquearam, deixando entrever um semblante conciliador.

— Eu prometo — disse. — É para isso que estou aqui.

E, com uma inocência que eu não havia visto antes, acrescentou:

— Imagino que esse "tudo" deve estar relacionado com aquela espécie de pingente que Martin segurava no vídeo. Estou errado?

— Não. O senhor tem razão. Mas deixe-me relatar a história a meu modo.

— Muito bem! Onde estávamos mesmo?

— No ponto em que falávamos sobre o dom da visão.

— Ah, sim!

— Veja, ele se assemelha muito ao que as pessoas entendem por vidência, mas não é exatamente isso. Como já deve supor, esse tipo de assunto deve ser levado com a máxima discrição. Eu, por exemplo, terminei meus estudos sempre escondendo dos meus colegas e professores tudo o que me acontecia. Cada vez que eu visitava um museu ou uma construção histórica, minha visão disparava. No começo, era uma coisa de pele. Eu pressentia que algo iria ocorrer. Que as pinturas iriam sussurrar para mim os segredos de seus autores, de seus modelos, de sua época, e na minha mente se recriavam cenas completas que pertenciam a pessoas que jamais conheci. Eu conseguia entender inscrições em línguas exóticas ou compreender o sentido essencial de um conjunto de esculturas só de vislumbrá-lo. Dá para imaginar como pode até chegar a doer compartilhar isso com pessoas que não acreditam? O que significa para este nosso mundo cartesiano, apoiado na matéria e na razão, que uma pessoa seja capaz disso e todas as demais não o sejam? O meu dom sempre me fez sentir estranha. Com conhecimentos, mas estranha. E se eu não o sufocasse de algum modo, estava ciente de que terminaria ficando louca.

— E esse dom... Martin Faber se interessou por ele?

— Muitíssimo.

— E sabe por quê?

— Si... Sim — duvidei se devia contar.

— Por favor — ele sorriu ao perceber minha indecisão —, não me esconda nada. Eu já lhe dei minha palavra de que vou ajudá-la a encontrar Martin, mas eu preciso que você colabore.

— Tem a ver com um segredo de família.

— Outro segredo familiar?

— Da família Faber.

— E qual é?

— A pedra que ele leva consigo no vídeo é um objeto poderosíssimo. De uma potência quase atômica.

Allen me olhou com o olhar mais grave do que nunca, mas não se alterou.

— Eu soube disso por ele mesmo, um dia antes de nos casarmos. Garanto que é uma grande história... Só que explicá-la pode levar a noite toda.

— Não importa. Eu quero muito ouvi-la.

12

APESAR DE SER TÃO TARDE, o inspetor Antonio Figueiras decidiu passar na delegacia de polícia para preencher a papelada sobre aquele incidente e encaminhar uma ordem de busca para aquele sujeito que escapara deles na catedral. A cidade velha estava deserta. Desceu na contramão a rua Fonseca, com as luzes acesas da sirene de seu Peugeot 307, logo depois de ter enviado as ordens para sua patrulha não perder de vista o que acontecia no café La Quintana. Ele havia pedido que assim que a testemunha estivesse liberada pelo norte-americano, eles a levassem para seu gabinete. "Que ela durma numa cela se for preciso — disse ele. — Mas eu preciso que ela fique sob minha custódia até que se esclareça que porra está acontecendo por aqui."

Antes de se afastar do promontório de onde despontavam as agulhas da catedral, Figueiras descobriu o perfil avantajado de um objeto enorme estacionado no centro da praça. Olhando através do limpador de para-brisa, ele deduziu que fosse o helicóptero que havia pedido. Com a chuva que caía, seus homens deviam ter pousado, esperando que as condições meteorológicas melhorassem para que pudessem voar voltar a voar.

"Melhor assim", disse a si mesmo aliviado.

Quando percorreu a avenida Rodrigo de Padrón, já fora do centro histórico, e estacionou no subsolo do edifício do quartel-general, tinha apenas uma coisa em mente: averiguar que brincadeira era aquela, que papel desempenhavam os talismãs naquela confusão do casal Faber. Sua intuição dizia que eles tinham a ver com algo importante. Para alguém trocar tiros com a doutora Álvarez, a única explicação possível era se quisessem lhe roubar algo de valor. Algo — ele deduziu — que valesse mais do que sua própria vida. Para ser exato, dois milhões de libras esterlinas, segundo a declaração na alfândega.

— Umas pedras preciosas do século XVI? — a voz do outro lado do telefone não conseguia acreditar que o estavam tirando da cama para uma consulta profissional.

— Isso mesmo, Marcelo. Isabelinas. Inglesas, que seja!

Marcelo Muñiz era o joalheiro mais famoso de toda a Santiago. Qualquer transação com uma pedra fora do comum na Galícia sempre passava pelas suas mãos de especialista.

— Não me lembro de ter visto algo assim — disse, com o tom de um avaliador profissional. — Você sabe o nome dos proprietários?

Figueiras lhe deu os nomes.

Alguns minutos mais tarde, depois de ligar seu *notebook* e realizar as oportunas comprovações em sua base de dados, Muñiz retomou a conversa, porém com más notícias:

— Sinto muito, Figueiras. Eu posso lhe assegurar que por aqui não passaram essas pedras. Talvez elas não tenham sido vendidas...

— Pode ser — aceitou o inspetor. — Contudo, me diga uma coisa: se você se mudasse da Inglaterra para a Espanha e tivesse algo assim em seu enxoval de casamento, qual seria a razão de você as incluir na declaração da alfândega?

— Pelo seguro, lógico — respondeu o joalheiro sem hesitar. — Se elas têm valor e se você quer que sua companhia de seguros as mantenha cobertas quando você as tirar de casa, é preciso que tenha um documento que comprove isso.

— E se você tivesse algo assim, continuaria trabalhando? Ficaria madrugadas a fio para cumprir um horário? Levaria uma vida normal?

— Bem... — o joalheiro ficou em dúvida. — Talvez seus proprietários não queiram chamar muita atenção. Quem sabe, para eles, o valor do objeto não seja unicamente pecuniário. Você ficaria surpreso se soubesse as motivações pessoais que levam alguém a acumular joias, muito além do valor de mercado.

— É... Talvez... — suspirou Figueiras um tanto decepcionado. O cansaço estava começando a fazer seu raciocínio falhar. — Isso eu posso averiguar amanhã.

E desligou.

13

ERA UMA LONGA HISTÓRIA. Eu o havia advertido. No entanto, Nicholas Allen se dispôs a escutá-la enquanto pedia outro café bem forte e examinava os restos do dia da confeitaria industrial que ainda restavam na cozinha. O atendente também se resignou. Aquilo era um assunto policial. Tinha uma viatura da Guarda Civil e outra da Guarda Nacional estacionadas em sua porta e não havia outro remédio a não ser aguentar por trás do balcão o tempo que fosse necessário.

— Comece por onde quiser — sugeriu Allen.

— Vou começar pelo dia em que vi essas pedras pela primeira vez. O que você acha?

— Siga em frente.

— Foi na véspera do meu casamento com Martin...

Eu nunca tinha visto meu noivo tão animado como naquela manhã do início de verão. Era o último dia de junho de 2005 e havíamos chegado ao nosso hotel no West End com algum tempo para descansar antes da cerimônia. Nós a celebraríamos em uma minúscula igreja normanda no condado de Wiltshire, um lindo lugar. Seria um evento simples, com apenas poucos convidados e sem protocolos. De fato, quem iria oficializar a união era um sacerdote amigo da família de Martin, a quem já havíamos telefonado informando de nossas intenções.

Eu amava aquele homem loucamente.

Tudo ele fazia bem. Na medida. Como um oleiro capaz de modelar o mundo de acordo com nossas necessidades.

Algumas semanas antes, Martin havia me convencido a segui-lo, deixando tudo para trás: minha inscrição para o processo seletivo na curadoria do patrimônio cultural da Xunta de Galícia, meus pais, minhas amigas, minha pequena casa de pedra na Costa da Morte e até mesmo minha coleção de contos celtas. Tudo! E eu estava feliz ao me entregar assim.

Coronel, para o senhor poderá parecer uma bobagem, mas um pouco antes de conhecê-lo eu havia lido em algum lugar quão conveniente seria escrever uma carta ao universo pedindo aquilo que você esperava da vida. Colocar esse tipo de coisa por escrito obrigaria você a ordenar as ideias. Escrevi a minha carta no dia em que completei vinte e nove anos. Eu queria um amante. Um bom homem. Um companheiro de aventuras. E assim redigi um texto de três folhas com as minhas condições básicas: eu precisava de alguém que respeitasse minha liberdade e fosse sincero, afetuoso, generoso, simples e mágico; alguém com honra, capaz de se comunicar comigo apenas pelo olhar. Definitivamente, alguém com o coração limpo, que tivesse o dom de me fazer voar com suas palavras. Eu lembro que dobrei aquele documento e o guardei dentro de uma caixinha de sândalo que escondi atrás de um armário, e justamente quando eu esqueci a carta Martin chegou a Noia. Você precisava tê-lo visto. Por cima dos farrapos de peregrino, reluzia o sorriso mais expressivo do mundo. Era tão magnético, tão perfeito que até esqueci o quanto aquele jovem se encaixava na pessoa que eu descrevera na carta.

O fato é que com ele tudo aconteceu muito rapidamente, e depois de dez meses já estávamos a caminho do altar. Martin largou seu trabalho nos Estados Unidos e para mim, na verdade, pouco importou abandonar o meu.

Um dia antes da nossa cerimônia de casamento, no avião que nos levava de Santiago a Heathrow, meu noivo me mostrou algumas fotos do lugar que havia escolhido para a cerimônia. Ele havia feito tudo em segredo. E como era de esperar, sua escolha pareceu perfeita para mim: a capela era de pedra, com paredes cobertas de madressilvas e uma área privada ajardinada à entrada de onde celebraríamos o banquete. Até a pousada em que passaríamos a nossa lua de mel tinha um surpreendente ar compostelano. Nada era mera casualidade. Martin queria que, apesar de estar longe da Galícia, eu pudesse me sentir como se estivesse em casa.

Nessa mesma tarde, em Londres, tomamos um táxi para irmos para o sul da cidade porque ele tinha algo importante para me mostrar. Enquanto deixávamos para trás as avenidas meio vazias da periferia, Martin deu instruções ao motorista para que nos levasse a um número da rua Mortlake, em Richmond upon Thames. Atravessamos bairros iranianos, chineses e hindus, mas quando chegamos ao nosso destino — um moderno edifício de quatro andares, de tijolo vermelho aparente, localizado em uma tranquila área residencial — fiquei um pouco decepcionada. Por um momento, imaginei que ele me convidaria para jantar em um lugar romântico e faríamos planos para o futuro. Mas, naquela tarde, Martin tinha outras coisas em mente.

— Você já ouviu falar alguma vez em John Dee? — ele me perguntou à queima-roupa, enquanto o táxi nos deixava na metade da rua.

— É algum parente seu?

— Não, claro que não! — ele riu pela pergunta feita. — Eu achava que uma espanhola culta como você o conhecesse.

— Então... Não sei não...

— Não importa — ele baixou a voz como se alguém pudesse nos escutar. — Dee foi o mago e astrólogo pessoal da rainha Elisabeth I da Inglaterra. Ele foi considerado o maior perito em ciências ocultas de seu tempo. De fato, sua fama só poderia rivalizar com a de seu contemporâneo Nostradamus. Ele tinha o mesmo dom que você.

— Você vai me falar de novo sobre magos? — resmunguei. — Eu estava crente que...

Martin me olhou de esguelha, ficando muito sério de repente.

— Tenho que fazer isso agora. É o momento certo.

— Certo... — suspirei.

A única coisa pela qual Martin e eu discutíamos era sua obsessão pelo ocultismo. Ele era aficionado pelo tema de uma maneira que eu não conseguia compartilhar com a mesma ênfase. Nessa época, eu ainda não havia escrito meu livro sobre os símbolos esotéricos do Caminho de Santiago de Compostela, e tudo o que cheirasse a algo de sobrenatural me dava pavor. Por culpa de algumas experiências desagradáveis na minha infância, eu não queria assumir que existissem fenômenos que escapavam das leis da física, e me incomodava pensar nisso. Era justamente a época em que eu havia considerado esse meu dom como "morto e enterrado". O fato é que eu preferia acreditar que esse tipo de assunto eram coisas para supersticiosos e desinformados, e acho que isso fazia parte da minha reação natural contra aquilo que escutei durante anos em casa. Mas ele, um homem de mentalidade científica, com doutorado em Ciências pela Universidade de Harvard, admitia como dogma de fé a clarividência, a alquimia, a astrologia ou a mediunidade. Dizia que esses conhecimentos foram a base da "ciência antes da ciência". Que os alquimistas, por exemplo, haviam estudado a composição do átomo muito antes de nossos físicos nucleares, ocultando seus achados em metáforas e formatando jogos de palavras que visavam garantir que ninguém sem a ética adequada tivesse acesso a eles. Eu tinha certa resistência em pensar desse ponto de vista.

— Eu peço encarecidamente que me ouça, Julia — disse-me Martin me segurando pelos ombros em plena rua. Foi a primeira vez que o vi aflito. — Somente uma vez.

— Está bem.

— Antes de entrarmos nessa casa, você precisa saber algo sobre John Dee. Esse homem foi um importante matemático, cartógrafo e filósofo do século XVI. E como bom católico, um cético como você diante do sobrenatural. Traduziu Euclides para o inglês. Foi o primeiro a aplicar a geometria na navegação, prestando serviços inestimáveis à Marinha de Sua Majestade. De algum modo, ajudou a fazer da Inglaterra um império.

— E por que você se importa tanto com um bruxo que já morreu há tanto tempo, Martin?

— Existe um aspecto em John Dee que sempre me fascinou — disse ele, esquivando-se da minha pergunta. — Ele desenvolveu um sistema para se comunicar com os anjos que permanece ainda um mistério.

Eu fiquei muda de assombro. O que ele estava tentando dizer... Aquele homem que dali algumas horas se converteria em meu esposo?

— Você tem que acreditar nisso, Julia. Ou pelo menos aceitar como possibilidade — ele implorou. — Em 1581, um anjo em carne e osso, um ser que passaria despercebido se a gente cruzasse com ele na rua, apresentou-se diante de John Dee e explicou como ele poderia se comunicar com seus semelhantes cara a cara. Desde aquele dia, esse cientista se converteu em um grande invocador de anjos, aprendendo com eles coisas maravilhosas. Coisas que mudaram a ciência e a história, que acabaram inspirando a grande revolução tecnológica que chegaria depois.

Os olhos de Martin brilhavam de excitação ao me falar sobre aquilo. Não pude interrompê-lo.

— O que você ainda não sabe, porque é um assunto que minha família só confia aos novos membros, é que nós herdamos os livros e os sortilégios de John Dee, embora tenhamos perdido boa parte de sua capacidade para invocar essas criaturas.

— A sua... A sua família invoca anjos? — perguntei ainda mais espantada. — Você não pode estar falando sério...

— Pois você irá conhecer aqueles que conseguiram chegar o mais longe possível nesse intento, *chérie.* E vai entender por que eu a trouxe para vê-los. Só lhe peço um pouco de paciência... E de fé.

14

O HELICÓPTERO QUE HAVIA descido na Praça do Obradoiro não era um veículo convencional. Tratava-se de um modelo em fase experimental, daquele tipo só existiam três no mundo e estava equipado com uma tecnologia capaz de fazê-lo navegar inclusive nas piores condições atmosféricas. Possuía uma capa de blindagem e armamento pesado.

Mas, sem dúvida, suas maiores virtudes eram outras. Podia voar a uma altura de cinco mil metros, coisa impensável para praticamente qualquer outro veículo com hélices; alcançava uma velocidade de cruzeiro de quinhentos quilômetros por hora e tinha uma autonomia de até doze horas no ar. Estava revestido por uma liga especial que o deixava resistente a temperaturas extremas e equipado com um dos sistemas de navegação mais sofisticados do mundo.

Aquele "monstro" não tinha plano de voo, nem matrícula. Oficialmente, ele ainda não existia. E, com certeza, ninguém o esperava na Galícia. Ele surgiu do nada, após atravessar a Europa de ponta a ponta, aguardando escondido em um pequeno aeroporto de pouco uso próximo da represa de Fervenza, de onde chegara naquele momento.

Quando sua porta lateral se abriu com um suave zumbido elétrico, o homem que havia acabado com a vida dos dois agentes da Guarda Nacional saltou para seu interior, encharcando-o todo. A porta se fechou atrás dele.

— O que aconteceu?

Ele foi recebido a bordo por um homem de meia-idade, olhos escuros e vivazes, rosto curtido, longos e bem cuidados bigodes, que não afastaram dele o olhar rigoroso. Esse homem emanava tal autoridade que o recém-chegado baixou sua arma, prostrou-se humilhado a seus pés e lhe falou em seu idioma natal, uma variação de armênio, apenas elevando um pouco o tom da voz.

— *Tsavun e.* Tive que fazê-lo, *sheikh*.

Seu interlocutor aguardou em silêncio.

— Se eu não tivesse neutralizado aqueles homens, eles teriam me detido e poríamos a perder toda a operação. Sinto muito, mestre.

— Está bem... — o anfitrião reagiu colocando uma de suas mãos na cabeça do outro, quase como se o estivesse benzendo. — E no templo? Como foi? Você... viu a mulher?

Os olhos do jovem se umedeceram.

— Você tinha razão, *sheikh* — respondeu ele com a respiração ainda entrecortada e os olhos cravados no chão. — É ela. Essa mulher pode ativar "a caixa". Na catedral ela fez isso sem nem mesmo se dar conta.

— Ela não percebeu?

— Tal é seu poder, mestre!

O *sheikh* observou o seu discípulo, perturbado com aquela informação. O que seus antepassados diriam sobre isso? Como teriam encarado o fato de uma estrangeira ser capaz de afetar uma de suas relíquias mais sagradas? Por sorte, ela já não se parecia com seus ancestrais. Suas atitudes se assemelhavam mais com as de um médico que aguardava impaciente o resultado de um exame clínico complicado e não aquelas que qualquer um esperaria do líder supremo de um dos cultos mais desconhecidos, e antigos, do planeta.

— E a pedra? — insistiu sem levantar a voz. — Você averiguou se estava com ela?

— *Votsh.* Não pude, *sheikh.* Eles chegaram antes.

— Eles?... — uma nuvem de preocupação obscureceu seu olhar. — Tem certeza?

O jovem discípulo assentiu.

— Os americanos...

O mestre retirou a mão da cabeça do jovem e o obrigou a erguer os olhos para ele. Seu rosto parecia ter sofrido uma transmutação. Tinha os olhos bem abertos e as pupilas dilatadas pelo choque.

— Então, irmão, não nos deixam outra opção — disse de modo grave. — Teremos que intervir antes que o mal ganhe vantagem sobre nós. Vamos nos preparar.

15

— **E O QUE ACONTECEU DEPOIS?** Você não disse que aquele foi o primeiro dia em que viu as pedras?

Nicholas Allen formulou sua nova pergunta com ansiedade. Como se determinar meu vínculo exato com as pedras fosse vital para a investigação.

— Vou explicar — respondi, mantendo um suspense involuntário. — Mas se quiser entender direito tudo o que aconteceu, deve ser passo a passo.

— Claro — aceitou Allen. — Prossiga.

Depois de sua calculada dissertação sobre Dee, Martin me levou até a porta de alumínio branco que dava passagem aos apartamentos nove a dezesseis da rua Mortlake. Minha surpresa foi enorme quando descobri sobre o umbral uma placa metálica com letras brancas sobre um fundo azul que anunciava "JOHN DEE'S HOUSE".

— Aqui estamos — disse ele.

— Esta é a casa de John Dee?

Um sorriso travesso se desenhou em seu rosto de querubim. Martin estava com excelente humor naquele dia. Dava para notar pela forma que suas covinhas se ressaltavam ao rir e até mesmo no modo pelo qual ele me olhava.

— Vamos! O que está esperando? — perguntou, apertando o passo.

Subimos os degraus de dois em dois pelas escadarias que davam no primeiro andar. Quando comprovei que os corredores da casa eram amplos, luminosos e arejados, relaxei. Se aquela fora um dia a casa de um necromante, já não havia mais sinais disso. De fato, eu já estava a ponto de fazer um comentário a respeito disso quando a porta de um dos apartamentos se abriu à nossa frente.

— Martin! Garoto!

Uma mulher de boa aparência, que deveria ter por volta de seus sessenta anos, de cabelos nos ombros, morena, bem maquiada, vestindo uma bata negra e sandálias com pedrarias, lançou-se em seus braços.

— Estávamos à sua espera!

— Sheila! Santo Deus! Quanto tempo! Você está maravilhosa!

O abraço de Martin e Sheila Graham — eu li seu nome na placa dourada com dois anjos que dominava a sua porta — foi interminável.

— E esta deve ser...

— Julia — completou Martin, solícito. — E a partir de amanhã, querida tia, a nova e deslumbrante senhora Faber.

— Que linda cabeleira ruiva — assoviou, radiografando cada pedaço do meu vestido estampado e de minhas pernas recém-depiladas. — Que bela escolha!

Eu achei graça, de verdade.

Sheila pronunciou aquela frase como se fosse a guardiã do Santo Graal em *Indiana Jones e a última cruzada* antes de entregar sua taça de madeira a Harrison Ford. Como no filme, também me presenteou com um sorriso cúmplice e nos guiou por um corredor comprido e mal iluminado. Sua casa era fabulosa. Passamos ao lado de prateleiras já arqueadas pelo peso dos velhos livros até chegarmos a uma salinha discreta, confortável e iluminada, que dava de frente para a rua. Ali nos aguardava um indivíduo de aspecto juvenil, alto mas meio roliço, de pele rosada, barba e cabelos crespos, refastelado numa velha poltrona *bergère*.

Ao perceber nossa presença, ele levantou o rosto do tomo que lia, prestando atenção.

— Olá! — ele me cumprimentou de maneira sucinta. — Querida, sente-se onde quiser, fique à vontade.

Querida?

A "guardiã do Graal" fez as honras. Aquela espécie de leão-marinho montado em sua rocha se chamava Daniel. "Como o profeta", ela apontou. Daniel Knight.

— E se você está pensando que eu sou uma harpia que encontrou um amante vinte anos mais jovem, está muito enganada, querida.

Isso era exatamente o que eu havia pensado e sorri internamente. Envergonhada, apaguei a ideia da minha mente enquanto Martin e ela seguiram por outro corredor à procura de algo para beber.

Sentada ao lado de um Daniel concentrado de novo em sua leitura, eu me entretive em examinar o local. Deveria ter uns vinte metros quadrados e estava dividido em dois ambientes: uma sala de jantar e uma sala de estar. A longa mesa do centro e as cadeiras de espaldar alto que ladeavam a "ala norte" davam a impressão de que ali haviam sido acolhidos interessantes banquetes. Fiquei intrigada com o guarda-comida que descansava em frente à janela. Suas portas de cristal protegiam uma heterogênea coleção de trastes. Consegui distinguir uma flauta de pã, uma esfera translúcida, uma espécie de cachimbo longo talhado com a cara de um beduíno, algumas facas de bom tamanho empilhadas em um extremo e três ou quatro figuras em gesso laqueadas em preto... Mas o lugar que realmente prendeu a minha atenção estava do outro lado da sala. Na parede principal, haviam pendurado uma tela sobre a qual reluzia uma avalanche de gravuras antigas e fotografias. Em algumas, encontrei uma Sheila mais jovem. Deveria ter sido uma mulher muito atraente. E ali estava ela posando em lugares históricos da Grã-Bretanha reconhecíveis inclusive para uma estrangeira como eu. Identifiquei o perfil da torre de vigia de Glastonbury que aparece tantas vezes nas capas dos livros sobre o Rei Artur, a fachada do Museu Britânico, os monólitos de Stonehenge e até as suaves colinas de Wiltshire com um dos cavalos brancos sobre o solo. Justamente naquela foto, Sheila era retratada com um grupo de hippies paramentados com túnicas, sorridentes diante da câmera e segurando uns bastões extravagantes.

— São druidas, querida — grunhiu Daniel quando me aproximei para vê-la mais de perto. — Um deles é John Michell.

— Druidas, é claro — repeti inocentemente, sem nem sequer ter a noção sobre quem ele falava. — Posso lhe perguntar qual é a profissão de Sheila?

Daniel ergueu os olhos do livro.

— O seu noivo não lhe disse?

Neguei com a cabeça.

— Somos ocultistas, querida.

— Ocultistas? — tomei cuidado para não parecer surpresa demais, enquanto me perguntava se ele havia mesmo falado ocultistas. Às vezes, meu inglês me fazia passar por estes maus momentos.

— Ocultistas — insistiu ele. — E dos melhores.

Daniel aguardou para verificar se sua resposta provocara alguma reação. E ainda que minha expressão gritasse por mais detalhes, aquele homenzarrão me manteve em suspenso. Teve que ser Martin, enquanto equilibrava graciosamente a bandeja de petiscos, a pessoa a me revelar quem eram exatamente nossos anfitriões.

— Julia, Daniel Knight ganha a vida como astrônomo no Observatório Real de Greenwich. Mas ele é o maior especialista contemporâneo em John Dee. Acaba de publicar um livro em que explica seus métodos de comunicação com os anjos. Neste momento, ele estuda o idioma que usavam. Gostaria de provar um baclavá?

— Na última vez em que falamos sobre ele, não ficou estabelecido que ele era um cientista? — ironizei enquanto pegava uma daquelas delícias da bandeja.

— E foi! Dos maiores! Você deve saber que na época do Renascimento havia uma noção de ciência bastante diferente da nossa. Nós devemos aos alquimistas desse tempo diversas descobertas fundamentais. Paracelso, por exemplo, introduziu o método experimental na medicina. Robert Fludd, um célebre escritor rosa-cruz do século XVII, inventou o barômetro e outro alquimista holandês, Jean Baptiste van Helmont, cunhou a palavra "eletricidade" enquanto investigava com ímãs...

— Tudo muito bem colocado, Martin — aplaudiu o barbudo.

— Por favor, convença-a, Daniel. Julia não acredita quando eu digo que existe uma história ocultista no mundo, tão ou até mais importante do que aquela que aprendemos na escola.

Os olhos do astrônomo brilharam, vibrando pela primeira vez.

— Muito bem, doçura — aceitou, congratulando-o pelo desafio. — Eu tentarei. A primeira coisa que você precisa saber é que, até o advento da Revolução Industrial, quem fazia ciência neste país estava mais preocupado com as questões espirituais do que com os aspectos materiais. Isaac Newton, sem ir muito longe, depositou todo o seu conhecimento a serviço da reconstrução do Templo de Salomão. Seus escritos revelam sua preocupação em recuperar o único espaço sagrado da Antiguidade em que se podia falar "cara a cara" com Deus. Os *Principia Mathematica*, pelos quais passaria à história da ciência, na realidade tiveram importância menor para ele. Era só um meio de conseguir um fim mais elevado. Newton acreditava que a linguagem de Deus se fundamentava nos números e que você teria que aprender matemática se quisesse chegar a conversar com Ele.

— É verdade que ele quis reconstruir o Templo de Salomão? — perguntei enquanto comia mais um docinho, que era definitivamente uma bomba calórica de mel e nozes.

— Inclusive escreveu sobre ele — precisou Daniel. — Nós conservamos suas anotações. Todas provam seus esforços por comunicar-se com o Grande Arquiteto do Universo. Para Newton, o Templo devia ser uma espécie de central telefônica de onde poderíamos invocá-lo.

— Muito bem, então... Pelo que diz Martin, parece que Dee esteve mais próximo de conseguir isso do que o mesmíssimo Newton... Pelo menos com os anjos — sorri.

— Não se engane, Julia. Sir Isaac Newton acreditava nos anjos mais do que ninguém.

Fiquei vermelha.

— Não quis ofender...

— Não é a mim que está ofendendo — grunhiu. — Muita gente foi morta por carregar consigo este segredo. E, no fim das contas, os grandes mistérios da humanidade estão ligados à comunicação direta com Deus. O que mais poderiam ser a Arca da Aliança, o Santo Graal ou a Caaba senão ferramentas para se dirigir a Ele? Você precisa saber que o doutor Dee foi o último personagem histórico que teve em mãos essa capacidade. Graças à sua comunicação com as hierarquias celestiais, ele conquistou uma reputação extraordinária na Inglaterra. E tudo aconteceu neste mesmo solar em que estamos agora. Por isso, Sheila se mudou para cá.

— O solo é importante?

— Geralmente sim. Os esforços de Dee para abrir essa ponte com o mundo angelical nunca foram compreendidos totalmente. Por isso, nós respeitamos os lugares que nossos antepassados escolheram para seus contatos.

— Mas você está falando sério, você acredita mesmo que John Dee conversou com os anjos?

Meu interlocutor se retorceu em sua poltrona enquanto Martin nos contemplava se divertindo.

— Há uma evidência que, na minha opinião, comprova isso muito além das dúvidas — declarou Daniel como se tivesse sido ferido em seu amor-próprio. — Essas criaturas superiores transmitiram centenas de eventos que estavam por acontecer. Seus interlocutores eram capazes de se mover no tempo, para o passado e para o futuro. Um dom muito apreciado pela rainha Elisabeth, que inclusive esteve em várias ocasiões nesta casa para solicitar seus préstimos proféticos.

— E ele acertava?

— Não sei se é o verbo mais adequado.

— Está bem — concedi. — Profetizava?

— Julgue por si mesma, jovenzinha. Dee anunciou a decapitação da rainha Maria da Escócia, as mortes do rei da Espanha Felipe II, do imperador Rodolfo II e até da mesmíssima rainha. Sim. Eu diria que ele foi um futurólogo extraordinário.

— Você verá, Julia — interferiu Martin, enquanto decidia se sentar ao meu lado como se quisesse me proteger do humor de seu sábio amigo. — Há vinte anos, meus pais incumbiram Daniel e a tia Sheila de investigar a fundo a vida de John Dee e, em especial, os instrumentos que ele desenvolveu para falar com esses anjos. Como eles foram viver nos Estados Unidos e Sheila e Daniel ficaram em Londres, pensaram que para eles seria mais fácil. Sabíamos que Dee recrutou pelo menos dois videntes capazes de usar os objetos que recebeu dos anjos, mas ignorávamos o alcance exato do que veio através deles. E, ao que tudo indica, foi algo extraordinário.

Martin fez uma pausa antes de continuar:

— Hoje devemos imaginar esses objetos como uma espécie de telefone do tempo. Por fora parecem simples pedras, mas são muito poderosos. Graças a eles, Dee conseguiu dados de primeira grandeza em óptica, geometria, medicina... Suas informações foram anunciadas e revolucionaram a época. O próprio Dee, confiante no valor dessas pedras, investiu sua fortuna na construção de uma "mesa de invocação" na qual elas eram encaixadas. Comprou ainda um espelho de obsidiana que foi trazido pelos espanhóis do México e inclusive reuniu uma pequena coleção de joias para que seus médiuns pudessem receber dos anjos mais mensagens e de melhor qualidade. Seguiu ao pé da letra todas as instruções, sobretudo de certo arcanjo Uriel, e abriu uma linha de comunicação com o Céu que não existia desde a Antiguidade.

— E por que sua família se interessa por isso? — parei de dar crédito a tudo aquilo que estava ouvindo. Meu marido havia deixado de sorrir já fazia certo tempo, adotando uma postura mais séria. Solene, inclusive. — Os Faber colecionavam esse tipo de joia?

Sheila não deixou que Martin respondesse. Chegou com uma chaleira bem quente que aromatizava o ambiente e a colocou entre nós, em boa hora, com a intenção de não se mover dali.

— Jovenzinha — começou ela. — O que realmente importa agora é que nós temos as duas pedras que o doutor Dee usou em suas experiências angelicais. Existem mais algumas circulando por aí, inclusive expostas nas vitrines do Departamento de Antiguidades Medievais do Museu Britânico. Mas não são tão poderosas como as nossas. Nós guardamos as únicas e verdadeiras adamantes de Dee.

— Ada... o quê?

— Oh, vamos, Martin! — a anfitriã deu um tapinha nas costas do meu noivo, divertindo-se. — Você a trouxe até aqui sem lhe dizer nada?

— Eu prometi que faria isso. Nem meia palavra.

— Muito bem, garoto! — sorriu ela.

Enquanto vertia um pouco de chá aromático em uns copinhos de estilo árabe, Daniel retomou a conversa.

— Então, quem lhe explicará serei eu mesmo — disse. Deu um gole na sua infusão, fincou o dente em um novo baclavá e prosseguiu: — Você verá, Julia, que, segundo o pouco que o doutor Dee deixou escrito a respeito, essas joias foram o melhor presente entregue pelos anjos. Sua origem era celestial. Tão únicas como as rochas que a NASA trouxe da Lua. Na verdade, antes de confiá-las a ele, trataram de lhe explicar que elas fizeram parte do Paraíso terreno. Do Éden.

Eu o olhei, estupefata.

— De fato você pode acreditar ou não, mas desde que o pai de Martin nos entregou essas pedras, elas não param de nos assombrar.

— Ah, é?

— Bem... Elas nunca se comportaram como dizem as notas do doutor Dee, mas às vezes as pedras fazem coisas estranhas. Variam de peso, mudam de cor, deixam ver alguns sinais que depois desaparecem e são tão duras que nem um diamante pode cortá-las.

— E o que isso tem a ver com a comunicação dos anjos?

— O caso é que as temos posto nas mãos de videntes de boa reputação, tal como fez Dee no século XVI, e alguns chegam a lhes arrancar sons e até mesmo luzes.

— E um gemólogo? Elas não passaram pelas mãos de um especialista?

— Esse é outro assunto — sorriu Daniel de forma enigmática, acariciando os cachos de sua barba. — Digamos que todas as tentativas racionais para extrair seus segredos têm fracassado. Somente certas pessoas com habilidades psíquicas têm nos ajudado a avançar um pouco em seu conhecimento. E é justamente isso que esperamos de você, jovenzinha. Certo, Martin?

Vi como as pupilas de Daniel se dilatavam ao pronunciar aquelas palavras:

— Martin — acrescentou ele — acredita que você seja uma delas. Você sabe, uma vidente.

— Eu?

Meu coração deu um pulo. O que era aquilo? Uma armadilha? Interroguei Martin com meu olhar. Ele sabia que há anos eu estava fugindo desse tipo de coisa. Como ele poderia fazer isso um dia antes do nosso casamento?

— Creio, Julia — disse impávido —, que chegou o momento de você ver essas pedras e nos mostrar o que é capaz de fazer com elas.

16

— **VOCÊ QUER DIZER QUE...** — o coronel Allen me interrompeu, porque já não podia mais conter sua impaciência — ... você se apaixonou por um homem que chegou a seu povoado fazendo o Caminho de Santiago, que a conquistou e descobriu prontamente seu segredo mais íntimo. Seu dom de visão. Entretanto, até a véspera de se casar com ele, você descobriu que ele também guardava um.

— Exato — respondi. — As pedras de Dee.

— E, com essa habilidade tão especial que você tem, como não previu isso?

— Eu não aceitava esse dom, muito menos o praticava! Tratava de escondê-lo, sabe? Levei anos rezando para que um dia isso desaparecesse da minha vida e se, por acaso, investiguei alguma coisa por causa dessa espécie de intuição, nunca percebi. É muito complicado de entender? Até Martin chegar à minha vida, eu só queria ser uma pessoa normal. Uma garota como as demais.

— Para mim é difícil de acreditar, senhora.

— Toda essa história é difícil de acreditar! — protestei. — Também é difícil de acreditar que o senhor tenha chegado aqui e trocado tiros com um desconhecido que não me havia feito nenhum mal!

— Ele iria fazer, sim! Tenho certeza.

A serenidade do coronel me obrigou a dar um passo atrás.

— E você acredita que isso que eu estou contando ajudará a encontrar Martin?

— Sem dúvida.

— Então, deixe que eu termine. O que aconteceu naquele dia com as adamantes foi só o começo. Acho que esse foi o momento em que eu me reconciliei com meu dom, se bem que eu nunca deveria ter feito isso...

— Sério?

— Certamente.

— Por favor, continue.

17

O CASO É QUE SHEILA me levou até esse guarda-comida que tanto havia me intrigado, abriu a porta e tirou de seu interior uma caixa de madeira decorada com vistosos adornos de prata. Quando a depositou ao lado do jogo de chá, pensei que ela havia se equivocado. Se eu esperava ver duas esmeraldas de um tamanho razoável, meu desejo se frustrou imediatamente. Sobre um forro de veludo vermelho, descansava um par de pedras pretas sem importância, que pareciam recém-tiradas de um rio. Não davam a impressão de ter valor algum. Na verdade, tampouco eram joias no sentido do termo que todos nós conhecemos. Eram lisas, delgadas, sem polimento, do tamanho de uma moeda e com um aspecto bem mais tosco, que lembrava a silhueta de um rim.

— Pegue a que quiser e se aproxime da janela, querida.

Fiz o que Sheila me pediu. Peguei aquela que parecia maior e me encaminhei até o lugar indicado por ela.

— Agora, olhe-a contra a luz.

Obedeci. Ela continuou:

— Alguns médiuns asseguram que esse tipo de pedra é ativada quando recebe a luz do Sol e quando é girada no sentido horário. Em momentos especiais, a radiação solar muda sua estrutura molecular e coloca em movimento algo em seu interior.

— Verdade?

Cética, girei a pedra entre os dedos sem notar nada de especial. Aquela que eu escolhi era opaca. Pesada. E tão morta quanto qualquer uma de sua espécie.

— Olhe-a melhor — insistiu Sheila. — Module o compasso de sua respiração e continue girando-a, querida.

Quanto mais eu a observava, mais eu me convencia de que aquilo era uma simples pedra e que os amigos de Martin eram uns malditos de uns pirados.

— Pode acontecer uma dessas três coisas — anunciou Sheila de maneira bem solene. — Você não sentir nada porque sua mente não está preparada para receber este talismã; sua força, ao ser ativada, enevoar seu cérebro e causar alguns transtornos momentâneos em sua capacidade de compreensão... Ou você morrer.

— Isto pode... me matar?

Perguntei por pura educação, com um estúpido sorriso nos lábios. Ainda que aquela pedra fosse a coisa menos ameaçadora que eu já vira, Sheila soltou seu comentário utilizando um tom de advertência que me desconcertou:

— Certamente você conhece a história de Uzza — disse ela.

— Uzza...?

— Segundo o Antigo Testamento, Uzza foi um dos portadores da Arca da Aliança. Por desgraça, aquele escravo não possuía a sabedoria dos levitas a respeito da relíquia sagrada e, embora eles o houvessem prevenido mais de uma vez que sob nenhuma circunstância ele ousasse tocar a Arca, um dia Uzza não conseguiu evitar fazê-lo. Aconteceu em um dos seus numerosos traslados. O carro que a continha se desestabilizou ao passar sobre uma pedra e Uzza, por instinto, apressou-se em segurá-la para impedir que caísse no chão.

— Eu me lembro — comentei, sem levantar os olhos da pedra. — Morreu fulminado, correto?

— Sim, mas não foi a Arca que o matou.

— Como não?

— A Arca continha as Tábuas da Lei. Os mandamentos de Deus gravados em pedra. As pranchas inscritas eram feitas do mesmo material do objeto que agora você tem em suas mãos. Por isso eu falo que pode matar você.

Senti um calafrio ao escutar aquilo. O fato é que assim que eu me dispus a devolver a relíquia à caixa, algo na adamante me chamou a atenção. Não saberia definir muito bem o que exatamente aconteceu. Parecia um lampejo fugaz, um brilho como o que seria emitido por um prisma ao ser tocado por um raio de sol. Mas a pedra era opaca, sem frisos ou veios, nem sequer uma superfície brilhante que pudesse refletir a luz. Sem dizer nada, intrigada, eu a levei de novo à altura dos olhos. Então descobri algo mais. A peça, que conservava intacto seu aspecto tosco e inofensivo, possuía uma singularidade que me havia passado despercebida até aquele preciso instante: se a luz caísse de maneira oblíqua, um minúsculo setor de sua superfície clareava, tornando esverdeado seu tom escuro. Parecia para mim uma loucura, mas por um momento tive a impressão de que a adamante de Dee estava recoberta por algum tipo de pele. Uma membrana finíssima que, conforme fosse olhada, permitiria vislumbrar a presença de uma forma em seu interior. Algo como o caroço de uma tâmara.

— Querida, você viu algo?

Assenti, atônita.

— Vocês não?

Hipnotizada pelo meu achado, brinquei um pouco mais com a pedra. Eu a voltei na direção do Sol para que ele a banhasse por diferentes ângulos, tratando de me convencer de que aquele efeito de transparência não poderia ser real. Não consegui. Eu me dava conta de que, em uma fração de segundos, havia deixado de considerá-la um simples seixo para admirá-la como se fosse um diamante.

Sentados às minhas costas, Daniel, Martin e Sheila me observavam satisfeitos.

— Você viu, não viu?

Confirmei outra vez.

Martin não cabia em si de tanta emoção. Havia deixado de lado sua xícara de chá enquanto estalava os dedos, como fazia sempre que algo o deixava nervoso.

— Eu disse a vocês — sentenciou. — Julia tem o dom.

— Parece que ela o possui mesmo — assentiu Sheila, sem deixar de me observar. — Parabéns.

No entanto, antes que eu pudesse dizer algo, aconteceu outra coisa. Foi rápido, porém mais estranho ainda. Algo que eu não soube compreender completamente e que, sem saber, mudaria minha vida para sempre: aquela pedra translúcida em formato de rim pulou entre meus dedos como se estivesse viva. Foi uma agitação brusca, assim como um celular no modo de vibração. Pude ver a expressão de assombro no rosto de Daniel. E no de Martin. Não obstante, aquele movimento em espiral foi apenas um preâmbulo de outro fenômeno. A adamante começou a ganhar altura acima das pontas dos meus dedos e a irradiar uma luz que inundou a sala de relâmpagos curtos e intensos, projetando nossas sombras contra a parede.

— Isso vo...voa? — gaguejei.

— Por todos os santos! — rugiu Daniel Knight. — O que você está fazendo, jovenzinha?

Mal terminou de dizer aquilo, e, a pedra voltou a pousar na minha mão. Estava quente. Muda. Morta outra vez.

— Não sei! — gritei. — Ela se moveu!

Sheila me perfurava com seu olhar, esboçando sem dúvida um enorme sorriso de satisfação.

— Ela tem propriedades antigravitacionais — sussurrou Daniel.

— Beleza! Devo parabenizá-lo, Martin. — Sheila estava encantada. — É justamente a mulher que esperávamos. Não há dúvida.

E ela acrescentou, virando-se para mim:

— Pode ficar com a adamante, querida. Está claro que a pedra lhe obedece. De hoje em diante, ela será seu talismã.

18

PAZOS E MIRÁS ESTAVAM MORTOS já fazia meia hora quando o rádio de seu veículo soou pela primeira vez para comprovar que tudo estava bem. Ele produziu apenas um estalo e depois desligou. O responsável por fazer a ronda se encontrava com seu *walkie-talkie* em frente ao café La Quintana no momento em que, pela segunda vez naquela noite de cão, o fornecimento de eletricidade de toda a região voltou a cair.

— É uma foda! — disse, com uma evidente irritação.

Por alguma razão que o policial não podia explicar, seu rádio também parou de funcionar. Virou de um lado para o outro, de cima para baixo, chacoalhou algumas vezes o aparelho, tentando recuperar ao menos o ruído de estática, mas não conseguiu. Ao vê-lo tão inerte, inclusive com o sinal da bateria indicando que estava zerada, o policial lembrou que aquela era a noite dos mortos.

— Isso é uma coisa típica das bruxas... — murmurou, tentando conter um arrepio e fazendo um sinal da cruz, bendizendo a si mesmo por via das dúvidas.

Próximo dali, ao final do muro do monastério beneditino de Antealtares, de frente ao antigo restaurante O Galo d'Ouro na rua da Conga, três sombras planejavam seus próximos passos. Eles não perdiam de vista os dois carros com os homens armados que estavam estacionados diante do seu alvo.

— Desta vez não falharemos — murmurou ao grupo aquele que parecia ter a voz de comando. — Temos que chegar até aquela mulher.

— E se ela não estiver levando a pedra consigo?

Aquele que dava as ordens adotou um tom severo:

— Isso não importa. Nós precisamos das duas. A pedra sem ela não nos seria de grande ajuda. E agora é a mulher que está ao nosso alcance.

— Entendido.

— Lembrem-se de que nosso irmão entrou há uma hora na catedral com "a caixa", que não demorou nem um pouco para ser ativada. Esse tipo de coisa só acontece se um catalisador humano, uma adamante, ou ambos os elementos se encontram próximos um do outro e interagem entre si. Há cinquenta por cento de chance de que aí dentro esteja tudo o que procuramos — disse, apontando a entrada da cafeteria. — E isso é bem mais do que conseguimos até agora.

— E se ela deixou sua adamante na catedral?

Durante um segundo, ninguém respondeu.

— Não — disse um deles por fim. — Se ela está com a pedra, vai levá-la junto.

— Estou surpreso com tanta segurança.

— Pense no que acabou de acontecer — atalhou a primeira voz. — Nós apenas nos aproximamos dela e a luz acabou novamente. Cada vez que "a caixa" detecta uma intermediária poderosa, ela absorve a energia ao seu redor para poder funcionar.

— Vejam. Ali temos outra prova de que o *sheikh* tem razão — disse a terceira sombra.

Seu dedo apontava justamente na vertical de onde se encontravam. Não era o mais cômodo levantar os olhos para o céu e sentir um milhão de gotas frias de água de chuva cravando na pele, mas o rosto daqueles homens resistiu. A uns cinco metros acima da cabeça deles, rente às cornijas dos edifícios que circundavam o local, já não se viam mais as nuvens de uma tempestade, senão uma sombra fantasmagórica, disforme, com uma vaga tonalidade fluorescente, que parecia se expandir em todas as direções.

— Vamos ativar "a caixa"?

O *sheikh* concordou.

— Somente dessa forma deixaremos as dúvidas de lado... E vamos rezar para que desta vez não tenhamos que matar ninguém.

19

AQUELE NOVO APAGÃO NOS PEGOU desprevenidos. Nicholas Allen tocou a tela do seu iPad para que sua retroalimentação nos permitisse ter alguma claridade na mesa. Funcionou por um momento e logo se foi. Felizmente, o último brilho do aparelho foi aproveitado pelo garçom que rapidamente fuçou debaixo do balcão à procura de velas e uma caixa de fósforos.

— Você está com ela?

Dada a situação, a pergunta do norte-americano me surpreendeu.

— Se estou com o quê, coronel?

— A adamante, claro.

Não gostei nada de sua insistência. O garçom acendeu uma vela e a colocou sobre a mesa entre nós.

— E se por acaso estivesse?

— Bem... — ele sorriu ironicamente. — Seria possível usá-la para dar mais luz a este local, certo?

— Você só pode estar zombando da minha cara!

— Não me leve a mal — o coronel se desculpou. — Eu viajei muitos quilômetros para falar com você. Sei que existem pedras com propriedades extraordinárias. Meu governo sabe disso também. Entretanto, antes de dar um passo a mais, eu precisaria estar seguro de que a senhora guarda uma delas. No vídeo, seu marido falou sobre certo caminho para o reencontro e isso me pareceu uma alusão a algo que vai além de vocês dois: eu acho que ele se referia a essas adamantes. Ele disse se as escondeu em algum lugar?

O negócio começava a ficar feio. O coronel tirava suas próprias conclusões e a culpa era minha. Antes que fizesse uma ideia equivocada sobre o que eu sabia, eu devia dizer algo a ele. Algo que eu não pensara em contar para ninguém. Algo que definitivamente Martin havia me obrigado a manter em segredo antes de ir embora.

— Sinto muito que isso possa aborrecê-lo, coronel Allen, mas não tenho a pedra que procura.

Seu olhar se tornou tão inquisitivo que senti a necessidade de me justificar:

— Aconteceram muitas coisas depois que Sheila Graham me confiou uma daquelas adamantes — continuei. — Demais da conta para contá-las agora. Talvez baste saber que, durante o treinamento ao qual fui submetida por Martin e sua família, descobri que a pedra era uma poderosa fonte de energia.

— Estou disposto a escutar.

— Não sei muito bem como explicar isso. Era uma espécie de abastecedor energético poderoso e muito delicado, coronel. Até meu marido se assustou com seu potencial.

— E vocês... a utilizaram? Conseguiram invocar os anjos com ela?

— Nós tentamos, claro! Muitas vezes. Até que chegou a um ponto que me cansei daquele jogo.

— Você se cansou?

Antes de esclarecer aquele ponto, consumi o último gole de café frio que ainda restava na minha xícara. De qualquer modo, eu tinha dúvidas sobre se poderia confiar naquele homem.

— Sim, coronel. Eu me cansei. Martin e seus amigos me mantinham o dia todo prostrada, tentando visualizar como poderíamos utilizar suas pedras para nos comunicar melhor com seus guias. Passei meses trancada em um quarto, com o olhar fixo nelas, indicando o que eles chamavam de "portais". Enclaves geográficos onde essa conexão com o divino pudesse fluir melhor. Dá para imaginar o quanto isso foi frustrante para mim? Eu me sentia como um porquinho-da-índia! Prisioneira de meu marido! Era só dar as coordenadas e pronto: saíamos em viagem para lá. Estivemos por toda a Europa antes de regressarmos a Santiago.

— E então lhe abateu o cansaço.

— Bem — acrescentei. — Outro detalhe também contribuiu.

— Então diga.

— Martin foi educado em um ambiente protestante pouco ligado à religião, e eu vinha de uma família tradicionalmente católica. Todos os encontros que aconteceram depois de nosso casamento para fazer as pedras se moverem ou emitirem sinais, todas as suas tentativas de me colocar em transe diante delas, todas essas coisas acabaram me assustando. Sua insistência começou a parecer para mim uma coisa diabólica. Estávamos brincando com aspectos desconhecidos da Natureza. Até que... — titubeei — ... pouco antes de ele partir para a Turquia, depois de trabalhar por cinco anos ininterruptos com as adamantes, nós discutimos.

— Por causa das pedras?

— Eu disse a ele que estava farta de suas bruxarias e que não iria ajudá-lo nunca mais. Que os experimentos haviam acabado para sempre. Pelo menos naquilo que se referisse a mim. Eu me sentia usada por meu marido. Foi muito desagradável.

— E suponho que sua negativa contrariou Martin, claro.

— Mais do que imaginei — admiti. — Quando se deu conta de que a minha decisão não tinha volta, ele optou por me separar das adamantes por medida de segurança. A minha ele escondeu em um lugar que não me revelou. A dele, decidiu levá-la para Turquia até um dos enclaves determinados naquelas sessões. Ele queria escondê-la também. Martin me prometeu que isso acabaria com as pedras, que ninguém mais as tocaria, tampouco as utilizaria em qualquer tipo de ritual. De qualquer forma, ele me advertiu que deveríamos ser cautelosos. Estava obcecado com a ideia de que ninguém, salvo ele mesmo ou sua família, pudesse ter acesso às adamantes no futuro. Por isso ele as separou.

— Porém, agora precisaremos da sua adamante para encontrar Martin.

— Precisaremos? — a pressão do coronel me surpreendeu. — Mas o que o faz pensar que precisamos dela para resgatar Martin? Que essa maldita pedra vá para o meio do inferno!

— Acho que a senhora está enganada — disse ele de modo grave.

— Não. Eu não acho.

— Vou tentar explicar para que entenda sem maiores problemas, senhora Faber; se os seus talismãs são aquilo que a senhora disse, é provável que estejamos diante de um tipo de rocha não terrestre capaz de emitir radiação eletromagnética de alta frequência, sendo idêntica em ambas as peças. E seguramente Martin sabia disso. Se pudéssemos levar a sua, aquela que seu marido escondeu antes de viajar, e estudá-la em nossos laboratórios, nós identificaríamos a frequência exata dessa emissão e poderíamos localizar outra com características similares na região do Ararat onde seu esposo foi sequestrado. Logo, triangularíamos sua posição por um satélite e enviaríamos uma equipe especializada para resgatá-lo.

— O senhor está me falando em termos de ficção científica, coronel.

— Termos que seu marido conhece muito bem. Ele sabe que essa é a única forma que a senhora tem para localizá-lo. Por isso enviou uma mensagem criptografada.

— Tem certeza?

— Não custa nada tentar... Não acha?

Fiquei pensativa por um instante.

— Muito bem — eu disse por fim. — O problema é que, ainda que quisesse provar sua teoria, eu não sei onde minha adamante foi escondida.

Allen afagou seu dispositivo eletrônico, esboçando um intrigante sorriso. O aparelho havia voltado a dar sinal de vida.

— Talvez... Você não acha que Martin poderia ter indicado o esconderijo de algum modo em sua mensagem?

20

O INSPETOR FIGUEIRAS se assustou quando um de seus homens entrou sem avisar em seu gabinete e o agarrou pelos braços, sacudindo com força.

— Inspetor! Inspetor...! Acorde!

Antonio Figueiras havia adormecido estirado na poltrona, esperando que as cinco ou seis horas que restavam passassem logo, para que pudesse fazer as chamadas telefônicas que tinha planejado. Não teve essa sorte.

— Que aconteceu?

— O delegado-geral está faz tempo tentando encontrá-lo em seu celular e o senhor não responde — o policial parecia nervoso. — Disse que é urgente.

— Maldição! — grunhiu. — Mas que horas são?

— Três e meia.

— Da madrugada?

Figueiras deu uma olhada através da janela, incrédulo. Lá fora, a noite ainda estava escura e chovia forte. Irritado, foi em busca de sua capa de gabardine para procurar seu celular, lembrando que o havia desligado. Despediu-se do policial com certa dose de grosseria, digitou o código de acesso de seu terminal e o número do delegado. Ele o recebeu com um tom muito mais desperto que o seu. E tenso, eriçado.

— Onde diabos você se meteu, Figueiras?

— Sinto muito, delegado. A bateria do meu celular descarregou... — mentiu.

— Deixe de história! Tenho notícias do seu caso, inspetor.

— Da catedral?

— Exato. Há meia hora, recebi uma chamada da nossa embaixada em Washington. Eu pedi que eles solicitassem mais informações por meios diplomáticos sobre o espião norte-americano casado com nossa conterrânea.

— E?

— Não dá para acreditar, Figueiras: Martin Faber foi sequestrado por um grupo separatista turco, terroristas do PKK, no extremo nordeste do país. A Agência Nacional de Segurança americana colocou em andamento uma operação de busca e resgate internacional.

— Sequestrado? Você está certo disso?

— Totalmente. Os integrantes do PKK fazem parte de uma corja de idiotas radicais de esquerda que está há anos desestabilizando a região curda da Turquia. Você não acompanha as notícias pelos jornais?

Figueiras fez uma careta. Seu chefe prosseguiu:

— O tiroteio não foi um incidente isolado. Você não está entendendo? Certamente alguém deve estar interessado em sequestrar sua testemunha. Você tem que proteger Julia Álvarez. Agora mesmo!

— É para já, delegado.

21

— **PROVAVELMENTE EXISTAM** certas coisas sobre seu marido que você desconheça...

Nick Allen soltou aquilo deixando cair toda a sua humanidade sobre a mesa. Como eu deveria reagir diante de semelhante comentário? Conversávamos há quase uma hora e, de repente, aquele homem me fez sentir como aquela baleia encalhada na praia, que vi quando criança e ainda viva olhava com olhos assustados aqueles que a rodeavam sem entender o que acabara de lhe acontecer.

— Que tipo de coisa, coronel?

— Martin trabalhou para a ASN.

— A ASN?

— A Agência de Segurança Nacional dos Estados Unidos. O órgão do meu governo que controla todas as comunicações do planeta e informa ao Departamento de Defesa sobre os inimigos da nossa nação.

Um sobressalto me veio acompanhado de um calafrio.

— Não se preocupe, senhora. Martin não era alguém como eu. Não atuava em uma seção operacional, e sim no setor científico.

— Ele nunca me falou nada sobre isso — murmurei, um pouco entristecida.

— Seguramente ele não lhe contou por uma boa razão: sua própria segurança, senhora. Mesmo que você faça parte apenas da equipe de limpeza, ao ingressar no maior escritório de inteligência do mundo, duas coisas lhes serão exigidas. A primeira, discrição absoluta. Nada do que faça, veja ou aprenda durante sua estada na agência poderá ser compartilhado com pessoas que não sejam da agência. E a senhora não era uma delas. Eles nos ensinam que qualquer indiscrição, por menor que pareça, pode colocar em perigo operações de grande importância para o país e terminar cobrando a vida de pessoas inocentes que sabem da nossa missão.

— E a segunda coisa?

— Trabalhar para a ASN implica assumir certos riscos. Se o inimigo o capturar, tratará de lhe arrancar o máximo de todas as lembranças de sua passagem pela nossa organização. Às vezes, até a descrição de um escritório comum, mundano pode servir para que uma nação hostil deduza como nós agimos ou pensamos. Por essa razão, por sermos potenciais vítimas, eles ensinam a todos os empregados a codificar mensagens de socorro em frases inocentes. Ter a chance de soltar uma delas em uma simples chamada telefônica pode salvar sua vida.

Olhei o coronel surpresa.

— Martin sabe fazer isso?

Allen assentiu.

— Não notou nada de estranho no vídeo? Nada lhe chamou a atenção, por exemplo, a última frase?

Nesse momento, o militar acionou o vídeo em seu dispositivo eletrônico, deixando que a imagem abatida de Martin voltasse a pronunciar a frase em um espanhol mais do que aceitável. Seus olhos claros faiscaram de novo diante da pequena tela:

"... E tenha sempre em mente que ainda que a persigam para lhe roubar aquilo que é nosso, o caminho para o reencontro sempre *se te da visionada*."

Ao vê-lo novamente, maus presságios tomaram conta de mim.

— Eu lhe direi o que eu penso, Julia. Creio que o código está nessas últimas quatro palavras: "*se te da visionada*". Elas dizem algo a você? Tente lembrar se seu marido as pronunciou antes em algum lugar, ou num momento especial, que possa nos indicar onde ele escondeu a pedra.

— É sério isso que está me perguntando? — retruquei.

— Claro! A estrutura dessa frase sublinha sua última instrução. Parece que ele está lhe dizendo que se você quer estar com ele outra vez, existe uma rota, uma direção que você poderá imaginar.

— Talvez ele esteja fazendo uma alusão ao meu dom.

— Seria simples demais.

— E se for um jogo de palavras? Martin é muito chegado a eles.

— Pode ser. Posso lhe entregar papel e caneta para começar a jogar com as letras? — perguntou o coronel, enfiando a mão em sua maleta preta e tirando dela um punhado de folhas e um marcador.

Antes mesmo que eu pudesse pegá-los, a energia elétrica voltou, proporcionando um fugaz respiro à cafeteira. A máquina automática de vender cigarros na entrada se acendeu. A de moer grãos de café rugiu. E até os refrigeradores ronronaram aliviados. Mas foi pura ilusão. No segundo seguinte, a luz voltou a se esfumar como um fantasma assustadiço, desvanecendo-se outra vez nas trevas.

22

ALGO ESTAVA ACONTECENDO com a nuvem fosforescente que gravitava sobre os três estrangeiros. O mais jovem a olhava absorto, surpreso que seu aspecto começara a entrar em mutação logo depois que o *sheikh* ordenara que abrisse a bolsa de *nylon* que levavam às costas e deixasse que seu conteúdo umedecesse. "Vamos ativar 'a caixa'", foi tudo o que ele disse.

Quase no mesmo instante, o que quer que fosse aquilo que flutuava nos céus da cidade de Santiago começou a se tornar mais denso e a se expandir e se mover ao ritmo de contrações espasmódicas, como se ocultasse em seu interior uma criatura viva que lutava para escapar de uma longa prisão. Uma criatura que reagia ao conteúdo daquela bolsa. De fato, quando o jovem viu que as luzes da Praça das Pratarias iriam se apagar pela segunda vez, não duvidou que isso também era coisa do "monstro". Sabia que a nuvem precisava de toda a energia possível para agir. Inclusive a sua, se fosse preciso.

— Estão preparados? — perguntou o *sheikh*, alheio a tais temores.

O jovem, que respondia ao nome de Waasfi e que procedia de uma das famílias mais importantes da Armênia, assentiu. Seu companheiro, um soldado profissional experiente em mil e um combates desde a queda do regime soviético em seu país natal, também respondeu afirmativamente.

O *sheikh*, então, deu início a um ritual singular. Sem mover a bolsa nem um centímetro sequer de onde se encontrava, estendeu suas mãos sobre ela e aproximou seu rosto.

No mesmo instante, ele percebeu o sutil aroma de seu interior e a brisa que sempre precedia aos intentos de contato com a essência do objeto que levava com tanto cuidado. Tinha a impressão de que tê-la levado tão perto de Julia Álvarez iria servir para fechar um velho círculo. Que *Amrak* — como ele chamava a sua relíquia — por fim demonstraria tudo o que era capaz de fazer.

Sem lhes dizer nada, os homens que o acompanhavam se posicionaram equidistantes ao seu redor e começaram a entoar com a boca fechada, através do nariz, um timbre constante e monótono. Mmmmmmmmm. O *sheikh* havia lhes ensinado a emiti-lo usando suas caixas torácicas para despertar *Amrak*. A ideia não era tão inusitada como podia parecer. Na verdade, tinha um sólido fundamento científico. *Amrak* possuía em sua composição um mineral cujos átomos formavam estruturas geométricas hexagonais muito precisas. Se elas entrassem em contato com um som de uma longitude de onda compatível, poderiam ressoar e ter sua estrutura nuclear afetada. É o que acontece quando um tenor dá uma nota aguda diante de uma taça de cristal: a energia da sua voz penetra na geometria do cristal e o esfacela a partir de dentro.

A misteriosa relíquia que eles guardavam naquela bolsa não chegava a esse extremo. Aliás, no instante seguinte, ela começou a devolver um zumbido suave. A princípio foi apenas pouco perceptível, mas gradativamente se tornou mais vibrante e os preencheu da determinação de que necessitavam.

Confiante, seu líder se manteve em sua posição sem desviar os olhos da bolsa até que avaliou ter chegado o momento adequado para pronunciar uma ladainha de frases ininteligíveis dirigidas a ela. Quase podia ver as espirais de fumaça que precediam a seu êxtase. Logo ele sentiria seu poder. Uma força invisível e brutal que faria entrar em colapso quem não se protegesse com roupas de fibra de chumbo como as que ele e seus homens vestiam.

Nenhum dos dois soldados entendeu muito bem o que estava acontecendo, porém um tipo de formigamento estranho começou a percorrer seus corpos de cima a baixo. Não era uma sensação desagradável. Tampouco irritante. Se fosse para comparar com algo, parecia uma inocente descarga de eletricidade estática.

— *Zacar od zamran; odo cicle qaa...*

As estranhas palavras do *sheikh* os obrigaram a se concentrar. Eles deveriam repeti-las. Essa era a ordem.

— ... *Zorge lap sirdo noco Mad...*

Novos calafrios os atingiram. Aquilo não eram frases em armênio. Era outra língua, que soava arcana e misteriosa.

— ... *Zorge nap sidun...*

Não teria como alguém entender o que estariam fazendo três homens vestidos de preto, debaixo da chuva, ao redor de uma bolsa jogada no chão. Tampouco esse alguém acreditaria que aquele ritual fosse uma remotíssima invocação ao Ser Supremo, ao Eixo do Universo, nem que seus efeitos estivessem a ponto de se fazer notar para muito além do terreno da fé ou do sugestionamento. As frases que eles repetiam uma e outra vez faziam parte de uma antiga chamada, com as palavras arranhadas de um idioma esquecido e indecifrável, pelo qual invocavam a proteção da "caixa", *Amrak*. O objeto que tinham a seus pés.

— ... *Hoath Iada.*

Eram três e trinta e cinco da madrugada quando a velha cidade ficou muda pela terceira vez. A nuvem então pareceu se alinhar sobre o perfil dos telhados do centro da cidade e se deslocou pouco a pouco até o coração da praça que os separava da catedral.

Ao vê-la reagir, o *sheikh* se maravilhou. A "potência de Deus". "O fogo devorador." "A glória de Yahweh." Por esses, e por outros nomes parecidos, essa força era conhecida. Uma energia que pouquíssimos haviam conseguido arrancar daquela antiga relíquia que agora lhes serviria de arma. De fato, o líder daquele comando só havia conhecido um homem capaz de ativá-la. Uma mente científica brilhante, que lhe explicara como uma sábia combinação de energia eletromagnética de origem natural — procedente da fricção de extratos rochosos, correntes subterrâneas, alterações atmosféricas ou até mesmo tempestades solares — pudera reunir essa potência quase sobrenatural em *Amrak* e convertê-la em uma fonte inesgotável de força. Ou em um emissor de sinal de grande intensidade. Ele a chamava de energia geoplásmica. E esse homem era precisamente aquele que o *sheikh* pretendia resgatar dando um passo como aquele.

Seu nome, Martin Faber.

23

NO INSTANTE EM QUE A LUZ se foi, comecei a me sentir mal.

Uma angústia que nascia no estômago subiu até a minha garganta e fez minha boca se encher de sabores amargos. Não pude me concentrar no jogo de adivinha que, segundo ele, o coronel Allen, se escondia na frase "*se te da visionada*", e me segurei na beirada da mesa para não desfalecer. O caso é que eu cravei o meu olhar no americano e, graças ao último suspiro de luz da tela do seu iPad, vi que ele também não estava passando bem. Seu rosto se enrugou, enfeando ainda mais a cicatriz da testa, e ele cambaleava de um lado para o outro da cadeira, a ponto de desabar no chão. O pior de tudo, o que me inquietou de verdade, foi descobrir uma sombra de pânico em seus olhos claros. Foi algo súbito. Como um reflexo de luz. De repente, tive a certeza de que o militar, que havia chegado para me proteger de sabe-se lá quem, havia identificado os sintomas que estávamos sofrendo e se sentia aterrorizado.

Não pude perguntar o motivo.

Não tive tempo.

Minhas forças me abandonaram antes que pudesse terminar de processar o que estava acontecendo conosco.

Logo em seguida me senti incapaz de respirar. Meu peito não obedecia às ordens para inalar mais ar. Todos os meus músculos se afrouxaram ao mesmo tempo, sem querer, e o mundo exterior deixava de importar para mim. Deus! O que era aquilo? O que estava acontecendo?

No cúmulo do absurdo, percebi uma dor distante. A inconfundível impressão que me causou o café quente se derramando sobre a minha roupa. Mas nem mesmo por instinto eu consegui me movimentar. Nem girar os olhos ou enviar um derradeiro impulso nervoso para as minhas mãos a fim de que pudessem me impedir de cair ao chão. Não foi possível. Simples assim. Por sorte, a batida contra o assoalho de carvalho do La Quintana não me machucou.

Por fim, um milésimo de segundo antes de tudo se tornar escuro, tive um instante de lucidez. Um terrível instante que, sem dúvida, senti como uma libertação.

Estava morta. Agora sim.

Tudo havia terminado para mim.

24

O QUARTO DO PADRE Benigno Fornés dava justamente para a fachada norte da catedral. Estava localizado numa sacada do Seminário Maior San Martín Pinario. Ficava de frente para os pequenos jardins do palácio do bispo Gelmírez e a Praça da Imaculada. A partir de sua grade de corrimão, era possível cuidar das necessidades do templo e saber antes de todos se algo ia mal ou se não estivesse de acordo em seu interior. Quem sabe se foi essa vista privilegiada que não lhe deixou pregar o olho depois do tiroteio. O decano estava muito mais angustiado do que o costume. Apesar do frio que emanava do mundo exterior, ele resistia em fechar a janela ou desconectar o celular. Se alguma coisa voltasse a interromper a paz secular da sua catedral, ele queria ser o primeiro a sabê-lo.

O ancião tinha um mau pressentimento. Ele havia sido criado sobre o solo e debaixo das paredes daquele lugar e sabia quando as coisas podiam ir de mal a pior. Era uma sensação epidérmica. Inenarrável. Por isso, quando na entrada da madrugada uma série de pequenos acontecimentos voltou a perturbar seu cochilo, isso não lhe causou tanta surpresa assim.

Primeiro foram as duas quedas consecutivas de energia elétrica que o arrancaram da cama. O decano se levantou ao perceber que a claridade das luzes da rua havia se dissipado, regressado e voltado a desaparecer em questão de segundos. Inquieto, aquele homem de setenta e um anos, de inteligência afiada e desconfiado, como todos de sua geração, decidiu fazer algo. Ele o fez com cautela. Sem produzir ruído. Não conseguia tirar da cabeça o falso incêndio na catedral, então se vestiu, pegou seu abrigo e uma lanterna e cruzou nas pontas dos pés o setor dos dormitórios destinados aos canônicos. Quando chegou ao templo pelo corredor que atravessa a rua de La Azabachería, rezou para que o velho cabeamento tivesse resistido a esses incidentes.

"Espero estar errado, Senhor — murmurava. — Espero estar errado."

Ao chegar à porta, Fornés digitou a senha de seis dígitos em um painel eletrônico e desconectou o alarme. Fez o sinal da cruz num ato de autobendição com seus dedos ossudos umedecidos na pequena pia de água benta que encontrou à sua esquerda e, tateando, perambulou primeiro pelos corredores em busca de qualquer coisa fora do normal.

À primeira vista, tudo pareceu tranquilo.

Não havia nem rastro da luminosidade alaranjada que havia deixado os vizinhos em alerta. Mesmo às escuras, o lugar era de uma solenidade imponente. O fulgor das últimas velas proporcionava volume a alguns dos lugares mais sagrados. O batistério e a Capela de Santa Maria de Corticela resplandeciam entre as trevas. Ao vê-los, a alma do decano se sobressaltou. O ancião Fornés, como sempre, tinha límpido na memória os dias nos quais aquele espaço sagrado de mais de oito mil metros quadrados permanecia aberto aos fiéis a cada noite do ano. Eram outros tempos. Que pertenciam a uma época em que os peregrinos cristãos velavam com devoção as relíquias do "Filho do Trono", recordando que Santiago foi o discípulo que herdou de Pedro a liderança da Igreja primitiva e testemunha de primeira fila de sua transmutação e ascensão aos céus. Por desgraça, a modernidade havia acabado com isso. E episódios como aquele, dos disparos dessa madrugada, não ajudariam muito a endireitar as coisas.

O decano, taciturno, caminhou então com sua lanterna em direção à Porta das Pratarias e depois até o fundo da nave principal. A nuvem vista nesses locais não havia deixado nenhum rastro de fumaça nas paredes.

"E se foi um sinal enviado do céu?"

A pergunta que o decano transmitira a seu arcebispo depois de recolher toda a informação do incidente das mãos do ímpio inspetor Figueiras era mais do que uma dúvida. Encerrava em si uma sugestão. Um aviso. Porém, o responsável maior pela Igreja Católica em Santiago lhe decepcionou outra vez. Aquele jovem teólogo, que chegara à sede episcopal somente um ano antes, não tinha capacidade para compreender suas alusões. Como ele temia, o jovem parecia mais interessado no tiroteio do que no falso incêndio. Era de esperar... Monsenhor Juan Martos era um daqueles novos pastores diocesanos de meia-idade que, desprovido de batina e anel, poderia passar por um executivo de uma multinacional qualquer. Um homem de aparência neutra, impecável, frio, alguém que — infelizmente, do ponto de vista do decano — parecia mais voltado para as questões mundanas do que para a purificação do espírito.

"O senhor disse o quê? Um sinal?" — o arcebispo lhe perguntou com estranheza. — "O que o senhor quer dizer exatamente com isso, padre Benigno?"

"Lembre-se de que este lugar foi fundado no século IX, quando algumas luzes milagrosas alertaram um ermitão chamado Pelagio da presença de um objeto sacro nas proximidades. A tradição afirma que foi ele quem avisou a seu ilustre predecessor, o bispo Teodomiro, e foi este quem compareceu ao lugar e encontrou um dos maiores tesouros da fé cristã."

"A arca com os ossos do apóstolo Santiago", apontou precisamente Sua Eminência Juan Martos, sem entusiasmo.

"Correto, Ilustríssima. Pense que, às vezes, esse tipo de luz são sinais de Deus. Servem para chamar a atenção para que nós, seres humanos, despertemos."

Monsenhor Martos ruminou aquilo sem grande vontade. O arcebispo era demasiado jovem, distante demais de Santiago e de sua história milenar, para poder captar o que o decano tentava insinuar. Fornés então compreendeu que seu bispo não estava à altura da função oculta da Catedral de Santiago. Não era um homem "da tradição". Caso contrário, não teria ordenado que a fechassem e proibido qualquer um de entrar até que a polícia terminasse o seu trabalho.

Talvez por isso, ciumento de suas funções de guardião dos segredos do templo e ainda contrariando as instruções de seu superior, o decano deu uma olhadela com seus próprios olhos. Afinal de contas, aquela era a casa que a Divina Providência havia lhe encarregado de guardar e nada nem ninguém o impediria de fazer isso. Nem sequer seu próprio arcebispo.

O templo estava tranquilo, calmo.

O local mais escuro era aquele ocupado pelo Pórtico da Glória, assim Fornés decidiu começar a sua ronda por ali. Os andaimes tapavam boa parte de suas duas fachadas, turvando aquele ponto com plásticos, computadores e mesas cheias de produtos químicos. Contudo, nesse sacrossanto espaço tudo parecia estar no seu devido lugar e da forma como Julia Álvarez, sua protegida, havia deixado.

Julia era uma moça especial. O decano soube disso desde a primeira vez que a viu. Não apenas por seu currículo — magnífico, diga-se de passagem — como também por sua determinação e a mente aberta que demonstrava nas reuniões com os responsáveis de restaurar aquelas pedras. Sem o saber, ao sugerir que a recente deterioração dos seus muros e esculturas se devia a algum tipo de força telúrica, subterrânea, invisível, ela estava se aproximando do segredo compostelano que ele protegia.

Quando o feixe de luz de sua lanterna esbarrou na brancura das colunas de sustentação que dividiam as janelas daquele pórtico, Fornés deixou aqueles pensamentos de lado. Deveria prosseguir com sua ronda. Ainda que poucos o soubessem, essa peça escondia toda a razão de ser de Compostela. Tratava-se de uma coluna estratificada, cheia de pequenas representações de seres humanos que pareciam escalar a árvore genealógica de Jesus a partir de um misterioso personagem barbudo que descansava rente ao chão e que segurava dois leões agarrados pelo pescoço. Como se fosse uma planta trepadeira, a coluna se elevava tal qual uma espiral de DNA em desenvolvimento, avançando até o Apóstolo Santiago e, acima dele, subindo até o Cristo Ressuscitado.

Tudo ali estava em seu lugar. Nenhum disparo havia atingido, graças a Deus, aquela maravilha.

Mais calmo, o sacerdote se distanciou do cruzeiro e se dirigiu até onde aconteceu o tiroteio. A polícia havia isolado com um cordoamento com cinturões de plástico seguindo um perímetro, mesmo assim o padre Fornés não deu importância. Levantou-as e, com cuidado, começou a perambular entre os bancos de madeira. Sua lanterna não demorou em evidenciar o desastre. Vários corrimãos haviam sido lascados pelos projéteis, regando o chão com farpas centenárias. Algumas haviam sido numeradas, do mesmo modo que os cartuchos das balas que ainda não haviam sido recolhidos, e sobre os bancos descansava parte do equipamento para recolher as marcas de pegadas e mostras de impressões digitais que certamente seriam levados embora ao completarem o serviço no dia seguinte. O decano evitou aquilo o máximo que pôde e se dirigiu até o local que lhe interessava.

Então, ele viu algo.

Num perímetro menor que o anterior, havia um espaço demarcado próximo à Porta das Pratarias, justamente abaixo do monumento ao *campus stellae*. Aquela — e ele sabia melhor do que ninguém — era a área mais antiga da catedral. Nem sequer os maiores eruditos recordavam que ali nascera o templo cristão mais importante do mundo depois da Basílica de São Pedro do Vaticano, e muito menos que esse solar havia sido o cenário de inumeráveis prodígios. Mais ainda, sobretudo, ali era o ponto em que Bernardo, o Velho, *magister admirabilis,* colocou a pedra fundamental de toda a estrutura por volta do ano de 1075, guiado — segundo a tradição — por um grupo de anjos do Senhor.

Por isso, ao ver as fitas de plástico da polícia rodeando esse setor, sua pulsação acelerou de novo.

— Por todos os santos...!

Cravada na parede, sobressaía uma das balas.

O impacto havia rachado o bloco que a tinha feito parar, desfazendo uma parte da sua superfície como se fosse um montão de farinha. Fornés se benzeu com o sinal da cruz ao ver isso. Era o tipo de incidente que necessitaria a atenção dos restauradores, pensou. Mas isso não era tudo. Ao cair parte da pedra, e afetar as circundantes, uma sombra estranha ficou descoberta. Parecia uma inscrição. Um pedaço de pintura antiga. Talvez uma enorme marca deixada por um marmoreiro. De todo modo, aquilo se tratava de um traço que descontrolou ainda mais o velho coração de Fornés.

Tinha esta forma: .

O decano se aproximou com curiosidade. Iluminou a marca com sua lanterna e a acariciou com a ponta dos dedos. Parecia recém-feita. E, além disso, tinha algo de profundidade, seu perfil se distinguia do antigo granito compostelano porque refletia uma luz furta-cor, cheia de brilhos dourados. Ao sugestionado padre Fornés, deu-lhe a impressão de que ainda estava quente.

"Cristo bendito!" — pensou ele. "Devo advertir ao monsenhor o quanto antes!"

25

DIZEM QUE, QUANDO ALGUÉM morre, sua alma se vê condenada à prova mais dura de sua existência. Afirmam que justamente antes de transcender para a dimensão superior, a alma é conduzida até estar de frente a uma espécie de "caixa preta", um recipiente sem forma nem dimensão no qual se armazenou tudo o que fora feito dentro de seu corpo desde o dia em que seu cordão umbilical fora cortado e seus pulmões respiraram pela primeira vez. O que a alma experimenta ao se aproximar desse receptáculo supera qualquer experiência sensorial. De repente, a consciência se vê imersa em uma espécie de recriação na qual somos capazes de nos perceber de fora e nos julgar pelo olhar dos outros. Ao contrário do que dizem as grandes religiões, nesse estado não há juízes. Nem tribunais. Tampouco olhos que nos forcem a aceitar ou não o que foi visto. Nada disso é necessário. A alma deixa sair a energia pura que a habita e é capaz de valorizar por si mesma o aprendizado enquanto esteve envolta pela carne. Depois, após repassar o que foi vivido, tomará o caminho que se afine mais com seu estado vibratório.

A única coisa boa desse processo é descobrir que para além há um caminho. Ascendente ou descendente, isso depende, varia. Porque céu e inferno são, definitivamente, o fruto dessa recapitulação extrema; o estado anímico em que nos encontramos após avaliar se em nossa vida valeram mais os êxitos ou os fracassos, as virtudes ou os erros, o espírito ou a matéria densa.

Todos nós — seja lá qual for a crença que tenhamos professado — já ouvimos falar alguma vez desse momento. E ainda que os líderes religiosos nos tenham confundido anunciando tribunais extremamente severos, grandes absolvições e até a ressurreição dos mortos, a única coisa que posso dar fé é que o episódio da "repassagem da vida" é real.

Eu soube disso naquela madrugada no café La Quintana quando, caída de bruços a poucos centímetros do corpo inerte do coronel Allen, acreditei ter chegado o momento de prestar contas.

Surpreendi-me quando me dei conta de quão fácil foi morrer. E o que a princípio acreditei ser um desmaio indolor logo depois se traduziu em uma torrente química de sensações e velhas lembranças. Não sei por que deduzi que havia perdido a vida como resultado de uma forte descarga elétrica, como Uzza, o portador da Arca da Aliança. Dez mil volts que foram os suficientes para parar meu coração e torrar meu cérebro. Talvez isso explicasse por que eu me senti catapultada para fora do tempo, arremessada em um mar de imagens que agora desmoronavam em cima de mim.

Fiz um tremendo esforço para compreender. Por que não senti dor nenhuma ao desabar contra o solo? Onde foi parar o café ou Nick Allen? E o garçom?

Entretanto, durante um bom tempo, não aconteceu nada.

Nada de nada.

Foi como se eu estivesse me dissolvendo bem devagar, em um bem-estar sem sobressaltos. Havia deixado de sentir frio e, pouco a pouco, fui adquirindo a certeza de que estava apagando.

Quando a paz foi total, algo se acendeu dentro de mim. Escutei vozes. E, sem saber como, imagens de outro tempo começaram a desfilar por baixo dos meus olhos fechados.

Eu devo lhe contar. E o farei.

A primeira lembrança brotou com força.

Era o dia da cerimônia do meu casamento e, por um momento, acreditei que essa lembrança aflorava porque o coronel Allen cutucou meus sentimentos até um segundo antes da minha morte.

Nele, eu vi como Martin e eu chegamos ao condado de Wiltshire com a impressão de que nossas vidas haviam sido engolidas por uma tormenta. Era a primeira hora da manhã de domingo, um dia depois de meu primeiro encontro com as adamantes de John Dee, e havíamos levantado muito cedo para que tudo estivesse pronto em seu devido tempo. A verdade era que ambos estávamos com os nervos à flor a pele. Não havíamos conseguido pregar os olhos a noite toda. Inclusive discutimos.

Quase havia me esquecido disso.

Nossa briga começou na noite anterior, depois do nosso encontro com Sheila e Daniel. E a culpa foi das ditas-cujas, as pedras. Nenhuma das duas deixara de fazer coisas estranhas desde que foram entregues a mim. Martin e os ocultistas se alvoroçaram como crianças quando uma delas brilhava, movia-se, agitava-se, girava sobre si mesma apontando objetos sobre a toalha da nossa mesa ou emitia um ruído suave parecido ao que faria um pequeno trem a vapor. "Movimente-a nesse sentido", "Coloque-a sobre aquela pirâmide", "Levante-a com o dedo mínimo", eles me diziam. Chegou a hora em que eu me cansei de seus jogos. Se não nos retirássemos para descansar, a cerimônia do dia seguinte seria um desastre.

Quando regressamos ao hotel, saltaram as primeiras faíscas.

— Não foi o dia mais alucinante da sua vida? — disse Martin antes de se deixar cair na cama.

— Você que o diga! — respondi, soltando ácido pelos poros. — Acabo de descobrir que você sabe muito mais de mim do que eu imaginava.

— Ãhn? Você está dizendo pelo fato de...?

— Sim! Isso mesmo! — eu o interrompi. — Então você se aproximou de mim porque acreditava que eu era vidente, certo? Por que não me disse isso antes?

Martin me olhou como se eu fosse uma extraterrestre.

— E você não é?

— Não! Claro que não!

— Você tem certeza disso? — ele me cortou de maneira mordaz. — Você mesma me contou que desde pequena se comunicava com sua bisavó já falecida. Que, em sua casa, sua mãe havia visto várias vezes essa procissão de almas penadas... Como se chama mesmo?

— Santa Companha.

— Isso mesmo! Santa Companha. E tampouco fui eu quem inventou que você descende de uma linhagem de bruxas galegas que sabem tudo sobre ervas medicinais. E que até destila um rum que cura artrite!

Foi o cúmulo. Martin quis ir pelas bordas sem abordar a questão essencial. Não podia permitir isso.

— E por que você não me contou sobre as pedras? — deixei que o meu mal-estar impregnasse todas e cada uma daquelas palavras.

— Bem... — ele titubeou. — Até agora era uma espécie de segredo de família, *chérie*. Porém, pelo fato de que amanhã você fará parte dela, achei que deveria conhecê-lo. Não gostou da surpresa?

— Surpresa? Eu me senti como uma cobaia em suas mãos! Uma atração de feira! De onde saíram esses, esses...?

— Amigos? Daniel é um sábio. E Sheila é... Alguma coisa tipo... Tipo o que você é.

— O que está querendo dizer?

— Ela era a única que até agora sabia como fazer as pedras reagirem. Embora não como você fez. O importante a realçar é que não me equivoquei quanto a você. Você as faz falar! Você tem o dom!

— Fazê-las falar? Malditas sejam, Martin! Você acredita mesmo que elas falam?

De um salto, Martin saiu da cama e se plantou ao meu lado.

— Estas, sim.

— Como você pode dizer isso?

— Em vinte anos, Julia, ninguém viu as adamantes se comportarem como fizeram nesta noite. Pareciam vivas! Você precisava ver a cara da Sheila. Você tem o dom! — repetiu ele. — O mesmo que Edward Kelly, o vidente favorito de John Dee. Se quisesse, ele poderia olhar através delas e fazê-las vibrar. Ele era seu médium!

Sua imagem terminou enfim de se nublar para mim. O homem com quem iria me casar falava comigo como se eu fosse uma estranha.

— Você está me assustando, sabe? — disse eu, com os olhos úmidos. — Eu acreditava que você era um cientista. Um homem racional... Eu coloquei a minha vida em suas mãos... E eu agora não o reconheço!

— Julia, por favor... Você está assustada — sussurrou. — Veja bem, não há nada a temer.

— Não estou tão certa disso!

— Depois da cerimônia, você terá tempo para aprender a usar as pedras, *chérie*, e de comprovar que continuo sendo o cientista pelo qual está apaixonada. Nós as estudaremos juntos. Eu lhe prometo. Você lhes dará a vida. E eu as interpretarei.

Não respondi.

— Você compreenderá tudo. Verá que, ainda que agora pareça para você coisa de bruxa, o que está acontecendo tem uma explicação simples. Sheila e Daniel também desejam lhe dar tal elucidação.

— E se eu perdi a minha confiança em você? — eu o olhei o mais séria de que fui capaz. — Eu me sinto enganada, usada. Compreende isso?

— Você não está falando sério.

— Não... — baixei o olhar. Suas mãos fortes agora apertavam as minhas, tratando de me dar uma segurança que desde há pouco eu havia perdido. Tudo estava confuso para mim. — Claro que não...

26

ALI ESTAVAM ACONTECENDO coisas muito estranhas.

Antonio Figueiras não podia organizar uma operação para proteger uma testemunha com todos os elementos contra ele. A falta de luz, a falta de sinal do rádio e a última desconexão dos operadores de telefonia celular dos arredores o haviam deixado outra vez sem ferramentas para trabalhar. Por isso, o inspetor não pensou duas vezes: pegou seu carro particular e, a toda a pressa, tomou o caminho mais curto para o levar até a praça da Quintana. Julia Álvarez deveria ainda estar conversando com o norte-americano. Por sorte, havia deixado vários homens de sua confiança encarregados de vigiá-los, e o helicóptero de sua unidade estava ali pousado para não os deixar escapar. Ele não acreditava que nenhum terrorista curdo — por mais ousado que fosse — se atrevesse a sequestrar Julia nessas condições.

A chuva — "por sorte", pensou — estava dando uma trégua. Havia deixado de desabar com tanta fúria e agora possibilitava entrever, inclusive, um ligeiro resplendor do amanhecer através das torres da catedral.

Se Figueiras tivesse parado um instante para verificar a hora que marcava o relógio do painel de seu carro, ele teria se dado conta de que não seria possível que essa luminosidade, de modo algum, tivesse algo a ver com o Sol.

Mas ele não fez isso.

27

MINHA SEGUNDA LEMBRANÇA pós-morte chegou sem avisar.

Um homem vestido de cinza, com o maltratado rosto rachado pelo frio e pela idade, observava-nos sem expressar emoção alguma. Martin e eu acabávamos de chegar a Biddlestone, a aldeia em que planejávamos nos casar, e o padre Graham, seu vigário, não tinha como acreditar no que via diante de seus olhos.

— É uma decisão muito importante... — murmurou. — Vocês estão certos de que querem fazer isso?

Nós dois assentimos. Havíamos chegado muito cedo ao povoado, depois de termos deixado o hotel em plena madrugada, incapazes de conciliar o sono.

— E quando decidiram?

— Ela soube antes de ontem — respondeu Martin, com um meio sorriso.

— Eu imaginava...

Ainda que o tom de voz do sacerdote soasse como uma reprovação, não disse nada mais. Sentou-se ao nosso lado e nos convidou para comer algo. Sua presença me era reconfortante, e logo entendi o motivo dessa sensação.

— Quanto tempo faz que não nos vemos, filho? — perguntou ele a Martin.

— Desde a minha primeira comunhão. Faz mais de trinta anos!

— Oh, sim, claro! O mesmo tempo que não vejo seus pais.

— Eu sei. Sinto muito por eles demorarem tanto a vir.

— Sabe de uma coisa? No fundo, sua ausência é uma lisonja. Isso significa que vocês ainda confiam em meu trabalho — disse o padre, como que querendo remover a importância desse detalhe. Martin tampouco se alterou. — E diga-me, filho, você continua insistindo na leitura principal? Sua chamada de ontem me preocupou. Cerimônias desse tipo não se celebram sempre. Muito menos em um templo cristão.

— Eu compreendo — aceitou Martin, tomando-me uma de minhas mãos. — Mas não haverá nenhum problema, certo?

— Não. Se ela não tiver...

— E por que eu teria? — Sorri, acreditando que aquilo fosse uma piada entre velhos conhecidos. — É minha cerimônia de casamento!

— Minha filha... Seu noivo insiste em incluir na cerimônia uma leitura que não pertence à Bíblia. Você sabia disso?

— A verdade é que eu não sabia.

Martin encolheu os ombros, como se aquela fosse mais uma de suas surpresas.

— É um rapaz teimoso como uma mula — prosseguiu o padre. — Ele quer que se oficialize o ritual com uma dessas parábolas antigas em que as mulheres não ficam lá nas melhores situações, não... Por isso eu me pergunto se, sendo você espanhola e, presumo, temperamental, gostaria de...

— Isso é verdade?

Dei uma olhada meio divertida para Martin, deixando o padre Graham com a palavra na boca.

— Salvo naquilo em que fica em maus lençóis, sim — riu-se ele.

— Sem dúvida — acrescentou o sacerdote — concordará comigo, Martin, de que se trata de um texto fora do comum; algo impróprio para uma cerimônia matrimonial.

— Impróprio? — fiz a pergunta já quase morrendo de tanta curiosidade. — Por que é impróprio, padre Graham?

— Oh! Não lhe dê importância, *chérie.* — Martin cuidou de diminuir a importância daquele comentário do padre. — Esse homem tem casado a minha família há gerações e sempre resmunga a mesma coisa.

Creio que se trata de sabotar a nossa tradição... — acrescentou, piscando um dos olhos para mim.

— Então... Que leitura é essa? — insisti.

— É a leitura de um texto arcaico, valioso sem dúvida, entretanto de modo algum canônico, senhorita. Meu dever é adverti-la. Martin me disse que é historiadora e perita em arte. Isso é interessante. Eu lhe mostrarei o texto para que possa apreciá-lo.

O sacerdote então se levantou da mesa e, dirigindo-se à estante da cozinha que estava cheia de velhos livros encadernados em couro, extraiu de lá um exemplar grande e delgado.

— O livro do Gênesis menciona as mesmas passagens que estão relatadas neste tratado, no capítulo sexto — explicou padre Graham, suspendendo um volume encadernado em pergaminho que me pareceu muito velho. — Infelizmente, a Bíblia traz somente uma informação parcial deles, muito resumida, como se quisesse evitar detalhes escabrosos que em contrapartida estão compilados aqui, com todo o requinte de detalhes...

— E que obra é essa?

— O Livro de Enoque. E o que seu marido quer ler são os capítulos seis e sete, senhorita.

— O Livro de Enoque? Não me lembro de ter ouvido falar sobre ele.

Martin se remexeu onde estava sentado. Achei que ele se sentiria contente com meu interesse pelos detalhes do ritual, mas logo em seguida me dei conta de que não era bem assim. Enquanto o padre Graham se desfazia em explicações, ele se revolvia incômodo na sua cadeira, ficando em dúvida se nos interrompia ou não.

— O Livro de Enoque — prosseguiu o sacerdote, colocando em minha frente aquele grande tomo, espesso como um almanaque, e encadernado sem nenhum tipo de rubrica ou marca exterior — é uma obra profética que narra a história e o que ocorreu com a humanidade em seus primeiros passos sobre a Terra. Suas cópias mais antigas procedem da Abissínia, a atual Etiópia.

— Que interessante — aplaudi, para o desespero de Martin — E o que há de desconfortável nesse livro para uma mulher, padre?

— Se tiver paciência, eu lhe explicarei — grunhiu. — Explicando em linhas gerais, ele conta o que nos aconteceu depois da expulsão do Paraíso. O que aconteceu um pouco antes da Segunda Queda.

— A Segunda Queda?

— Bem... Segundo as Escrituras, nós estivemos no ponto de extinção em duas ocasiões. A primeira, quando Adão e Eva foram expulsos do Éden e lançados ao mundo mortal. Naquela ocasião, Deus poderia ter fulminado os nossos primeiros pais, porém os perdoou *in extremis*. Então, eles se adaptaram ao seu novo ambiente e se reproduziram em grande velocidade.

— Quer dizer que a Segunda Queda foi quando...

— Quando esses descendentes pereceram durante o Dilúvio — completou.

Fiquei fascinada com o relato do padre Graham, era como se ele estivesse me contando sobre a Criação com a mesma tranquilidade que um repórter da *National Geographic.* Decidi segui-lo naquele jogo.

— Deixe-me ver se para mim isso está claro, padre. O senhor está tentando me dizer que o Livro de Enoque é antediluviano?

— Não exatamente. Aquilo que o seu autor conta é que é antediluviano, senhorita. Quer dizer, narra os feitos que aconteceram entre a Primeira e a Segunda Queda. Infelizmente, sua antiguidade, a época exata do texto, é um autêntico mistério. O livro não menciona Adão e Eva, o que é bastante surpreendente, porém em contrapartida explica com todos os detalhes por que Deus nos enviou a Grande Inundação. E disse saber o motivo pelo qual sua fonte não foi outra que não o mesmíssimo profeta Enoque.

— Enoque...

O padre Graham não me ouviu resfolegar de admiração.

— Enoque é mencionado várias vezes na Bíblia, senhorita. Foi um pastor analfabeto que teve a imensa sorte de contemplar o Reino dos Céus com seus próprios olhos. Talvez você devesse saber que ele foi um dos poucos mortais que Deus levou ao Paraíso ainda ocupando um corpo mortal; ele ascendeu aos Céus arrebatado por um torvelinho e pôde regressar à Terra para nos contar tudo e nos advertir sobre a irritação em que se encontrava o Pai Eterno quanto aos humanos.

— O Livro de Enoque conta tudo isso? — murmurei.

— E mais ainda. Parece que, enquanto Enoque esteve no Paraíso, ele conseguiu as respostas para todas as nossas tribulações, presentes, passadas e futuras. Por isso, quando de sua volta, ele se converteu em uma espécie de oráculo tocado pelo dedo do Criador. E imortal. Como os deuses no mundo antigo.

Ouvi Martin resmungar algo de algum lugar da cozinha.

— E diga-me, padre — prossegui, olhando meu noivo de soslaio —, por que o senhor acredita que Martin quer utilizar este livro em nossa cerimônia? Ele fala sobre o amor?

James Graham então cravou seu desgastado olhar azul em mim, como se quisesse me advertir de um perigo do qual eu ainda não estava ciente.

— O que seu noivo quer incluir na cerimônia se encontra no princípio do livro, minha filha... Por que não dá uma olhada por si mesma para sanar sua dúvida? Eu não sou capaz de lhe dizer se isso é ou não amor.

O sacerdote então me ofereceu o grande tomo que levava aberto em suas mãos e me convidou a folheá-lo. Localizei sem dificuldade o ponto indicado. Estava marcado com uma fita de seda azul dobrada primorosamente.

Uma bonita letra capitular adornava o início de um texto curto, que por sua vez estava dividido em parágrafos sucintos. Havia sido impresso com uma tipografia gótica que misturava letras vermelhas e pretas, e o iluminavam algumas figuras evocadoras. Com o máximo respeito, eu me inclinei sobre ele para recitar o título dessa seção em voz alta: *A queda dos anjos; a desmoralização da humanidade; a intercessão dos anjos em nome da humanidade. As sentenças que Deus pronunciou contra os anjos. O reino messiânico.*

Aquilo me desconcertou. A princípio não vi relação alguma com o rito do casamento. Mas, ao perceber que havia conquistado o silêncio de Martin e do padre Graham ao ler em voz alta, logo mudei de opinião:

> E assim, quando os filhos dos homens se multiplicaram e nasceram deles filhas belas, e os anjos, filhos de Deus, vieram e as desejaram, disseram entre eles: "Vamos, escolhamos mulheres entre os filhos dos homens e geraremos filhos".

"Ah! Encontrei! Ai está o tema do amor", pensei. Continuei lendo:

> Então seu chefe lhes disse: "Temo que talvez não queira realmente cumprir essa obra, e serei, eu somente, responsável por um grande pecado".
>
> Todos responderam: "Façamos todos um juramento, e prometamos com um anátema não mudar o destino, e sim executá-lo realmente".
>
> Então, juntos juraram e se comprometeram sobre isso uns aos outros com um anátema. Todos eles eram duzentos e desceram sobre Ardis, no cume do monte Hermon; e o chamaram de "Monte Hermon" porque é sobre ele que haviam jurado e haviam se comprometido uns com os outros.

— Agora vá à segunda fita. A verde — ordenou o padre Graham, assinalando outra marca. — Leia a página toda, por favor.

— Essa parte não será usada na igreja — protestou Martin apaticamente, voltando a se juntar a nós.

— Não. Mas é bom que ela a conheça. Julia — ele me tocou a mão —, leia, por favor.

Obedeci imediatamente:

> Estes, e todos os outros com eles, tomaram as mulheres. Cada um escolheu uma e começaram a ir até elas e a ter relações com elas e lhes ensinaram os encantos e os encantamentos e lhes ensinaram a arte de cortar raízes e a ciência das árvores.
>
> E assim, estas conceberam e elas puseram no mundo grandes gigantes, cuja altura era de três mil côvados de altura. Eles devoraram todo o fruto do trabalho dos homens até que eles não puderam alimentá-los mais.
>
> Então os gigantes se voltaram contra os homens para devorá-los. E começaram a pecar contra os pássaros e contra as bestas, os répteis e os peixes, depois eles devoraram a carne entre eles e beberam o sangue.
>
> E então a Terra acusou os violentos.

Durante um instante, nós três ficamos mudos.

O padre Graham respeitou aquele silêncio. Eu me assustei. No final das contas, mais parecia a história de um enlace pecaminoso: um que acabara por gerar uma estirpe abominável que necessitou de um castigo universal para ser sufocada.

— Vamos, Julia! Você não está vendo? — Martin quebrou o gelo, tratando de relaxar os ânimos. — É só uma antiga história de amor. De fato, a mais antiga que existe depois da que foi vivida por Adão e Eva.

O padre Graham fez uma careta.

— Esse é o relato de um amor proibido, Martin. Isso não deveria ter ocorrido nunca.

— Mas, padre... — resmungou Martin. — Graças a esse amor, os "filhos de Deus", uma classe específica de anjos superiores à raça humana, resolveram compartilhar sua ciência com nossos antepassados expulsos do Paraíso. Se o que esse livro conta estiver correto, eles o fizeram desposando as mulheres que habitavam a Terra e melhoraram a nossa espécie. O que há de tão mau nisso? Sua estirpe beneficiou a humanidade. Foram os primeiros matrimônios da história! Matrimônios sagrados. Hierofanias. Uniões entre deuses e homens.

— Martin, são matrimônios impuros! — Durante um segundo, o tom de voz do sacerdote se elevou de maneira ameaçadora, para logo depois voltar a se acalmar. — Eles nos trouxeram a desgraça. Deus nunca viu com bons olhos a descendência que surgiu dessas uniões e por isso decidiu exterminá-la com o Dilúvio. E isso continua sem me parecer algo apropriado de se recordar na cerimônia de casamento de vocês.

— Padre — a coisa estava começando a ficar feia, por isso intervim tratando de relaxar aquela conversa —, anteriormente o senhor comentou que as mulheres ficaram em má situação no Livro de Enoque...

Meu ardil funcionou... Mais ou menos. O sacerdote relaxou um pouco sua irritação, contudo não moderou a severidade de suas palavras.

— Segundo Enoque, as "filhas dos homens" sempre ficam em condição inferior no que diz respeito aos "filhos de Deus" — disse ele. — Eles abusam da ingenuidade delas, engravidam-nas de horríveis rebentos, gigantes disformes e titãs, e ainda por cima as responsabilizam de haver manchado a nova estirpe. É um relato horrível.

— Mas padre... — sorri. — Se tudo isso é apenas um mito, eu...

Para que eu fui dizer aquilo?

James Graham se levantou da banqueta da cozinha onde ele havia se apoiado e me arrebatou o livro sem nenhuma educação. Se até agora seu rosto se mostrava impermeável às suas emoções, de repente a máscara caiu.

— Um mito? — bufou. — Deus queira que fosse assim tão simples! Este livro guarda o pouco que chegou até nós das origens da nossa civilização. O que aconteceu antes do Dilúvio, antes que a história começasse do zero. Não existe crônica de nossas origens tão precisas como esta.

— Mas o Dilúvio também é uma fábula... — insisti.

— Espere um momento! — Martin, de repente, interrompeu-nos. — Julia, você se recorda da nossa visita de ontem?

Assenti surpresa. Eu mantinha essa visita fresquíssima na memória.

— E lembra-se do que contei sobre minha família e sobre John Dee?

— Que esse homem é a obsessão da família Faber, não?

— Estupendo — suspirou ele. — Deixe-me lhe contar algo mais: John Dee foi o primeiro ocidental a ter acesso ao Livro de Enoque e, graças a isso, o primeiro a se interessar cientificamente pelos efeitos do Dilúvio. Esse episódio, que foi tanto um fenômeno local circunscrito à área da Mesopotâmia quanto algo global, que provocou uma mudança climática, existiu de verdade. E não aconteceu apenas uma, senão ao menos duas vezes. A última foi há uns oito ou nove mil anos. Dee foi o primeiro a deduzir isso pelo texto que acaba de ler.

— Você acredita mesmo que o Dilúvio existiu? — perguntei maravilhada.

— Sempre acreditei.

— E por que você quer lembrar isso em nosso casamento, Martin?

— Minha família se interessa há gerações por Dee, por Enoque e pela origem da humanidade. Minha mãe aprendeu línguas mortas somente para poder ler o Livro de Enoque em seu idioma original. Papai se especializou em física para traduzir em palavras técnicas as metáforas sobre o Paraíso e sobre a viagem do profeta ao além. E eu estudei biologia e climatologia para confirmar aquilo que o profeta conta, que a primeira e a segunda grande inundação do mundo ocorreram entre 12000 e 9000 a.C., mais ou menos. É como... se fosse uma homenagem às minhas raízes.

— Então você faz parte da família Monstro!

Martin não gostou muito da minha piada.

— Além disso... — ele titubeou antes de continuar — ... de algum modo meus pais e eu somos os últimos de uma longa estirpe de vigilantes desse legado.

— Sério? — ri com essa afirmação.

— Acredite nele, senhorita — interveio o padre Graham, agitando as mãos como se quisesse espantar as lembranças que aquela revelação trazia. — John Dee foi um elo nessa cadeia. E Roger Bacon, um franciscano do século XII com uma mente leonardiana. E Paracelso, o médico. E o místico Emmanuel Swedenborg. Inclusive Newton. E muitos outros que permaneceram anônimos para sempre.

— Julia, veja bem: duzentos anos antes que o Livro de Enoque fosse descoberto por um explorador escocês chamado James Bruce, Dee já sabia de memória suas melhores páginas. Na verdade, ele estudou tão a fundo os encontros que são descritos entre o profeta e os anjos que acabou encontrando um método para invocá-los à vontade através de certas relíquias antediluvianas.

— As adamantes!

— Exato — um sorriso franco iluminou o rosto de Martin. — Dee as usou porque queria reconstruir a verdadeira história de nossa espécie. Descobriu que, por nossas veias, ainda corre o sangue divino por culpa daqueles anjos que ousaram desafiar a Yahweh e se misturaram com os nossos antepassados. E descobriu ainda algo mais: que a ira de Deus não acabou após a expulsão de Adão e Eva do Paraíso, tampouco depois do Dilúvio.

— O que você está querendo dizer?

— As adamantes contaram a Dee sobre uma Terceira Queda. Uma que Enoque também anunciou e que, mais cedo ou mais tarde, chegará até nós pelo fogo. Nossa espécie está novamente em perigo, Julia. Por isso quero me recordar disso no dia do nosso casamento. Talvez um dia tenhamos que salvá-la juntos...

28

NO MUNDO REAL, AS COISAS estavam assumindo um aspecto ainda mais estranho.

A nuvem fluorescente que minutos atrás flutuava sobre a Catedral de Santiago tinha agora descido mais rente ao chão, tornando-se como uma névoa densa entre os pórticos. Começou como se fosse uma espécie de lentilha de tamanho pequeno, mas por alguma razão havia se modificado até se converter em um vapor elástico, que se estendia sobre os paralelepípedos de granito, impregnando tudo enquanto passava.

Uma vez esparramada, seus efeitos sobre as pessoas e os utensílios eram surpreendentes. Aquele geoplasma transportava uma carga elétrica em seu interior que era capaz de fazer entrar em colapso qualquer aparelho em um raio de alcance bem amplo e também de saturar o sistema nervoso de mamíferos e aves. Somente uma roupa especial como a que usavam os ocupantes do helicóptero estacionado na Praça do Obradoiro garantia certa imunidade ante o fenômeno. Seu tecido tinha sido projetado de modo a poder desviar cargas elétricas para dentro do solo, como faria um fio terra convencional.

— Adiante! Vamos!

O *sheikh* sabia o que teria que fazer quando "a caixa" se abrisse. Havia ordenado a seus homens que prendessem sobre suas armas lanternas especiais, isoladas por uma cobertura parecida com o tecido de seus trajes, e que se movessem com rapidez até o interior do único estabelecimento da praça vigiado pela polícia. Era evidente que ali estava Julia Álvarez.

Com destreza, os três saltaram os corpos inertes de vários homens uniformizados. Estavam caídos na porta do mesmo café. Tinham os olhos abertos, vidrados, olhando para o nada. Claro, eles não ofereceram nenhuma resistência. Tampouco o garçom, que foi encontrado sentado no chão, com uma expressão facial horrível e uma pilha de pratos feita em pedaços ao seu redor.

— Quanto tempo dura o efeito do *Amrak*, mestre?

A pergunta de Waasfi, o rapaz de rabo de cavalo e da tatuagem de serpente abaixo do olho, próximo da bochecha, fez o *sheikh* girar sobre si mesmo:

— A questão não é o quanto dura, e sim o quanto afeta os humanos. Uma das possibilidades é que alguns deles nunca mais despertem, irmão. Tal é a sua potência.

Enquanto suas lanternas varriam o interior intacto do local, o *sheikh* mudou de assunto:

— Você viu a esposa de Martin na catedral. Conseguiria reconhecê-la se a visse de novo?

— *Ajo*. Sem dúvida.

Eles caminharam em silêncio até o fundo do estabelecimento. Todas as mesas estavam vazias, com exceção de uma, a cujos pés jaziam dois corpos mais. O primeiro correspondia a um homem de compleição forte, alto, que desmoronara de boca para baixo de tão comprido que era. O segundo pertencia a uma mulher. Havia se desequilibrado caindo para trás, desabando sobre as próprias pernas. Ainda se sustentava erguida e tinha a cabeça cravada em seu peito, como se fosse uma boneca quebrada.

Waasfi a pegou pelo queixo e levantou a cabeça.

Era ela, Julia. Estava com um gesto parado no ar, como se a morte — ou o que quer que fosse o efeito provocado pela "caixa" — a tivesse alcançado no meio de uma conversa. "Ela tem lindos olhos verdes", pensou.

Quando o feixe de luz da lanterna de Waasfi passou sobre seu rosto, suas pupilas se contraíram.

O armênio sorriu.

— Aqui está ela — anunciou, sem retirá-la de onde se encontrava.

O *sheikh* apenas prestou atenção. Ele estava de cócoras ao lado do gigante vestido de terno preto e se esforçava para dar a volta a fim de identificá-lo.

Quando o fez, sua expressão se obscureceu.

— O que houve?

O mestre sacudiu a cabeça, consternado.

— Você tinha razão, Waasfi. Eles estão atrás de uma pista de Martin. E eu conheço este homem...

29

DESDE PEQUENA, EU OUVI DIZER que, quando uma pessoa morre, a primeira coisa que vê é um enorme e deslumbrante feixe de luz no fim de um túnel, ao qual você irremediavelmente se sente atraída. Também escutei que, nesse momento, os familiares e amigos que o precederam vêm até esse corredor para acalmá-lo e o ajudam a atravessar essa luz que ninguém — salvo talvez Enoque — volta jamais a ver.

Pois bem, quando a vi eu me senti terrivelmente só. Esse conduto em que a minha mente vagava permanecia vazio. Em silêncio. Sem vida. E a única coisa que notei foi como aquela esperada chama de luz começara a queimar minhas entranhas, tal como faria uma tocha ao propagar fogo numa montanha de palha. No mesmo instante, todos os meus neurônios crepitaram de dor. E ainda que aquela impressão durasse o tempo de um suspiro, ela me deixou extenuada. Em farrapos. Como se as escassas forças que eu ainda retinha houvessem se dissolvido para não regressar jamais.

Foi então que a torrente de recordações que havia me preenchido até esse instante, até a minha retina, voltou a fluir em borbotões, transbordando-me.

"Morri" — eu repetia para mim mesma resignada, sem perceber quão surpreendente era emitir um pensamento nesse estado. — "Agora só resta a obscuridade."

Evidentemente, eu me equivoquei.

Em seguida, outra recordação surgiu com força. Eu me confundi. Sempre acreditei que, ao passarmos para o outro lado, a memória iniciaria sua verificação vital desde nossa primeira infância. Porém, pelo visto, essa crença era errônea. A imagem que se desenhava no que restava da minha consciência era a de Martin tirando uma de suas famosas pedras do meu bolso e depositando-a numa pancada só sobre a mesa da cozinha do padre Graham.

— Aqui está! — disse ele.

Meu noivo foi tão explícito em seu gesto que me vi colocando em seguida a minha pedra ao lado da primeira. Eu tinha voltado a viajar nos momentos anteriores à minha cerimônia de casamento.

O pároco de Biddlestone, surpreendido, contemplou nossos talismãs com fascinação.

— São as que eu imagino, Martin? — perguntou.

— As duas de John Dee.

— As... adamantes?

Martin assentiu.

— Ouvi muito sua mãe falar sobre elas. Eu não as imaginava assim.

— Todo mundo espera uma pedra polida, maior e mais trabalhada — concordou Martin. — Algo parecido ao "espelho fumegante" de Dee.

— E que diabos é esse "espelho fumegante"?

Minha pergunta fez os dois homens sorrirem.

— Oh, Julia. Você não sabe nada! — a repreensão de Martin foi doce e não me fez sentir mal. — Quando John Dee morreu, uma parte considerável de sua biblioteca e de sua coleção de artefatos foi parar nas mãos de um antiquário britânico chamado Elias Ashmole. Esse homem foi um dos fundadores da Royal Society de Londres, um defensor da ciência moderna. Sem dúvida ele militava em uma fé secreta: ele era mais um entre aqueles que acreditavam ser possível, e até recomendável, comunicar-se com os anjos. Em sua obsessão por alcançar esse objetivo, descobriu o "espelho fumegante" entre os cacarecos de Dee e tratou de utilizá-lo em seu benefício. Na realidade, tal espelho era um pedaço de obsidiana bem polida, seguramente de origem asteca, e que hoje está guardado no Museu Britânico.

— Pelo menos, o espelho tem um aspecto incomum, mas estas pedras... — conjecturou o padre Graham, balançando-as. — Parecem vulgares.

— Nisso você tem toda a razão, padre. Se alguém não conhecesse sua procedência, passariam despercebidas até que se ativassem. Por isso, a cada vez que as levamos de um país ao outro, nós as declaramos nas alfândegas, deixando uma pista de sua rota caso os portadores das pedras as percam.

— Você pensa em sair com elas da Inglaterra?

— Talvez.

— E diga-me, meu filho... Você já fez a averiguação para saber se são terrestres?

A pergunta do sacerdote me desconcertou, e fiquei mais desconcertada ainda com a resposta de Martin:

— Somente parecem terrestres, padre — disse. — Suponho que mamãe lhe diria que não foi capaz de localizar uma pedra igual a elas em nenhuma litoteca do mundo.

O ancião voltou a apalpar a primeira delas com gesto ávido.

— E onde ela as conseguiu? — perguntei.

— Essas pedras acompanhavam um velho exemplar do Livro de Enoque, patrimônio da família. Vieram integradas em sua encadernação. Na Antiguidade, era comum que se enfeitasse as capas dos melhores livros com peças de valor.

— E há notícia se outros exemplares desse livro tinham pedras parecidas a essas engastadas em suas capas? — intervim.

— Não, Julia. E, se eles fizeram isso, os livros nunca foram encontrados. Meus pais passaram anos procurando outras adamantes e a única coisa que conseguiram obter foram referências. Como você já sabe, foram menções em lendas, crônicas de conquistadores e esse tipo de texto. No folclore americano, essas pedras são relativamente populares.

— Na América?

O padre Graham, que seguia absorto brincando com as pedras, estendeu suas mãos para entregá-las a Martin antes de entrar em nossa conversa.

— As alusões às adamantes — comentou — são tão onipresentes quanto o relato do Dilúvio, querida. Já ouviu falar da epopeia de Naymlap? No Peru é bastante conhecida.

— Não acho que Julia se interesse por esse tipo coisa, padre — brincou Martin.

— Oh, sim! Eu me interesso, sim!

— Desde quando? Nunca ouvi você falar nada sobre mitologia!

— Pois hoje é um bom dia para começar — repliquei satisfeita.

O sacerdote prosseguiu feliz:

— Naymlap foi um misterioso navegante pré-colombiano que chegou à costa do Peru guiado por uma pedra deste tipo. Ele disse aos indígenas que, graças a ela, podia escutar as instruções dos deuses e nunca perdia o seu rumo.

— Interessante. E o senhor tem ideia de qual dessas menções possa ser a mais antiga, padre?

— Não é fácil responder a isso — sorriu. — Os pioneiros em manejá-la foram os sumérios. O mais célebre foi Adapa, uma espécie de Adão, cuja ascensão à terra dos deuses guarda tantos paralelos com a aventura de Enoque que é quase certo que ambos foram a mesma pessoa.

O padre Graham manteve um segundo de silêncio, como se tentasse ordenar as ideias antes de prosseguir.

— Os livros antigos transbordam paralelismos inexplicáveis desse tipo. Sejam de que cultura, ou latitude, for, seus heróis sempre se dedicam às mesmas tarefas e se tornam obcecados por relíquias antigas. Defendi uma tese sobre o tema faz muitos anos e demonstrei que nossa espécie passa milhares de anos dando voltas e retomando os mesmos temas essenciais: a morte, o contato com Deus e, em menor grau, o amor e seus derivados.

— Verdade? E o que foi exatamente que o senhor estudou, padre?

— Mitologia comparada.

— E qual tema de comparação?

— Precisamente as lendas sobre o Dilúvio.

— Uau!

— O Dilúvio é o relato antigo mais propagado no mundo, querida. E também o mais homogêneo. Todas as suas versões, sejam babilônicas ou centro-americanas, contam em essência o mesmo e refletem o terror atávico universal. Utnapishtim na Suméria, por exemplo, poderia passar por irmão gêmeo de nosso Noé. Deucalião, na Grécia, também. Ou Manu, o herói do *Rig Veda* hindu que encalhou com seu navio em cima da montanha durante a subida das águas. Todos sobreviveram ao Dilúvio porque Deus os avisou da catástrofe, e a todos foi pedido que construíssem um barco de dimensões bem precisas com o qual se salvariam.

— Um barco não! O mesmo barco! — acrescentou Martin com tom de precisão. — As tábuas de barro sumerianas que descrevem essa história são conhecidas como a *Epopeia de Gilgamesh* e se referem à construção de uma nave com as mesmas dimensões que a nave bíblica. A única coisa que diferencia um do outro é que o sumeriano por sua vez aparece dentro de outro conto no qual se narram os esforços do rei Gilgamesh para conhecer o único sobrevivente do mundo anterior ao Dilúvio: Utnapishtim.

Eu devo ter parecido uma estúpida para eles. Ou ainda pior, uma inculta. Ainda que tivesse ouvido falar da *Epopeia de Gilgamesh*, a época em que foi escrita — aproximadamente quatro milênios antes de nossa era — ficava muito longe dos meus conhecimentos de história.

— Por favor, continue — implorei.

— É uma história muito interessante, Julia. É a odisseia de um mortal como Gilgamesh que, irritado com os deuses que o haviam condenado a envelhecer e morrer, decide procurar o único homem de toda a História que havia escapado desse ciclo. O tal Utnapishtim acabou por ser um misterioso rei que viveu séculos antes dele. Sua obsessão por conhecer aquele imortal e lhe arrebatar o segredo da vida eterna, suas lutas contra os deuses e suas terríveis criaturas, teriam como prêmio uma entrevista com Utnapishtim no Paraíso. E ali ele lhe falará do Dilúvio como sendo o momento em que a esperança de vida dos humanos se encurtou drasticamente por culpa da corrupção de nossa espécie. Segundo minhas estimativas, esse declive genético teria acontecido há uns onze ou doze mil anos, ao nos mesclarmos com alguma raça tóxica.

— Os "filhos de Deus" que Enoque menciona em seu livro?

— Sem dúvida.

Fiquei desconcertada ao ver que Martin era tão bem informado sobre os mitos sumerianos. Não imaginava que suas leituras haviam lhe rendido tanto.

— E como você conseguiu estimar a época desses acontecimentos? — perguntei-lhe perplexa.

— Digamos que, de um ponto de vista paleoclimático, é quando melhor se encaixa uma catástrofe da natureza do Dilúvio.

— E por que você se interessa tanto por algo assim? Você não é historiador! Nem geneticista!

— Querida — sorriu ele. — Na verdade, todos esses mitos escondem a crônica da primeira mudança climática global vivida pela humanidade.

— Só por isso?

— Você verá: naquele encontro entre Utnapishtim e Gilgamesh, este revelou que, na realidade, foi o deus Enki quem salvou a nossa espécie de morrer afogada.

— Agora estou entendendo menos ainda. Porque se foi um deus que nos salvou, quem nos condenou?

— Já vou chegar lá, *chérie*. Enki é descrito pelos sumérios como o irmão divino e eterno rival da divindade que quis nos destruir. Essa divindade foi por eles chamada de Enlil. O fato é que foram os judeus que, ao copiar esse relato durante seu êxodo na Mesopotâmia, mudaram seu nome para Yahweh.

— Bem... Essa informação não é tão certa assim... — protestou o padre Graham, franzindo a testa.

— É mais provável que sim, padre. Tanto Yahweh como Enlil foram deuses possessivos e de mau caráter. O segundo, além disso, estava particularmente obcecado com a nossa espécie. Ele nos via como criaturas miseráveis, barulhentas e decidiu nos exterminar tal qual o Yahweh da Bíblia. Por sorte, seu irmão Enki não estava de acordo e conseguiu pedir a Utnapishtim que construísse uma embarcação que resistisse à armadilha que Enlil estava preparando. Devia ser um navio bem grande, com aspecto de ataúde, e hermético, para que aguentasse a força das águas. E lhe entregou duas pedras, com as quais poderia se comunicar com Ele.

— Duas pedras... — murmurei.

— Gilgamesh as menciona no final de seu relato, quando alcança Utnapishtim no Paraíso e comprova que este não apenas continuava vivo como também conservava a sua juventude intacta.

— E as pedras? — insisti.

— Eram pedras artificiais talhadas pelos deuses. A prova física de sua existência — murmurou de forma intrigante. — Gilgamesh conta que elas são as únicas que têm o poder para convocar os deuses. Por isso eram empregadas somente em cerimônias muito sagradas, quando a força do que seria celebrado lhes conferia uma energia especial com a qual conseguiam alcançar o céu.

— E você pretende usá-las hoje? Em nossa cerimônia de casamento? — perguntei, a fim de ver para onde tudo aquilo estava se encaminhando.

Martin assentiu.

— Exatamente, *chérie*.

30

BENIGNO FORNÉS FEZ um esforço notável ao quase se consumir correndo pelo caminho que separava os dormitórios do palácio arcebispal. Sem fôlego, chegou ao umbral do secretário do monsenhor e esmurrou a porta até que o bom homem a abriu. O decano não deve ter lhe dado uma boa impressão: suando, com uma lanterna na mão e os olhos saltando para fora das órbitas, por um momento era de se duvidar se o ancião ainda estava em pleno juízo. Fornés teve que lhe jurar que o despertava por algo importante. Parecia nervoso. Não deixava de repetir que era vital que Sua Excelência visse uma coisa. E o quanto antes.

— A esta hora? — resmungou o secretário.

— Sinto muito. É um assunto particular entre mim e o monsenhor, e é de importância capital — replicou.

— Importância? Para quem, padre?

— Para a Igreja.

Aquela declaração fez o homem titubear, porém ele acabou cedendo:

— Está bem, que assim seja, padre Benigno. Eu o chamarei por telefone, e lembre-se de que o senhor é quem deverá assumir a responsabilidade desse atropelo todo.

— Rápido! Eu lhe imploro.

Faltavam alguns minutos para as quatro da madrugada quando, por fim, um pálido e desconcertado monsenhor chegou à sala particular de seu secretário. Juan Martos havia preferido que fosse assim. Ele havia se vestido às pressas com um traje escuro e ainda estava terminando de abotoar o colarinho quando cumprimentou de forma interrogativa seu decano. Ele o encontrou uma pilha de nervos, caminhando em círculos pelo corredor com as mãos entrelaçadas, como se buscasse consolo numa oração.

— Tudo bem? O que há de tão importante para me dizer?

— Desculpe-me, ilustríssima santidade — balbuciou. — Não quero distraí-lo com conversa à toa; na realidade, isso se trata de algo que eu quero lhe mostrar.

— Mostrar-me? O quê? Onde?

— Na catedral.

— Creio que havia lhe dito e deixado bem claro que deveria mantê-la fechada até que a investigação policial terminasse.

Fornés o ignorou.

— Lembra-se do sinal sobre o qual estivemos conversando?

Aquilo provocou em Martos um desconcerto. Ele havia imaginado que o padre Benigno, aquele determinado guardião da catedral, tivesse algo mais mundano a lhe informar. Talvez algo relacionado com o tiroteio daquela noite.

— Claro... — concedeu, perturbado. — Mas, padre, o senhor não poderia esperar pelo café da manhã para discutir as lendas comigo?

"Lendas?" — Fornés fez uma careta.

— Isso não seria possível, monsenhor — replicou. — Vossa Excelência tem apenas três anos nesta sede. E eu, mais de quarenta. Devo lhe ensinar algo, agora, antes de lhe explicar o que está acontecendo aqui. O incidente em nossa sede não aconteceu por um simples azar. Agora eu sei...

Intrigado, o arcebispo seguiu o ancião enlouquecido até o templo. Desceram pelo mesmo corredor que já haviam percorrido por duas vezes nessa mesma madrugada e se dirigiram até onde estavam colocadas as faixas da polícia na Porta das Pratarias. Após deixar para trás o altar maior e atravessar o cruzeiro, o decano passou à frente, adiantando-se até o ponto exato que queria mostrar.

— Faz quatro décadas, monsenhor, um dos meus predecessores me contou uma história curiosa — começou a falar. — Ele me explicou que durante pelo menos quinhentos anos este foi considerado o santuário mais ocidental da Cristandade e, como tal, foi tido por algum tempo como a igreja do fim do mundo.

O arcebispo Martos não disse nada. Ficou em pé escutando com atenção, enquanto Fornés prosseguia:

— No século XII, a cúria estava tão convencida de que Compostela seria o primeiro lugar de onde se vislumbraria a chegada do Reino dos Céus que decidiu decorá-la em segredo com uma simbologia adequada a tal função. Desmantelaram os velhos ornamentos romanos e os substituíram por outros, mais de acordo com sua missão apocalíptica. E assim, o nosso Pórtico da Glória, monsenhor, encarnou a quintessência desse projeto. De fato, como sabe, suas imagens anunciam a chegada da Nova Jerusalém, a cidade celestial que imporá uma nova ordem ao mundo.

— E?

— Essa ordem, Reverendíssima Excelência, acreditavam que se daria a conhecer quando se abrissem os sete selos que lacram o misterioso livro de que fala o Apocalipse de João. Um tomo no qual se guardam as instruções para receber as hierarquias que nos conduzirão ao Reino dos Céus quando chegar o Fim dos Tempos. Naturalmente, Vossa Reverendíssima, para ter acesso a elas, antes teriam que encontrar os selos.

Monsenhor Martos pestanejou incrédulo.

— E o senhor acredita que este seja um deles, padre?

— Veja, não se trata de acreditar nisso ou não. O fato é que acaba de aparecer na sua catedral. E é isso que eu quero que veja.

— Padre Fornés, eu...

— Não diga nada. Somente olhe. É esse que tem à sua frente.

Juan Martos se inclinou até o ponto da parede indicado pelo seu decano sem intenção de acreditar em uma palavra sequer daquilo. Contemplou, é fato, um encaixe perfeito, escuro, talhado ou fundido — não sabia dizer o que exatamente — com uma meticulosidade que excedia os hábitos dos antigos pedreiros medievais e que mostrava algo parecido com uma letra "L" invertida do tamanho de uma folha A4. Passou a ponta de seus dedos por ela e a escrutinou com toda a severidade. Sem dúvida, por mais que o decano insistisse, monsenhor Martos resistiu em lhe dar alguma explicação. Enquanto a investigava, perguntava a si mesmo a que alfabeto aquele sinal pertencia.

— É uma letra celta? — soltou um palpite.

— Não. Tampouco hebraica, Vossa Reverendíssima — adiantou-se Fornés. — Nem nenhuma letra humana.

— Você sabe o que é?

O decano desviou a cabeça, evitando responder.

— Aposto que o homem com quem trocaram tiros esta noite na catedral poderia lhe responder isso. Segundo a polícia, uma das restauradoras o surpreendeu enquanto estava de joelhos neste lugar, como se orasse ou procurasse algo na parede.

— Isto?

O decano, sério, assentiu.

— Sabe o que eu penso, monsenhor? Que alguém se propôs a abrir os selos, aqueles que são mencionados no Apocalipse e encontrou o primeiro em nossa catedral. Por isso é de suma urgência que agarrem, prendam e nos tragam esse homem o quanto antes. Temos que falar com ele.

Martos contemplou o padre Fornés com infinita tristeza. Seu pobre decano, pensou, havia perdido o juízo.

31

— **MEUS FILHOS, SINTO QUE DEVO** iniciar este ritual com uma pequena história.

Era meio-dia daquele magnífico dia de junho quando o padre Graham começou a nossa cerimônia de casamento. O ancião parecia ter esquecido a troca de impressões que manteve com Martin e comigo, e aprontava-se para dirigir o que ele intuía ser uma cerimônia singular. Com os olhos de ave de rapina, esquadrinhou os poucos convidados que tinham decidido nos acompanhar. Todos eles couberam nas três primeiras fileiras dos bancos, muito próximos ao altar, a um passo das cadeiras que ocupávamos Martin e eu no centro da capela. A lembrança de seus rostos, seus vestidos e até seus gestos brotava com a força mais profunda impregnada em minha mente.

— As histórias me encantam, sabem? — ele nos dirigiu um sorriso. — Especialmente as antigas. A que eu preparei para hoje os ajudará a compreender por que nos reunimos aqui, neste lugar tão especial. Infelizmente, quase ninguém se lembra de que quando os primeiros cristãos chegaram à Inglaterra, lá pelo século VI, acreditavam ter alcançado nada menos que as ruínas do Paraíso terreno. Quem deduziu semelhante coisa foi São Gregório Magno, um dos quatro grandes Doutores da Igreja, pontífice romano e um sábio de enorme prestígio. Seu interesse em converter a Inglaterra nasceu de forma casual. Sendo papa, São Gregório passeava com frequência por Roma. O Vaticano não tinha a pompa nem a sofisticação que adquiriu mais tarde, e um pontífice podia caminhar entre a multidão normalmente, com toda a naturalidade. Um dia, enquanto visitava um dos mercados de escravos da cidade, ele se encontrou com um grupo de crianças que estavam a ponto de ser leiloadas. Todas eram de uma beleza deslumbrante. Efebos de olhos azuis, cabelos claros e gestos suaves, que pareciam irradiar bondade em estado puro. O pontífice, curioso, acercou-se deles e lhes perguntou qual era a sua origem. "Somos anglos", eles lhe responderam. Porém, ele entendeu "angelos" — ou seja, "anjos" — e aquela confusão — ou talvez não tenha sido — mudaria para sempre o curso da nossa história. E quando identificou de onde eles tinham vindo, o papa os comprou, libertou-os e decidiu que converteria o seu país na fé de Cristo. Quando isso aconteceu, enviou Santo Agostinho para que nos ensinasse a religião verdadeira e determinou que daí em diante essas terras recebessem o nome de *Angeland*. Daí deriva *England*. A terra dos anjos. Pois bem, meus queridos, os descendentes daqueles primeiros ingleses tidos como anjos são, justamente, os dois amigos que desejo que tomem a palavra.

Então, o padre Graham olhou os presentes por cima da moldura de seus óculos, detendo-se brevemente em Sheila e Daniel, que estavam sentados alguns passos à minha esquerda.

— Eles — disse, apontando-os — querem compartilhar com todos algo da parte da família do noivo. Sigam adiante — exortou ele. — Subam ao altar, por favor...

Sheila se arrumou, alisou a flores amarelas que enfeitavam o seu chapéu e foi a primeira a se levantar. Estava magnífica. Seu vestido preto de alças com lantejoulas ressaltava uma pele branca que resplandecia debaixo das claraboias do templo. Uma névoa de perfume caro a acompanhou em seu breve caminhar. Daniel a seguiu sem dar um pio. O gigantão de cabelos rebeldes e encaracolados havia se vestido com um terno de *tweed* e gravata que imediatamente lhe davam um ar ainda mais professoral do que o da tarde anterior. Foi ele, para minha surpresa, quem tomou a palavra.

— Padre, estimados amigos... — tossiu, olhando-nos um a um. — Receio que ainda hoje continue sendo difícil distinguir um anjo de um bom inglês.

Todos nós rimos pelo comentário.

— Não, não. — Agitou as mãos à frente de seu rosto brilhante e rosado. — Não tomem isso como brincadeira, por favor. Uma das tradições mais arraigadas da família Faber é se casar lendo um fragmento do Livro de Enoque, que fala justamente de quão difícil foi identificar os anjos em tempos antigos. Ao contrário do que muitos acreditam, os anjos não são essas criaturas ingênuas com asas nas costas que rondam nossas cabeças como passarinhos. Não é assim, garoto?

Martin, ao meu lado, assentiu com um enorme sorriso. Daniel prosseguiu.

— O que é isso? — sussurrei desconcertada. — Esse cara vai sair, justamente agora, palestrando? Dando uma conferência?

— Pensei que você gostasse de mitos — disse ele com certa ironia, sem desviar os olhos do altar. — Foi por isso que, com sua permissão, eu lhes pedi que nos dessem um pequena lição de angeologia.

— Mas... Martin!

— Psiu! Escute-os, *chérie*. Que tal?

Daniel nos olhou sem abandonar seu discurso.

— Deixe-me lhes explicar qual era a aparência original desses anjos — disse, levantando a voz. — Nos últimos capítulos do Livro de

Enoque, conta-se sobre certa aventura de Lameque, o pai de Noé, que como todos de sua estirpe sentia um profundo temor dessas criaturas louras e lindas, capazes de caminhar e passear entre nós sem chamar a atenção. Lameque as chamou de "vigilantes" porque, segundo acreditava, Deus as enviara à Terra depois da expulsão de Adão e Eva do Paraíso para cuidar que não voltássemos a cair em desgraça. Esses infiltrados divinos patrulhavam cidades, mercados e escolas tentando se certificar de que tudo estivesse em ordem. Admoestavam aqueles que transgrediam a lei de Deus ou quem rompesse a paz social. Eram, pois, como uma espécie de polícia secreta. O fato é que houve respeito por eles até que um belo dia começou a se espalhar um terrível rumor sobre os anjos. — Daniel arqueou suas pesadas sobrancelhas, marcando suas palavras com um tom crescente de tensão. — Ao que parece, vários desses vigilantes haviam deixado grávidas diversas mulheres humanas, gerando descendentes parecidos com eles. Por isso, quando a esposa de Lameque deu à luz nesses dias um filho de olhos e cabelos claros, seu marido começou a suspeitar. Chamou àquela criança de Noé, que quer dizer "consolo", e o colocou debaixo de uma estrita observação. Lameque, não obstante, morreu sem saber que Deus havia elegido aquele garoto híbrido e a sua família para nos salvar do Dilúvio. E que o havia escolhido porque, sem deixar de ser humano, seu filho mestiço desenvolveria a capacidade de poder escutar a voz de Deus. De se comunicar com Ele. Como um médium...

— Que seja, vá... — resmungou o padre Graham às suas costas, fazendo sorrir de novo os convidados e a mim, aliviando um pouco a seriedade de seu discurso. — Tudo isso está muito bom, muito bem. Porém, devemos iniciar a cerimônia, e ainda não lhes falou de Enoque e de seu livro...

— Oh, sim! Claro, padre.

Daniel Knight olhou para Martin por um segundo, como se aguardasse sua permissão para prosseguir. E quando acreditou tê-la, continuou.

— O padre Graham tem razão. A mediunidade de Noé teve um ilustre precedente no patriarca Enoque. Ele foi um dos poucos humanos que, antes da Grande Inundação, teve contato direto com esses vigilantes e aprendeu mais sobre eles. Apesar de ser um simples homem do campo, soube ganhar sua amizade. Aprendeu sua estranha língua, foi seu confidente humano mais próximo e recebeu como prêmio sua ascensão aos céus sem passar nem pela velhice, nem pela morte. Na verdade, Enoque aprendeu tanto com eles que, quando regressou dessa viagem para além, fez isso incorporado de uma estranha sabedoria. Ele insistia em dizer que uma terrível catástrofe pairava sobre o planeta. Que sobrava pouco tempo para que pudéssemos nos preparar. Mas seus contemporâneos o ignoraram. Na verdade, ninguém levou a sério seus avisos até que o tataraneto Noé voltou a mencionar o assunto. E então, como todos vocês sabem, tampouco lhe deram importância.

— Perdoe-me a insistência, senhor Knight — voltou a interromper o padre Graham —, mas... é possível lhes explicar quem foi Enoque? Ele existiu?

— Sim, claro — assentiu, secando com um lenço as gotículas de suor que haviam começado a perolar em sua testa. — Minha companheira Sheila e eu passamos um bom tempo estudando-o, tanto ele como também certas pedras que, ao que parece, ele possuiu e trouxe da sua viagem pelos Céus. E o que descobrimos é que em seu relato foi modelado outro herói nascido no seio da primeira grande civilização pós-diluviana da história. A Suméria. Foi ali onde o homem inventou a roda, a escrita, as leis, a astronomia e as leis matemáticas. Ali é que se falou pela primeira vez de anjos, que foram representados com asas, não porque as tivessem, senão como símbolo de sua procedência celestial. E foi ali também que lhes acusaram de escamotear ao ser humano o mais apreciado dos tesouros: o dom da imortalidade. Esse herói, do qual dispomos de mais pistas de sua existência real do que Enoque, foi Gilgamesh. E como patriarca da tradição hebraica, ele também conseguiu se comunicar cara a cara com os deuses e pôr o pé em seu Reino Celeste sem haver passado pelo penoso trâmite da morte. Permitam, pois, que eu resuma para vocês a sua odisseia tal e qual a ela se referem as antiquíssimas tábuas cuneiformes que a reúnem.

A EPOPEIA DE GILGAMESH

Tudo aconteceu há quase cinco mil anos, tempos depois do Dilúvio Universal.

Gilgamesh — cujo nome quer dizer "o que viu as profundezas" ou "aquele que encontrou a fonte" — acabara de ser coroado em Uruk. Sua cidade era apoteótica. Ela se erguia sobre a margem oriental do Eufrates. Suas ruínas foram descobertas em 1844 a uns duzentos quilômetros ao sudeste de Bagdá, no atual Iraque, demonstrando sem sombra de dúvida que esse monarca realmente existiu. Hoje sabemos que, além de um grande guerreiro, ele foi também um filósofo. Ele havia visto seus pais e vários amigos seus morrerem e começava a se dar conta de que os estragos da passagem do tempo eram ainda mais implacáveis do que a guerra. Todo mundo, ricos ou pobres, soldados ou camponeses, terminaria com seus ossos numa tumba. E ele também. E essa certeza o aterrorizou.

Um dia, ele decidiu confessar esses medos a Shamash, seu protetor. Este, um homem sensato e responsável, compadeceu-se dele. "Meu filho — sussurrou-lhe —, quando os deuses criaram a humanidade, designaram-nos a morte, tornando-nos não apenas imperfeitos como também manipuláveis. Eles ficaram com a vida para si mesmos e isso, por desgraça, não tem mais volta." Shamash, com tato, recomendou a Gilgamesh que esquecesse o assunto e desfrutasse enquanto pudesse dos dons de sua existência. "Viva alegre dia e noite — foi sua única recomendação. — Regozije-se enquanto pode. Isso é o que você pode obter."

Na falta de alternativas, Gilgamesh seguiu aquele conselho ao pé da letra e começou a introduzir leis no reino que o favorecessem às custas de seus súditos. A lei mais controvertida foi o seu direito a ser o primeiro a ter relações carnais com cada noiva que se casasse em seus domínios. Não contou que aquilo poderia enfurecer tanto o seu povo que os protestos acabaram chamando a atenção dos mesmíssimos deuses. E estes puseram pela primeira vez os olhos nele para dar-lhe uma lição. Mandaram para a Terra um homem artificial, uma criatura muito forte, com tendões de cobre e a força "de uma rocha caída do céu", para que o combatesse e o distraísse das suas investidas. Chamaram a essa criatura Enkidu. Porém, o que não foi previsto é que Enkidu e Gilgamesh acabaram amigos. Os dois se reconheceram como os dois grandes guerreiros que eram e, para a surpresa dos deuses, ambos começaram a conversar.

Uma noite, sob a luz das estrelas e como prova de sua recente amizade, Gilgamesh confessou a seu novo companheiro o pavor que tinha da morte. Ele contou sobre seus planos de viajar em segredo até o reino de Anu, a pátria de seus criadores, e de sua intenção de lhes reclamar a imortalidade que, segundo os relatos antediluvianos, um dia a nossa raça teve. Nesses registros se mencionava o nome do único humano que a havia merecido. Tratava-se de outro rei, conhecido pelo estranho nome de Utnapishtim e que, seguramente, poderia lhes dar a fórmula da vida eterna.

Então, foi assim que os dois compactuaram em juramento para encontrá-lo. Viajaram a territórios proibidos aos humanos, venceram monstros terríveis e superaram as mil e uma tentações e armadilhas que os deuses lhes puseram no caminho. Contudo, não devemos nos enganar. Eles não conseguiriam dar um passo nas terras do além se Gilgamesh não tivesse contado com a discreta ajuda do deus Enki, que se comunicava com ele através de umas pedras como as que Martin e Julia possuem agora.

Aquilo me fez dar um pulo e agarrar meu saquinho de tule que pendia sobre o meu pescoço e no qual havia guardado minha adamante. Se ele procurou me impressionar, havia conseguido. Daniel prosseguiu:

— Graças a essas pedras — ele me olhou —, Gilgamesh superou as provas mais terríveis. Derrotou com suas próprias mãos criaturas encouraçadas, a tribo dos homens-escorpião e inclusive dois leões colossais cujas mortes acabaram se convertendo no símbolo que melhor o representaria: um homem abraçado às feras submetidas à força de seus músculos. Quando finalmente Gilgamesh se reuniu com Utnapishtim em um jardim artificial, em alguma região do outro lado da vida, aquele ancião de cinco mil anos de idade concordou em escutar suas petições. Gilgamesh, exausto, quase sem fôlego, teve forças somente para lhe formular uma única pergunta. Uma questão que a décima tábua de barro da epopeia relata com cuidado e que Utnapishtim concordaria em responder sem muitas dúvidas: "Como conseguiu a vida eterna?". Querem saber o que ele respondeu?

32

O RAPAZ DA MAÇÃ DO ROSTO tatuada interrogou seu mestre com certa angústia.

— É verdade que o senhor conhece esse homem, *sheikh*?

O homem de bigodes assentiu. Era como se o pequeno café La Quintana tivesse caído sobre sua cabeça. O que restava, evidentemente, era tratar de dominar a torrente de emoções e lembranças que lhe inundavam ao estar ao lado do corpo inerte daquele sujeito. Waasfi havia falado com perspicácia quando lhes advertiu que eles — seus velhos inimigos — estavam na cidade.

— Ele se chama Nicholas Allen, irmão — sussurrou seu mentor com esforço. — Faz anos que competimos pelas pedras negras.

O jovem Waasfi deu mais uma olhada no agente desfalecido. A descarga eletromagnética da "caixa" o havia deixado em estado catatônico, talvez irreversível. Tratou de imaginar que tipo de adversário esse homem teria sido se não se esquivasse dele na catedral. Seu rosto tinha a pele frisada de rugas, uma cicatriz que lhe dividia a testa em dois e, agora, uma desagradável mancha escura debaixo do nariz. Ao perder os sentidos, ele deve ter sofrido um belo golpe ao bater contra o pavimento e estivera sangrando, mas nem assim havia perdido um pouco de sua capacidade intimidadora.

— E ela? — o *sheikh* o tirou de suas reflexões, apontando para a garota desmantelada que sustentava entre seus braços. Tinha seus cabelos ruivos caídos sobre o rosto e era difícil reconhecê-la com a pouca luz de que dispunham. — É a mulher que você viu na catedral, Waasfi?

O jovem assentiu.

— É ela, mestre. — E então acrescentou: — O que eu não consigo explicar é como ele a encontrou antes de nós...

— Seguiu a mesma pista — admitiu o mestre com má vontade. — Eu temo que o vídeo de Martin Faber não deixava muitas alternativas.

— O senhor deseja que eu o mate?

O rosto de Waasfi endureceu. Para ele, Allen encarnava um velho e terrível inimigo. Um que, segundo o que lhe foi ensinado pelos mestres nas montanhas de Hrazdan, ia inclusive muito além do que representavam os Estados Unidos da América. Em suas aulas, aprendeu que homens de sua laia eram, de fato, a encarnação do mal. Por isso lhe daria tanto prazer apertar o gatilho e acabar com um deles.

Mas o *sheikh* o deteve.

— Não! — disse. — Deixe que "a caixa" decida a sua sorte. Os melhores adversários merecem uma morte nobre.

O soldado afogou sua fúria descendo o olhar para o corpo que carregava.

— E o que faremos com ela, mestre?

— Reviste-a — ordenou. — Não quero surpresas.

Obediente, Waasfi deitou a mulher no chão. Revistou-a em busca de armas ou objetos que pudessem causar alguma lesão, enquanto o *sheikh* tratava de reativar o dispositivo eletrônico do coronel Allen. Não teve como. O pulso eletromagnético que a nuvem emitia havia neutralizado o equipamento, e o iPad não chegou sequer a ligar.

Iluminado por sua lanterna forrada de fibra de chumbo e titânio, o jovem apalpou as pernas da jovem, examinou seu tronco, seu pescoço e seus pulsos com certa dose de detalhamento, sem encontrar nada de perigoso. A doutora Julia Álvarez era inofensiva. Tudo o que de metálico ela levava se reduzia a uma correntinha no pescoço com um crucifixo e uma medalha que, ao examiná-la de perto, mostrou-se também inofensiva. Em seguida, vasculhou seu bolso e organizou seus pertences por tamanho, mas tampouco ali viu algo que pudesse servir como arma.

— Está limpa — disse ele.

— Você está certo disso?

— Completamente.

O *sheikh* olhou com curiosidade o corpo inerte de Julia e os pertences que seu discípulo havia examinado.

— E a medalha?

— Não há nada de interessante nela, mestre.

— Mostre-me.

O jovem a estendeu sem titubear. Era uma pequena figura de prata em que brilhava um emblema gravado em alto-relevo. Mostrava um barco sobrevoado por um pássaro com uma frase enigmática inscrita nele: "Princípio e Fim".

Ao vê-lo, por alguma razão, o rosto do mestre se iluminou.

— Você ainda tem muito que aprender, filho — sussurrou, enquanto apertava os dentes em um sorriso perturbador. Waasfi abaixou a cabeça em sinal de humilhação. — Você sabe o que é isso?

O jovem soldado levantou o olhar para a medalhinha, sacudindo a cabeça em sinal negativo.

— É o sinal que indica onde está a pedra — o *sheikh* se adiantou com uma quase imperceptível malícia. — É uma pena que os pagãos não saibam lê-lo.

33

NA MINHA VIAGEM PELA TERRA dos mortos, houve outra coisa que me surpreendeu. Foi um detalhe que jamais encontrei em nenhum texto, nem em nenhuma obra de arte que retratasse o além, e que, desde criança, haviam exercido uma estranha fascinação em mim. O assunto tinha a ver com o modo pelo qual nossas lembranças são percebidas em um mundo onde o cérebro já não funciona e no qual todas as referências físicas tenham desaparecido. O que difere em relação ao que sucede com a memória dos vivos, o que agora desfilava diante de mim não eram evocações longínquas, mais ou menos difusas, de fatos fundamentais da minha existência. Não. O que eu via era a vida mesmo, igual e vibrante, muito próxima daquela que eu acabara de perder, ainda que com uma pequena, mas fundamental, diferença: a perspectiva. Era como se, de repente, fora-me possível focalizar o meu passado sob uma ótica distinta. Com mais precisão. Mais clara, se é possível dizer isso. Como se, ao atravessar o véu da morte, eu houvesse ganho agudeza visual e o mundo em que eu havia transcorrido a minha existência se fizera, por fim, compreensível ao vê-lo com meus novos olhos.

Quem sabe fosse essa a razão pela qual a minha alma decidiu repassar os acontecimentos do meu ritual de casamento. Quis acreditar que, ao deixar de existir no mundo material, eu estaria me dando a oportunidade de dar atenção a momentos-chave do meu passado, contemplando-os tal e qual teria sido feito por uma câmera de televisão invisível, perfeita e confiável. "Como os olhos de Deus", pensei. Deste modo eu conheci o que vou contar. O que aconteceu justamente depois que Daniel terminara seu obscuro discurso sobre Gilgamesh e Utnapishtim, quando um de nossos convidados se levantou precipitadamente de seu assento e abandonou correndo, com toda a pressa, a capela de Biddlestone.

Dócil, eu me deixei levar por aquelas imagens.

O homem que abandonou o templo se chamava Artemi Dujok. Era um velho amigo de Martin vindo da Armênia que, segundo acabara de saber, era o acionista majoritário de uma importante empresa de exportações de produtos tecnológicos. E, claro, eu ignorava que sua foto tivesse aparecido nos jornais nos dias anteriores à nossa cerimônia. "O homem do fim do mundo", era desta forma que aparecia nas manchetes. Ao que parece, o senhor Dujok se encontrava então por trás de um curioso projeto chamado Estufa Global de Sementes, um *bunker* à prova de desastres que ele planejava construir na Noruega para a preservação da biodiversidade vegetal terrestre. Martin me explicou que seu plano era escavar no pergelissolo de Svalbard uma espécie de "estufa de Noé" para que, quando estivesse funcionando, pudesse alojar dois milhões e meio de sementes dos cinco continentes a temperaturas abaixo de zero, preservando-as diante de qualquer catástrofe planetária. A empresa de Artemi Dujok era a encarregada de desenvolver os controles de segurança e de informática de tal celeiro colossal, ainda que nesses mesmos artigos também estivessem vinculados os projetos de engenharia militar e de armamento de vanguarda, questionando a imagem de benfeitoria que os envolvidos se esforçavam em passar.

A primeira coisa que pensei quando o cumprimentei foi que, por ser um gênio multimilionário, a sua indumentária não estava de acordo com sua fortuna. O senhor Dujok se escondia por trás de uma estudada imagem de tipo cinza. De fato, cumprindo com estrito rigor esse papel, eu apenas o vi trocar uma ou outra palavra com o restante dos convidados. Talvez ele se sentisse diferente dos demais.

Ele viera só, sem chofer ou guarda-costas. E quem sabe, por sua tostada cor de pele ou pelos enormes bigodes que reluziam, preferiu ficar mais atrás, reservado, tratando de não chamar a atenção além da conta, abstraído na tela do seu telefone celular.

Assim sendo, ninguém prestou atenção em Artemi Dujok quando, logo depois que Daniel encerrou suas palavras, ele passou a mão em seu *smartphone* e se arrastou até um lugar do templo para consultar algo nele. Com discrição, saiu por detrás da capela, volteou pelo pequeno jardim entre as tumbas e, quando supôs que estivesse livre de nossos olhares, guardou o aparelho no bolso do casaco e dirigiu seus passos até o estacionamento.

Para minha surpresa, em meu estado *post mortem*, pude seguir com conforto o que ele fez depois, o que nunca nem cheguei a imaginar quando aqueles acontecimentos tiveram lugar.

Os pisca-piscas de seu BMW estacionado a poucos metros dali faiscaram ao receber o sinal de comando à distância. Quando seu porta-malas se abriu, deixou ver uma carga vulgar demais para um veículo de cinquenta mil libras: uma picareta e uma pá usadas, ambas cheias de barro, e uma sacola bege do tipo das de ginástica que seu dono ergueu ao ombro sem titubear.

Um minuto mais tarde, aquele homem havia tirado seu sobretudo, seu blazer, sua gravata e, em mangas de camisa, começou a olhar para um lado e depois para outro como que para se certificar de que ninguém o espiava. Mas Dujok estava só. As sete casas de paredes devoradas pela madressilva que davam para aquele lado da igreja cochilavam preguiçosas. Todas tinham as janelas fechadas e não se via ninguém nos arredores que lhe prestasse a mínima atenção sequer.

"O que ele irá fazer agora?" — eu me inquietei.

Quando o senhor Dujok chegou até a fachada exterior da abóboda do sino, iniciou uma curiosa tarefa. Deixou sua sacola no chão e começou a tirar dela utensílios de trabalho manual: primeiro cobriu o rosto com uma máscara, em seguida colocou por cima da roupa um macacão de trabalho sem marcas ou distintivos, manchado de grânulos de barro. Procurou se assegurar de que as botas de borracha se ajustassem hermeticamente à calça, pegou uma pá com cabo extensível daquelas que os alpinistas usam e deu uma rápida olhada no relógio. Tive a impressão de que desejava agir bem depressa. Diante de seus olhos, abria-se um buraco de um metro de lado por outro tanto de profundidade que, por alguma razão, eu soube que ele havia aberto na noite anterior. Que estranho. Suas paredes eram irregulares e estavam cobertas de um limo úmido e pedregoso. E justamente no meio da minha cerimônia, às costas de todos, inclusive de seu amigo Martin, ele se dispunha a finalizar o serviço como se procurasse algo que fosse crucial para aquele exato momento.

Não precisou de muito esforço para encontrar o que procurava desenterrar. Cinco ou seis movimentos com a pá bastaram para alcançar seu objetivo. E o certo é que não pareceu muito surpreso quando deu de cara com ele. O primeiro golpe de metal contra outro metal o deixou indiferente. Era como se soubesse que aquilo estava ali, esperando-o.

Primeiro com a ferramenta e logo depois com as mãos, Artemi Dujok foi delimitando o perímetro de um cofre de chumbo de pequenas dimensões. Ele teria o tamanho de uma gaveta de cozinha e fora feito de um metal envelhecido, coberto de impurezas e pequenas crateras que lhe conferiam um aspecto decididamente antigo. Visto a partir da minha posição, pude verificar que ele não tinha dobradiças, fechaduras ou qualquer outro elemento funcional. Não apresentava nenhum desenho ou inscrição e parecia soldado com a meticulosidade de um relojoeiro para impedir que a umidade do solo em que havia sido escondido pudesse afetar seu conteúdo.

Somente antes de extrair aquele tesouro foi que Dujok titubeou. Substituiu suas luvas de borracha por outras de aspecto metalizado, mais fortes, e agarrou-o alçando o cofre com correias elásticas para segurá-lo. Quando se sentiu seguro de que seu achado não corria risco de cair ou se quebrar, alçou-o com cautela até depositá-lo fora do buraco, a seus pés.

O que eu vi, então, me desconcertou. Eu ainda estava me perguntando o motivo de ter a chance de presenciar tudo aquilo depois de morta quando descobri Artemi Dujok forçando a tampa superior do seu achado com um cinzel. Quando a tampa cedeu, um forte cheiro de amoníaco o obrigou a cobrir seu rosto com o braço, enquanto uma quase imperceptível coluna de vapor procurou seu caminho até o céu. O armênio grunhiu algo incompreensível, mas não se amedrontou. Inclinou-se em direção ao interior do cofre e, satisfeito, baixou o braço deixando-me ver como seus bigodes se arqueavam para cima de satisfação.

Infelizmente, não consegui me aproximar o suficiente para averiguar o que era aquilo que o alegrava tanto. Apenas adivinhei os contornos irregulares de uma superfície rugosa e escura. Uma espécie de tábua do tamanho de uma gaveta, arranhada ou trabalhada por encaixes circulares e que talvez formassem um desenho geométrico maior. Porém, nada mais. As costas de Dujok, e a velocidade com que se apressou a mover a caixa e depositá-la debaixo da janela central da abóboda, impediram-me de determinar o modo pelo qual ele estava manipulando aquela coisa. Não obstante, fiquei convencida de algo importante: aquele sujeito sabia como manejá-la.

— *Sobra zol ror i ta nazpsad!* — murmurou de repente em um idioma que não reconheci. — *Graa ta malprag!* — acrescentou, subindo o tom da voz.

O senhor Dujok havia deixado de ser o personagem cinza de alguns minutos atrás. Ele se desprendera de sua máscara de vulgaridade e agora seu olhar brilhava com uma intensidade sobre-humana.

— *Sobra zol ror i ta nazpsad!* — repetiu. Seu tom retumbou por toda a rua.

E então, algo aconteceu. Ao pronunciar pela segunda vez essas palavras, para mim pareceu ver que do interior da caixa algo se iluminava, lançando uma breve labareda de luz que subiu até o céu. Foi como um relâmpago. Algo intenso e muito rápido, que se arqueou sobre o chumbo que envolvia a origem da luz dirigindo-se até o vitral que separava o jardim do altar em que estávamos nos casando, Martin e eu.

Engoli em seco. Por um segundo, tive a impressão de que aquele sujeito havia despertado aquele objeto. Que havia feito isso entoando um velho feitiço. Uma espécie de abracadabra que conseguira desatar uma força nessa matéria inerte que eu ignorava que pudesse existir. Nunca — com exceção de Sheila Graham naquele papo à noite antes da cerimônia em Biddlestone — havia visto ninguém fazer algo assim.

Quem diabos era esse tal de senhor Dujok?

34

QUANDO O INSPETOR FIGUEIRAS pisou no acelerador de seu Peugeot 307 para subir a última ladeira que o separava da praça de La Quintana, sentiu que seus noventa cavalos perdiam o fôlego e o carro começou a parar lentamente.

— Mas que caralho está acontecendo? — resmungou, dando socos no volante.

O motor fez um extremo esforço, rugiu e sacolejou como se quisesse oferecer algum prazer a seu dono, mas finalmente morreu.

Por sorte, havia parado de chover.

O policial estacionou o carro ao lado de uma das calçadas e se apressou para alcançar seu objetivo a pé. Tinha muitas coisas para cuidar em sua vida. Um espião americano. Quem sabe, dois. Umas pedras de grande valor. Um tiroteio na catedral e uma mulher em perigo. Se o delegado-geral estivesse certo, a jovem deveria estar sob custódia policial imediatamente, pelo menos até que aquela balbúrdia se esclarecesse. Porém, para o cúmulo das adversidades, aquela maldita tempestade continuava presente. Suas descargas elétricas deviam ter afetado a atmosfera de Santiago, porque já fazia um bom tempo que as comunicações com os homens que deixou encarregados de manter a vigilância daquela jovem haviam deixado de funcionar e a energia elétrica estava demorando além do normal em ser restabelecida.

Chateado, Figueiras ajustou seus chamativos óculos, disposto a vencer a pé o último trecho do trajeto. Decidiu pegar um atalho pela rua que passava em frente à Faculdade de Medicina, deixando para trás o pitoresco Arco do Pazo e as lojas de artigos de recordações, tipo "estive aqui e me lembrei de você", que a esta hora estavam fechadas. Ele estava tão distraído com seus problemas e tentando não cair de sono que nem sequer deu atenção ao helicóptero que ainda descansava em frente à catedral.

Ao dar uma volta pela praça da Imaculada, seu esgotamento foi embora subitamente. Dois homens vestidos de preto acabavam de abandonar a Porta da Azabachería, distanciando-se dali a passos rápidos. Apesar da hora e da penumbra que dominava essa parte da cidade, logo os reconheceu.

— Padre Fornés! Senhor arcebispo! — ele os chamou. — O que está acontecendo? Que estão fazendo na rua a essa hora?

Monsenhor Martos iluminou seu rosto ao vê-lo.

— Inspetor — sorriu. — Que oportuno vê-lo.

— É mesmo?

— Você caiu do céu. O decano acaba de me tirar da cama para mostrar algo que seus homens encontraram perto do lugar onde ocorreu o tiroteio e que nenhum de nós havia reparado antes. Não é isso mesmo, padre Fornés?

O rosto magro de Benigno Fornés se encolheu, como se quisesse desaparecer. Ele jamais gostou do inspetor Figueiras.

— E do que se trata, padre?

— Bem... — O decano titubeou. — Lembra-se do lugar onde começaram os disparos?

— Ao lado do monumento do *campus stellae*, sim. O que foi?

— É que um dos blocos dessa parede veio abaixo e...

— Os senhores entraram no perímetro isolado pela faixa da polícia?

A pergunta do inspetor fez os dois prelados ruborizarem.

— O que o padre Fornés está dizendo é que nesse muro apareceu algo — precisou o arcebispo. — Um símbolo. Nosso querido decano o viu ao fazer sua ronda pelas naves do templo há algumas horas e acredita que esteja relacionado com o incidente desta noite.

— Um símbolo? — O detalhe não pareceu impressionar em demasia ao policial Antonio Figueiras. — Os senhores acreditam que o bastardo que fez os disparos tenha deixado sua assinatura estampada na parede?

— Não... Não é isso, inspetor — interferiu o decano, irritado. — O que eu acredito que deva ter acontecido é que o homem que entrou na catedral estava à procura dele. Esse signo não tem como ter sido improvisado na hora. Eu creio que, depois de descobri-lo, o homem se viu obrigado a deixá-lo assim exposto. Não teve tempo de ocultá-lo de novo.

— Sério? Se quiser, eu poderia lhe dar uma insígnia e o senhor continuaria o meu trabalho — brincou.

Fornés mordeu a língua para não responder.

— E o senhor não acha que esse intruso poderia ter procurado esse signo no horário de visitas, sem armar tanto reboliço?

Aquela pergunta já caiu como uma impertinência de sua parte.

— O senhor não é um homem de fé, inspetor — grunhiu o decano. — Nunca entenderia.

— Nunca entenderia o quê?

Os olhos de Figueiras disparavam faíscas. Em uma cidade tão submetida à religião como Santiago de Compostela, discutir com um padre lhe produzia um estranho prazer.

— Esse signo não foi feito por um ser humano, inspetor.

— Oh, sim, claro!

— É a marca dos anjos do Apocalipse. E o homem que a encontrou estava invocando-os em nosso templo.

— Padre Benigno. Deixe isso para lá de uma vez por todas — exigiu o arcebispo.

O rosto do inspetor se iluminou.

— Anjos do Apocalipse, foi isso que disse?

Benigno Fornés cerrou os punhos ao sentir que a chacota continuava.

— Pense o que quiser — bufou. — Mas quando o chão começar a tremer, você verá mais símbolos desse tipo, o Anticristo se apresentará ao mundo e o rabo do dragão irá bater até o céu, fazendo cair as estrelas à Terra. Aí, não reze, não perca seu tempo com isso. O senhor já estará morto.

— Padre — cortou-o outra vez, espantado, Sua Reverendíssima. — Cale-se, por favor!

O decano havia dito aquilo com tal convicção que o inspetor Figueiras deu um passo atrás. O sorriso caiu de seu rosto. Mas, na realidade, não foi pelas ameaças do velho sacerdote, e sim porque de repente ele notou que o chão começava a vibrar debaixo de seus pés. E não era fruto de sua imaginação. Um zumbido suave primeiro, depois forte e em seguida ensurdecedor, subiu desde os paralelepípedos até o céu, enchendo de estupor os três homens no meio da madrugada.

O ressabiado inspetor sorriu ao identificá-lo.

Por sorte, não era o Apocalipse.

"É o helicóptero!", pensou, procurando sua silhueta entre as torres da catedral.

35

QUANDO ARTEMI DUKOJ VOLTOU a participar da cerimônia de meu casamento, o padre Graham havia terminado a leitura do polêmico Livro de Enoque e estava a ponto de devolver a palavra aos nossos convidados. Havia chegado a vez da tia Sheila. A "guardiã do Graal" parecia impaciente em nos oferecer o discurso que havia preparado a pedido de

Martin. E muito bem penteada com seu hipnótico chapéu, concluiu o relato da *Epopeia de Gilgamesh* nos explicando que suas tábuas haviam inspirado, sem dúvida, muitas das passagens fundamentais de Enoque. Ambos os textos, juntos, eram algo assim como a crônica científica mais antiga do mundo.

— É preciso se introjetar na mente alegórica de nossos antepassados para compreendê-la — ela nos advertiu. — Em um mundo que carecia de linguagem técnica, as metáforas eram o único instrumento para descrever a realidade.

Martin, ao meu lado, estava em êxtase. Ele estava encantado por ter convertido a nossa cerimônia em uma espécie de lição magistral de mitologia antiga. Melhor dizendo, de angeologia.

— Bem... — prosseguiu Sheila, passando um olhar firme entre os convidados e detendo-se no recém-chegado. — Suponho que queiram saber, por fim, o que respondeu Utnapishtim a Gilgamesh quando este lhe perguntou se ele poderia alcançar também a imortalidade, certo?

Todos assentimos.

O RELATO DE UTNAPISHTIM

Resumirei a versão sumeriana do mito — disse, modulando a voz como uma profissional. — Séculos antes de nascer Gilgamesh, Utnapishtim governava outra grande cidade, Shuruppak, que as picaretas dos arqueólogos desenterraram, confirmando a sua existência. Em sua época de máximo esplendor, as primeiras civilizações já quase dominavam a Ásia e a África. Foi nesse tempo antediluviano que o deus Enlil decidiu colocar em prática seu plano para acabar com nossa espécie. Estava decepcionado com a raça humana, sem rumo. Como o Yahweh bíblico. E tinha suas razões: éramos rebeldes, não nos submetíamos aos seus desejos e, sobretudo, nós parecíamos a ele tão ruidosos quanto teimosos.

O complô que o deus urdiu para nos destruir era tão cruel que fez os demais deuses jurarem que não o revelariam a nenhum mortal. Para

Enlil, a raiz do problema estava nos casamentos entre os deuses e as "filhas dos homens". Sua mistura, disse, havia corrompido a nossa espécie. Ela nos tornara ambiciosos, desobedientes e, o que era ainda pior, cada vez mais fortes e inteligentes. Começávamos a parecer demais com a sua estirpe, e assim o chefe-de-todos-os-deuses, senhor do céu, do vento e das tempestades decidiu remediar uma evolução genética tão perigosa. Sua solução foi radical: ele iria estimular uma catástrofe climática numa escala planetária global que nos varreria para sempre.

Somente uma divindade se opôs a semelhante projeto: seu irmão Enki. Esse deus tinha por nós mais do que apreço. Em parte, devíamos a ele a nossa expansão sobre a Terra. Foi Enki quem nos enviou os vigilantes e quem os autorizou a ter descendência com nossas mulheres. Queria melhorar a nossa raça e nos educar. Porém, quando se obtiveram os primeiros resultados visíveis e surgiram as primeiras sociedades humanas mais complexas, Enlil quis nos arrasar. Ele nos viu como inimigos potenciais. Seres de uma inteligência que, cedo ou tarde, se equipararia à sua.

Enki se desesperou. Como ele impediria nossa destruição sem trair seu irmão, o chefe soberano dos deuses?

Como poderia agir sem injuriar sua própria estirpe?

Pouco antes do dia D, quando nossa atmosfera já emitia seus primeiros sintomas de alteração, o benevolente Enki achou a solução. Ele sabia que não poderia advertir a Utnapishtim revelando sua identidade sem romper o seu juramento. Mas e se... O que aconteceria se o humano se inteirasse "por casualidade" dos planos de seu irmão? Dito e feito. Nosso benfeitor procurou uma parede bastante alta no centro da cidade e se agachou por trás dela, ficando à espera que o rei passasse por ali. Quando o fizesse, simularia uma conversa que o poria em estado de alerta.

E o dia chegou.

"Oh! Cerca de juncos! Oh, muro de ladrilhos!", começou a declamar Enki ante a parede, a plenos pulmões! "Derruba a casa e constrói uma barca. Abandona a riqueza e procura a sobrevivência. Desdenha a propriedade, salva a vida. Leve a bordo da barca sementes de todas as coisas vivas."

Ainda que Utnapishtim reconhecesse imediatamente a voz de seu deus, não chegou a vê-lo. Confuso, perturbado pelo que acreditava ser uma conversa que ele não deveria escutar, regressou a seu palácio convencido de que devia encarar aquele incidente como um sinal. Em pouco tempo, construiu um enorme barco, sem proa nem popa, desprovido de cobertas ou mastro, blindado, que flutuaria como um esquife em alto-mar. A tábua doze da *Epopeia de Gilgamesh* é escassa quando descreve o terror posterior, mas relata os dias e as noites de temporal que inundaram o reino de Shuruppak, mergulhando a tripulação do monarca na mais absoluta desesperança. O azar ficou para aqueles que não subiram a bordo. Todos pereceram afogados enquanto a terra que eles conheciam ficava sepultada sob as águas.

Uma vez superado o pior, a grande caixa dos sobreviventes encalhou em cima de um monte. Dizem que ficou presa ao lado de um precipício, com um de seus extremos gravitando sobre o nada. E assim, após sete dias de espera sem se atrever a colocar o pé naquele pico, o rei Utnapishtim deu a ordem de abandonar a nau e repovoar toda a terra firme que encontrassem. Acabava de nascer, ou melhor, de renascer a nossa espécie.

Sheila então olhou para nós, Martin e eu.

— Na realidade, esta história é um presente para vocês — disse aos convidados com um tom quase sacerdotal. — O casal que hoje unimos em matrimônio descende daquele navegante e de sua família. São os herdeiros do sangue misto de homens e deuses, e hoje, seguindo aquele sagrado mandato, ambos se casam para continuar com o projeto de Enki. Para que nunca falte um ser humano sobre a face da terra e para que contribuam com a imortalidade do código genético dos vigilantes.

— Há chegado o momento, pois, de selar a aliança — interveio Daniel, ainda ardente e em pé ao lado do padre Graham. — Estão com as pedras?

Nós dois assentimos.

Daniel aguardou que as entregássemos a ele, enquanto Martin e eu dávamos as mãos.

— Vocês precisam saber que os filhos dos deuses confiaram pedras como estas a suas esposas — disse o ocultista, levantando-as para que todos pudessem vê-las. — Foram o símbolo de união entre o mundo de onde vinham, o Paraíso, e aquele que desejavam habitar.

— Na Bíblia, essas pedras são mencionadas amiúde — o velho sacerdote interpelou Daniel com certa brusquidão. — Moisés recebeu os Dez Mandamentos inscritos sobre duas grandes lousas. Inclusive o patriarca Jacó dormiu sobre uma que lhe permitiu ver a escada pela qual os anjos do céu sobem e descem à terra. As pedras que vocês têm procedem, pois, desse tempo remoto e seguem cumprindo sua função simbólica de união entre o que está Acima e o que está Abaixo.

— O senhor se lembra, padre, do que disse Jacó ao ver sua escada? — fustigou Daniel, como se o estivesse interrogando — "Aqui está a casa de Deus e a porta dos céus!" Ele estava nos dizendo que a sua pedra havia aberto um umbral até então invisível que comunicava o Reino do Pai com o nosso.

Ao que Sheila acrescentou solenemente:

— Vossas pedras são, assim, as chaves para entrar nessa casa. Recordem sempre disso e protejam essas pedras com sua vida, se for preciso.

O velho sacerdote então se adiantou aos seus dois companheiros de altar e, erguendo os braços acima de suas cabeças, nos fez levantar. Tive a impressão de que não desejava ouvir mais nenhuma palavra sequer.

— É chegado o momento — disse, retomando o controle da cerimônia —, Martin Faber. Ante sua pedra de compromisso, fale-nos: aceita por esposa Julia Álvarez, filha do homem, e jura protegê-la da adversidade e da desonra, até que cumpra os dias de vosso destino?

Os olhos azuis de Martin relampejaram com vivacidade ante as palavras empregadas por Graham. Em seguida, afirmou que sim.

— E você, Julia? Ante a Pedra da Sagrada Aliança, toma por esposo Martin Faber, filho do Pai Eterno e jura permanecer a seu lado, ainda que tendo à frente os inimigos da Luz, apoiando-o e consolando-o nos dias sombrios que se avizinham?

Um arrepio correu pelas minhas costas.

Notei o olhar feroz do sacerdote através de seus óculos.

— Jura? — ele me apressou.

— Juro.

— Nesse caso — disse ele, tomando as adamantes das mãos de Daniel e estendendo-as sobre as nossas —, ponho por testemunho estas rochas milenares. *Lap Zirdo noco Mad, hcath Iaida.* Elas darão fé de que vosso caminho é reto e justo.

E, dizendo aquilo, ele as entregou a nós com grande solenidade.

Aquele foi o momento supremo da jornada.

Ao sentir a pedra com o tato, meu coração acelerou. Notei que a minha pedra estava quente e se agitava como se fosse um inseto desesperado por alçar voo. "Deus meu! Ela se ativou", pensei. Mas nada ocorreu.

Minha adamante deixou de zumbir no momento em que eu a apertei em meu punho. Ainda que, mesmo assim, mais tarde e de uma maneira muito sutil, quase imperceptível, começou a me iluminar a palma da mão. O que resultou foi um brilho suave, nada incômodo, como se viesse de seu núcleo e variava a força a intervalos regulares para não nos ofuscar. Absorta, logo depois descobri algo mais. Algo que não vi na noite anterior na casa de Sheila e que, pela cara de assombro de Martin, juraria que também era a primeira vez que ele presenciava: cada vez que um daqueles lampejos pulsava, deixava entrever uma espécie de sombra abaixo de sua superfície que não variava de forma, parecia uma letra. Uma espécie de M com os contornos mais arredondados ao qual prestei mais atenção.

Era mais ou menos assim: 

— *Zacar, uniglag od imvamat pugo plapli ananael quan.*

De hoje em diante, vós sois marido e mulher — sentenciou então o padre Graham, alheio ao prodígio.

Depois daquele dia, nunca mais voltei a ver nenhum outro símbolo sobre a adamante.

36

E, DE REPENTE, NICHOLAS ALLEN abriu os olhos.

"Estou me afogando!" — engasgou. — "Ar!"

Foi um péssimo despertar.

Por instinto, o coronel levou as mãos ao peito e apertou com força para que entrasse oxigênio. O movimento brusco produziu uma dor indescritível nos alvéolos pulmonares. Por um segundo, o pânico se multiplicou. Uma nova vibração, talvez um espasmo, o sacudia vindo do seu coração. O militar apalpou a região procurando uma hemorragia que não achou. Sua camisa estava seca. E o resto da sua roupa também. Tossiu. Encolheu-se sobre seu estômago e, com o mal-estar cada vez mais contido, e fazendo um esforço sobre-humano, levantou-se.

Sua primeira reação foi de desconcerto.

"Deus!"

Alguém o havia arrastado pelo chão, estava desarmado e abandonado como um boneco maltrapilho ao lado de uma parede de tijolo aparente. Havia se esquecido de onde estava, porém, ao dar uma olhada na penumbra e encontrar a expressão inerte do garçom, Allen se lembrou.

"O quê... O que aconteceu?"

O pequeno local estava em silêncio. Somente pelas luzes de emergência é que se podia adivinhar a localização da saída, ajudando a situar os móveis ao redor. E, ainda que algo lhe dissesse que estavam a sós e que seja lá o que os tenha derrubado já não se encontrava entre eles, seus músculos se tensionaram. O mesmo aconteceu com os nervos de seu rosto, quando o choque que o havia despertado voltou. Este foi tão intenso que, se não tivesse enfiado a mão no bolso de seu jaquetão naquele mesmo instante, teria lhe atravessado o peito.

Somente ao sentir o tato regular de seu responsável, ele se acalmou.

"Como pude ser tão estúpido?"

E, sem pensar, levou a mão à têmpora.

— ... Allen? Está me ouvindo?

O coronel cambaleou enjoado. Notou que tinha os ossos intumescidos pela baixa temperatura. Seu telefone celular também estava frio. Quanto tempo ficara inconsciente?

— Coronel Allen! Responda!

Ao ouvir o seu nome pela segunda vez, o gigante reagiu. Pegou com força o sofisticado Iridium 9555 com conexão por satélite e pigarreou procurando a sua voz.

— Nick Allen quem fala... — titubeou.

— Coronel! É o senhor?

— Afirmativo — disse, segurando uma careta de dor.

Acabara de descobrir uma pequena contusão em seu antebraço esquerdo. Tinha um hematoma. Um zunido sequencial lhe anunciou que a bateria de seu celular não iria durar muito.

— Até que enfim! Onde você está? Aqui quem fala é o diretor Owen. O que aconteceu? Estou tentando falar com você faz uma hora. Seu celular estava desligado. Os satélites são incapazes de triangular a sua localização. Você está bem?

— Sim, senhor. Pelo menos é o que eu acredito...

Quase podia sentir a respiração entrecortada de Michael Owen em seu rosto, o homem crispado por trás da mesa do escritório, vermelho de ira e com as unhas cravadas nos fones de ouvido.

— Tem certeza? — sua voz soava com desconfiança. — Onde você está?

Allen deu uma olhada à sua volta, tentando recordar que demônios havia acontecido por ali. Ele se viu sentado no chão do café La Quintana, com dores que iam e vinham por todo o corpo e uma cefaleia que o perfurava vivo. O militar fez um esforço para se erguer e alcançar sua arma regulamentar. Então, seus piores temores se confirmaram: alguém estivera ali durante seu desmaio. Haviam esvaziado o carregador e xeretado em sua bolsa. O iPad havia desaparecido e o conteúdo de sua maleta de couro estava esparramado pelo chão, como se tivessem registrado todo aquele conhecimento.

Porém, havia algo mais. Algo que acabou por desconcertá-lo.

Julia Álvarez havia desaparecido.

— Que... Que horas são? — gemeu.

— Horas? Maldição, coronel! São quase cinco e meia da manhã na Espanha. Sabe que horas são em Washington?

O coronel engoliu em seco.

— Onze e meia da noite! — bufou Owen. — Onde diabos você passou as últimas horas, senhor Allen?

O valente militar não respondeu. Estava inchado. Sujo. E tinha a boca seca.

— Dê suas coordenadas, coronel. Vou entrar em uma reunião e preciso ter sua localização.

— É foda... — grunhiu, procurando um ponto de apoio.

O braço esquerdo do agente tremelicou ao tentar se reerguer.

— Parece que jogaram sujo conosco, senhor — acrescentou queixoso.

— O quê? — durante um par de segundos a voz do outro lado da linha emudeceu. — O que quer dizer, coronel?

Nicholas Allen se ergueu lutando contra a onda de náusea que tentava abrir espaço através de seu esôfago. Tinha o estômago virado, a sua velha cicatriz na cabeça doía e sofria de uma tontura que, por mais estranho que fosse, também lhe parecia razoavelmente familiar.

— Seus amigos, diretor — disse como pôde, acompanhado de certa dose de ironia que não lhe passou despercebida. — Seus velhos amigos estiveram aqui. E levaram com eles a mulher de Faber.

— Mas, quem diab...?

Owen não conseguiu terminar a sua frase, a bateria de lítio do celular de seu agente na Espanha acabara de se esgotar. O diretor da agência de informação mais poderosa da Terra já sabia o que tinha de fazer. Deveria avisar seus homens na embaixada de Madri. Eles se encarregariam de encontrar Allen. E rápido.

37

NUNCA SOUBE POR QUANTO TEMPO permaneci do outro lado. Nem por que me vi empurrada de novo no abismo onde se encontrava a luz que já havia atravessado uma vez. O que eu sei apenas — e essa recordação me acompanhará enquanto eu tiver memória — é que, quando retornei ao meu corpo, me senti mal. Muito mal. De repente, a serenidade que havia experimentado se estilhaçou em mil caquinhos de vidro. Minha soberania sobre o tempo se desvaneceu. Foi como se esse cérebro do qual eu havia me despedido, que era parte de minha antiga carcaça física, se abrisse outra vez por conta da eletricidade e ativasse de novo todos os seus terminais de dor.

Os primeiros segundos foram de uma angústia indescritível.

Senti uma explosão na cabeça. Creio que meu reingresso à vida se produziu por culpa disso. Uma espécie de impacto me sacudiu de cima para baixo, tensionando todos os meus músculos. Mas isso foi só o começo. Na sequência, milhares de agulhas pareciam atravessá-los a espasmos regulares, como se fossem lâminas de gelo que abriam caminho através deles. Oh, Deus! E depois chegou a vez dos pulmões. Eles se incharam de ar sem que eu pudesse fazer nada para impedir. E, a cada inspiração brusca, um novo bombardeio de calor os varria com hálito de fogo.

Rezei para morrer outra vez. Para que não sentisse mais nada. Mas foi inútil.

Ignoro quanto tempo durou o suplício. O certo era que, antes que ele acabasse, eu já sabia que continuava viva. Que eu havia regressado. E que o que cabia a mim era voltar a lutar.

Várias ideias estúpidas cruzaram minha cabeça nesses instantes, ainda que só uma delas tenha demorado a desaparecer: era a última imagem que havia registrado antes de "me desconectar". A imagem que vi justamente no segundo preciso antes de morrer e cair no poço das recordações. Era o perfil do homem que viera a Santiago somente para me dizer que Martin havia sido sequestrado na Turquia e que seus captores viriam atrás de mim. Segundo ele, eles pretendiam arrebatar algo de mim que eu nem sequer sabia onde estava.

"A pedra de Dee."

Maldita seja.

"A pedra que invocava os anjos."

Zonza, sem poder abrir ainda os olhos, levei as mãos ao cabelo e o sacudi. Era um costume herdado de minha avó. Agitar a cabeça e pentear-me com os dedos costumava devolver-me o controle. Só que desta vez soube que isso seria pouco. Eu iria necessitar de uma bela ducha e um bom café da manhã para começar a pensar com fluidez. E eu queria isso, agora mesmo.

Então, no fim das contas, dei a mim mesma a ordem. E olhei.

Santo céu.

Não sabia dizer o que me assustou mais: perceber que já não estava mais em La Quintana ou descobrir que alguém havia me sentado e amarrado a um espaldar de onde eu via apenas uma parede de nuvens densas e escuras.

Uma mão passou diante dos meus olhos.

— A senhora está bem? Está tonta? — disse um fantasma. Pareceu-me que ele segurava uma seringa.

O caso é que falava com uma voz amortizada. Quase sintetizada.

Quando consegui focalizar sua imagem, observei que usava um capacete branco; estava sentado à minha frente e fazia umas caretas ridículas tocando-se à altura das orelhas. Senti-me indefesa, mas, por fim, compreendi o que ele queria. Desejava que eu fizesse o mesmo. Pensei que haviam me drogado ou algo assim, e que ainda estava sofrendo os efeitos colaterais de um alucinógeno. Mas, ao vê-lo gesticular de novo, desprezei a ideia. Acabei por concordar com ele e acariciei as minhas têmporas. Foi uma surpresa. Descobri que alguém havia me tapado os ouvidos com uma espécie de fones flexíveis providos de uma pequena antena. Fiquei curiosa e tirei um deles para dar uma olhada, mas um ruído estrondoso quase me deixou surda.

— Pode me escutar?

A voz daquele sujeito tentava sobressair ao estrondo. Nem sequer aguardou que eu respondesse.

— Está tudo bem, senhora. Agora a senhora se encontra a bordo de um helicóptero. Não se assuste. Não há nada a temer. Nós lhe administramos uma leve dose de lidocaína para reanimá-la. A tontura logo passará. Agora coloque esses fones em seu devido lugar e eu lhe falarei através deles.

— Um helicóptero? Lidocaína? Reanimar-me?

O homem assentiu enquanto eu olhava como uma tonta de cima a baixo, convencendo-me de que, de fato, ele não estava mentindo.

Minha cabeça ameaçava explodir. Que demônios eu fazia dentro de um helicóptero? E quem era aquele sujeito?

Meus fones deram uns chiados. A voz de meu interlocutor agora soou limpa e tranquilizadora.

— Bem-vinda a bordo, senhora Faber — disse ele em um inglês exótico.

— O... Onde estou?

Tratei de me levantar, mas sem sucesso, debatendo-me com o cinto de segurança.

— Não se esforce, senhora. Deve descansar o quanto puder. Somos amigos, acabamos de salvar sua vida.

Embora não tenha reconhecido o homem que falava, notei que ele se dirigia a mim com certa familiaridade. Na catedral, o coronel Allen havia me cumprimentado de uma forma parecida, mas não era ele. Na verdade, eu o procurei sem sucesso no interior daquele aparelho, conseguindo apenas localizar diante de mim o sujeito dos bigodes longos, que sorria divertido. Havia um indisfarçável toque de orgulho em seus gestos, porém, por mais que eu tentasse, não conseguia recordar de onde eu o conhecia. Os dois jovens rapazes que o acompanhavam tampouco me ajudaram a sair da dúvida. Os dois me contemplavam com a curiosidade de um entomologista. Seguravam fuzis com mira telescópica. Quando prestei mais atenção neles, fiz uma descoberta reveladora: um deles, o que estava mais próximo da cabine, era o rapaz da tatuagem de serpente na maçã do rosto!

Ao perceber que fora reconhecido, o sujeito me olhou sem dizer nada.

— Escute aqui! — eu me remexi no assento, tentando me safar dos arreios que me prendiam. — Se são...!

— Acalme-se, senhora Faber. Eu lhe peço.

— Mas... Eu já vi esse sujeito!

O homem dos bigodes me olhou com ar divertido.

— Quem são vocês? — eu gritei. — O que querem de mim?

— Oh! — a careta do meu interlocutor foi teatral. — Já se esqueceu de mim, senhora?

— Eu... Eu o conheço?

Se ele quis me desconcertar mais do que eu já estava, ele conseguiu.

— Isso parte meu coração — voltou a sorrir. — Meu nome é Artemi Dujok. E a senhora não pode imaginar o quanto me alegra tê-la encontrado a tempo.

— Artemi Dujok?

Diabos.

Passaram-se cinco anos desde a primeira e a última vez que eu havia visto aquele sujeito, porém não demorou muito para meu cérebro inchado conseguir localizá-lo. Acabava de tropeçar com ele no "sonho da morte" do qual acabara de sair.

O caso é que, surpresa e curiosa, eu o olhei com ressentimento. Sim. Era ele.

— Senhor Artemi Dujok... — repeti. — Eu me lembro. De fato. Mas...

— Fico feliz por isso. Estive em sua cerimônia de casamento, em Wiltshire. Sou amigo de Martin.

— Martin! Meu Deus! — minhas pupilas dilataram de angústia. — O senhor deve saber que...?

Dujok estendeu seu braço para me entregar um lencinho de papel.

— Eu já sei, sim, já sei de tudo. Trate de manter a calma. Sei tudo pelo que a senhora acaba de passar. Seu cérebro ficou em estado de coma por mais de vinte minutos. Ninguém que tenha sido vítima de um bombardeio de ondas delta deve fazer grandes esforços.

— Que quer de mim? — repliquei sem entender nenhuma palavra daquela geringonça que ele estava dizendo. — O que estamos fazendo em um helicóptero? A polícia disse que Martin foi sequestrado...!

— É exatamente sobre isso que quero falar com você! Mostraram-lhe a prova de vida que seus sequestradores filmaram?

— O vídeo?

Dujok assentiu.

— Descobri o que Martin desejava lhe dizer nesse vídeo, senhora Faber.

Fiquei de boca aberta.

— Seu marido foi muito engenhoso ao lhe fazer chegar uma mensagem cifrada. Somente alguém que o conhecesse tão bem, como sua esposa, poderia decifrá-la.

— Ou alguém... como o senhor, talvez? — repliquei com certa ironia. — O coronel Allen disse que conhecia Martin, falou inclusive que eles haviam sido companheiros de trabalho. Onde está ele?

Dujok ignorou a minha pergunta.

— Sim, senhora. Alguém como eu, um bom amigo. Você deve saber que possui uma pedra muito cobiçada. E que juntos a recuperaremos e resgataremos seu marido.

— Mas você sabe onde está a pedra?

O helicóptero deu um pequeno pulo ao entrar numa nuvem.

— Chegaremos em alguns minutos — disse ele. — Segure-se.

38

ELE NÃO HAVIA DADO ESSA ORDEM. Tinha certeza disso.

Por isso, quando Antonio Figueiras viu a silhueta escura de seu helicóptero balançar a poucos metros do telhado da catedral, soube que havia algo mais e que isso estava fugindo ao seu controle.

— Vocês terão que me desculpar... — sua mão nervosa apenas apertou levemente a do monsenhor Martos, antes de lhe dar as costas. — E você também, padre Fornés, eu os chamarei para prestar depoimento.

O inspetor saiu em disparada sem olhar para trás. E isso era o que ele mais odiava no mundo, não por deixar alguém com a última palavra na boca, meio que falando sozinho, mas porque lhe esgotava fazer esforço físico bruto. Não tinha mais idade para excessos. Tampouco pulmões. Porém, se ele queria chegar a tempo para ver a cara do piloto do helicóptero e saber que diabos estava acontecendo por ali, tinha que se empenhar a fundo. "A cabeça de alguém vai rolar hoje! Palavra de honra!"

Desceu como um raio pela ladeira que desembocava ao lado da fachada da catedral. E quando por fim alcançou a Praça do Obradoiro, ofegante, com sua camisa encharcada, descobriu que aquele monstro não era seu. Como não havia se dado conta antes? O aparelho que ganhava altura a poucos metros dele tinha duas ou três vezes a envergadura de seu pequeno helicóptero. Brilhava e, além disso, suas pás eram como lâminas, as mais estranhas que já tinha visto em sua vida. Duas delas eram enormes, giravam em sentido anti-horário sobre o habitáculo enquanto uma terceira fazia isso na parte posterior. O veículo não tinha número de matrícula nem inscrição alguma — pelo menos, ele não foi capaz de distingui-las — e estava completamente pintado de preto.

Empurrado pelo vento das hélices, Figueiras se aproximou como pôde da patrulha que havia deixado vigiando aquele lugar.

— Mas que merda! — resmungou, levando a sua mão à arma por instinto.

O que viu o deixou sem fala. Os crânios perfurados e cobertos de sangue de dois de seus homens descansavam inertes contra os encostos dos assentos do carro. Os dois tinham orifícios na testa e, pela posição de seus corpos, era evidente que haviam sido pegos de surpresa. Figueiras sacou a arma da cintura e apontou para o alvo no céu, mas ele já estava fora de alcance. O inspetor podia apostar o salário de um ano que o assassino era o fugitivo que ele havia colocado em busca e captura, e que o maldito estava escapando nesse helicóptero, bem diante do seu nariz.

Com a adrenalina a mil por hora e a respiração ainda entrecortada pela corrida, ia telefonar para a delegacia a fim de pedir reforços quando a tela do seu telefone celular se iluminou.

"Chamando..."

— Figueiras falando, pode falar.

— Antonio, aqui é o Marcelo Muñiz. Espero não estar atrapalhando.

— Agora não posso falar contigo! — resfolegou ao escutar a voz de seu amigo joalheiro enquanto inspecionava por fora, em posição de cócoras, o carro patrulha. — Mais tarde eu ligo de volta.

— Como queira — concedeu o amigo.

— Além disso, são cinco da manhã!

— Eu sei bem! Só para que você saiba, foi por sua culpa que eu passei a noite toda rastreando as pedras sobre as quais me perguntou.

O inspetor não queria perder um minuto mais. Seu polegar, na dúvida, não se atreveu a cortar a ligação. E também não fazia parte dos seus planos ficar em xeque-mate. Se Muñiz o chamava a essa hora da manhã, deveria ser importante.

— Vamos lá! Diga! O que encontrou?

— Fui averiguar o que são. Você não vai acreditar!

39

DEMOREI EM ME ADAPTAR ao suave balanço do helicóptero. Por sorte, quando aquela supermáquina concluiu sua ascensão vertical, meu estômago regressou a seu lugar e meu corpo começou a recuperar o tônus de sempre. Não me restava alternativa senão relaxar. O medo e a confusão não me tirariam do apuro, assim respirei fundo e soltei em relaxamento meus músculos, estirando as pernas e os braços como eu fazia nas aulas de ioga. O truque funcionou mais ou menos. Ainda sentia como se a pulsação me martelasse as têmporas enquanto meus olhos continuavam umedecidos pela raiva e pela dor de ter regressado ao mundo dos vivos.

Naquele momento, eu desejava não ter feito isso. Havia descoberto que a morte era um trânsito doce. Indolor. Exatamente o contrário do que estava sentindo nesse momento.

O que o senhor Dujok queria dizer quando falou que eu havia me submetido a não sei o quê, um tal de bombardeio de ondas? De repente, me chamou a atenção aquele detalhe.

Por que havia assumido a atribuição de resgatar Martin na cara do sujeito da embaixada com quem eu havia conversado antes de me encontrar presa a seu helicóptero?

Sentado à minha frente, com as costas apoiadas contra um assento de couro de espaldar alto, Artemi Dujok me vigiava sem pestanejar. Ofereceu-me algo para beber enquanto todos a bordo fazíamos esforços para nos manter em posição a cada vez que atravessávamos uma nuvem.

— Diga-me uma coisa, senhora Faber. O seu marido lhe contou para que ele foi à Turquia? — perguntou, enquanto me observava consumir com dificuldade sua bebida isotônica.

— Mais ou menos... — Tratei de desfiar uma resposta neutra. — Ele me disse que queria concluir seus estudos sobre o degelo dos cumes do planeta e, como eu estaria muito atarefada na restauração da catedral, achou que aquele era o melhor momento para fazer a sua viagem.

— Então, ele não contou nada...

— Que quer dizer com isso? — a boca cheia de isotônico me fez pronunciar a pergunta com lerdeza.

— Martin foi ao monte Ararat para devolver a sua adamante. A pedra originalmente saiu dali. Sabia?

— É... claro... isso também — engoli a bebida, mentindo.

— Escute-me bem, senhora Faber. Seu marido e eu trabalhamos juntos há anos. Tratamos de reunir as poucas pedras como sua adamante que existem espalhadas pelo mundo. Ambos sabemos o quanto elas são extraordinárias, mas não é possível ter nem sequer uma ideia do poder que elas são capazes de gerar quando estiverem juntas. Na verdade, temos descoberto sinais que indicam que em breve, muito em breve, vamos precisar de todo o seu potencial para nos proteger do que parece que virá a ser uma catástrofe global. Um golpe na biosfera do qual seu marido está mais do que certo. Por isso é muito importante que colaboremos e que sejamos sinceros uns com os outros. Entendeu?

Dujok disse aquilo de forma muito séria, sem soar bombástico e tampouco com intriga.

— O que você está querendo? Assustar-me?

— De maneira alguma, senhora. O que eu quero lhe dizer é que Martin está comprometido em uma operação de altíssimo nível e que se ele não a colocou a par de todos os detalhes até agora foi somente para protegê-la. Agora Martin está em perigo. A situação mudou e ambos temos a obrigação moral de ajudá-lo. Preciso de sua confiança, senhora. Sei que acaba de me conhecer, mas eu lhe prometo, a senhora não se arrependerá.

— O senhor vai me ajudar a resgatar meu marido?

O sujeito de grandes bigodes assentiu.

— É claro que sim. Mas para isso necessitamos da sua pedra. Recorda-se de quando foi que ele pediu para que a entregasse a ele? Quando a escondeu?

— Vai fazer um mês, mais ou menos... — suspirei. — Foi justamente antes de ele sair em viagem. Na realidade, tivemos uma discussão e eu a devolvi.

Artemi Dujok assentiu como se conhecesse esse detalhe.

— Então ele a ocultou em um lugar seguro — disse o homem, como se estivesse pensando em voz alta. — Em um esconderijo especial, em um ponto geográfico de grande potência energética, onde, além de estar segura, a pedra se carregaria de grande força.

— Ah, é?

Minha pergunta soou desconfiada.

— Porém, acima de tudo, deve ter feito o que fez pensando em evitar que homens como o que estava com você há pouco tempo não a roubassem, senhora Faber.

— Esse homem queria roubar a minha pedra? O coronel Allen? — Encolhi meus ombros.

— Exatamente. A única coisa que o interessava em você era a pedra. Pode acreditar em mim. Se a senhora tivesse entregado a pedra a ele, talvez não tivesse vivido o suficiente para este reencontro...

O helicóptero então se inclinou, fazendo meu sangue subir à cabeça. Lá fora o céu começava a clarear, anunciando que em breve amanheceria. Todavia, o armênio não me havia dito ainda para onde nos dirigíamos.

— Senhor Dujok, e como saberei se posso confiar no senhor?

— A senhora o fará — sorriu. — É só uma questão de tempo. Martin me contou muitas coisas sobre seu relacionamento e do que chegaram a fazer com as adamantes. Inclusive pediu que, se acontecesse algo em alguma de suas missões, eu deveria me responsabilizar em manter a sua segurança. Ele temia pela senhora, sabe? Por isso conheço aspectos de seu casamento que talvez a senhora nem se lembre...

— Sério?

— Certamente — ele franziu o canto da boca, ameaçando outro sorriso, porém mais ácido. — Por exemplo, ele lhe explicou alguma vez por que você e Martin se casaram em Biddlestone? Tem alguma ideia, nem que seja remota, de por que ele me convidou para a sua cerimônia?

Olhei para Artemi Dujok bem dentro de seus olhos. Estava claro que esse homem de grandes bigodes e maneiras de um cavalheiro estava tentando ganhar a minha confiança. Seus olhos castanhos eram profundos e misteriosos. Eu havia visto esses olhos brilhantes há pouco tempo, em outro mundo, e não tinha dúvidas de que eram os mesmos.

— Acredito que até possa saber sim, senhor Dujok... O senhor foi a Biddlestone para apanhar algo — respondi, recordando o que havia visualizado justamente antes de despertar em seu helicóptero. — Algo que desenterrou às escondidas, enquanto nos casávamos na igreja. Estou errada?

Suas pupilas se contraíram como se um raio de sol as houvesse golpeado.

— Está bem! Que seja! — vacilou. — Não está nem um pouco errada. Posso lhe perguntar quem lhe contou isso?

— Eu vi.

— Sério? — exclamou ele, curvando-se para a frente.

— Instantes antes de o senhor me despertar neste helicóptero.

— Isso é... — sussurrou com prazer, estendendo sua resposta com pompa — ... perfeito! Não sabe o quanto me alegra saber que conserva o seu antigo dom, senhora. A senhora o reativou?

"O quanto esse sujeito sabe a meu respeito?"

— Pode ser... — respondi, baixando a vista.

— Está bem — ele assentiu. — Eu entendo seus receios. Porém talvez eu lhe ajude a dissipá-los quando a senhora compreender o que aconteceu em seu casamento. Vocês correram a Biddlestone para fazer um casamento seguindo um ritual angélico secular. Oficializaram a cerimônia recorrendo ao Livro de Enoque em vez da Bíblia e foram consagrados empregando as mesmas pedras que John Dee utilizou na última vez em que ele se comunicou com os seres celestiais no século XVI.

— Vai me dizer que justamente agora o senhor me falará sobre anjos? — disse eu, com uma evidente sensação de incômodo. Dujok não se incomodou com isso.

— John Dee, como seu marido deve ter lhe contado, foi o último ocidental que obteve sucesso em suas tentativas de se comunicar com eles, senhora. E, como a senhora, ele não foi precisamente um místico. Não sofria transes paralisadores nem nada do gênero. Era mais um homem de ciência e sua aproximação com eles foi racional. Dee se valeu de três elementos para conseguir fazer isso: as pedras de enorme poder, um médium chamado Edward Kelly, que sabia como olhar para elas e extrair as informações de seu interior, e uma espécie de mesa ou tábua com símbolos gravados nela que, posta em conexão com os elementos anteriores, abria esse canal com o céu e fazia com que os anjos se manifestassem diante de seus olhos. Todo esse material devia se conjugar em datas e lugares precisos para que funcionasse e Dee teve habilidade e engenho suficiente para descobri-los.

— Continuo sem compreender o que isso tem a ver com sua presença no lugar onde nos casamos, senhor Dujok... — eu o pressionei.

— É muito fácil de entender.

— Assim espero. Prossiga.

— No fim de suas vidas, John Dee e Edward Kelly caíram em desgraça e foram perseguidos por seus contemporâneos. A decadência e a culpa foram atribuídas ao fato de terem feito mal uso de suas ferramentas. Kelly, por exemplo, converteu-se em um sujeito arrogante. Estava crente de que era o herdeiro da tradição profética iniciada por Enoque e continuada por Elias ou pelo mesmíssimo São João. Mas a diferença em relação a esses foi que ele procurou enriquecer com os prognósticos dos anjos. Foi questão de tempo para que tudo se voltasse contra ele. Por isso, quando finalmente se separou de John Dee, este decidiu salvar as pedras e o tabuleiro para que eles não voltassem a cair em mãos inadequadas. Escondeu as primeiras em um exemplar do Livro de Enoque que a família Faber conserva há muitas gerações. Quanto ao segundo item, foi enterrado em Biddlestone, na parte externa da abóboda da igreja. Compreende agora? O mago elegeu esse lugar por razões mágicas, além do que, no antigo dialeto de Wiltshire, Biddlestone significa "Bíblia de Pedra". E era assim que Dee via seu instrumento. Como uma autêntica Bíblia, um suporte vivo da palavra de Deus.

— E como soube que essa tábua, ou tabuleiro, estava ali?

— Foi Martin quem descobriu, estudando as últimas anotações de Dee preservadas no Museu Ashmoleano de Oxford. Seu achado aconteceu pouco antes de conhecê-la, senhora. Quando ele a conheceu, acreditou que estava predestinado a reconstruir o instrumental de invocação de John Dee. Tinha as pedras. Sabia onde estava o tabuleiro e, durante uma viagem à Espanha para fazer o Caminho de Santiago, tropeçou na senhora e se deu conta logo em seguida de que a senhora tinha os dotes de médium de que o processo necessitava. Aquela segunda visão de que tanto falaram os espiritualistas ingleses no século XIX.

Dujok tomou fôlego antes de continuar:

— Não é de estranhar, portanto, que, com os três elementos tão à mão, ele tenha pensado em recuperar o tabuleiro tendo as adamantes próximas. Todos juntos de novo, após quatro séculos separados, estariam abençoando seu casamento em abundância. Poderiam abrir um canal direto com o céu somente os dois!

— E porque ele chamou o senhor? — insisti.

— Conheci Martin na Armênia, quando ele ainda trabalhava para o governo dos Estados Unidos...

— Isso eu fiquei sabendo hoje.

— Bem... O caso é que ali o convenci para que deixasse de procurar essas pedras para seu país. Seu governo não iria lhes dar um uso pacífico, também não creio que soubessem manejá-las como deveriam, mas, ao deixar seu trabalho na Agência de Segurança Nacional, os problemas começaram a persegui-lo. Por essa razão, faz mais ou menos um ano, ele decidiu separar as adamantes e entregar a mim o tabuleiro para que eu o protegesse. Eu pensava que as pedras estivessem separadas até hoje. Seu marido encontrou um motivo para reuni-las de novo e tentar fazer sua comunicação com os anjos de Dee.

— Um motivo? Qual?

— As pedras atuam por vibração, senhora. Reagem a estímulos sonoros, a ultrassons e a certas frequências de espectro eletromagnético. Por estes dias, o Sol está em plena ebulição. Tempestades solares encheram sua superfície de manchas e as erupções de hélio são as maiores detectadas desde o último século. A única coisa que falta é que um bom golpe de vento solar, carregado de trilhões de elétrons, atinja a Terra em cheio para que as pedras, o tabuleiro e seu catalisador, a senhora no caso, disponham de energia suficiente para fazer essa chamada ao céu. O mal nisso, senhora — disse num tom sepulcral —, é que há mais pessoas que conhecem essa informação e eu temo que elas devem ter sequestrado Martin para manter o controle dessa chamada.

O helicóptero deu duas ou três sacudidas muito bruscas, como se atravessasse um caminho cheio de pedras, mas eu estava tão absorta no relato do senhor Dujok que não prestei a menor atenção.

— Então... O senhor não acha que ele tenha sido sequestrado por um grupo terrorista curdo?

— Duvido — tossiu, incomodado. — Isso é o que os antigos chefes de Martin querem lhe fazer acreditar para que não faça perguntas demais.

— Mas no vídeo eles mostram Martin como refém!

— O vídeo é falso. Quem organizou essa operação é muito mais poderoso do que o Partido dos Trabalhadores do Curdistão. A seu lado, o PKK é tão inofensivo quanto um mosquito.

— E de quem se trata, segundo a opinião do senhor?

— Não posso falar sobre isso... Não agora.

— Poderia pelo menos me dizer para onde estamos indo?

— Isso sim — sorriu, estendendo a mão para pegar a medalha que eu levava no pescoço. — O lugar onde tudo começou para vocês dois.

Dujok deixou a frase no ar, como se esperasse que eu me desse conta do que ele estava falando. Porém, não fiz isso.

— A última frase de Martin no vídeo... Lembra-se? "*Se te da visionada.*" — Assenti, sorrindo ante a torpe pronúncia dessa frase — Ele disse isso em espanhol porque o vídeo estava sendo enviado a você. Entende?

— Não...

— Onde vocês se encontraram? Onde se conheceram?

— Em Noia, eu vivia ali. Justamente no fim do Caminho de Santiago.

— E este é o escudo de sua vila, certo? — disse, acariciando o verso do pingente que eu levava no pescoço, com um barco e uns pássaros sobrevoando-o. — Pois é justamente para lá que nós vamos, senhora. Ao reencontro com seu marido.

40

AS CINCO E QUARENTA E CINCO da madrugada, a sala de reuniões 603B, no sexto andar do complexo de escritórios da embaixada dos Estados Unidos em Madri, estava desaparecida na penumbra. Uma névoa nicotinosa gravitava em frente à imagem que um projetor Full HD Sony lançava contra a parede. Era o único lugar do edifício em que ainda se podia fumar sem temor de uma sanção, ainda que, para dizer a verdade, isso era o que menos preocupava Rick Hale naquele momento. O adido de inteligência na sede consular acabava de ter uma conversa telefônica com um dos agentes de seu grupo ao qual as coisas não tinham saído precisamente muito bem.

Hale tinha que despachar aquele *briefing* de qualquer maneira.

— Esta é Julia Álvarez, espanhola. Trinta e cinco anos. Separada recentemente de Martin Faber, o homem que o PKK sequestrou há alguns dias na fronteira turco-armênia — entoou com atitude professoral diante da fotografia colorida de uma mulher ruiva, certamente atraente, obtida por meio de uma teleobjetiva. — As imagens que estão vendo foram conseguidas ontem à tarde em Santiago de Compostela, no extremo noroeste da Península Ibérica.

O adido falava em um inglês com sotaque sulista, quase como se fosse um vocalista de música *country*. Mostrava uma careta impaciente que o fazia parecer infeliz. E seguramente era. É que aquele homem baixinho, calvo, de semblante desconfiado, não devia ter muito prazer nessa reunião tão cedo com dois burocratas recém-chegados de Washington. E menos ainda que o convocassem em meio a outra delicada operação da inteligência.

— Ontem à noite — prosseguiu —, o comandante Allen entrevistou a senhora Faber para informá-la do sequestro de seu marido. Seguindo nosso protocolo de filtragem de segredos oficiais, quisemos resgatar qualquer pista sobre a vida privada de Martin Faber. Já sabem, qualquer coisa que confirmasse nossas suspeitas.

— Fale-nos dessas suspeitas, senhor Hale. Desconfiavam de seu antigo agente na fronteira?

A pergunta vinha de Tom Jenkins, conselheiro do presidente. Era estranho que um homem como ele se ocupasse do trabalho de campo, mas ele havia chegado há apenas meia hora a Madri com a ordem expressa de que se informasse sobre o caso Faber e não tinha se atrasado nem um minuto em se apresentar na embaixada e exigir uma reunião.

— Na verdade, o senhor deveria saber que Faber não trabalha para nós desde 2001 — desculpou-se o adido.

— Não trabalha para a ASN desde 2001 — respondeu Jenkins com precisão.

Hale engoliu o sapo enquanto Jenkins, um sujeito de uns trinta anos, louro como um pregador mórmon e de olhar azul gelado, aproveitava para colocar outro assunto sobre a mesa:

— Veja, senhor Hale. Quando consultamos a ficha do agente Faber no gabinete do presidente, nos demos conta de algo bem curioso. Além de aceitar seu destino para a zona curda que se abre entre a Armênia e a Turquia, Martin Faber solicitou vários informes confidenciais a Langley.

— Informes?

— Imagens, para ser mais exato.

Richard Hale encolheu os ombros.

— Sou todo ouvidos.

— Eu lhe ajudarei a centrar o problema: justamente antes de dar baixa na Agência de Segurança Nacional, o senhor Faber pediu que lhe enviassem por malote diplomático, para Ereván, uma coleção de velhas imagens aéreas obtidas em sua zona de trabalho. Foram tiradas em segredo por aviões espiões U2 e SR-71 e pelo nosso satélite KH-4 e todas correspondiam à área do Monte Ararat. Precisamente onde agora ele está desaparecido. Que linda casualidade, não acha?

— O senhor disse KH-4? — esgueirou-se o assessor. — Isso é tranqueira da época do Kennedy, senhor! Faz anos que estão fora de serviço.

— Isso não importa — interrompeu-o Jenkins. — Essas fotos obtidas na quarta órbita da série Keyhole que Faber solicitou foram consideradas um material muito sensível na época. Não se esqueça de que o Monte Ararat foi a fronteira natural entre a Turquia e a até então União Soviética, e sua infiltração implicaria um grave incidente diplomático. Talvez uma guerra.

— Suponho que agora me dirá o que foi que interessou tanto a Faber nessas fotos.

— Sim, senhor Hale. E eu peço que nos diga o que souber a respeito. Nessas fotos, em uma altura próxima aos cinco mil metros, aparecia algo que manteve meio Departamento de Análises da CIA ocupado durante anos. Eles o chamaram de a "anomalia do Ararat" e a princípio suspeitaram que pudesse se tratar de uma estação soviética de espionagem e transmissões, mas o perfil de sua estrutura retangular, de bordas bem definidas, localizado à beira de uma das geleiras mais próximas do cume, não pode ser identificado com nada conhecido.

Jenkins tomou o controle remoto do projetor e se dirigiu até seu computador portátil. Mostrou então uma imagem em preto e branco, de cima, no alto de uma montanha. Rodeado por um círculo vermelho, algo de tamanho aproximado ao de um submarino nuclear, de perfil cilíndrico e bordas retas, enxergava-se abaixo de uma fina capa de neve. Era preto e parecia brilhar ao sol.

— E isso não é um *bunker* soviético? — aventurou-se a opinar Hale.

— Sabe tão bem quanto eu do que se trata, senhor.

As palavras de Tom Jenkins soaram duras.

— Os veteranos como o senhor conhecem esta história — prosseguiu. — E sabem também que em Langley concluíram que essa coisa estacionada sobre a geleira de Parrot só podia ser a Arca de Noé. Estou errado?

— É uma pena que eu sou ateu, senhor Jenkins. Não acredito em contos chineses — pontuou Hale.

— No caso, senhor, em contos hebreus.

Ao fundo da sala, apoiada ao lado do extintor da porta, uma mulher jovem, mais ou menos da mesma idade de Jenkins, os interrompeu sem presunção.

— Está bem, hebreus — aceitou o adido.

A mulher era uma bela morena, com os inconfundíveis gestos de quem servira ao exército por muito tempo.

— E se me permitem, cavalheiros — continuou a moça —, eu seria ainda mais precisa: um conto sumério.

— Sumério?

Rick Hale não soube como se esquivar dela.

— O relato original do Dilúvio é sumério, senhor Hale. Qualquer estudante de história antiga sabe que eles foram os primeiros a redigir uma crônica da Grande Inundação em que se menciona uma arca salvadora.

— Perdoe-me, senhora. Quem é você?

— Ellen Watson — ela se apresentou dando um passo à frente e estendendo uma mão longa e bem cuidada. — Trabalho também para o

Gabinete do Presidente. Se me permite, podemos nos dirigir ao que de fato nos interessa?

— Não teria como agradecer — sorriu Hale, desconectando o projetor e acendendo a luz da sala.

— Muito bem — aceitou ela. — Fale-me do projeto Elias para o qual trabalhava Martin Faber.

O adido da inteligência da embaixada sentiu seu estômago dar voltas. "Como diabos...?"

— A senhora se refere à Operação Elias?

— Foi você quem disse.

Rick Hale engoliu em seco.

— Não posso dar detalhes de algo assim sem comprovar antes que nível de acesso a segredos oficiais a senhora possui, senhora Watson. Questão de segurança nacional.

— Meu nível de acesso é o da Casa Branca, senhor Hale — replicou.

— Sinto muito. Isso não basta. Aqui não.

— Então, o senhor não vai me falar sobre Elias?

O rosto da mulher se fechou.

— Não sem uma ordem por escrito do diretor da Agência de Segurança Nacional, Michael Owen. Vocês o conhecem, certo?

— É uma pena — arfou a mulher. — No entanto, suponho que poderia ao menos me dizer o que contou a esposa do senhor Faber na entrevista ao agente da ASN. Sabe se falaram da Arca? Algo foi dito sobre a secreta obsessão de seu marido por essa relíquia bíblica?

Hale não gostou da sombra de ironia em suas perguntas. E mais ainda, sabia que, se não respondesse de maneira convincente, tudo poderia ir de mal a pior.

— Temo que sua conversa tenha sido mais prosaica do que se imagina, senhora Watson — disse por fim.

— Prosaica?

— Meu agente não teve tempo para conversar a fundo com ela. Sofreu um pequeno... — Hale se esforçou para encontrar uma boa palavra — ... contratempo.

— Que tipo de contratempo?

Os olhos de Jenkins faiscaram.

— Neste momento, disponho somente de detalhes confusos — admitiu entre os dentes. — Mas antes de me reunir com vocês recebi um telefonema do agente que enviamos a Santiago, o comandante Nicholas Allen e suas notícias não são boas.

— Não estou entendendo — protestou Ellen.

— Isso é porque os senhores não sabem que esta noite o coronel Allen interveio na hora certa num tiroteio que, ao que parece, pretendia acabar com a vida da senhora Faber.

— Tentaram matar Julia Álvarez?

— Não se alarmem. Ninguém saiu ferido. O caso é que ela ficou sob a proteção do nosso homem e... bem... o mais certo que eu posso lhes dizer é que, enquanto conversavam, ambos foram alvo de um ataque de classe EM. Allen ficou fora de combate durante uma hora, e a mulher está desaparecida. E neste momento foi dada uma ordem de busca por ela.

— Um ataque EM? Eletromagnético? — Tom Jenkins não saía de seu estado de assombro. — Em uma zona urbana da Espanha? Você tem certeza disso? Isso é quase como acusar os russos de utilizar armas nucleares de baixa potência para assaltar um supermercado em New Hampshire.

— Entendo que lhes pareça estranho. O uso de armas eletromagnéticas está restrito aos campos de provas do Departamento de Defesa, mas vários países hostis conhecem seus rudimentos. De fato, se os senhores derem uma olhada na internet terão a impressão de que são de domínio público.

— Não vejo aonde quer chegar, senhor Hale — protestou Ellen, sem perder de vista o assunto em questão.

— A ASN crê que um inimigo dos Estados Unidos esteja cozinhando algo não autorizado em banho-maria — balbuciou. — Quer saber mais? Algo grande!

— E violaria algum outro segredo se fosse um pouco mais específico sobre a identidade desse inimigo fantasma, senhor Hale? — ironizou Watson.

Aquele sujeito baixinho e desagradável passou a mão na cabeça careca, nervoso.

— O que eu vou lhes dizer não deve sair daqui — advertiu severamente. — Entendido?

— Claro! — sorriu Ellen.

— Eu explicarei da forma mais simples possível, senhora. Minha agência acredita que alguém com capacidade para operar armas EM portáteis se interessou por Faber na Turquia e na Armênia. O cenário hipotético é que o tiraram de circulação. E que agora fizeram o mesmo com sua mulher.

— E vocês acham que isso tem alguma relação com as "anomalias do Ararat"? — cortou Jenkins.

— Não sabemos.

A mulher também o pressionou:

— E, segundo a ASN, esse inimigo tão bem armado é... o PKK? Não fode!

Richard Hale, suando, apontou então as pastas com o emblema da CIA que havia deixado sobre a mesa antes de começar a reunião.

— Isso é tudo o que eu posso lhes entregar por ora — disse. — Se derem uma olhada nesta documentação, encontrarão um informe completo sobre as circunstâncias que rodeiam o desaparecimento do agente Faber. Ainda que pareça pouco provável que soubessem que Faber fora um dos nossos, tudo aponta que foi obra do PKK.

— O senhor quer nos fazer acreditar que um grupo de separatistas curdos, que tem dinheiro apenas para comprar balas para suas Kalashnikovs, dispõe de uma arma de alta tecnologia?

A reflexão de Jenkins encurralou Hale um pouco mais.

— Não deveríamos subestimá-los.

— O que quer dizer exatamente com isso?

— Talvez, por trás do PKK, se esconda alguém muito superior tática e tecnologicamente.

— Talvez? É uma suposição ou possuem alguma prova?

— Deem uma olhada no informe — insistiu. — Vocês verão um detalhe que... hum... poderia apoiar essa ideia. Martin Faber foi sequestrado durante um monumental congestionamento de trânsito na estrada que une Bazargan, na Armênia, com o assentamento fronteiriço de

Gürbulak. É uma área montanhosa de difícil acesso, salpicada por pequenas aldeias, com a fronteira fechada oficialmente desde 1944 e que possui uma densidade populacional minúscula.

— E?

— Nossas fontes sublinharam que no dia do desaparecimento dele, sem causa aparente, um apagão total deixou toda essa área sem energia.

— Um apagão geral? — os olhos azuis do assessor presidencial relampejaram à luz do isqueiro.

— Não se tratou apenas de um simples corte de energia elétrica — realçou Hale. — O congestionamento de trânsito se produziu porque algo parou os motores de todos os veículos em um raio de trinta quilômetros. E o mesmo aconteceu com as operadoras de telefonia celular que contam inclusive com geradores suplementares para casos de emergência. E o que é ainda mais estranho: também afetou as telecomunicações por satélite, os rádios da polícia, dos bombeiros, dos hospitais e até a torre de controle do aeroporto de Igdir, no território turco. Foi como se tivesse sido aberto um guarda-chuva eletromagnético sobre uma área de cinquenta quilômetros quadrados que impediu a passagem do abastecimento energético durante várias horas.

— Está querendo dizer algo parecido como o "Efeito Rachel" — murmurou Ellen ao ouvido de Hale. — Já ouviu falar sobre isso, certo?

Richard Hale ficou estupefato. Aquela gente sabia mais do que ele havia imaginado.

— Você sabe sobre o Efeito Rachel? — ofegou.

O termo remetia a uma velha história da Segunda Guerra Mundial. Supunha-se que precisamente ele deveria estar mais inteirado desse episódio que os demais colegas. Hale havia publicado anos antes um artigo sobre o tema em uma revista de inteligência. Segundo recordava, em junho de 1936 Rachel Mussolini, esposa do ditador italiano, planejara passar uns dias em Ostia, próximo a Roma, quando seu veículo oficial ficou sem potência no meio de um colapso de proporções épicas. Seu marido a havia advertido, meio sério, meio brincando, pouco antes de deixar o palácio do governo: "Não me causaria nenhum estranhamento que recebesse uma grande surpresa durante sua excursão de hoje, querida". E ela a teve. Nenhum dos esforços do motorista para reativar o carro serviu. A paralisação durou quase uma hora e afetou todos os veículos que circulavam nesse momento próximos a ela até que, numa sincronização inexplicável, todos os motores se puseram em funcionamento outra vez. Um informe posterior de Il Duce atribuiu o fenômeno a certos experimentos que Guillermo Marconi realizava nesse momento naquela região. E ao que parece, enquanto o pai do rádio investigava frequências de emissão de longo alcance, havia tropeçado com algum tipo de "raio da morte" que Mussolini primeiro, e a Administração Truman depois, quiseram monopolizar para uso militar. Tratava-se de uma simples banda larga capaz de interferir em qualquer motor de explosão, civil ou militar, terrestre, aéreo ou náutico. Entre os aliados, chegou-se a pensar que aquele "raio" foi também responsável pela morte de centenas de animais de pequeno e médio porte ao redor da chácara de Marconi. Animais cujo ouvido mais sensível que o humano receberam o sinal, que os desorientou e os matou de um derrame cerebral. Na verdade, esse efeito colateral havia impressionado tanto Marconi que ele interrompeu todos os experimentos.

— O Efeito Rachel... — assentiu Hale. — Faz anos que ninguém o menciona, senhora. Mas, agora que tocou no assunto, o que aconteceu em Santiago de Compostela e o apagão de Bazargan poderiam ter uma origem semelhante.

— Poderiam — repetiu Watson. — É uma pena que nos seja de tão pouca ajuda, senhor Hale. Não nos deixa outra opção do que investigar por nossos meios, e tenha certeza de que o presidente não vai se deter ante a opacidade da ASN.

— Nem diante da Operação Elias — sublinhou Jenkins.

41

AS PRIMEIRAS LUZES DO DIA banharam o enorme e irregular tapete verde que se estendia até a desembocadura do rio Tambre, enchendo-o de lindos brilhos dourados. Sentada no helicóptero de Artemi Dujok — um protótipo experimental secreto chamado Sikorsky x4, segundo o que me foi explicado —, distingui as instalações das centrais hidroelétricas da Unión Fenosa e o perfil dos primeiros bosques de pinheiros e carvalhos. Reconheci as pontes sobre as encostas, as plataformas de madeira para a criação de moluscos, as colinas manchadas de casas de pedra e até os campanários das paróquias da minha infância. São Martin ou São Martinho. Santa Maria. São João. Todas as peças daquele conjunto, seus sinos esverdeados pelo musgo, sombreados pelos claros e escuros de um céu ainda carregado, todas essas imagens conferiam ao lugar essa singular atmosfera de confronto entre o rural e o moderno que sempre havia me fascinado.

— A senhora está bem?

O armênio me tirou daqueles devaneios se infiltrando de novo por meio dos fones de ouvido.

— Sim, claro... É que eu nunca tinha visto meu povoado de cima, pelo ar.

— Já imagina a que parte de Noia estamos nos dirigindo?

— Bom — duvidei. — Os senhores são os especialistas em esconderijos. O coronel Allen pensa que a mensagem de Martin esconde uma espécie de indicação cifrada. Uma alusão ao lugar em que ele escondeu minha adamante antes de ir embora.

— Nicholas Allen?

Dujok pronunciou seu nome com apatia.

— Ao que parece, ele também conhece bem o Martin — disse, sabendo que estaria provocando Dujok.

— Sei disso.

— E o senhor já decifrou essa mensagem? Sabe o que ele quis dizer *de verdade* nesse vídeo?

Eu o interroguei com o olhar.

— Agora o verá.

A apatia de Dujok se desvaneceu quando o piloto diminuiu a velocidade, como se procurasse um bom lugar para descer.

— Eu lhe direi o que vamos fazer, senhora — anunciou. — Desceremos em Noia e eu procurarei a adamante que Martin escondeu aqui. E assim que a tivermos em nosso poder, a ativaremos. Entendido?

Um arrepio me correu pela coluna. Despertar a pedra não era algo que me faria bem sem Martin ou Sheila por perto. Sabia que, uma vez em funcionamento, seus efeitos eram imprevisíveis.

No entanto, Artemi Dujok estava determinado a fazê-lo.

— Não é um capricho meu, senhora Faber. A pedra nos dirá onde está a irmã dela. Como sabe, a adamante que Martin mostrou no vídeo. Essas rochas atuam por ressonância e são capazes de se comunicar a milhares de quilômetros de distância graças a seus emissores de alta frequência.

— O coronel Allen me disse o mesmo.

— Não há com que se preocupar. Nem por ele, nem pela pedra.

Meu estômago voltou a revirar.

— Bem... — Dujok mudou de assunto, como se tivesse detectado meu desassossego e quisesse me distrair enquanto o piloto fazia as últimas manobras. — Conhece bem a lenda sobre a fundação de Noia?

— Você se refere à lenda de que Noé desembarcou aqui depois do Dilúvio? Oh! Vamos — ri nervosa. O aparelho começava a vibrar. — Eu tinha o senhor como uma pessoa mais racional. Não acredita nisso, claro.

Seus bigodes balançaram para cima e para baixo quando o trem de pouso do helicóptero roçou o solo. Quase não havia me dado conta de que tínhamos descido tanto. O piloto tentou estacionar a máquina próximo ao rio, em um local destinado ao conserto de barcos de pesca, longe das linhas de alta-tensão e das árvores.

— Vou lhe decepcionar também ao dizer que é somente um conto para crianças... — murmurei, olhando de soslaio pela janela. — Uma lenda, sabe. Uma dessas histórias inventadas na Idade Média para dar mais nobreza ao lugar. Para deixá-lo interessante.

— Não estou de acordo! — Aquele sujeito acabara de acionar o botão de abertura da porta elétrica para saltar para fora. — Venho estudando contos como esse há mais de trinta anos. Armênia, senhora, é o país de Noé. E tudo o que rodeia sua história, o Dilúvio e o que a Bíblia não diz sobre as origens de nossa civilização, me interessa. Mesmo que esteja no outro extremo do mundo. E a seu marido também, certamente.

— O interesse pelo mundo lendário, sim, é legítimo — disse.

Surpreendeu-me que seus homens — inclusive o piloto — abandonassem a nave como se estivessem em uma zona de guerra ou algo assim, pulando para fora com os rotores ainda em funcionamento.

— Sabe? — prossegui, vendo-o colocar os pés na terra e esticando suas mãos para me ajudar a descer. — Eu também me sinto atraída por essas histórias. Elas influem na arte e na imaginação dos povos. Porém, como prudência, nunca as tomaria ao pé da letra.

Dujok pulou ao solo, convidando-me a segui-lo.

— Mas é melhor não desvalorizar essas histórias! — exclamou ele. — Pense que as lendas são como as bonecas russas: ao abri-las, descobrimos que foram geradas a partir de outras mais antigas. Estudá-las é como participar de uma busca a um tesouro. Cada parte dissecada leva para mais próximo da fonte original. De seu verdadeiro DNA. Todas elas disfarçam algo real. Algo que contado de outra forma talvez tenha sido esquecido há milênios. Por isso, quando se chega à versão mais antiga, descobre-se que é a que lhe brinda com a melhor informação.

— Aonde quer chegar com esse raciocínio, senhor Dujok?

— Martin e eu nos tornamos amigos discutindo esse tipo de relatos. Lembra-se de como ele conheceu a senhora?

— Bem... Ele chegou a Noia fazendo o Caminho de Santiago.

— Exato. Porém, não como um peregrino qualquer. Ele estava à caça de histórias primordiais como a de Noé.

— O senhor continua de brincadeira comigo — eu o interrompi. — O Caminho foi a rota que os peregrinos seguiram para chegar à tumba do apóstolo Santiago. Não tem nada a ver com Noé!

Dujok não se aborreceu com a minha insolência.

— Ah não? E por que o escudo de seu povoado mostra uma arca? Por que o monte mais alto que se pode ver daqui se chama Aro? Por que a senhora leva o símbolo de Noé numa medalha de prata?

Aquilo parecia diverti-lo. Então, ele pegou sua arma e deu instruções a seus homens para que se cobrissem com uma espécie de avental negro, bem parecidos com o que eu vira na catedral horas antes, e acrescentou:

— O Caminho é muito mais antigo do que essa charada do apóstolo que a senhora tem em mente. Acredita-se que vem de pelo menos quatro mil anos atrás.

— Charada? Foi isso que disse?

— Ainda não reparou? A suposta rota de Santiago cobre um território semeado de topônimos vinculados a Noé. Não se trata apenas de Noia, como também de Noain em Navarra, Noja em Santander, Noenlles em La Coruña, o rio Noallo em Orense... Somente no norte da Espanha, e também um pouco mais acima na Grã-Bretanha e na França, se encontram nomes tão parecidos e se compartilham lendas gêmeas. Hoje, quase todo mundo as ignora, nem sequer as universidades lhes dão a importância que merecem.

Fiquei perplexa.

— Porém, o senhor lhes dá a importância merecida, pelo que vejo.

— Sim — ele gesticulou para que eu o acompanhasse. — E Martin também. De fato, ele seguia esse caminho de Noé, que não era o de Santiago, quando ele a conheceu. Ele sabia que esses topônimos noéticos integravam uma rota secreta que conduzia a um lugar específico, vinculado ao Ararat turco.

— Aqui em Noia?

— Exatamente. Se o caminho de Santiago morre na tumba do Apóstolo, o caminho noético desemboca...

— Na tumba de Noé?

42

ELLEN WATSON NÃO ENCONTROU um lugar melhor para fazer aquela chamada. Abandonou a embaixada dos Estados Unidos em Madri pela porta que dava para a rua Serrano e procurou um lugar discreto onde pudesse se colocar a salvo de olhares curiosos. A essa hora, tão cedo, o trânsito da cidade ainda não tinha despertado. O bairro das lojas de luxo estava quase vazio, apenas perturbado por táxis livres e dois ou três caminhões de entrega. Para a assessora do presidente, sem dúvida, essa calmaria não era o suficiente. Precisava acionar o telefone via satélite codificado que levava com ela. E fazê-lo sem chamar a atenção de ninguém. A feia igreja que os jesuítas mantinham do outro lado da rua, aberta aos fiéis que assistiriam à missa das sete dali a meia hora, pareceu-lhe perfeita.

Tal como imaginou, o templo ainda estava vazio. Pisou firme até um lugar próximo de uma janela e, olhando para um lado e outro, marcou os dezesseis dígitos de um número cifrado em Washington D. C.

A comunicação se estabeleceu no segundo toque.

— Sou Ellen. Minha senha é Belzoni — disse em voz baixa.

O homem que respondeu do outro lado o fez com afeto, mas sem dissimular sua preocupação.

— A minha, Jaddo. Esperava a sua chamada. Alguma novidade?

Ellen se sentiu aliviada ao escutar aquela voz.

— Mais ou menos, senhor — responde. — O senhor estava certo: aqui está acontecendo algo fora do comum. Ontem à noite, o serviço secreto foi procurar a esposa do ex-agente da ASN sequestrado na Turquia e, segundo a versão dela, durante o encontro eles foram atacados com armas eletromagnéticas.

— Isso é possível?

— Pelo que me foi explicado, sim.

A linha emudeceu um segundo para depois se restabelecer com fluidez. Era o *spider* de segurança que rastreava qualquer possível grampo. Não o encontrou.

— Você acredita que essa busca esteja relacionada com a Operação Elias?

— Tenho certeza, senhor. Eles ficaram surpresos quando nos apresentamos tão rapidamente para lhes pedir explicações.

— Apesar disso, claro, não devem ter lhe dito nada...

— Como sempre. Argumentaram que não temos o nível de segurança necessário para acessar o projeto.

— Sim, como sempre — seu tom de voz era de resignação.

Ellen teve dúvidas se aquele momento era bom para dizer o que andava pensando desde que soubera do sequestro de Martin Faber, porém decidiu arriscar. Sabia que era lançar um jogo de tudo ou nada a seu interlocutor. Um homem que, se desse certo, poderia ajudá-la a dar uma importante virada na sua missão, mas se falhasse poderia deixá-la de fora.

— Ainda nos resta uma opção, senhor — disse, por fim.

— Qual?

— Que o senhor o peça, pessoalmente.

— Como?

— Que solicite o acesso aos arquivos de Elias, senhor. Compreenda. O senhor é o único a quem não poderão negar nada — a garota respirou fundo antes de prosseguir. — Lamento ter que lhe pedir isto, mas quem sabe seja o momento de correr o risco. O Projeto Elias foi reativado agora para perseguir uma dessas pedras e, pela primeira vez em anos, se viram às voltas com problemas. Se o senhor Faber não tivesse sido sequestrado, nunca saberíamos dessa operação. Por isso acredito que deveríamos aproveitar este incidente para intervir e lhes mostrar que conhecemos seus movimentos.

Depois de soltar sua ladainha, Ellen cruzou os dedos. Do outro lado da linha, seu interlocutor mastigava suas palavras.

— Considerarei essa opção — titubeou a voz, por fim. — Eu prometo. O que Tom disse?

— O que lhe pareceu estranho é que o delegado da ASN em Madri não tenha sequer mencionado as pedras. Porque isso é, sem dúvida, o que foram pedir à mulher de Martin Faber. Pelo menos, pedir uma delas.

O homem que estava ao telefone fez outra pausa antes de falar.

— Escute bem o que eu vou lhe dizer, Ellen — seu tom, mesmo doce, era de alguém que estava acostumado a mandar. — Se você e Tom recuperarem essa pedra antes da ASN, conseguiríamos uma posição de força para pressioná-los a esclarecer o que está acontecendo. Você poderia se encarregar disso?

— Claro, senhor. Pode nos considerar executando a missão.

— Enquanto o fazem, talvez eu dê o passo que está me pedindo. Eu lhe manterei informada.

O rosto de Ellen Watson se iluminou.

— Senhor.

— Ellen... — desta vez, ao pronunciar seu nome, o interlocutor pareceu mais solene do que de costume: — Sei que o fará muito bem.

A mulher reconheceu aquela altivez na hora. Seu interlocutor sabia como fazer seu peito inflamar de patriotismo e que seus pés desgrudassem do chão desejando cumprir qualquer missão. A frase "Sei que o fará" implicava, além do mais, algo particularmente valioso para ela: poderia dispor dos recursos de que precisava para cumprir sua tarefa. E se sentiu sortuda por isso. Somente um punhado de pessoas em todo o planeta desfrutava do privilégio de se banhar diariamente em semelhante energia, de sentir na flor da pele a confiança plena do presidente dos Estados Unidos. E ela, Ellen Elizabeth Watson, era uma delas.

— Muito obrigada, senhor presidente. Se essa mulher ainda tiver a pedra em seu poder, nós a faremos chegar a Washington em breve.

43

ERAM SEIS E MEIA DA MANHÃ quando Artemi Dujok, vestido com um sobretudo preto que escondia uma submetralhadora cromada, me deixou entrever por fim para onde nos dirigíamos. A princípio eu resisti, não podia acreditar. Nem ele, nem seus homens haviam me dito uma palavra sequer sobre nosso destino final. Tampouco o armênio me explicara como ele havia deduzido, a partir de uma prova de vida gravada em espanhol — um idioma que ele parecia não dominar —, o lugar em que Martin havia escondido a adamante. Mas, quando seus soldados e ele me escoltaram para além da igreja de São Martinho, quase não me restaram dúvidas da astúcia de ambos. De Dujok, por guiar nossos passos até aquele ponto. E de Martin, por tê-lo escolhido como esconderijo... Se é que o havia feito!

Quando deixamos para trás o cenário de Noia, a ponto de seguir por uma das três estradas que atravessam o povoado, a voz do senhor Dujok se impôs aos crescentes grasnidos das gaivotas. Elas eram o som familiar daquele vilarejo ribeirinho no qual tantas coisas boas haviam me acontecido.

— Martin costumava dizer que vocês se conheceram em uma igreja muito especial.

Seu comentário não me surpreendeu. Eu havia aceitado que aquele sujeito estava a par de coisas da minha vida privada que eu nunca havia compartilhado com ninguém, assim eu me limitei a concordar com a cabeça.

— Foi na igreja de Santa Maria da Nueva. "A Nova", como a chamam aqui, correto?

— De fato — sussurrei.

Deus. Nós nos dirigíamos a *essa* igreja.

— Martin me falou muito dela — continuou ele. — Foi a que mais o impressionou durante todo o Caminho. Mais, inclusive, do que a Catedral de Santiago.

— E o senhor não irá me dizer agora que é aí que está a tumba de Noé, não é mesmo?

Dujok se deteve.

— Ora, vamos! Não se faça de boba comigo, senhora Faber. Sei que Martin e a senhora vieram até ela pela primeira vez. Que naquele momento a senhora trabalhava em sua restauração e se fez de guia. Se existe ou não uma tumba de Noé na igreja de Santa Maria, a senhora deveria saber melhor do que ninguém. Não concorda comigo? Espero que, para seu bem e o de Martin, não brinque comigo agora. Não nos resta muito tempo.

— Mas... eu não conheço nenhuma tumba de Noé em Santa Maria! — protestei.

— Isso é o que veremos! Vamos!

Senti um nó no estômago. Uma pressão que me azedou a saliva e sepultou a pouca alegria que havia abrigado por me ver de volta em Noia. Durante dois ou três passos largos, mantive o ritmo de caminhar ao lado de Dujok e seus três jovens seguidores, mas, antes de terminar o trajeto da rua do Curro e virar na direção de Santa Maria, a Nova, decidi que necessitava de mais explicações.

— Sinto muito, senhor Dujok — disse e me plantei no meio da rua —, preciso que me esclareça uma coisa antes de entrar nessa igreja.

O armênio se aproximou, surpreso.

— Está bem. O que deseja saber?

— Como foi possível deduzir pelo vídeo de Martin aonde teríamos que ir? O senhor não fala espanhol...

Touché.

Dukoj mudou de expressão. Toda a rudeza que havia mostrado antes instantaneamente foi suavizada, alterando as cores das maçãs de seu rosto moreno praticamente ocultas por trás de seus imensos bigodes. Inclusive o contorno de seus olhos se enrugou quando soltou uma gargalhada.

— Essa é a pergunta? — ele riu para valer.

— Sim.

Então ele deu uma ordem para um dos rapazes que nos seguia. O da tatuagem na bochecha que havíamos encontrado na catedral. Dujok o chamou de Waasfi e em seu idioma lhe pediu que tirasse algo da pequena mochila que levava em suas costas. Era um dispositivo eletrônico com o logotipo da maçã no dorso, idêntico ao do coronel Allen. Talvez fosse o dele. Preto, com os contornos prateados e liso como uma lousa de ardósia.

— A senhora já viu isso antes — disse sorridente, acionando o clipe do vídeo que estava na área de trabalho do computador. — Mas eu lhe peço que o examine outra vez, por favor. Assim eu lhe explicarei.

A imagem de Martin vestido de laranja, rodeado de seus sequestradores, emergiu do fundo da tela, ocupando-a por completo. Engoli em seco. Sua voz, mesmo amortecida, soou com clareza:

Julia — começou. — *Talvez nós não nos vejamos novamente... Se eu não conseguir sair dessa, quero que você se lembre de mim como um homem feliz que encontrou o complemento ao seu lado... Se o tempo dilapidar-se, tudo o mais estará perdido. As descobertas que fizemos juntos. O mundo que se abriu diante de nós dois. Tudo. Lute por mim. Use o seu dom. E tenha sempre em mente que, ainda que a persigam para roubar aquilo que é nosso, o caminho para o reencontro sempre* se te da visionada.

Eu fiquei olhando a tela como uma boba.

— O que foi? — agitou-se Dujok. — Não notou nada?

Não soube o que dizer.

— Notar? O que eu deveria notar?

O armênio rogou que eu me concentrasse nas palavras de Martin e, enquanto me oferecia uns fones de ouvido para que escutasse melhor, pediu algo que eu não sabia se seria capaz de fazer.

— Esqueça a imagem. Escute com o maior distanciamento que puder e diga-me se percebe algo estranho nas palavras de Martin. Seja o que for. Uma palavra fora do contexto. Uma inflexão de voz. Tudo importa!

Intrigada, coloquei os fones e escutei a mensagem pela segunda vez, agora com os olhos fechados.

— E então? Já percebeu? — ele me perguntava ansioso.

Dujok me olhava sorridente, como se a solução do problema fosse um jogo para crianças.

— Não sei se é ao que se refere — duvidei —, mas parece que há um pequeno problema com o som do vídeo, em dois momentos, o volume aumenta, como se Martin levantasse a voz.

— Exato!

— Exato? E o que isso significa?

Dujok guardou o iPad na mochila do sujeito tatuado e me olhou com uma expressão de superioridade.

— A senhora poderia repetir as duas frases que seu marido pronuncia em um tom mais alto?

— Em espanhol?

— Oh, sim! Certamente.

— Uma delas é ... — falei o que me veio à memória naquele instante: — "Se o tempo se dilapidar". E a outra final, "*se te da visionada*".

— Magnífico. Pois então aí está. Não se deu conta ainda?

Olhei para Dujok desconcertada. Aquele homem devia estar louco. Nenhuma delas continha nem de longe uma alusão a Santa Maria, a Nova.

— Veja, senhora Faber — disse o armênio como se finalmente tivesse se apiedado de minha estupefação —, seu marido, como séculos antes fez seu admirado John Dee, é um mestre na arte de escorregar mensagens ocultas para dentro de uma linguagem comum. Foi na ASN que o treinaram para fazer isso e, creia-me, ele foi um dos melhores nessa área. Quando pediram que gravasse esse vídeo para atrair sua atenção, Martin recorreu a uma técnica de criptografia tão compacta que seria invisível para quem não a conhecesse. Na Idade Média a chamaram de "cabala fonética". Já ouviu falar nela alguma vez?

Sacudi a cabeça, negando.

— Era o que eu temia — sorriu. — Como lhe digo, é algo muito fácil de detectar se a conhece. Trata-se de uma disciplina que teve o seu apogeu na França, onde o idioma falado e escrito não se correspondem de forma tão precisa como o espanhol e permitem duplas interpretações. Se a senhora, por exemplo, disser em voz alta "*par la Savoie*" (para a Saboia), seu interlocutor poderia erroneamente entender "*parla sa voix*" (fala a sua voz) , que se pronuncia igual. Dee se valeu desse tipo de truques orais em algumas de suas palestras na Europa, soltando mensagens aos embaixadores de Sua Majestade Elisabeth I diante do nariz de todo um auditório. Martin ficou fascinado com essa habilidade e a cultivou em seus anos de trabalho para a Agência de Segurança norte-americana, jogando com a sonoridade do inglês e do espanhol.

— Eu não tinha nem ideia disso — sussurrei.

— As homofonias, que é o nome que recebe hoje esse tipo de jogo, funcionam melhor, curiosamente, se não se conhece o idioma em que foram formuladas. Se um espanhol escutar "o tempo se dilapidar" — entoou Dujok com forte sotaque —, entenderá a frase em seu sentido literal. Porém, alguém que não fale o idioma e esteja acostumado a esses jogos poderia entender outro sentido. O *verdadeiro*.

— E o que significa, segundo o senhor, "o tempo se dilapidar"?

— Exatamente o lugar aonde vamos, senhora — sorriu. — Santa Maria, a Nova.

— Não estou entendendo.

— Se eu não estiver equivocado, Santa Maria, a Nova é conhecida também como "o templo das lápides" — disse em espanhol. — "*El tiemplo di-lápidas*".

"Isso é uma cabala fonética?" — grunhi comigo mesma.

Recordei-me de um desses jogos para as crianças com os quais me entretinha nos recreios. Frases com duplo sentido como "*yo lo coloco y ella me quita*", que por arte da pontuação, soando igual, se convertia em "*yo loco, loco y ella loquita*". Ou do famoso trocadilho com que Quevedo insultou a rainha Mariana da Áustria ao zombar de seu claudicar recitando-lhe aquele versinho "*entre el clavel blanco y la rosa roja, Su Majestad es-coja*" ["entre o cravo branco e a rosa rubra, Sua Majestade es-colha", mas em espanhol o som é de "é coxa", significando que a rainha mancava]. Mas eu não repliquei. E é verdade, Santa Maria, a Nova era uma igreja do século XVI que tinha uma particularidade que a fazia única do mundo, a maior coleção de lápides funerárias antigas de toda a Europa. E com razão havia ganho apelido de "o templo das lápides".

Se uma dessas lápides era a tumba que procurávamos, imaginei que o armênio me ajudaria a encontrá-la.

— Então, diga-me senhor Dujok: o que significa "*se te da visionada*"? — eu o abordei.

Um sorriso obscuro se desenhou em seus lábios.

— Tenha paciência. Essa é precisamente a frase que nos conduzirá à sepultura correta.

44

ROGER CASTLE ESTAVA SEGURO de que alguém na todo-poderosa Agência de Segurança Nacional estava brincando de esconde-esconde com ele, desde que ocupou o Salão Oval. Não que nunca tivesse tido uma boa opinião dos serviços secretos; na verdade, em sua última campanha eleitoral, prometeu reduzir a soma de dez dígitos que eles custavam ao erário, ganhando assim inimigos importantes em seu seio. Mas a esta altura, e depois de dois anos na chefia do Executivo, para Castle era evidente que os havia subestimado. Os votos não lhe bastariam para franquear suas portas. Pelo menos, não as do "grande segredo".

O grande segredo.

O termo parecia tirado de um roteiro defasado de Hollywood. De um desses filmes B sobre extraterrestres criogenizados em algum deserto do sudoeste do país. Mas por trás de um rótulo desses se escondia algo muito sério. Cedo ou tarde, em qualquer uma das esferas da vida pública do país, a tão famigerada frase emergia deixando o presidente em uma situação mais do que incômoda. "Jamais ouvi falar nisso", ele mentia quando lhe perguntavam sobre o grande segredo. E doía a Roger Castle ter que fazer isso. Ele encarnava a autoridade suprema dos Estados Unidos e, francamente, era incômodo demais não saber de que demônios eles estavam falando. Durante algum tempo, ele ignorou o assunto, quase chegando a acreditar que devia se tratar de alguma piada para consumo interno da comunidade de Inteligência. "O grande segredo é que não há segredo", era nisso que ele queria acreditar. Mas, em seu íntimo, ignorar não implicava esquecer.

Castle sabia melhor do que ninguém que aquela era uma história velha demais para ser ignorada.

Ele ouviu falar disso pela primeira vez em um fórum oficial, quando ainda era governador do Novo México, durante uma recepção com os índios Hopi no Capitólio de Santa Fé. Naqueles dias, para os nativos das reserva do norte, o que mais lhes preocupava era a mudança climática. A chuva se tornara escassa e o rio Grande havia perdido uns quinze por cento de seu volume. "Tudo anuncia a chegada da Grande Catástrofe, senhor", eles disseram. "Saber quando e como ela chegará e estarmos preparados para ela é o grande segredo", vociferou seu porta-voz, um cacique de quase noventa anos que atendia ao nome tribal de Urso Branco. E acrescentou: "Os brancos nos ocultam há muito tempo os detalhes do grande e terrível dia". "O grande e terrível dia?" E então sorriu o honorável Castle, minimizando a importância do assunto. "E eu que acreditava que esse foi o dia do bombardeio de Hiroshima!"

Roger Castle não voltou a se preocupar com o assunto até um mês depois. Nesse dia faleceu seu pai, William Castle II. Era dele que ele herdara tudo: sua fortuna, sua inteligência, seu aspecto de John Wayne em *O Álamo* e, acima de tudo, sua descrença. Acreditar em algo que não pudesse ser mensurado, pesado ou convertido em dividendos era uma perda de tempo imperdoável.

Durante a guerra, William Castle II fizera parte do grupo de matemáticos e físicos teóricos do Instituto de Estudos Avançados de Princeton que repassaram os cálculos do Projeto Manhattan. O que quase ninguém sabia é que, ao fim da guerra, uma vez terminada a fabricação das primeiras bombas atômicas, a maioria de seus membros continuou se reunindo de forma discreta, fazendo-se chamar de "Os Jasões", em referência ao herói mitológico e sua busca. Eles se converteram em uma espécie de grupo informal de conselheiros para a assessoria dos militares; idealizaram soluções para o Camboja e o Vietnã e, apesar do descrédito em que eles caíram entre os pacifistas, alguns deles, como, por exemplo, o pai de Castle, souberam manter a salvo sua reputação acadêmica.

Ainda criança, durante três ou quatro verões, Roger perambulou entre aqueles sábios enquanto despachavam seus enfadonhos assuntos. Nas intermináveis conversas de seu pai após as refeições, discutiam pela primeira vez sobre os escudos antimísseis, a guerra eletrônica, a internet — ainda que, claro, nunca a chamassem assim — e até sobre o futuro da espionagem por satélite. Por isso, quando William Castle II, em seu leito de morte, pediu um minuto para conversar a sós com seu filho e lhe falou sobre o "grande e terrível dia", Roger sofreu um impacto do qual nunca mais conseguiu se livrar.

— Há pouco tempo, uma delegação de índios Hopi me falou de um grupo de sábios que guardavam essa data em segredo — disse ele sem escapar do seu estado de assombro.

— Éramos nós, filho.

— Mas você acredita nisso, pai? — perguntou Castle com os olhos cheios de lágrimas.

— Eu não acredito. Eu sou cientista... Lembra-se disso?

— E então?

— Eu sei, filho. Eu sei.

Em sua cama, sendo consumido por um implacável câncer de pâncreas, o patriarca dos Castle lhe revelou algo mais: que os serviços secretos tratavam de determinar, sob a proteção de certa Operação Elias, o momento desse nosso futuro imediato. Já fazia um bom tempo que seu pai não participava das reuniões dos "Jasões", porém estava certo de que já existia um Dia D determinado em alguma parte. A ASN, a Agência de Segurança Nacional, coordenava os documentos de todos os organismos federais que interessavam, desde a NASA até a NOAA (Administração Nacional dos Oceanos e da Atmosfera). Tantos anos de empenho para analisar os informes sísmicos, radioativos, os níveis de raios cósmicos ou de eletricidade na atmosfera deviam, em sua opinião, já ter estabelecido uma data determinada no calendário para tal fenômeno.

— Mas esses bastardos, Roger, só prestam contas para a indústria de armas — disse. — A democracia para eles não importa nada. Eles sabem que uma informação precisa sobre o futuro do planeta lhes assegurará seu pleno domínio. Por isso eles a guardam consigo. Não a colocarão sequer nas mãos do presidente. Em tempos de caos, a democracia que um presidente representa não valerá de nada.

— A nenhum presidente? Não disseram a nenhum?

Seu pai amargou uma expressão de dor.

— Esse projeto é tão secreto que poucos sabem de sua existência. Os presidentes vêm e vão, filho. São políticos. Porém, esse tipo de gente fica. Além disso, como nenhum dos presidentes perguntou por esse projeto, a ASN tampouco fez algum movimento para falar dele. Você entende? Se algum dia você chegar lá em cima, terá que dar o primeiro passo e perguntar.

Ellen lhe havia dito exatamente o mesmo. Era um bom conselho. E era isso que ele faria. Agora estava seguro.

"É o momento de arriscar tudo", isso quem lhe disse foi sua fiel assessora.

Roger Castle, quadragésimo quinto sucessor de George Washington, tinha ouvido falar muito de Elias. Suas fontes eram irrepreensíveis, ocupava o posto mais alto de sua nação e estava disposto a ir fundo naquele assunto.

"É agora ou nunca", pensou.

45

FOI UM GOLPE SECO. METÁLICO.

Amparados pelos últimos minutos da obscuridade da noite, o segundo dos homens de Dujok — aquele que o armênio chamou de Janos e que parecia mudo — agiu sem titubear. Aplicou algo parecido a um minúsculo soldador na fechadura da grade metálica de Santa Maria, a Nova, a qual cedeu após uma brusca detonação. Somente eu me assustei.

Impulsionados como uma mola, nós cinco penetramos em seu perímetro ajardinado e corremos pela pequena vereda que nos separava da igreja. Os minúsculos cascalhos debaixo de nossas botas crepitavam um incômodo burburinho enquanto passávamos. Então eu me dei conta de quão tensos estavam aqueles homens. O bom humor de Dujok havia se esfumaçado, dando espaço a uma preocupação instintiva, animal, que detectei no ato. Janos grunhiu algo em armênio que fui incapaz de entender. Discutiam sobre a bolsa de *nylon* que levavam às costas. Ou era isso que eu acreditava. Porém a autoridade de Dujok terminou por se impor. Era evidente que aqueles homens tinham medo de algo.

Haviam sacado suas armas: quatro submetralhadoras israelenses Uzi com mira telescópica. No cinturão, um deles levava uma Sig-Sauer sobressalente e olhavam de um lado para outro, como se algo ou alguém fosse avançar sobre nós.

Mas... quem faria tal coisa?

Eu conhecia Santa Maria, a Nova como a palma da minha mão. Era uma calmíssima capela localizada no centro de um desses povoados em que nunca acontece nada. A igreja estava rodeada de pequenos prédios e localizada no coração de uma pracinha que ainda era utilizada como campo-santo. À sua esquerda, descansavam os mortos mais antigos. Suas tumbas de pedra estavam carcomidas pelas ervas daninhas. À sua direita, em contrapartida, as lápides eram brancas, resplandecentes e tinham flores aos seus pés. O que unificava ambos os setores eram as grandes lajes de granito que se empilhavam entre elas. Tratavam-se de vestígios de uma época esquecida. Lousas de pedra que cobriram corpos de artesãos, cônegos e até de peregrinos que estavam há séculos decompostos e que haviam dado ao lugar o macabro apelido de "o templo das lápides". Ou de as *"laudas"*, como se diz em galego.

O lugar nunca me deu medo. Apesar de tantas tumbas, nada ali se mostrava exatamente ameaçador. Absolutamente nada.

Respirava-se somente paz.

— Por que estão armados, senhor Dujok? — sussurrei assim que encontrei uma oportunidade.

O armênio escutou rígido a minha pergunta, como se pressentisse que algo fosse sair mal. Notei que ele respondeu de má vontade:

— Já não se recorda mais do que aconteceu em Santiago, senhora? — grunhiu.

Paramos em um pequeno alpendre que protegia a entrada do templo. Ali estava a Adoração dos Magos que eu mesma havia limpado. Ela gravitava sobre a porta, com suas estátuas de aspecto românico e o retrato do arcebispo Berenguel de Landoira, de joelhos, tosco, cravando o olhar para o nada. Janos nem sequer levantou os olhos para admirar o conjunto. Tinha coisas mais urgentes em que pensar. Sua próxima fechadura, por exemplo. Esta era antiga. De chave grande sobre o portão de madeira. E ela lhe custou mais tempo ao forçá-la com seu — logo soube — pequeno laser de gás ionizado.

— Vamos! Em frente! — ordenou Dujok ao ultrapassar o último obstáculo. — Não temos tempo a perder.

No templo, entramos somente Dujok e eu. Janos, Haci — o piloto — e Waasfi ficaram do lado de fora, vigiando para que ninguém nos incomodasse. Uma vez lá dentro, sua voz grave começou a retumbar por todas as partes.

— Bem e... Onde está a tumba mais antiga?

— Há centenas delas — eu me queixei, vislumbrando as primeiras lousas sepulcrais debaixo de meus pés. — Ninguém sabe qual é a mais antiga!

Dujok então se aproximou da caixa dos interruptores que acabara de descobrir ao lado da porta e os acionou. O lugar se iluminou como que por magia. De repente, sua atmosfera se tornou cálida. Luzes indiretas e modernos focos halógenos iluminaram a imponente coleção de lápides que eram exibidas a alguns metros dali. Gravitavam na vertical, suspensas por estruturas de aço. Havia lápides de todos os tamanhos e formas: lajes de pedra com peregrinos de cabelos compridos, com seus bastões com insígnias, cajados, conchas e outras com signos indecifráveis, parecidos com olhos ou garras de animais; ou com tesouras, instrumentos de tecer, flechas e até chapéus. Mas nenhuma delas tinha uma inscrição sequer.

— A senhora que é a perita... — disse dando uma olhada ao redor. — Martin se encontrou aqui com a senhora há cinco anos e voltou aqui faz um mês para esconder seu talismã nupcial. Onde ele poderia tê-lo deixado?

Inspecionei a igreja minuciosamente. Desde a última vez que a vi, sua antiga nave havia se convertido em uma moderna sala de exposições. Estava agora muito diferente. O essencial, claro, mantinha-se no lugar. O piso, por exemplo, era formado por quase meio milhar de lousas anônimas parecidas com aquelas exibidas em seus expositores de pé. Haviam sido adornados com toscos baixo-relevos de martelos, âncoras, solas de sapatos e utensílios que recordavam a profissão dos corpos que um dia cobriram. É claro, não restara nem rastro dos bancos, confessionários ou altares que em sua época pontuavam a igreja.

— Bem — insistiu o armênio. — Por onde começaremos, senhora?

— Chega a ser um absurdo procurar uma tumba milenar neste lugar, senhor Dukoj. As mais antigas terão apenas por volta de setecentos anos — comentei.

— E se puxar um pouco pela memória? E se a senhora puder se lembrar daquilo que mais chamou a atenção de Martin quando veio aqui pela primeira vez?

Era uma ideia.

— Não sei se nos ajudará.

— Tente. Não podemos sair daqui sem a adamante. Nós precisamos dela para encontrá-lo.

— Está bem — suspirei. — No dia em que conheci Martin, ele chegou como um desses caras que parecem saber de tudo. Quase posso vê-lo ali à minha frente, conforme eu vou contando. Entrou por esta porta — disse, apontando o lado sul da igreja. — Ele havia feito o trajeto desde Santiago até aqui a pé porque dizia que nenhuma peregrinação seria autêntica se não se deixasse para trás a Catedral de Compostela e viesse pisar neste lugar.

— Ele disse por quê?

— Bom... Ele não era o primeiro que chegava a Noia com ideia semelhante. Muitos daqueles que percorrem o Caminho defendem que, depois de Santiago de Compostela, ainda resta mais uma etapa. Um dia extra de caminhada que somente os autênticos iniciados realizam. Na verdade, a origem desse costume é pré-cristã. Muito antiga. É preciso chegar até a costa e ver o sol se fundir a oeste para compreender que esta é a terra do fim do mundo. A *terra dos mortos*. O *finis terrae* romano onde acabava o solo firme e começava o mar Tenebroso. Definitivamente, é o melhor lugar de onde poderia se gritar aos deuses implorando sua proteção, melhor do que em qualquer outro ponto do planeta.

— Que é justamente a razão de ser da adamante...

— Sim — concordei —, tem razão. Mas até então eu não sabia nada desse assunto. E Martin tinha suas próprias ideias a respeito disso.

Sua obsessão era copiar num pequeno livreto as marcas que encontrava nas paredes da igreja.

— Marcas? Que marcas?

— Como aquela — eu disse, apontando para um dos arcos que sustentavam o teto da igreja. — Consegue ver?

Era uma espécie de esquadro, simples, cinzelado com toda a precisão.

— Há centenas dessas espalhadas por todas as partes — acrescentei.

— E ele se interessou por algo mais?

— Por muitas coisas... Por isso pediu para falar com uma especialista sobre a igreja. E isso coube a mim — sorri. — Lembro que lhe chamou muito a atenção descobrir que a terra sobre a qual levantaram estes muros foi trazida de Jerusalém. Eu expliquei a ele que os cavaleiros das Cruzadas carregaram toneladas de terra para reparti-la entre o cimento de Santa Maria e o cemitério aí de fora.

Dujok arregalou os olhos do tamanho de pratos.

— Ah, é?

— Há uma explicação, senhor Dujok. Os habitantes de Noia acreditavam que, quando o Apocalipse chegasse, o solo sagrado de Jerusalém seria o primeiro sobre o qual Jesus Cristo desceria. Diziam que quem fosse enterrado nele teria garantido seu regresso dos mortos. E como tinham certeza de que esta era a última igreja da cristandade antes de chegar aos despenhadeiros do fim do mundo, usaram a terra para cimentá-la e torná-la ainda mais santa.

— Hummmm. Isso tem outro sentido — ruminou Dujok.

Fiquei com a sensação de que ele não ouvira bem.

— Outro sentido? — eu o interroguei. — Que coisa tem outro sentido, senhor Dujok?

O armênio meneou a cabeça.

— A terra de Jerusalém possui uma composição mineral única, senhora — disse ele, muito sério. — Sobretudo na chamada Montanha do Templo, onde fica o Domo da Rocha. Ali, os níveis de ferro superam a média do entorno, o que a converte em um extraordinário condutor de eletricidade. Isso explicaria, por exemplo, a obsessão dos antigos por tirar os calçados quando pisavam no solo sagrado. De algum modo, eles sabiam que não haveria nada a temer se não interferissem na corrente natural da terra. Caso contrário, poderiam morrer fulminados.

— Você está falando sério?

— Lembre-se daqueles que tocaram a Arca da Aliança sem permissão...

"Oh sim! — pensei. — Sheila havia me falado deles."

— Mas isso é como admitir que séculos antes de Alexandre Volta já se conhecia a eletricidade!

— Já se conhecia, senhora. Os antigos egípcios galvanizavam peças de metal graças a pequenas descargas de corrente elétrica. No Museu Arqueológico de Bagdá se conservou, até a invasão americana, uma vasilha de quase dois mil anos de idade que servia para produzir eletricidade em pequenas quantidades. As próprias adamantes a acumulam para desenvolver suas funções. É preciso ser capaz de ver o que há de ciência por trás das metáforas religiosas, não acha?

— E isso é o que Martin fazia, segundo o senhor. "Ler" esse tipo de indício, não?

— Exato! — sorriu. — Quanto mais se volta ao passado, mais surpresas desse tipo serão achadas. Os sumérios, por exemplo, asfaltavam suas estradas. Esse costume se perdeu até o século XX. Esse tipo de coisa fascinava Martin, por isso não acho estranho que esse dado sobre o solo lhe chamasse tanto a atenção. Seu marido sabia que houve um tempo em que a humanidade desfrutou de avanços impensáveis graças à comunicação com os deuses. E sabia que a comunicação se produzia sempre em lugares de forte descarga elétrica no subsolo. Infelizmente, todo o contato se perdeu e restaram poucas relíquias daquele passado que esquecemos como usar. Como as adamantes, que deveriam ser ativadas em locais preparados como este aqui.

Dujok deu mais alguns passos para dentro do templo antes de prosseguir:

— Que coisas mais interessavam Martin, senhora?

— Bem... Ele ficou um bom tempo perambulando sozinho pela igreja. Sabe, ele me pareceu um bom homem desde que o vi. E como havia chegado a hora de almoçar, dei-lhe permissão para que ficasse aqui sozinho enquanto eu comia... Se é que me lembro bem — acrescentei —, quando regressei eu o encontrei muito concentrado, fazendo um desenho de nossa tumba mais famosa.

— Sua tumba mais famosa?

— Essa aí — eu lhe disse, assinalando um mausoléu em um estado razoável de conservação. Era formado por um sarcófago de pedra e uma escultura de corpo inteiro como tampa e repousava a menos de três metros de nós. — Não lhe mostrei antes porque conhecemos todos os detalhes desse conjunto. E posso lhe jurar que não corresponde a nenhum Noé.

Dujok se aproximou para admirá-la. Era um monumento funerário magnífico, de aspecto renascentista, protegido sob um dos arcossólios interiores da igreja. O sarcófago havia sido decorado de forma meticulosa com anjos, brasões de família e um medalhão de bom tamanho com um touro e uma vaca pastando sob uma fila de ciprestes.

— De que época é? Dá a impressão de ser uma obra mais moderna do que as demais...

— O senhor está certo, senhor Dujok. O personagem esculpido na tampa veste roupas do século XVI. O gorro alto de quatro pontas, usados pelos eclesiásticos e graduados, o almofadado no forro, seus roupões longos e com pregas são típicos dos comerciantes do Renascimento.

— E vocês sabem quem foi ele?

— Naturalmente — respondi. — Conhecemos seu nome e algo sobre sua história. Se der uma boa olhada na parte superior, poderá ler seu nome na faixa que esculpiram sobre o almofadado. Lá diz Ioan d'Estivadas, Juan de Estivadas. O curioso é que está escrito ao contrário. Como um código, uma senha. Vê?

— Sad-av-itse-d-na-oi. Io-an-d-Esti-va-das... — repetiu Dujok passando seus dedos pela inscrição.

O armênio ficou em silêncio por um instante, acariciando aquelas letras. Tive a impressão de que estava calculando algo. Tamborilou sobre a inscrição. Ele a olhou da direita para a esquerda e ao inverso. E até soprou sobre as letras, levantando uma pequena nuvem de poeira. Assim que terminou, Dujok reluzia uma expressão de satisfação.

— Senhora — deu uma tossida solene, — já sei exatamente o que seu marido quis dizer na segunda pista da mensagem.

46

O PRESIDENTE TOMOU SUA decisão um pouco antes da meia--noite.

A essa hora, longe da vigilância da imprensa, seu veículo oficial o deixou em frente à sede da ASN em Fort George Meade, alguns quilômetros ao norte da capital.

— Boa noite, senhor presidente.

Um funcionário de semblante sério abriu a porta da limusine. Os quatro grandalhões do serviço secreto entraram primeiro. Sua secretária pessoal e seu chefe de gabinete apertaram o passo atrás do POTUS — sigla para *President of The United States* — enquanto lhe comunicavam que tudo estava livre. Em suas pastas, o último informe de Madri enviado por seus assessores previa uma tormenta.

— O diretor Owen já está à sua espera, senhor presidente.

— É uma honra recebê-lo, senhor presidente.

— Bem-vindo à ASN, senhor presidente.

A cada nova passada dentro daquele labirinto de escritórios, salas de reuniões e aposentos de alta segurança, os cumprimentos iam se multiplicando. Apenas Michael Owen, o afro-americano de olhar impenetrável e modos impecáveis que o esperava na área nobre do último andar, parecia contrariado com a visita.

Owen era o *dobermann* que protegia os segredos da nação. Nunca estava de bom humor. Seus subordinados acreditavam que era porque não se resignava a caminhar com sua perna mecânica pelos corredores da Agência, porém essa não era a verdadeira razão. Não a dessa noite. Teve que ficar acordado por culpa de um de seus agentes que fora designado à Espanha. E era só o que faltava: o presidente viera vê-lo fora de hora. "Por todos os santos — murmurava enquanto dava voltas ao redor da sua mesa — será que todos estão de acordo?"

Quando o presidente Castle bateu à sua porta, convidou-o para se sentar em um dos sofás de seu escritório, serviu-lhe um café bem forte e se preparou para o pior.

Castle pronunciou apenas três palavras. As três que o obcecavam.

"O grande segredo."

Owen engoliu em seco.

— Bem, Michael — prosseguiu o presidente sem provar a bebida. — Espero que tenha preparado a documentação que pedi.

— Só tive uma hora, senhor presidente.

— É mais do que suficiente! Quero saber a quantas anda... Como você a chama? Operação Elias? — o olhar do POTUS se ergueu de forma desafiadora. *The New York Times* o havia deixado famoso retratando-o toda vez que surgia uma crise. — É tão difícil assim cumprir uma ordem direta? Pensei que após os atentados na Tchetchênia eu tivesse deixado clara a atitude que espero deste escritório.

— Senhor, nesse tempo tão curto se pode apenas...

— Veja bem, Michael — Castle o interrompeu com uma fingida suavidade, — leio há vinte e cinco meses na Casa Branca seus malditos informes diários com assuntos de segurança nacional. Todos são escrupulosos. Chegam a meu gabinete na primeira hora do dia. São sintéticos. Didáticos, inclusive. Eles falam sobre finanças, armamento nuclear, terrorismo biológico e até missões tripuladas à Lua, porém em nenhum deles vi mencionar essa operação.

— Não, mas...

— Diretor Owen — Castle o calou —, antes de mentir ao presidente, devo adverti-lo de que a Casa Branca tem feito seus deveres de casa. Ontem enviei dois assessores à Espanha para investigar o desaparecimento de um de seus antigos agentes. Segundo meus informantes, esse homem participou de uma operação chamada Elias. — Castle saboreou a perplexidade que começava a se desenhar no rosto de seu interlocutor. — Esse cidadão foi sequestrado na Turquia, assim imaginei que sua esposa, que ainda vive na Europa, pudesse nos dar alguma informação útil. E veja que curioso: seus homens se adiantaram como cachorros famintos. O pior disso tudo — prosseguiu — é que a ASN não me informou nada, nem sequer o sequestro desse cidadão norte-americano. Tive que averiguar por canais extraoficiais. E há menos de uma hora fui informado de que a mulher desse agente também simplesmente evaporou. Que demônios está acontecendo, Michael? O que eu deveria estar sabendo que ainda não sei? O que mais falta você me contar?

O rosto do diretor Owen endureceu. Deu uma olhada fugaz aos acompanhantes do presidente, deixando notar que a presença deles ali o incomodava.

— Entendo. Quer falar sem testemunhas... é isso? — Castle captou seu gesto.

— Se for possível, senhor.

— Não gosto de ter segredos com a minha equipe, Michael. Você está cansado de saber disso.

— Mesmo que não acredite, eu também não gosto nem um pouco. Mas esse assunto assim o requer. — O diretor fez uma pausa. — Eu imploro, senhor presidente.

Roger Castle aceitou.

Quando depois de um minuto eles ficaram a sós, o presidente se surpreendeu ao notar que o responsável pela maior organização de inteligência do planeta se levantara do sofá para pegar uma grossa Bíblia de capa vermelha que havia deixado pouco tempo antes sobre sua mesa de trabalho.

— Preciso lhe pedir mais uma coisa, senhor?

Owen a colocou à frente do POTUS e, num tom solene, solicitou algo que, sinceramente, o presidente não esperava.

— Em virtude do seu cargo, senhor, peço encarecidamente que jure que não revelará a terceiros nenhuma das informações que vou agora confiar ao senhor.

Roger Castle o olhou atônito.

— O que é isso, Michael? Já fiz um juramento ao tomar posse do cargo.

— Lamento, senhor presidente. Pode ser que isso lhe pareça fora de propósito, mas, se temos que falar da Operação Elias, o senhor deverá submeter-se aos protocolos próprios. Algo bem antiquado, não tenho como discutir isso, mas, afinal de contas, protocolos são protocolos.

— Antiquado?

— A operação pela qual o senhor se interessa foi criada na época do presidente Chester Arthur. Foi a primeira operação que nossa nação desencadeou e somente se pode ter acesso a ela após prestar um juramento especial.

— Chester Arthur? Por todos os diabos! Isso faz mais de cem anos!

Owen assentiu.

— Poucos homens em sua posição solicitaram acesso à Elias, senhor. Pode parecer defasada, mas foi ela que inaugurou as operações em grande escala de nossos serviços secretos; por isso goza de um *status* diferente. Até agora ela foi mantida fora do alcance da Lei de Liberdade de Informação e são pouquíssimas as pessoas que sabem da sua existência. Somente Eisenhower em 1953 e George Bush pai em 1991 pediram acesso a ela. E ambos cumpriram com este trâmite.

Owen aguardou que Roger Castle decidisse o que fazer, mas o imponente afro-americano insistiu com o olhar fixo na Bíblia:

— É necessário, senhor.

— Isto me converte em cúmplice de algo ilegal, Michael?

O diretor da ASN, de pé, transferiu o peso de uma perna para a outra negando com a cabeça.

— Naturalmente não, senhor.

Contrariado, o presidente colocou a mão sobre a Bíblia e jurou manter em segredo a informação que ia receber. Em seguida, Owen lhe estendeu um documento que o advertia sobre as consequências legais que teria seu perjúrio, e Roger Castle o assinou.

— Espero que valha a pena — murmurou, ao guardar sua caneta-tinteiro.

— Só o senhor poderá avaliar isso, senhor. O que sabe sobre o presidente Arthur?

A pergunta do diretor parecia ter sido feita para romper a tensão entre ambos. Castle apreciou a trégua e empregou uma fração de segundo para tentar recordar quando ouvira falar sobre ele pela última vez.

— Suponho que o que sei sobre Arthur é o que todo mundo conhece — sorriu. — Não se pode dizer que ele tenha sido um dos nossos presidentes mais populares. Em Washington o chamavam de "o chefe elegante". Pelo que sei, deve-se a ele a suntuosa decoração da Casa Branca. Meus aposentos foram desenhados pela Tiffany's atendendo à sua solicitação. E também se devem a ele os motivos para as festas oficiais.

— Deixe-me dizer que por trás dessa fachada se escondia um homem menos frívolo do que possa pensar, senhor. Chester Arthur foi o quinto filho de um pregador batista irlandês de quem herdou a paixão pela Bíblia. Como se pode supor, sua obsessão foi mantida em segredo e ele cuidou o suficiente para que não vazasse ao público. Nem sequer sua própria esposa sabia disso. Talvez o senhor ignore que nos Arquivos Nacionais se conservam apenas três rolos microfilmados com suas notas pessoais, nem nelas ele deixou entrever essa devoção...

— Três rolos?

— O resto de seus papéis foram queimados pessoalmente por ele antes de deixar a presidência.

— Eram outros tempos — suspirou Castle. — Você tem com imaginar o que aconteceria se eu fizesse o mesmo? Continue, por favor.

— Durante o mandato de Arthur, houve um pequeno detalhe, quase anedótico, que revela seu verdadeiro caráter: criou o Escritório de Inteligência Naval, o primeiro serviço secreto de nossa nação. Arthur discutiu com vários de seus almirantes sobre a necessidade de encontrar as provas de algo que o obcecava. Já imagina o que é?

O presidente negou com a cabeça.

— O Dilúvio Universal, senhor.

— Prossiga.

— Tudo deve ser entendido conforme o contexto de sua época, presidente. Durante o segundo ano do mandato de Arthur, aquele que fora o primeiro governador de Minnesota e membro do seu próprio partido, Ignatius Donnelly, publicou um livro que foi muito aclamado: *Atlantis, the antediluvian word* [Atlântida, o mundo antediluviano]. Donnelly havia passado meses na Biblioteca do Congresso buscando provas de que a Atlântida que Platão mencionava em seus diálogos existira realmente e, segundo ele, fora destruída durante o Dilúvio. De fato, Donnelly ainda é considerado o homem mais culto que jamais ocupou uma cadeira na Câmara dos Representantes. Não é de estranhar que a leitura de sua obra por parte de outro erudito como Arthur lhe tenha gerado um grande desassossego. E esse desassossego se multiplicou quando as primeiras notícias da erupção do Krakatoa chegaram à Casa Branca. Imagine: aquele vulcão arrasou todo um arquipélago com uma explosão dez mil vezes mais potente que a bomba de Hiroshima, criando ondas de quarenta metros de altura que varreram dezenas de povos.

— E isso aconteceu durante a sua presidência?

— Sim. Por isso é compreensível que Arthur ordenasse à Marinha que reunisse toda informação possível sobre o Dilúvio e determinar se ele poderia voltar a se repetir, cedo ou tarde.

Castle continuou escutando o diretor Owen com certa desconfiança.

— Espero que tudo isso seja verdade...

— É sim, senhor.

— Então — acrescentou o presidente em tom grave —, se o objetivo daquela ordem presidencial era estudar o Dilúvio, por que o presidente Arthur batizou sua operação com o nome de Elias e não de Noé?

Owen sorriu. Aquele sujeito conservava intacto seu apurado instinto, o mesmo que o havia levado até o Salão Oval.

— Ainda não lhe expliquei algo importante, senhor — respondeu. — O que preocupava Chester Arthur não era provar que o Dilúvio de Noé existira ou não. Para ele, esse dado era indubitável. O que ele queria saber era se algo assim poderia ocorrer durante seu mandato.

— E ele tinha alguma razão para temer semelhante coisa?

— Na Bíblia, senhor presidente, a existência do novo Dilúvio, de um desastre posterior ao que houve com Noé, deixa-se entrever quando Malaquias relata as últimas palavras do Antigo Testamento. Veja. Leia aqui.

Owen lhe estendeu de novo a Bíblia vermelha, desta vez aberta na parte final do capítulo três de Malaquias:

> Eis aqui que Eu enviarei o profeta Elias
> antes que chegue o dia de Yahweh, grande e terrível.

— Viu? "O grande e terrível dia" está associado ao regresso de Elias. Uma crença que segue viva entre os judeus, que ainda o esperam a cada Páscoa, reservando inclusive um lugar à mesa. Imagine. Chester Arthur se tornou obcecado por tudo isso. É daí que vem o vínculo com o nome do profeta ao da operação, portador da advertência do futuro apocalipse. E posso lhe assegurar que determinar esse dia se converteu no objetivo prioritário de sua administração. Para consegui-lo, envolveu a Marinha, mas também cientistas de muitas disciplinas diferentes em um projeto que nenhum de seus integrantes se atreveu a encerrar até hoje.

— E... conseguiram? — Não ocorreu a Castle que aquela frase empregada por seu pai moribundo pudesse ter saído da Bíblia. — Eles chegaram a descobrir qual será esse dia?

— Digamos que, ao final, todos esses cérebros chegaram a uma conclusão um tanto singular.

— Surpreenda-me.

— Relendo os textos bíblicos, eles se deram conta de que, tanto no caso de Noé como no de Elias, a informação da catástrofe não lhes chegou em função de sua habilidade em observar o comportamento da Natureza. De fato, nenhum deles foi capaz de determinar a data do fim do mundo, ao contrário, ela lhes foi revelada diretamente por uma Instância Superior — Owen pestanejou, um pouco nervoso. — Uma Inteligência Suprema. O Grande Arquiteto. Deus. Entende?

— Deus, claro — repetiu Castle, incrédulo. — E daí?

— Creio que não tenha entendido o espírito da coisa, senhor: o objetivo da operação é conseguir abrir uma via de comunicação com Ele para que nos previna de uma situação parecida, se for o caso. Queremos contar com o mesmo seguro de vida que Noé teve. Simples assim.

— O quê?

— A Operação Elias procura um canal para falar com Deus, senhor. Por isso a ASN se ocupa dela. Ou por acaso não é a nossa missão proteger as comunicações do governo?

— Isso dever ser uma piada, certo? Não tenho como... Custa-me imaginar uma espécie de grupo de oração na sede da inteligência militar deste país.

— Não é um grupo de oração, senhor presidente — Owen o corrigiu. — É um grupo de comunicação.

Os olhos de Roger Castle quase saíram de suas órbitas.

— Você está querendo me dizer que há cem anos, primeiro no Escritório Naval de Inteligência e depois na Agência de Segurança Nacional, existe um programa secreto e ininterrupto para conseguirmos falar *fisicamente* com Deus?

— Tudo isso é mais racional do que parece, senhor. Os anos do presidente Arthur foram de espiritismo. Meio mundo acreditava que podíamos nos comunicar com o além. E se, como parecia, os avanços no campo da eletricidade e da telefonia continuariam crescendo exponencialmente, a ninguém pareceu inverossímil que um dia ou outro conseguiríamos falar com o outro lado. Até com os Céus, se fosse preciso.

Uma sombra de consternação obscureceu o rosto do POTUS:

— Diga-me uma coisa, Owen, quanto nos custou tudo isso?

— Elias não tem orçamento designado, senhor. Se o projeto precisa de alguma informação ou de recursos para seu trabalho, é feito o pedido através da agência adequada.

— E por que uma loucura como essa nunca foi encerrada, Michael? Porque isso é uma loucura, não concorda?

Owen o olhou com severidade, levantou-se do sofá e arrastou sua perna mecânica até a janela.

— Eu quero lhe recordar que o Projeto Apolo, senhor, era uma loucura. E com o tempo conseguimos colocar doze americanos na Lua. Se a Operação Elias ainda não foi encerrada é porque durante todo esse tempo houve resultados interessantes.

— Isso só pode ser outra piada.

Pela terceira vez em poucos minutos, o presidente não dava crédito ao que estava ouvindo.

— A Operação Elias tem evoluído muito desde os tempos de Chester Arthur, senhor. Agora existem iniciativas de busca de inteligência no espaço que são muito parecidas com a Operação Elias em sua filosofia.

— Claro — reconheceu o presidente. — Em 1882 não dispúnhamos de radiotelescópios...

— Por essa razão, criou-se um grupo dedicado a recolher aqui e ali os sistemas de rádio que serviram no mundo antigo para se comunicar com Deus, buscando colocá-los em funcionamento de novo. Neles trabalha um grupo de sábios que sempre se renova desde então. O que os cientistas fazem é pura ciência, senhor. Porém, sobre bases tão remotas e com resultados tão avançados que se viessem a público pareceria coisa de magia.

— Um momento. O que disse? Rádio?

O assombro de Roger Castle não havia tocado fundo.

— Lembra-se dos velhos rádios de galena, senhor?

— Meu avô tinha um...

— São rádios primitivos que funcionavam graças a uma pedra sulfurosa com veios de chumbo. O mineral era capaz de detectar por si mesmo as variações no campo eletromagnético circundante. Não precisava de pilhas, pois se alimentava da energia das próprias ondas de rádio e seu esquema de funcionamento era mais que simples. Dentro de seu mecanismo de captação, e com uma antena adequada, você poderia até modular emissões de onda média facilmente com apenas uma pedra.

— E isso era conhecido na época de Noé?

— Acreditamos que sim, senhor. De fato, sabemos que nossos antepassados usaram pedras para falar com Deus. Foram minerais modificados eletromagneticamente, capazes de interferir em frequências específicas de comunicação. Sua existência não pôde ser mantida em segredo por muito tempo. Todos os livros sagrados as mencionam: As Tábuas da Lei, a Caaba, a pedra de Jacó, a pedra escocesa do Destino, a "sussurrante" do Oráculo de Delfos, a pedra irlandesa Lia Fáil... As pedras eram conhecidas inclusive entre os aborígenes australianos. Eles as chamavam de "pedras alma" ou *churingas*.

"Pedras!"

Uma faísca brilhou em alguma sinapse neural do presidente, recordando-lhe a promessa que Ellen Watson havia feito de lhe trazer uma delas.

— Muito bem, Michael. Escute-me com atenção. Quero saber tudo desse projeto. Qual é o seu programa. Quais são as pessoas que o integram. Que passos pensam dar para cumprir seu objetivo. E também — acrescentou, procurando seu olhar junto à janela do escritório — por que desapareceram duas pessoas vinculadas a essas pedras.

— Não haverá problema quanto a isso, senhor. Além do que, devo dizer-lhe que suas perguntas chegam em um momento muito delicado para a Operação Elias.

— A que você se refere?

— Pela primeira vez em cem anos surgiu um sério concorrente.

— O quê?

— Alguém está utilizando seus conhecimentos sobre a tecnologia dos antigos para abrir essa via de comunicação antes de nós. E esse alguém é quem fez desaparecer essas duas pessoas. Mas já estamos atrás deles, senhor.

— E quem diabos está à frente disto?

Owen se afastou da janela de onde se via o Washington Memorial ainda iluminado, como uma flecha de fogo no meio da noite, e sustentou o olhar de seu presidente:

— Para responder a essa pergunta, deveríamos deixar este edifício, senhor. Suponho que sua limusine continue aí fora.

— Claro.

— Se for dada ordem de bloquear as rodovias, a esta hora poderíamos chegar à NRO em quarenta minutos.

— O Escritório Nacional de Reconhecimento? Agora?

Owen assentiu.

— É importante que o senhor veja algo.

47

— *"SE TE DA VISIONADA"*... "Ioan de Estivadas." "Sadavitsed Naoi." Não viu ainda?

Sacudi a cabeça, sentindo-me fora do jogo. O armênio me olhava com os olhos inquisidores, como se lhe custasse muito admitir que nossas lógicas fossem tão diferentes.

— É um anagrama! — exclamou Dujok. — Sim! Está claro, claríssimo!

— Tem certeza?

— Totalmente. A frase que Martin lhe enviou no vídeo é um anagrama do nome inscrito nesta tumba. Não percebeu ainda? Ele utilizou as mesmas letras, mas em uma ordem diferente. Martin não podia dizer claramente onde a senhora teria que procurar para encontrar a pedra, mas lhe sugeriu em código que viesse até esta igreja e que olhasse nesta tumba. Sua adamante está aqui.

— Sua segurança me assombra.

— Eu sei como a mente de Martin trabalha, senhora Faber. Ele se valeu de um dos sistemas de criptografia mais antigos da humanidade. Se a senhora mudar a ordem das letras desse nome poderá formar a frase que seu marido lhe enviou com uma precisão absoluta. Lembra-se de quais foram as últimas palavras de seu marido?

— S... Sim, claro — gaguejei. — "O caminho para o reencontro sempre *se te da visionada*"...

— Depois de ser traduzida como eu lhe proponho, o sentido dessa frase se tornará mais do que evidente: "o caminho para o reencontro", ou seja, para que localize Martin, "é Ioan de Estivadas". Entende agora? "Ioan de Estivadas" e "*se te da visionada*" são formados a partir das mesmas letras. Nem uma a mais, nem uma a menos.

Cocei a cabeça um tanto perplexa.

— O que não entendo, senhor Dujok, é o que Estivadas tem a ver com Noé.

— Isso quem teria que perguntar sou eu. Antes a senhora disse que sabia tudo sobre ele.

— Quase tudo — precisei. — Em Noia existe inclusive uma rua que leva o seu nome. Ele foi o antigo taberneiro do povoado. Nasceu na época dos Reis Católicos, justamente antes do descobrimento da América, e foi casado com uma mulher bem-nascida, de bom berço que se chamava Maria Oanes. Isso é o mais importante em sua biografia.

Como se pode ver, um personagem que viveu no século XVI não é um bom candidato para ocupar o lugar de Noé...

— Sério? — sorriu Dujok. — Pense bem. Se prestar atenção, tudo está nos dados que acaba de me passar.

— Continuo sem entender...

— É muito fácil, senhora. É mais do que provável que o homem chamado Estivadas nunca tenha existido. Que tenha sido apenas um símbolo. Sua profissão de taberneiro se parece muito com a de Noé, que foi cultivador de vinhas. Inclusive o sobrenome de sua esposa tem claras ressonâncias antediluvianas. Os babilônios chamavam o deus Enki de Oannes. Conhece a *Epopeia de Gilgamesh*?

Eu me sobressaltei.

— Mas é claro que sim — respondi.

— Então não tenho que lhe explicar que Enki avisou sobre o dilúvio ao Noé mesopotâmico, Utnapishtim, para que não morresse sob as águas. E, além disso — continuou, dando uma batida na lápide —, aqui está escrito o nome de batismo de Estivadas, Juan, Ioan, e ao contrário: Naoi, Noé. Definitivamente, este é o sepulcro que procurávamos.

Eu o olhei atônita, sem saber o que dizer.

— Senhora, vamos! — instigou-me Dujok. — Diga-me, o que há dentro desta tumba?

— Nada... Pelo menos que eu saiba, nada. Quando a trouxeram de sua localização original, da Igreja de São Martinho, ela já estava vazia.

— Pois agora é bem provável que contenha algo. Pode me ajudar a mover a tampa para o lado?

48

POR UMA ÚNICA VEZ NA VIDA, e sem que isso servisse de precedente para um marxista como ele, Antonio Figueiras teria gostado de ser como São Martin de Porres para poder se "bissituar". Estar em dois lugares ao mesmo tempo teria lhe poupado a difícil decisão entre rastrear o helicóptero que havia escapado debaixo do seu nariz com o assassino de seus dois policiais na Praça do Obradoiro ou sair correndo para a casa de Marcelo Muñiz a fim de contar o que havia descoberto sobre as pedras dos Faber.

Sua delegacia já estava falando com o pessoal do radar militar da Serra de Barbanza, na Costa da Morte, para investigar qual seria o plano de voo da aeronave, assim, enquanto sua equipe se arranjava para conseguir essa informação, ele decidiu se encontrar com o joalheiro.

Logo atrás da paróquia de Santa Maria Salomé, em um beco sem saída bem estreito onde se apertavam um modesto hotel e vários restaurantes, distantes do tumulto dos peregrinos e turistas, encontrava-se o lugar onde Marcelo trabalhava. O joalheiro havia reformado um dos edifícios mais antigos de Santiago, convertendo-o em um museu particular. O lugar era um sonho. Cheio de antiguidades, livros e lembranças de viagens, suas prateleiras pareciam dar respostas para tudo. E isso era exatamente o que Figueiras necessitava. Respostas. As primeiras estimativas forenses haviam confirmado seus piores temores: o cascalho achado ao lado dos agentes assassinados correspondia ao que a polícia científica havia recuperado no interior da catedral. Aquela conclusão, longe de animá-lo, o frustrara ainda mais. Se houvesse chegado um minuto antes à praça, somente um, teria detido o assassino e quem sabe salvado a vida de seus homens.

— E você está me dizendo que ele fugiu em um helicóptero? Tem certeza?

Muñiz havia preparado café e madalenas, dispondo-as de uma forma estranha na mesa da sala. Sentado em um extremo da mesa, em mangas de camisa, mas usando sua inseparável gravata-borboleta, e com sua cabeça devida e rigorosamente raspada, olhava o estupefato inspetor.

— Eu vi com meus próprios olhos, Marcelo. Está acontecendo algo da pesada por aqui.

Figueiras parecia um louco desvairado. Comparado ao aspecto impecável de Muñiz, dava a impressão de ser um vagabundo. Seus óculos apenas ocultavam o cansaço de uma noite muito longa. Tinha seus lábios rachados, a camisa parecia um mar de rugas e o cabelo estava sujo e revolto.

— Bem... Talvez eu possa ajudar em alguma coisa — disse Muñiz, servindo-lhe uma xícara e estendendo a ele. O joalheiro deu um gole em seu café, ocultando um sorriso de orelha a orelha antes de continuar. — Já sei por que essas pedras que os Faber importaram são tão valiosas.

O inspetor levantou o olhar da bebida e o contemplou com expectativa.

— Quer por favor falar de uma vez?

— A primeira pista que você me deu foi contar sobre a declaração na aduana. Lembra? Comecei por aí. Fiz algumas consultas pela internet e dei de cara com algo curioso. Essas pedras, meu amigo, são extraterrestres.

— Vamos, para com isso, homem!

— Antonio, eu não estou brincando — replicou Muñiz muito seriamente. Aquele seu olhar zombeteiro tinha ido embora. — Rastreei sua origem a partir do número de registro e creio que dei de cara com algo. Antes que os Faber a trouxessem para a Espanha, essas pedras estiveram um tempo nas mãos do laboratório de pesquisa mineralógica do Museu Britânico. Não há nenhum informe com suas conclusões. Uma lástima. Porém, em sua base de dados, eu encontrei a data de entrada e de saída das pedras, além de um detalhe muito singular.

— Vamos, Marcelo... Não tenho o dia todo para ficar ouvindo isso.

Muñiz alisou a gravata-borboleta e esboçou o melhor dos seus sorrisos.

— O registro não diz que foi Martin Faber quem entregou essas pedras ao Museu Britânico, mas uma empresa chamada The Betilum Company. TBC. Isso diz algo a você?

Figueiras, ainda meio sonolento, sacudiu negativamente a cabeça.

— Estive procurando por seus dados em toda a internet, mas não fui capaz de encontrar nada. É uma espécie de empresa-fantasma. Entretanto, quando eu já estava a ponto de desistir, me ocorreu algo...

— O quê?

Mesmo que Muñiz tivesse a fama de ser um gênio da informática, suas explicações começavam a superar as expectativas do inspetor.

— Ontem à noite, rastreei esse nome em algumas das páginas mais visitadas de compras de antiguidades. Não encontrei nada. Em compensação, ao dar uma olhada nas listas de clientes VIPs que adquirem livros antigos em leilões públicos importantes, bingo! Achei uma pista.

— Que pista? — repetiu impaciente o inspetor Figueiras.

— Essa empresa, The Betilum Company, já faz um bom tempo vem comprando livros muito raros pela internet. Livros caros. Todos vinculados a magia, astrologia, evangelhos apócrifos e esse tipo de coisa. O último foi *Monas Hieroglyphica,* um texto publicado na Holanda em 1564, em latim, escrito por um tal de Ioannes Dee, *Londinensis.*

— E você sabe do que se trata?

— Isso é o mais interessante de tudo. É um tratado sobre um símbolo que, segundo o autor, se fosse bem utilizado poderia garantir o controle do Universo. E o tal Dee sustentava que esse grafismo continha os princípios elementais de tudo o que foi criado. Uma espécie de chave mestra com a qual se pode controlar a Natureza à vontade. Resumindo em apenas três palavras: ser como Deus.

— Um símbolo? — Muñiz era a segunda pessoa que falava sobre símbolos nessa madrugada.

— Claro. Quer vê-lo? É este.

Figueiras tirou um pequeno bloco de anotações do bolso e rabiscou algo com mais acertos do que erros. Não lhe pareceu grande coisa.

— Esse desenho lhe diz alguma coisa?

— Não.

— Tenho ainda mais uma informação que lhe deixará fascinado, Antonio. — E então ele continuou: — Esse John Dee se tornou famoso por sua habilidade em manejar pedras mágicas nos tempos da rainha Isabel, que é a época em que foram inventariadas as pedras dos Faber. As pedras de Dee tinham a função oracular, eram muito raras. Serviam para ver o que estaria por vir, falar com espíritos e coisas assim... E a maioria teve sua origem em meteoritos. Por isso eu digo que são extraterrestres. E o que eu acredito — acrescentou ansioso — é que essas foram precisamente as pedras trazidas pelos Faber para a Espanha quando decidiram se mudar.

— Você tem certeza disso?

Marcelo afastou as xícaras e os bolinhos e estendeu diante dele algumas fotocópias que pareciam retiradas de um livro antigo. Eram páginas escritas em latim. Figueiras teve sua vista nublada só de olhá-las.

— Dê uma olhada nisto. São páginas de *Monas Hieroglyphica* — anunciou Muñiz excitado. — Um amigo de Los Angeles as escaneou há algumas horas e me enviou por *e-mail*. Veja. Aqui. No prólogo da obra que está dirigida ao imperador Maximiliano de Habsburgo, um apaixonado pela ciência, mas também pela magia, Dee explica que seu símbolo é uma espécie de chave matemática para entrar em contato com os Céus. Esse texto diz, numa linguagem pesada e fastidiosa, que quem recuperar os símbolos de uma escritura ancestral e esquecida e dispuser das "Pedras de Adão" que tenham uma amostra da matéria divina poderá invocar Deus e falar com ele.

— Pedras de Adão? Que diabos é isso?

— Pedras de Adão. Adamantes. Elas recebem muitos nomes, Antonio, mas sempre são descritas como minerais trazidos do Paraíso. Isto é, rochas caídas na Terra e veneradas como objetos sagrados, através das quais se podiam ver coisas longínquas, como se fossem um televisor... Obviamente provinham de algum tipo de meteorito que teria que ser ativado por algum ritual mágico. Olhe — voltou a pedir ao inspetor, deixando-o mais próximo de uma dessas páginas. — Aí diz bem claramente: quem as possuir "*aeream omnem et igneam regionem explorabit*", explorará toda a região aérea e ígnea.

Figueiras procurou a frase com seu dedo indicador.

— E preste atenção no que vem antes da frase em questão — Muñiz ofegava. — São três letras hebraicas desbotadas bem ao lado da palavra "lápide", pedra.

— Não entendo hebraico — protestou.

— São *aleph*, *dalet* e *mem*. מדא. As consoantes de Adão. "*Adam lapide*" significa pedras de Adão, adamantes, pedras do Paraíso.

Primus Ipse abibit: Rarißimeque, pòst, Mortalium conspicietur oculis. Hæc, O Rex Optime, Vera est, toties decantata (& sine Scelere) MAGORVM INVISIBILITAS: Quæ (vt Posteri omnes fatebuntur Magi) nostræ est MONADIS concessa Theorijs. Expertissimus
11. MEDICVS, etiam ex eisdem, facillimè Hippocratis Mysticam assequetur voluntatem. Sciet enim, QVID, CVI,
Lib. de Flatibus. ADDENDVM ET AVFERENDVM sit: vt, ipsam Artem sub maximo MONADIS nostræ Compendio, & MEDICINAM ipsam contineri, Lubens deinde fateri
12. Velit. BERYLLISTICVS, hic, in Lamina Chrystallina, omnia quæ sub Cœlo LVNÆ, in Terra vel Aquis versantur, exactissimè videre potest: & in Carbunculo siue אבן Lapide, Aëream omnem & Igneam Regionem ex-
13. plorabit. Et, si VOARCHADVMICO, nostræ Hieroglyphicæ MONADIS, Theoria vigesima prima, satisfaciat; Ipsique, VOARH BETH ADVMOTH, Speculandum ministret: Ad Indos vel Americos, non illi esse Philosophandi gratia, peregrinandum, fatebitur.

14. Denique de ADEPTIVO genere (quicquid vel ARIOTON Ars subministrare, vel polliceri poßit; vel viginti Annorum maximi Hermetis labores sunt assecuti)
An. 1562. licet ad Parisienses, sua MONADE peculiari (Anagogica Apodixi illustratum) aliâs scripserimus: Vestræ tamen Maiestati Regiæ constanter asserimus, ID OMNE, Analogico nostræ MONADIS Hieroglyphicæ Opere, ita ad viuū exprimi, vt Similius aliud Exemplum, humano generi non posset

— E você acredita que as pedras dos Faber sejam desse tipo? — sussurrou Figueiras logo depois de tropeçar na sentença que as mencionava.

— Desse tipo, não. São as mesmas — concluiu Muñiz. — Com certeza. E você sabe o que significa *betilum*?

Figueiras negou com a cabeça enquanto notava uma inquietante vibração no bolso. Acabara de chegar uma mensagem de texto no telefone celular.

— Eu já supunha — sorriu Muñiz. — É uma palavra de origem bíblica, Antonio. Bet-El foi o lugar onde Jacó teve a visão da escadaria que se comunicava com o céu. O patriarca a visualizou após ter dormido sobre uma pedra negra. Uma dessas adamantes. Seu nome significa "Casa de Deus" e desde a Idade Média o termo *bétilo* se aplica aos meteoros com certas propriedades.

— E quanto vale uma dessas? — disse o policial, abrindo o celular e procurando aquele SMS madrugador.

Muñiz ficou impressionado com a ignorância e a pouca sensibilidade de seu amigo.

— Isso depende.

— Depende do quê?

— De suas propriedades, sua antiguidade, seu histórico... Umas pedras com a história de Dee por trás poderiam custar uma fortuna. E se, além disso, puderem abrir as portas do Céu, nem imagino.

— E você acredita que o Céu tenha portas?

— Eu sou um homem de fé. Não sou alguém como você...

Porém, Antonio Figueiras já não prestava mais atenção. A mensagem que acabara de chegar era uma ordem do comissário. Ele havia tentado chamá-lo outra vez sem sucesso e, irritado, mandava-lhe aquela instrução por escrito. Deveria se reunir a uns reforços "muito especiais" que estavam a ponto de aterrissar no aeroporto de Lavacolla. E imediatamente.

49

A TAMPA DO SARCÓFAGO de Juan de Estivadas estava cheia de cicatrizes. O rosto de seu proprietário havia sido desfigurado a cinzel por algum caçador de tesouros inescrupuloso, e seu caixão apresentava em um dos lados uma pequena fenda que havia sido consertada com cimento, mas bastante malfeita. Artemi Dujok alisou os estragos com seus dedos, mas não disse nada. Tampouco mencionou que dois de seus sete brasões haviam desaparecido, debilitando sua estrutura até convertê-la em uma peça que poderia desabar somente com um empurrão.

— Não fique aí parada! — instigou-me Dujok ao intuir minhas dúvidas sobre a saúde do monumento. — Vamos deslocar isso apenas uns centímetros. Daremos uma olhada e deixaremos como está.

— Isso tem quinhentos anos... — murmurei.

— Eu lhe prometo. Ninguém notará.

Ficamos aos pés de Juan de Estivadas e seguramos com força os dois extremos de sua tampa. O primeiro empurrão não deu resultado. Ou a lousa pesava mais do que parecia ou, o que era pior, ao acrescentarem cimento eles a tinham grudado ao caixão. Na segunda arremetida, a lousa cedeu. Um ruído de algo raspando na pedra retumbou na nave, deixando à vista um buraco negro e uniforme.

O caixão exalava um forte odor ácido, mesmo assim fui a primeira a dar uma olhada.

O que encontrei me deixou perplexa.

Estava vazio. Total e absolutamente vazio.

— Aqui não há nada — deu para notar a decepção até a última sílaba.

— A senhora tem certeza?

Dujok, que se mantinha de pé em frente a mim, tirou uma lanterna do bolso e rastreou o receptáculo com avidez. Somente pó e algumas teias de aranha brilharam ao fundo. Por dentro, o sepulcro apresentava um aspecto ainda mais deplorável do que por fora. Em suas paredes, havia furos por toda parte, como se aquele calcário frágil e poroso tivesse sido comido pelos vermes. Uma capa de sebo cinzento e seco, de pelo menos um centímetro de espessura, cobria sua base. Por sorte, graças à luz, Dujok descobriu algo que nos chamou a atenção de imediato: era o que pareciam marcas de arrasto. Eram recentes, de dedos. Elas partiam do lado direito e morriam no ângulo interior da quina onde eu me encontrava.

— Aí está! — grunhiu ele satisfeito, assinalando esse vértice com seu foco. — Aproxime-se! Está justamente aí!

Eu fiz o que ele me pediu.

O armênio tinha razão: exatamente sob minha posição vertical, uma pequena trouxa de tecido protegia o que bem poderia ser a minha adamante. Alguém havia feito um nó com um cordão dourado e colocado a trouxinha com cuidado em um buraco que não podia ser visto acidentalmente.

Nervosa, imaginei Martin preparando essa bolsinha com suas grandes mãos e escondendo-a ali furtivamente. Talvez por isso a tomei entre as minhas mãos sem saber muito bem o que fazer com ela.

— Abra-a!

Desatei o cordão como pude e, tremendo, me distanciei uns passos do sarcófago em busca de um lugar onde pudesse contemplar seu conteúdo com uma luz melhor. Num instante, o tecido revelara seu segredo. Tal e qual supúnhamos, ali estava ela. Perfeita. Engatada em uma argola de prata para que pudesse ser levada ao pescoço. Eu estava prestes a me perder na onda de sensações e lembranças que aquele objeto me trazia quando a voz áspera de Artemi Dujok trovejou às minhas costas:

— O que está esperando? Devemos ativá-la imediatamente!

50

ROGER CASTLE RECORDAVA com perfeição quando haviam lhe permitido falar pela primeira vez em público sobre o NRO, o Escritório

Nacional de Reconhecimento. Foi em setembro de 1992. Ele acabara de ser eleito senador pelo Novo México, e esse escritório militar ainda era um dos segredos mais bem guardados do país. Naquele ano, os rumos da guerra no Golfo e a necessidade de dar uma imagem de fortaleza ao mundo obrigaram o presidente Bush a reconhecer sua existência, abrindo a caixa de Pandora cujos raios e trovões retumbaram na metade dos televisores do planeta. Antes da sua histórica decisão, os patriotas como Castle se limitavam a fazer piadas com a única coisa que conheciam dele: suas siglas. Eles o chamavam de NRO, *Not Referred to Openly* [não referido abertamente], imaginando que jamais teriam acesso ao seu orçamento, que até então estava em torno de seis milhões de dólares anuais, e muito menos aos seus objetivos.

Desde o fim da Era Bush, Castle sonhava visitar suas instalações de alta tecnologia e colocá-las para trabalhar em prol dos contribuintes. "Os olhos e ouvidos da nação no espaço" estariam, num futuro imediato, a serviço de todos — entre eles, de sua equipe de assessores — e não só dos militares. O último POTUS sabia, portanto, que estava a ponto de entrar em um domínio em que não era muito popular.

Michael Owen e Roger Castle chegaram logo em seguida ao quartel-general da NRO em Chantilly, Virgínia, escondido num discreto edifício de cor salmão nada chamativo visto de fora. Seu pequeno cortejo de limusines os depositou em um estacionamento dos fundos e, antes que o relógio marcasse uma hora da madrugada, ambos estavam acomodados em um escritório que dali dominava a sala de controle dos satélites. Ali se trabalhava vinte e quatro horas por dia, trezentos e sessenta e cinco dias por ano.

— Meu nome é Edgar Scott, senhor presidente. É uma honra tê-lo conosco.

Castle apertou a mão de um sujeito usando terno, de uns cinquenta anos, escondido por detrás de óculos com lentes muito grossas, a quem certamente haviam despertado há vinte minutos, sem sequer dar-lhe tempo de se barbear. Ele era um funcionário miúdo, com um turbilhão de cabelos prateados penteados ao redor do crânio, com dentes amarelos e profundas rugas na testa. Com toda a segurança, ele nunca foi visto em uma situação assim: de pé em frente ao homem mais poderoso da Terra, sem ter a menor ideia de por que um incidente menor teria levado o presidente a seu escritório... Pessoalmente!

"Ou não foi menor?", perguntava-se, tentando obter algum sinal do impenetrável rosto de Michael Owen.

— O senhor Scott — intercedeu o diretor da Agência de Segurança Nacional ao apresentá-los — é o diretor do NRO e o coordenador da equipe científica da Operação Elias. Está ciente de todos os progressos e apto para responder a todas as suas questões.

Castle o examinou. Logo notou sua perplexidade ao se sentir impelido a falar de uma questão tão repleta de tabus. Porém, Owen foi ainda mais longe:

— Por favor, mostre ao presidente o que há duas horas, às cinco e vinte três, hora local da Espanha, um de nossos "olhos" captou...

— Com todo o prazer, diretor. — Scott, obediente, assumiu a conversa. — Ignoro o quanto está familiarizado com a nossa tecnologia de escaneamento terrestre, senhor presidente.

Castle lhe sorriu, tratando de ser cordial.

— Explique-me, Edgar.

— Dispomos de quase meia centena de satélites orbitais com espelhos e radiômetros de altíssima resolução que dependem diretamente de nós — disse, com indissimulado orgulho. — A ASN, a CIA, o Escritório de Inteligência da Força Aérea, a NASA e a Marinha usam nossos dados diariamente. Um dos componentes mais apreciados é o detector de emissões de energia eletromagnética. Qualquer um de nossos orbitadores é capaz de identificar variações, por mínimas que sejam, no campo EM do planeta. Seríamos capazes, por exemplo, de determinar a temperatura de uma sopa de caranguejo na sala de jantar da Casa Branca e saber do que foi feita. Bastaria examinar a diferença que o calor cria no eletromagnetismo circundante para obter sua composição química.

— E eu que pensava que construíamos satélites para poder ler o *Pravda* que Vladimir Putin abre a cada manhã em sua sala! — brincou Castle.

— Isso também é possível, senhor. Porém, com todo o respeito, é a menor de nossas prioridades.

— Está bem, Edgar. Daqui para a frente só tomarei *vichyssoise* — gracejou o presidente. — E diga-me, o que foi exatamente que capturaram na Espanha?

— Nunca vi nada igual, senhor: um satélite de última geração, o HMBB, calibrado para dar um sinal diante de qualquer atividade energética incomum em amplas áreas do Irã, do Iraque e da Índia, nos alertou. Ele fazia uma varredura de rotina a quatrocentos quilômetros de altura enquanto encontrava sua posição definitiva sobre o Oriente Médio, mas ao sobrevoar a leste da Península Ibérica detectou algo por acidente.

Edgar Scott tirou de um tubo negro uns papéis enrolados e os desdobrou sobre a mesa.

— Eu explicarei passo a passo — continuou. — O que se vê aqui é uma imagem obtida a trezentos mil metros do solo há mais ou menos quarenta e oito horas. As manchas de luz que apareciam aqui e aqui — disse, assinalando duas pequenas áreas ao norte de Portugal — correspondem às cidades de La Coruña e Vigo, na costa ocidental espanhola. Preste atenção nesta zona escura aqui. Terra adentro, a uns quarenta quilômetros em linha reta do mar, encontra-se a cidade de Santiago de Compostela. Vê? São apenas dois ou três pontos de luz na negritude.

O presidente assentiu.

— Agora, preste atenção a esta outra foto tomada pelo mesmo satélite, só que nesta noite, um pouco antes do amanhecer no horário local.

Uma segunda imagem, do mesmo tamanho que a anterior, ocupou todo o seu interesse. Ainda emanava o vapor de álcool de sua impressão recente.

— Por que Santiago emite agora uma luz tão intensa? — perguntou o presidente ao ver que a negrura da imagem anterior havia desaparecido.

— Eu me alegro que tenha reparado, senhor. O HMBB deu o alarme ao detectá-lo. A duração do fenômeno foi de uns quinze minutos e concentrou uma potência EM que não havíamos visto antes.

— Ninguém mais detectou isso? Os chineses? Os russos?

— Não creio, senhor. Se estivéssemos diante, por exemplo, de uma bomba de pulso magnético, toda a energia da cidade teria sido absorvida pela detonação, e seu brilho teria uma duração ainda maior. Nesta suposição, isso teria chamado a atenção de qualquer satélite. Sua ação, no entanto, se concentrou em uma área urbana bem limitada. Isso ficará mais claro em uma ampliação da região — disse Scott, desdobrando uma imagem de maior resolução, que permitia ver o perfil de algumas ruas periféricas iluminadas pelos postes. — Eis. A emissão EM deixou às escuras uma área de dois quilômetros quadrados ao redor deste grande edifício aqui.

Castle se aproximou com curiosidade. Distinguiu uma silhueta cruciforme de tom cinzento.

— O que é?

— Uma catedral, senhor presidente. A emissão partiu desse local, porém não tivemos como determinar se ela veio de seu interior ou de alguma das casas em volta.

O diretor da NRO afrouxou a gravata, como se lhe custasse muito soltar a frase que já tinha na ponta de sua língua:

— Pode até ser demais dizer isso, mas no local não há laboratórios científicos, campos de provas militares nem instalação alguma que possa emitir um raio de semelhante potência. O que nos desconcerta é que…

— O quê?

— É que, além disso, acreditamos que foi dirigido intencionalmente à alta atmosfera.

— Alta atmosfera?

— Eu explicarei, senhor presidente. — Scott interveio novamente: — Alguém acaba de enviar um sinal de alta energia ao espaço profundo vindo do noroeste da Espanha. E não sabemos nem quem, nem como, nem supostamente o que continha. O pior é que tampouco conhecemos algo capaz de gerar uma potência de emissão assim. Nada... Salvo, quem sabe, algumas das relíquias que a Operação Elias trata de controlar cada vez que emergem em algum ponto do planeta.

— O mais interessante, senhor — acrescentou Owen —, é que a esposa do ex-elemento da Operação sobre o qual o senhor me perguntou em meu escritório estava aí no momento da emissão. Depois, desapareceu.

— Não me diga...

— Entende agora por que enviei um dos meus melhores homens para falar com ela? Compreende a delicada situação em que nos encontramos? — O rosto do diretor da ASN ensombreceu. — Um emissor assim não deveria estar fora de nosso controle.

Roger Castle se inclinou de novo sobre a imagem do satélite que havia fotografado o feixe eletromagnético.

— E seu satélite não chegou a fotografar quem a sequestrou? — perguntou ao diretor Owen.

— Não, senhor. Porém, há uma certeza: essa distorção se produziu junto com o sequestro. Isso lhe diz algo?

Castle negou com a cabeça.

— A mim, sim — acrescentou o diretor, de maneira sombria. — O senhor é um estrategista, senhor presidente. Some os fatores desta equação: alguém não identificado capturou um ex-agente que trabalhou para Elias; persegue depois um familiar direto e que sabe como utilizar as "pedras rádio", colocando em andamento uma tecnologia que ninguém usa desde os tempos bíblicos... O que mais esse alguém poderia estar perseguindo senão o mesmo que nós?

— Falar com Deus...? — murmurou Castle, incrédulo.

— Senhor, com a sua autorização, a Operação Elias ainda está a tempo de ser a primeira a tirar esse telefone do gancho. Deixe-o em nossas mãos.

51

— **E COMO DIABOS EU FAÇO** para ativar a adamante?

Dujok me olhou como se eu fosse uma estúpida.

— Como a tem ativado sempre, senhora — respondeu. — Não lhe ensinaram que as pedras são ativadas graças a certos tons vibratórios? Seu marido não lhe disse que alguns sons modulados pela garganta humana são capazes de alterar a estrutura da matéria?

O armênio, mais uma vez, tinha razão. Eu sabia aquilo. Pelo menos em teoria, mas eu estava tão nervosa com todos os acontecimentos desencadeados nas últimas horas que meu cérebro havia relegado as bondades da minha memória a segundo plano. Ansiosa por recuperar o talismã e sair correndo com ele para procurar Martin, certamente eu tinha me esquecido do mais importante: sem a invocação adequada, sem vocalizar corretamente as orações mágicas de John Dee que davam vida às suas joias, as adamantes não passavam de minerais vulgares, como quaisquer outros.

— No momento em que essa pedra funcionar — previu o armênio —, a que Martin possui responderá por imitação. É o que os filósofos naturais como Dee e Roger Bacon chamavam de *speculum unitatis*, a unidade dos espelhos, ou o que os modernos físicos definem como entrelaçamento quântico. Digamos assim: duas partículas atômicas surgidas de uma mesma "mãe" atuam sempre do mesmo modo, não importa a distância que as separe.

— E assim saberemos onde está Martin? — perguntei incrédula.

— Exatamente. Temos a tecnologia necessária para detectar qualquer emissão eletromagnética do tipo que a sua pedra emitirá, onde quer que se produza. Se a adamante de Martin reagir como a sua, teremos suas coordenadas quase em tempo real. A senhora faça o seu trabalho. Eu me ocuparei disso...

— E se ela não for ativada? — perguntei inquieta, ignorando até onde os tentáculos de meu anfitrião seriam capazes de chegar. — E se nada funcionar?

— O dom lhe pertence, senhora. Concentre-se em sua adamante e reze o que souber. Isso é tudo.

Ele não me deixou alternativa.

Tremendo, tomei a adamante entre as mãos e a retirei da argola de prata que a convertia em um pingente. Artemi Dujok, enquanto isso, pegava seu telefone celular e digitava um endereço em seu navegador de internet. Disse que precisava consultar a situação magnética do Sol nas últimas horas na página da Administração Nacional dos Oceanos e da Atmosfera dos Estados Unidos, a NOAA. Eu sabia — pelo trabalho de

Martin como climatólogo — que a *web* trazia em tempo real imagens do Sol, medindo suas emissões de raios x, traçando um mapa das auroras boreais previstas e informando sobre tempestades magnéticas e até possíveis apagões de rádio provocados por suas explosões de energia. Até não muito tempo atrás, os cientistas haviam subestimado seus efeitos sobre o clima e inclusive sobre a atividade sísmica da Terra, porém, cada vez mais, começavam a levar muito em conta tal informação. Dujok aparentemente havia se somado a essa lista.

Ao ver a imagem do Sol na cor verde marcada com manchas escuras, o armênio se mostrou satisfeito.

— É o momento perfeito — disse. — Nossa atmosfera está repleta de vento solar, senhora Faber. Tudo caminha a favor de sua cerimônia.

Não quis pensar muito naquilo que estava a ponto de fazer. Essa estranha combinação de alta tecnologia e magia medieval me causava arrepios. Preferia não saber o que se passava lá fora e apenas me concentrar na pedra à minha frente. Acariciei a adamante com a ponta dos meus dedos e, com os olhos fechados, levantei-a em direção ao céu. Em seguida, apagando da minha mente toda a inquietude ou as minhas carências, comecei a declamar as primeiras palavras do livro de invocações do doutor Dee:

— *Ol sonf vors g, gohó Iad Balt, lansh calz vonpho...*

Eu nunca havia feito isso antes. Jamais me foi permitido recitar essas palavras sem a presença de meus instrutores. E ainda que Sheila me houvesse obrigado a memorizá-las, dizendo-me que as reservara para uma ocasião importante, o temor que me infundiam foi sempre superior à curiosidade. Pelo menos, até esse dia.

O que eu não podia imaginar é que, no instante em que essas palavras arcanas brotavam da minha garganta, o mundo, a igreja de Santa Maria, seu solo de lápides e até a presença permanente de Artemi Dujok desapareceriam da minha vista.

E o fizeram! E como o fizeram!

De repente, tudo ficou negro.

Como se alguém alheio a mim tivesse assumido o controle.

52

"**ALGO NÃO VAI BEM.**"

Nicholas Allen havia tentado abrir seus olhos várias vezes sem conseguir. Ele não sabia onde estava. Seus ouvidos pareciam tapados, ele havia perdido o sentido de equilíbrio e a enorme cicatriz da sua testa latejava com violência. Se tivesse que dizer em que posição se encontrava, ele teria dito que pendurado de boca para baixo, mas só a ideia de pensar nisso já lhe parecia surpreendente. Os olhos, sem dúvida, não eram a única parte do corpo que não lhe respondia. Seus braços e pernas estavam rígidos como estacas, e sentia uma forte pressão no peito que o forçava a respirar em sequências breves e esgotantes. A última passagem que seu cérebro recordava com clareza era a conversa telefônica que havia mantido com Michael Owen de uma das quatro praças que rodeavam a catedral de Santiago de Compostela. Estava lhe informando sobre o desaparecimento de Julia Álvarez quando a comunicação foi interrompida de repente.

Depois, deduziu, deve ter desabado... Pela segunda vez!

Se não estivesse errado, tudo isso deveria ser causado pelos efeitos colaterais comuns de algo que, infelizmente, o coronel Allen conhecia bem de perto.

Náuseas, formigamentos, sono, perda de consciência... Tudo se encaixava.

— Senhor Allen! Senhor Allen! — Uma voz que soou remota aos ouvidos do militar o arrancou de suas conjecturas. Alguém lhe falava em um inglês deficiente que ressoava como se estivesse do outro lado de um tubo longuíssimo. — Sei que me escuta... O senhor está na Unidade de Terapia Intensiva do Hospital Nuestra Señora de la Esperanza. Hoje é, bem, primeiro de novembro. Seu corpo não apresenta feridas recentes visíveis, mas tem sofrido vários ataques epiléticos. O senhor está atado a uma cama. Eu lhe peço que não tente se mover. Já avisamos à sua embaixada onde se encontra.

"Pelo menos uma boa notícia", pensou.

— A equipe médica acredita que esteja fora de perigo. Procure descansar, enquanto tentamos descobrir o que causou esses transtornos.

"Eu sei o que é! — Allen quis gritar. — São os efeitos de uma exposição a campos eletromagnéticos de alta frequência!"

Mas suas cordas vocais não lhe responderam.

Era impossível que aqueles médicos soubessem que seu paciente havia sido voluntário em um programa secreto do Exército norte-americano destinado a experimentar os efeitos dos campos eletromagnéticos (mais conhecidos pelas siglas EMF) e que conhecia melhor do que ninguém suas consequências. Sabia que qualquer ser vivo que entrasse em contato com um EMF de determinada potência veria seus órgãos vitais serem afetados como agora estavam os seus. As consequências de uma exposição continuada haviam sido documentadas em programas com um nível de sigilo similar ao do Projeto Manhattan. Sob a equivocada epígrafe de "inter-relação biológica", nesses documentos do governo ficava claro que as "feridas eletromagnéticas" se concentravam, sobretudo, nos ouvidos e nos olhos. A ASN e a Agência de Projetos Avançados para a Defesa (DARPA) tinham descoberto como dirigir esses campos contra sujeitos selecionados em meio a uma multidão. Também haviam inventado "balas acústicas" que vibravam a cento e quarenta e cinco decibéis e que podiam ser disparadas com canhões sônicos de alta precisão. Com elas eram capazes de fazer desmaiar — ou matar — alguém escolhido em meio a uma manifestação sem que seus companheiros notassem algo de estranho ao seu redor. E o que era mais terrível: sem deixar rastro algum da causa de sua morte. Se a vítima não conseguisse se afastar a tempo de um disparo sônico, os ossos começariam a tremer e o crânio se agitaria tanto que a pressão sanguínea poderia provocar um derrame em questão de segundos. E se ela estivesse em um dos seus dias de sorte e a dose acústica não fosse letal, a vítima recordaria apenas de um zumbido parecido com o que se escuta debaixo de um poste de alta-tensão.

O zumbido como o que Nicholas Allen sentia.

Agora a questão era determinar quem, além do seu governo, teria a posse de um brinquedinho com essas características. E o coronel Allen já tinha uma ideia.

"Seus velhos amigos estiveram por aqui", Allen havia dito ao diretor de sua agência.

Aliás, ele havia se esquecido de dizer que também conhecia muito bem esses "amigos". Havia cruzado com eles fazia muito tempo, numa missão que não se apagaria de sua mente enquanto vivesse.

Aconteceu nas montanhas da Armênia. Próximo do cu do mundo.

E por alguma razão obscura, essas imagens afloravam agora em sua memória.

Oeste da Armênia
11 de agosto de 1999

De pé, na frente da catedral de Echmiadzin, a pomposa sede do "Vaticano armênio", Nick Allen acreditava haver previsto tudo. Em Paris eram doze horas e doze minutos e um impressionante eclipse total do Sol começava a obscurecer a metade da Europa. A dezesseis graus de latitude norte, por outro lado, o relógio marcava as três horas da tarde, o Astro Rei estava radiante e não havia cadeia de rádio ou TV que não estivesse retransmitindo ao vivo o evento astronômico em seus informativos. Todas haviam sucumbido aos comentários mais apocalípticos do dia. "O estilista Paco Rabanne profetizou para hoje que a estação espacial russa *Mir* desabará sobre a capital francesa e causará pelo menos um milhão de mortos", dizia uma. "Nostradamus chamou este eclipse de 'rei do terror' em uma de suas quadras proféticas." Na Narek TV, uma loura de salto alto, sentada diante de uma imagem com a Torre Eiffel ao fundo, perguntava a seu convidado: "E isto tem a ver com o Bug do Milênio; como você já sabe, o problema de programação que dizem que paralisará nossos computadores na passagem do Ano-Novo?" "Sem dúvida! Tudo está conectado! O que estamos vendo em Paris marca o princípio de nosso fim, senhorita."

O novo chefe de operações de Allen não podia ter escolhido melhor momento para sua missão. A catedral e seus arredores estavam vazios. Até os patriarcas mais velhos estavam sentados em frente a seus televisores.

Sem pressa, vestido rigorosamente de preto e com sua fiel pistola de dezesseis balas no cinturão, encaminhou-se para o templo, deixando para trás os ícones do mestre Hovnatanian. Somente neste canto do mundo era possível contemplar seus famosos retratos dos apóstolos de Cristo. Por toda parte, tremeluziam velas pedindo favores e um forte cheiro de incenso impregnava tudo. Nada disso o impressionou. A um homem como ele, acostumado a operações de assalto, só lhe chamava a atenção que as medidas de segurança daquele lugar tivessem um perfil tão baixo. Nem sequer havia câmeras de vigilância e, como já percebera, nem sinal de guardas armados ou de detectores de metais. Estava confrontando gente confiante e segura... E isso, paradoxalmente, inquietava-o.

— Tudo bem, Nick?

Uma suave vibração em seu ouvido direito confirmou que Martin Faber, o responsável pela operação, cuidava dele a partir do furgão Lada que haviam estacionado a duzentos metros dali. Martin havia desembarcado em Ereván uma semana antes para preparar tudo. Chegou com uma folha de instruções bem precisas debaixo do braço e uma impecável reputação de ser um "computador humano". Não é que Allen ficasse impressionado com esse tipo de perfil — ele preferia os homens de ação aos teóricos —, mas pelo menos sabia que não o deixaria na mão.

— Tudo bem, a catedral está vazia — respondeu.

— Excelente. O satélite está recebendo nitidamente. Os sensores térmicos localizam você ao lado do altar maior. Está correto?

— Correto.

— Pela cor que aparece na tela, eu diria que você parece nervoso.

Seu tom de voz pareceu jocoso.

— Maldito seja — gaguejou Allen. — Estou com o corpo bem quente e este lugar é uma geladeira. Não são os nervos... Eu vou é pegar uma pneumonia fodida em pleno mês de agosto!

— Está bem! Que seja, vai! O Olho do Céu confirma que a área está livre.

— Além disso — acrescentou Allen a tempo —, não gosto de igrejas.

Allen tratou de silenciar seus passos enquanto se dirigia para a parte detrás do altar. À direita, depois de passar pelo retrato do supremo patriarca Grigor Lousavorich, chegou ao local que procurava: o museu episcopal.

— Seria legal saber — sussurrou Faber — que essa catedral guarda algumas das relíquias mais antigas do mundo cristão. É uma pena que não goste disso, Nick. A Igreja Cristã da Armênia é mais antiga do que inclusive a Igreja Romana e mantém sob custódia algumas peças realmente valiosas.

— Não me diga..

— Já sei que não se interessa — suspirou Faber em seu intercomunicador. — Porém, se você vai ficar um tempo neste país deveria saber que seu povo foi o primeiro a abraçar o cristianismo no século IV e que...

— Será que você pode se calar de uma vez por todas? — cortou Allen de repente ao microfone. — Estou tentando me concentrar, porra!

— Já chegou?

A pergunta irritou Allen:

— Sim. Não está vendo pelo satélite?

Fazia vinte segundos que Martin Faber lutava com os dois monitores que recebiam os sinais termográficos do KH-11, dando-lhes pequenas batidas. Embora fosse possível que, a esta altura, a Agência de Segurança Nacional houvesse colocado o satélite bem sobre suas cabeças e o sinal teria que estar excelente, as duas telas estavam em branco.

— Devemos estar com algum problema na antena — Martin se desculpou. — Não estou vendo você.

— Não importa. Se você está me ouvindo, é mais do que suficiente. Isto aqui está bem tranquilo.

— Certo! Descreva-me onde você está.

Allen obedeceu.

— Entrei no museu... — começou a sussurrar. — Não parece que o pessoal por aqui receba muita visita. Tudo é acinzentado, velho, feio...

Dois segundos mais tarde, prosseguiu:

— Agora estou de frente a uma vitrine de vidro. Está no centro do quarto. Contém livros abertos e moedas. Ao lado vejo vários... Não sei como descrevê-los, são como pequenos armários pendurados nas paredes.

— São relicários, Nick — interrompeu-o Martin, divertindo-se. — Dirija-se à parede da direita. O que buscamos está no centro do muro.

— Está pendurado?

— Você logo o verá. Deveria estar bem à sua frente.

— Em frente... no centro... — repetiu — há dois desses cofrezinhos. Parecem antigos.

— Aproxime-se.

— Um parece de ouro. Retangular. Do tamanho de um livro grande. Tem um cristal incrustado na parte inferior e anjos em volta.

— É o relicário dos Espinhos de Cristo — disse Martin com uma certeza esmagadora — E o outro?

— Os Espinhos de Cristo? Você só pode estar brincando.

— Nick. O outro — Martin o apressou. — Você já viu?

— Espere um momento. Se você já esteve aqui antes, por que não fez você mesmo o trabalho?

Martin ignorou o protesto. Não podia dizer a ele que havia estado ali por três vezes para o mesmo roubo e que sempre fracassara. Por isso tinha decidido entregar o trabalho a um profissional.

— Vamos nos concentrar, Nick. Se o que tem diante de si — continuou — é uma espécie de sacrário com uma extremidade em forma de lóbulo e uma cruz de ouro e pedras preciosas incrustadas em um fundo de madeira, já deve ter chegado.

— Pois é exatamente isso que vejo — respondeu Allen. — O que é?

— Madeira petrificada da Arca de Noé.

— Eh, eh, eh... Parece tão novinha...

— Você está muito enganado. Acredita-se que tenha sido encontrada por São Jacó, um monge que teria feito uma peregrinação ao Monte Ararat no ano de 678.

— Havia peregrinação ao Ararat? — exclamou Allen. — Como assim? Aquilo tem cinco mil metros!

— Antigamente sim, embora a maioria nunca chegasse ao cume. Essa montanha não é a coisa mais fácil do mundo. São Jacó adormeceu na metade do caminho, e dizem que, para lhe dar alento, Deus em pessoa colocou uma viga da Arca em seu colo.

— Ufa... — assobiou. — Você parece uma enciclopédia.

— Procuro apenas documentar os objetivos.

— Então... lamento lhe dizer que isto não é uma viga; é só uma tabuinha.

— Você a tem em suas mãos?
— Afirmativo.
— Bem... — titubeou Martin — ... quem sabe eles a partiram e espalharam pela região. Tire suas ferramentas e comece o trabalho. Lembre-se, não queremos a madeira, mas apenas a pedra com o formato de um rim.
— Uh! Não quer um pedaço da Arca?
— Não. Só a pedra.
— A preta?
— Ela mesmo. É uma *heliogabalus* antiga, uma "pedra do sol". Retire-a do molde com cuidado e substitua pela réplica que leva com suas ferramentas.
O americano tateou o muro assegurando-se de que a peça não estava conectada a nenhum alarme. Apalpou também o relicário para ver se ele cedia e, quando o suspendeu na altura que pretendia, tirou de um de seus bolsos um ponteiro de relojoeiro, com o qual começou a escavar no extremo superior da argola que abraçava a joia. Ao fazer a alavanca, a pedra pousou dócil em sua mão. Allen a guardou e, em seguida, verteu algumas gotas de uma solução adesiva no espaço vazio e inseriu ali a cópia que Martin havia trazido de Londres. Encaixava milimetricamente. Nick sorriu. Eles levariam meses até que alguém descobrisse a troca.
— Feito.
— Ótimo — a voz de Martin Faber soou triunfal. — Pendure o relicário e saia daí.
— Escute... — a voz de Nick voltou a retumbar dentro do furgão. — Você vai me dizer por que não fez isso você mesmo? Você não precisaria de ajuda.
Mas desta vez Faber não respondeu.
Na verdade, ele não pôde.
Um monge de barbas compridas havia passado pela porta de seu laboratório móvel e apontava para ele uma submetralhadora. Sem dizer uma palavra, ele o obrigou a desconectar o rádio, a deixar seus computadores para trás e a caminhar até a praça deserta da catedral com as mãos sobre a cabeça. Três sombras mais cruzaram então os jardins de Santa Echmiadzin

em direção à entrada principal. Iam ao encontro de Nick. Eles se postaram ao lado da tumba do patriarca Teg Aghexander e aguardaram que o coronel saísse, o qual estava completamente alheio de sua presença. Embora aqueles homens vestissem túnicas pretas até os pés e grandes crucifixos pendurados no pescoço, atuavam como soldados profissionais.

Antes que o coronel suspeitasse que algo corria mal, já o tinham na mira e sem possibilidade de fugir.

O indivíduo que parecia dirigir o contra-ataque deu um passo à frente.

— Você não é uma pessoa bem-vinda por aqui em Echmiadzin, coronel Allen — disse o homem em um inglês perfeito, num tom sarcástico, enquanto um sorriso sinistro emergia por trás de seus lindos bigodes. O olhar furioso de seu interlocutor não pareceu intimidá-lo nem um pouco. — Estávamos à sua espera.

— Verdade?

— Oh, sim. Coronel Nicholas J. Allen. Nascido em agosto de 1951 em Lubbock, Texas. Graduado com louvor. Trabalha para a Agência de Segurança Nacional na Armênia e veio até a capital sagrada do país em busca de algo que não é seu. Nem de sua tradição, nem de sua incumbência.

Os olhos do americano relampejaram.

— E quem demônios é você?

— Um velho inimigo de seu país, coronel.

Nick não respondeu.

— Os americanos se empenham em ignorar que tipo de terra é esta — prosseguiu. — Vocês acreditam que por terem estudado as páginas que o CIA, *The World Factbook* dedica à Armênia já sabem o suficiente da nossa cultura. Isso é uma lástima. Quando os senhores ainda nem existiam, nós já desfrutávamos de quatro mil anos de civilização.

— O que você quer?

Allen ainda se mantinha com os braços para o alto, olhando para a praça que se abria à sua frente e sentindo como o frio do templo desaparecia pouco a pouco de sua pele.

— O que fizeram do meu companheiro? Sabe ao que irão se expor ao nos prender assim?

— Vamos, coronel. Não se preocupe. Seu colega não nos incomodará — ele sorriu cínico de novo. — Mas já que está com tanta pressa de se juntar a ele, então basta que nos devolva o que roubou. Não parece um bom acordo?

— Não sei do que está falando.

— Não se faça de idiota comigo, coronel — agora foram os olhos dele que chisparam. — Você veio até aqui para levar consigo uma das glórias desta nação. Outros tentaram o mesmo e pagaram com a vida. O sagrado, se você não souber como manejar, mata. Não lhe disseram isso antes?

— Se está falando dos relicários, eles continuam aí dentro...

O homem dos bigodes estalou três vezes a língua, negando com a cabeça.

— Os relicários são o de menos. Queremos a pedra que extraiu deles, coronel. É parte da carga original da Arca de Noé e para nós tem um valor incalculável.

— Uh... É verdade? Vocês acreditam nisso da Arca?

— Desgraçado é aquele que não crê em nada, dizia Victor Hugo — declamou o homem. — Você sabe tão bem quanto eu.

— Isso quer dizer que acredita...

— Deixe-me situá-lo, coronel. Talvez assim possa entender o que eu quero dizer. Sabe por que os armênios chamam o nosso país de Hayastán? Eu lhe direi: significa a "terra de Hay", ou de Haik, filho de Togarma, neto de Gomer, bisneto de Jafet e tataraneto de Noé. Todos eles repovoaram essas terras após o Dilúvio e assumiram a proteção de suas relíquias. O Ararat, a montanha onde a Arca encalhou, está só a sessenta e cinco quilômetros daqui. Meu povo foi instruído para tomar conta dela e de seus preciosos tesouros. Não se trata de ter fé. É a certeza absoluta de sua existência e a obrigação de seu cuidado — e acrescentou severamente —, por outro lado, coronel, deveriam ter-lhe dito que roubar uma relíquia de Noé na Armênia é uma ofensa que se paga com a vida.

— Um momento — o coronel se inquietou —, eu sou americano. Não podem...

O homem riu. Os canos das armas de seus companheiros se moveram inquietos, apontando-lhe ao peito e empurrando-o até o exterior do recinto.

— Quem são vocês? Por acaso trabalham para a Igreja Armênia?

— Eu me chamo Artemi Dujok, coronel. E Deus me concedeu recursos ilimitados para proteger o que é Seu. Agora, por favor, devolva-me a pedra.

O americano intuiu para onde o levariam em seguida. Um pouco além dos jardins da Santa Echmiadzin, nascia uma ruela estreita que parecia não desembocar em lugar nenhum. O lugar era sombrio. Ainda assim, conseguiu distinguir como dois dos homens de Dujok obrigavam Martin Faber a se ajoelhar de cara para o muro enquanto lhe apontavam suas armas automáticas. "Eles irão nos executar", pensou.

— E então? Prefere que eu a tire à força, coronel?

A insistência de Dujok ia oferecer sua oportunidade para sair dali. Ou foi isso que Allen pensou. Ao baixar seus braços para pegar a pedra em seu bolso, o militar virou sobre seu próprio eixo e descarregou um soco na mandíbula de Dujok. O golpe foi seco e emitiu um som como madeira que acabara de quebrar. Enquanto Dujok despencava no chão com cara de quem não estava entendendo nada, sangrando aos jorros pelo nariz arrebentado, Allen sentiu uma rajada de balas silvando ao lado de sua cabeça. Jogou-se ao chão. Balançou o peso de seu enorme corpo sobre os braços e ainda teve tempo de lançar um pontapé ao ar que acertou o primeiro escolta armado de Dujok na altura dos joelhos.

O soldado deixou escapar um grito de dor, ainda à sombra de um afresco de São Poghos, e liberou outro bombardeio que, por sorte, só impactou contra o templo, fazendo saltar lascas das portas e descascando os blocos de pedras de sustentação próximos à entrada.

— Detenha-o — ouviu-se Dujok resmungar, esfregando a sua cara toda dolorida.

Allen recuperou o fôlego como pôde enquanto as têmporas latejavam com força. Deu outro soco contra o pistoleiro, a quem havia quebrado o menisco, levantando-o pelas axilas e jogando-o com força contra seu companheiro, que baixou a arma por instinto.

Porém, aquela escaramuça iria durar pouco tempo.

Esgotado o fator surpresa, Dujok tirou de suas costas uma faca de lâmina reta que lançou com todas as forças contra o rosto do militar. O impacto foi indolor, apenas uma roçadura. Mas o fio lhe havia seccionado a pele do crânio, abrindo-lhe a carne na frente da testa, deixando o osso à vista e destapando um fio de sangue denso e impossível de conter, que o cegou.

Antes que seu instinto de sobrevivência lhe fizesse levar as mãos à ferida, acreditou ver algo que jamais esqueceria: aquele sujeito de grandes bigodes tinha se agarrado a uma espécie de grande escapulário que levava pendurado ao peito e o alçava, apontando-lhe diretamente à cabeça.

— Você é mais estúpido do que eu pensava, coronel Allen. — E sorveu com fastio seu próprio sangue.

Então, um zumbido surdo, como o provocado por um milhão de abelhas excitadas cujo favo tinha sido arrebentado, saiu daquela caixinha preta, estreitando-o em um abraço aterrorizador. Foi a primeira vez que o ouviu. Eram ondas de altíssima frequência.

53

AO ABRIR OS OLHOS, notei uma terrível enxaqueca e náuseas haviam se instalado na boca do meu estômago.

— A senhora está se sentindo bem?

A cara de Dujok estava inusitadamente perto. Logo em seguida compreendi que me haviam deitado no chão da Igreja de Santa Maria e que o armênio tinha se apressado em me acudir. Seu gesto, sem dúvida, não era de coação. E isso me tranquilizou.

— O que... que aconteceu? — balbuciei.

— Parabéns! Conseguiu ativar a adamante — disse ele, com um sorriso.

— Verdade?

— Sim.

— De repente, tudo à minha volta desapareceu — choraminguei. — Ficou tudo escuro. E eu pensei... Pensei...

— Acalme-se. Não lhe aconteceu nada, senhora. É que, ao se expor ao seu forte campo eletromagnético, a senhora desfaleceu. Isso acontece. Logo que se levantar e beber alguma coisa, vai se recuperar.

Mas não era a minha saúde o que mais me importava nesse momento.

— E agora, o que vai acontecer? — perguntei.

— Muito simples. Sua pedra nos ajudará a cumprir com o que todo fiel busca em um templo como este — sentenciou. — Falar com Deus.

Minha careta de desgosto não passou despercebida.

— Eu pensei que estávamos à procura de Martin — protestei.

— Deus é tudo, senhora. E isso inclui o seu marido. Por isso, graças ao dom que dorme em seu interior, enviamos-lhe um sinal.

— Um sinal? — empalideci. — A Deus?

— E à pedra de Martin, naturalmente.

54

— **DOUTOR SCOTT! ISTO TEM** que ser visto imediatamente! Aqui fora há uns idiotas que não deixam ninguém passar para vê-lo!

O monitor do videofone da mesa auxiliar de Edward Scott se iluminou sem avisar previamente, fazendo sobressaltar os três homens que ainda concentravam seus olhares sobre as fotos do satélite ao norte da Espanha. Por óbvias razões de segurança, aquela sala do NRO havia sido blindada por quatro agentes do serviço secreto que não deixavam ninguém se aproximar a menos de quinze metros. Mas era evidente que não tiveram tempo para suprimir nem filtrar as comunicações internas entre esse local e o resto do edifício.

— O HMBB acaba de detectar uma nova emissão X! — aquele sujeito gritava desesperadamente.

— Emissão X? — Michael Owen levantou o olhar da mesa com o rosto convertido em um ponto de interrogação. O funcionário da NRO tinha conseguido acessar o sistema interno de transmissões do edifício, deixando que seu rosto redondo, enrubescido pela urgência, brilhasse no intercomunicador.

— Está bem, Mills — respondeu com tranquilidade o diretor. — Estou indo agora mesmo.

O responsável máximo pela Agência de Segurança Nacional torceu o nariz:

— Um momento. O que demônios é uma emissão X? E aonde o senhor acha que vai agora?

— Foi o nome que demos ao sinal detectado há algumas horas em Santiago. Se o que acabam de encontrar é outra emissão desse tipo e, que dura tão pouco como a primeira, o melhor a ser feito é sair correndo para a sala de controle a fim de vê-la. Podem me acompanhar ou esperar aqui sentados, o que desejarem.

— Se o presidente não se importar... — intercedeu Owen.

Roger Castle já estava de pé e caminhava atrás de Scott.

— Vamos.

Os três cruzaram o corredor metálico que separava o setor de administração e escritórios da área técnica. Scott se identificou em frente ao leitor de íris situado ao lado de uma porta blindada e, depois de um leve zumbido, adentraram em uma grande sala dominada por uma enorme tela de plasma. As luzes estavam amortecidas e o local cheirava a café recém-passado. A noite pressagiava ser longa. Ao redor dos painéis de controle, não havia mais do que uma dezena de pessoas, o que fez o presidente se sentir confortável. Com sorte, nem se dariam conta da sua presença.

Porém, não foi tanta assim. O gordinho que eles haviam visto uns segundos antes pelo videofone veio ao encontro deles com toda a pressa e se deteve subitamente ao reconhecer o presidente.

— Se... Senhor? — titubeou diante do seu ar aborrecido.

— Este é Jack Mills, senhor, nosso chefe de monitoramento — interveio o doutor Scott, salvando-o do apuro.

— É uma honra, senhor presidente!

— Eu lhe peço que abaixe a voz e guarde discrição — respondeu Castle.

— Na... Naturalmente, senhor presidente!

Nesse momento, a tela gigante mostrava um mapa-múndi sobre o qual se adivinhavam as numeradas e coloridas órbitas de vários satélites geoestacionários e sob elas, em cima do mapa, diversos códigos que Owen e Roger Castle interpretaram como objetivos a serem rastreados a partir de suas posições.

— Onde está a emissão X? — perguntou Castle a Mills.

— Rastreamos seu sinal faz uns seis minutos, senhor. Poderá vê-la melhor nos monitores pequenos.

Os quatro se inclinaram sobre um dos consoles da sala em que se via uma imagem em tempo real da Península Ibérica. Mills afastou os restos de seu último lanche e teclou uns comandos no teclado acoplado. A imagem começou a se deslocar com suavidade enquanto a região selecionada se ampliava pouco a pouco, com total definição.

— Outra vez Santiago? — perguntou Castle ao ver para onde se moviam os cursores.

— Não, senhor presidente — resmungou Mills. — Agora estamos recebendo dois sinais quase simultâneos. O primeiro foi detectado pelo HMBB na borda norte da Espanha, em uma localidade chamada Noia. Em nosso horário, às cinco e quarenta e sete. Há três minutos.

— Noia?

— Fica a uns quarenta quilômetros a oeste do sinal anterior, senhor.

— E o segundo?

— Começou vinte segundos mais tarde. Outro dos nossos "olhos", o KH-19, acaba se situá-lo nas imediações do Monte Ararat. Acabamos de fixar suas coordenadas e elas correspondem a uma área próxima da fronteira entre Irã e Turquia.

— Não é aí que foi sequestrado...?

— Muito próximo, senhor presidente — interrompeu Owen, tratando de controlar uma informação que não desejava deixar vazar para fora dos canais aos quais tinha acesso. Castle captou o gesto.

— E você sabe quem pode estar emitindo esses sinais?

A nova pergunta do presidente fez Jack Mills encolher os ombros e esboçar um meio sorriso de desculpas. Bem que ele gostaria de apontar o nome e o rosto do inimigo da Operação Elias, porém isso não seria fácil.

— Não temos a menor ideia, senhor.

— Russos? Iranianos?...

— Não sabemos, senhor — insistiu ele.

Roger Castle se voltou para o diretor da Agência de Segurança Nacional e o interrogou com severidade:

— Responda-me você, senhor Owen: qual a probabilidade de que essas anomalias estejam sendo provocadas por algumas dessas pedras que seu projeto procura?

— Muito alta, senhor presidente.

— E nós temos algum plano para recuperá-las?

— Sem dúvida, senhor. O NRO está conectado ao nosso centro de dados e à unidade de intervenção rápida da Marinha. Neste momento, se tudo funcionar de acordo com o protocolo, já foi dada a ordem de rastreamento ao comando que esteja mais próximo de ambas as áreas geográficas.

Roger Castle se distanciou do monitor com uma expressão de preocupação e, dirigindo-se até a porta de entrada, pediu a Michael Owen que se aproximasse. Queria lhe perguntar algo mais; algo que o incomodava desde a última vez em que falou por telefone com sua assessora Ellen Watson, que agora estava em Madri, não muito longe da zona em que acabava de ser detectado aquele feixe eletromagnético.

— Michael, por culpa dessas pedras, duas pessoas estão desaparecidas e uma delas é um cidadão americano. Espero que você consiga algo mais do que mover satélites em suas órbitas e que não me traga apenas fotos ao Salão Oval.

— Entendido, senhor.

— Mantenha-me informado. E quanto aos senhores — disse, elevando a voz e dirigindo-se aos dois cientistas —, confio que saberão guardar segredo sobre esta visita. Tenho que fazer alguns telefonemas.

55

— **SENHORA FABER, A SENHORA** fez um bom trabalho — murmurou Artemi Dujok enquanto retirava das costas a mochila que carregava e abria seu computador portátil em busca de um sinal de internet para se conectar. Parecia mais animado desde que o vira pela primeira vez. Tinha deixado sua arma apoiada no sarcófago de Juan de Estivadas e a adamante em cima da sua tampa.

Ela brilhava.

— Sabe? É admirável que seu marido tenha recorrido a uma frase em espanhol com tanto sentido como "*se te da visionada*" para fazer sua mensagem chegar a nós. De algum modo — acrescentou —, essa sua capacidade de "ver" é o que tem feito os contatos com estas pedras serem sempre tão especiais. Aconteceu algo similar a seu último proprietário...

— John Dee?

O armênio estava introduzindo uns comandos em seu computador com frenesi, mas levantou os olhos do monitor por um segundo para me olhar.

— John Dee? Não. Claro que não!

Desta vez fui eu a surpreendida.

— Ah, não?

— A última vez em que a história registrou essas pedras foi em 1827 — disse ele, voltando ao teclado. — Um jovem norte-americano de Vermont, na Virgínia, falou dos seus feitos com elas. Com as duas. Ainda assim, sua história apresenta muitas semelhanças com as façanhas de Dee. No cúmulo das coincidências com o sábio da rainha da Inglaterra, esse rapaz afirmou que foi uma criatura angelical quem entregou as pedras a ele. E com um livro de lâminas de ouro, escrito numa linguagem estranha que ele só conseguiu traduzir graças a elas.

— Nunca ouvir falar de nada parecido...

— Pois é bem estranho, senhora Faber. É um episódio bem famoso. Sobretudo nos Estados Unidos, a pátria de seu marido.

— Ah, é?

— Talvez se eu lhe disser o nome do sujeito que recebeu as pedras, você vai atinar com o que digo. — Acrescentou misteriosamente: — Joseph Smith.

— Joseph Smith?

— O fundador dos mórmons — sorriu ele sem levantar a vista do *notebook*. — Ou, para ser mais preciso, o fundador da Igreja de Jesus Cristo dos Santos dos Últimos Dias.

— Sério?

— Smith foi seu fundador e profeta. E antes que aquele livro de páginas de ouro desaparecesse, houve muita gente que testemunhou tê-lo visto e inclusive deram fé de sua existência no cartório.

— Os mórmons têm a ver com as adamantes?

O certo é que eu não sabia quase nada dos mórmons. Eu nasci em um país católico, e por isso todos os novos movimentos cristãos ficavam longe da minha realidade. Não obstante, por ter trabalhado na restauração de arte sacra em muitas igrejas da Galícia, eu sabia que os mórmons estavam microfilmando há anos seus velhos livros de batismo e óbitos para guardá-los em segurança em Utah antes do "fim dos dias". Eles acreditam — ou pelo menos foi isso que os párocos contaram, tão assustados quanto eu por essa obsessão por registros — que só aqueles cuja árvore genealógica esteja arquivada em um *bunker* especial construído em Salt Lake City terão a verdadeira opção à vida eterna.

— Smith não só fez uso das adamantes, senhora — pontuou Dukoj precisamente, arrancando-me dos meus devaneios —, como lhes devolveu o nome pelo qual foram conhecidas na Antiguidade. Quando o conhecer, talvez aprecie melhor seu infinito valor.

— Mais ainda?

— Mais — respondeu ele. — Veja: entre as revelações que Joseph Smith recebeu com as pedras estava a de que o patriarca Abraão foi um de seus mais célebres proprietários. Por herdá-las dos descendentes de Noé, ele as chamou de Urim e Tumim.

— Urim e o quê?

— Significam "luzes" e "recipientes" na antiga língua hebraica, senhora Faber. Supõe-se que o patriarca as usou com propósitos adivinhatórios e de comunicação em Ur, cidade que ficava próxima da moderna cidade de Nasiria, no Iraque, onde foram achadas também as tabuletas de argila do século XVII antes de Cristo com fragmentos da *Epopeia de Gilgamesh*.

— Então Abraão possuiu essas pedras...

— Isso mesmo, e a lista de personagens notáveis que tiveram acesso a elas até 1827 é impactante. Desde Moisés a Salomão, que as guardou junto aos tesouros do Templo, passando por imperadores romanos, papas, reis, financistas, políticos...

— E que fim levou Smith?

— Enlouqueceu — respondeu Dujok com um gesto grave, concentrado agora nos gráficos que surgiam na tela de seu *notebook*. — Assumiu tanto a sua condição de último profeta enviado por Jesus Cristo para nos redimir que fundou sua igreja e anos mais tarde morreu linchado por seus inimigos em Illinois. E quanto a Urim e Tumim, devem ter desaparecido naquele tumulto. Jamais ouvimos falar delas... Pelo menos publicamente.

Dujok arqueou uma sobrancelha para sublinhar o suspense de suas palavras.

— Publicamente? O que quer dizer com isso?

— Após quatro décadas de paradeiro desconhecido, elas foram localizadas no sudoeste dos Estados Unidos, durante o governo de Chester Arthur. Estavam sob a guarda dos índios Hopi, com os quais Arthur negociou para ficar com elas. Foi então que, nos primeiros laboratórios da Marinha, descobriu-se que as pedras tinham comportamentos que não se coadunavam com a matéria conhecida. Mudavam de peso, de cor ou de temperatura como se pudessem se comunicar ou reagir aos sinais externos.

— E é isso que o senhor espera que aconteça agora, não?

— Eu não espero — disse, apontando o computador. — Está acontecendo! Veja aqui!

56

BIP. BIP. BIIIP.

Três novas mensagens emergiram uma após a outra no BlackBerry de Ellen Watson. A assistente do presidente as abriu quando o avião em que viajava desceu no aeroporto de Lavacolla, a dezesseis quilômetros a leste de Santiago de Compostela, e sua antena ficou ao alcance das torres de transmissão mais próximas. As três levavam a marca de "alta prioridade".

A primeira era um memorando assinado por Richard Hale, que tão má impressão havia causado a ela em Madri. Continha um documento de texto, uma fotografia recente de Julia Álvarez — "Este é o seu objetivo. Cinco anos casada com Martin Faber, ex-ASN" — e um breve resumo da conversa que Nick Allen havia mantido com Julia antes de seu desaparecimento em Santiago: "O Inspetor Antonio Figueiras lhes ajudará em tudo que precisem. Ele está conduzindo o caso para a polícia local" e um número de telefone celular.

Ellen memorizou a informação, deu uma olhada na foto e fechou o documento com um só golpe do polegar. "E terei também que falar com o coronel Allen", anotou.

A segunda mensagem, criptografada, vinha de seu escritório em Washington. Essa lhe causou estranhamento. A última notícia de lá fora de um de seus colegas, que havia telefonado pouco antes lhe dando ordens para que tomasse o primeiro avião disponível para a Galícia. "A pedra que buscamos foi detectada ali — afirmou. — A outra reagiu a 5.594 quilômetros a leste, em território turco." Mas, agora, uma nova mensagem a instava para que consultasse as últimas imagens obtidas pelo satélite HMBB sobre o estuário de Noia e se concentrasse na pedra que estivesse mais próxima. Após uma rápida teclada, Ellen entrou na *web* de acesso restrito da NRO e com sua contrassenha e código de funcionária pôde consultar sua base de dados. Ao examinar as imagens, compreendeu a urgência da Casa Branca. "Tenha cuidado. Elias já está atrás dela — leu. — Estas imagens foram enviadas nesta madrugada ao USS *Texas*. Não baixe sua guarda."

"O *USS Texas*? — Ellen ficou impressionada. — E como conseguiram enviar um submarino tão rapidamente?"

Quanto à terceira mensagem, foi a mais específica de todas. Procedia de um assessor científico do presidente e incluía uma análise comparativa entre a informação recolhida pelo HMBB e a de um satélite privado de sete anos de idade — um venerável ancião em termos de exploração espacial — chamado *Grace (Gravity Recovery and Climate Experiment)*. De sua leitura se deduzia uma estranha conclusão: a intensidade do campo gravitacional no local para onde se dirigiam havia se reduzido un dez por cento sem outra causa aparente que não a emissão eletromagnética detectada pelo HMBB.

— Você viu isso, Tom?

Thomas Jenkins se distraía folheando o jornal. O homem de gravata Saks listrada levantou os olhos da página de esportes e deu uma olhada na tabela que Ellen mostrava. Os dados não pareceram fazê-lo exatamente feliz.

— Receio que teremos que nos separar — disse ele. — E quando aterrissarmos, alugue um veículo e vá em direção a Noia. Ali está a adamante de Julia Álvarez. Agarre-a.

— E você?

— Eu me reunirei com o coronel Allen e o levarei para a Turquia. Sairei à procura de Martin Faber e recuperarei a pedra que está com ele. A gente se vê de novo em Washington em três dias. Quatro, se por acaso as coisas se tornarem mais difíceis...

— Tem certeza?

— Absoluta.

Enquanto Jenkins vestia seu casaco e se preparava para descer do avião, soltou para sua colaboradora outra de suas perguntas inoportunas. Voltava a colocá-la à prova.

— Você sabia que Martin Faber é climatologista? — disse a ela, olhando-a pelo canto dos olhos.

— Sim — assentiu. — Estudei sua ficha quando o presidente pediu que o investigássemos.

— Um climatologista, Ellen, tem um perfil muito diferente de um meteorologista. Pela ótica da defesa nacional, é lógico que a ASN tenha em sua folha de pagamentos os meteorologistas que avaliam se um dia é bom para lançar um míssil balístico ou para fazer um teste aéreo na alta atmosfera. Em contrapartida, um climatologista não prediz nada em curto prazo. Ele estuda o clima como um todo, e suas previsões, quando as faz, são imprecisas e de décadas à frente. — Jenkins aguardou um instante para que sua explicação se calasse em Ellen, antes de lhe espetar a pergunta seguinte: — Para que você acredita que eles queriam alguém assim em suas fileiras?

Tom Jenkins nunca falava por falar. Viajar com ele era como se mover sobre um tabuleiro de xadrez. Era alguém que o obrigava a ficar atento até aos menores movimentos e a manter uma atitude cuidadosa com tudo o que dizia ou fazia se não quisesse ser derrubado. Ellen levou em conta tudo isso antes de responder.

— E se o Projeto Elias tivesse a ver, no fundo, com o clima? — disse ela. — Não seria a primeira vez que a ASN estaria estudando como modificar o ecossistema de uma região para desestabilizá-la politicamente. Lembra-se do *High Frequency Active Research Program*, HAARP, que estuda a ionosfera? Ele foi concebido para determinar como seria possível influir no magnetismo terrestre ou solar e poder provocar mudanças atmosféricas à vontade. Em alguns manuais da Inteligência, esses projetos aparecem descritos como as sementes das armas do futuro. Muito além inclusive do que as armas termonucleares...

— Faz sentido. Bem, Ellen... — murmurou Jenkins, consumindo o que havia em sua xícara de café antes de entregá-la vazia à aeromoça. — Se a ASN necessitava somente de informações sobre o tempo bastaria consultar a Estação Meteorológica Nacional e servir-se dos dados de que precisasse. Mas é evidente que o Projeto Elias está acima disso. E diga-me então, como você encaixa umas pedras velhas nessa preocupação? Por que acha que elas interessam tanto? Você acredita que podem servir para modificar a climatologia?

— No momento sabemos que elas emitem ondas EM capazes de alcançar o espaço, Tom — precisou ela. — E agora parece que podem modificar a intensidade da gravidade terrestre nas regiões do planeta em que agem. Essas pedras, com certeza, não são normais.

— É nisso que você acredita?

— Talvez elas não sejam pedras no sentido estrito da palavra. Talvez elas sejam um composto artificial criado no passado. Um cristal da Atlântida. Um pedaço de criptonita... Sei lá eu.

O assessor do presidente riu do comentário.

— E o que teriam a ver com o clima?

Ellen não gostava que a crivassem de perguntas daquele modo. Tom, de fato, era especialista em espremer cérebros alheios. Sua reputação em Washington era terrível. No gabinete da presidência, diziam que "o louro de gelo" era capaz de colocar para pensar equipes inteiras na direção e com a educação necessária, para depois dissolvê-las sem piedade, confrontando uns agentes com outros. O chamavam de "a cizânia".

— Pedras e clima...

Apesar disso, Ellen se concentrou no problema.

— Talvez... Talvez as ondas que esses minerais emitem sirvam para desfazer tempestades, ou provocá-las, ou quem sabe para alterar a espessura da capa de ozônio — disse por fim. — Em regiões sísmicas uma mudança gravitacional poderia desencadear um...

— Espere um momento!

A interrupção de Jenkins a sobressaltou.

— O presidente acredita que Elias é um programa para prever catástrofes globais com uma incrível precisão — seu rosto se iluminou de repente, como se houvesse atinado para alguma coisa que antes passara despercebida. — Não tem sentido que tudo se fundamente em uma pedra que modifique o clima, Ellen! Contudo...

— Contudo?

— Se o projeto foi desenhado para se adiantar a uma catástrofe planetária, um climatologista seria a peça fundamental, e o esforço para tomar posse das pedras se justificaria a qualquer custo.

— Então, com todo o meu respeito, não entendo por que um homem como Martin Faber abandonaria um projeto preferencial como esse.

Jenkins ia responder quando sentiu uma batida seca que o avião deu ao pousar.

— Segundo a ASN — acrescentou ele enquanto o ruído exterior permitia —, Faber deixou seu posto logo depois de ser enviado à Armênia, no fim de 1999.

— E sabemos por quê?

— Existe uma carta de demissão obscura em que ele afirmou ter encontrado a fé verdadeira nesse país. A princípio não dei importância. A maioria das demissões nos serviços secretos é motivada por assuntos ligados às saias ou por conversões religiosas. Em ambos os casos, os remorsos não deixam o agente viver em paz e eles acabam sucumbindo. Mas, agora que revisei o arquivo de Martin Faber, vi que em seu caso havia algo diferente. Não encontrei dúvidas morais. Melhor, foi bem ao contrário: ele alegou que os praticantes da religião mais antiga do mundo haviam lhe oferecido respostas para todas as suas perguntas. E por isso deixou a ASN.

— A religião... mais antiga?

— Na agência eles ainda se lembram dessa carta. Foi bem original. Para que você tenha uma ideia, a data era o ano de 6748 do calendário da sua nova religião. Que era exatamente, disse ele, o tempo que nos separava do último Dilúvio Universal.

— Como? — Os olhos da mulher eram incapazes de piscar. Instintivamente, Ellen levou a mão à estrela de davi que estava pendurada em seu pescoço. — Esse calendário é ainda mais antigo que o hebreu?

— Isso mesmo. Já ouviu falar alguma vez dos yazidis, Ellen?

57

A ESSA HORA, NA TELA DO PEQUENO computador de Dujok relampejava um mapa-múndi de cores intensas. A parte direita do monitor estava cheia de cifras em três cores que se moviam em grande velocidade, enquanto nos extremos superior e inferior um cursor se deslocava marcando coordenadas geográficas e siglas que eu não era capaz de entender.

— Este aplicativo coordena toda a rede de satélites de baixa órbita, com instrumental para medir variações no campo magnético terrestre — o armênio me disse, sem desgrudar os olhos do gráfico. — Se acontecer uma alteração superior a zero-ponto-sete Gauss de intensidade, solta um alarme e o local recebe uma marca de cor vermelha neste gráfico. Vê?

Eu me aproximei do computador para ter uma ideia, mas não compreendi grande coisa.

— Se ampliarmos a área da Península Ibérica — disse ele, digitando uns comandos rápidos —, você verá que a desembocadura do mar na costa de Noia está tingida de vermelho. Observe.

— E isso tudo quem fez foi a pedra?

— Não. Isso é o que a pedra *está fazendo* — enfatizou Dujok. — Ela ainda está emitindo o sinal.

— E vocês já encontraram a pedra de Martin?

— O programa está processando a informação neste exato momento, senhora Faber. Um sinal gêmeo pulou a poucos quilômetros na fronteira entre a Turquia e o Irã, na área de influência do Monte Ararat.

— E é lá que está meu marido agora? — engoli em seco.

— Provavelmente.

— E esta informação — duvidei por um instante se deveria perguntar aquilo ou não — está ao alcance de mais alguém? Do coronel Allen, por exemplo?

— O coronel Allen, senhora, provavelmente está morto.

— Morto?

— Quando a resgatamos em Santiago, liberamos uma descarga de geoplasma de um Tesla, quase dez mil Gauss de intensidade, que foi o que a deixou inconsciente. Não é a primeira vez que ele recebe uma carga dessas. E, acredite, poucos organismos vivos podem suportar vários desses disparos sem entrar em colapso.

58

O PACIENTE DO QUARTO 616 seguia sem reação, ainda que os sinais vitais — temperatura corporal, pulso, frequência respiratória e pressão arterial — indicassem que ele se encontrava fora de perigo. As injeções de adrenalina ainda não tinham conseguido despertá-lo. Seus olhos indicavam que Nicholas Allen continuava submerso na fase REM de um sonho incomumente prolongado. Quem sabe por isso os médicos do Hospital Nuestra Señora de la Esperanza não pareciam muito seguros sobre como seria a evolução do quadro nas próximas horas.

— É possível que ele desperte em pouco tempo... — comentou o chefe da Unidade de Terapia Intensiva na primeira reunião de equipe, lá pelas seis da manhã —, mas também é possível que o estado de coma cause a parada definitiva de seu sistema nervoso e o paciente não se recupere.

— Podemos fazer algo por ele? — perguntou outro.

— Não muito. Em minha opinião, não deveríamos aplicar nenhum tratamento até sabermos exatamente o que aconteceu com ele.

— Mas ele está há várias horas inconsciente, doutor — replicou uma das enfermeiras.

— Minha opinião se mantém firme. Enquanto ele continuar estável, não devemos intervir. É melhor esperar que ele desperte e averiguar então o que o levou a este estado.

Nenhum daqueles médicos podia imaginar, nem pela mais remota possibilidade, que o cérebro daquele gigante trabalhava nesse momento na resolução do problema. Na verdade, seus circuitos neurais passavam em revista a última vez que uma força sobre-humana como a que acabava de prostrá-lo havia impactado seu corpo.

A memória celular de Allen recordava bem.

Entre Armênia e Turquia
11 de agosto de 1999

Tudo aconteceu nas horas seguintes ao roubo frustrado na catedral de Santa Echmiadzin.

Ferido na testa, desarmado e tirado de circulação pelos gorilas de Artemi Dujok, Nick Allen foi levado da cidade em um caminhão frigorífico e conduzido clandestinamente ao outro lado da fronteira com a Turquia. Juntamente com ele estava aquela toupeira chamada Martin Faber, com as mãos atadas. Ninguém poderia lhe tirar da cabeça que, se não o houvessem surpreendido em seu improvisado centro de controle do lado de fora do templo santo, as coisas teriam sido muito diferentes. Mas do que serviria ficar se lamentando? A única coisa certa era que, estirado ao seu lado, o jovem burocrata apresentava um aspecto muito melhor que o seu. Allen não observou nele nem hematomas, nem feridas significativas e, mesmo tendo sido amordaçado apenas com fita adesiva, o rapaz parecia assustado e incapaz de reagir. No seu caso, porém, tudo era bem diferente. Havia perdido muito sangue, estava se sentindo debilitado demais para fugir, tinha os músculos dos braços e das pernas retesados e estava consciente de que sua sobrevivência dependia da energia que pudesse economizar até que o levassem para um hospital. Se é que fariam isso.

Durante sete intermináveis horas, sem água nem ar limpo, nenhum dos dois fez qualquer gesto para se comunicar.

Aquele êxodo durou mais do que o esperado. Se o que o santarrão de Echmiadzin procurava era complicar a vida de uma eventual equipe de resgate da ASN, estava fazendo isso muito bem. Só para começar, eles haviam se distanciado da catedral conduzindo-os a uma planície inóspita, no meio do nada, que os fez estremecer ainda mais ao vê-la. Já não estavam na montanhosa Armênia, mas em um planalto infinito em que o perfil dos cumes das montanhas daquele país eram apenas uma sombra por trás da qual o sol ameaçava se pôr em questão de minutos.

Faber e ele repararam logo em seguida no edifício que se levantava a apenas algumas centenas de metros deles. Situado do outro lado de uma depressão enorme e escura, poucos passos além se destacava uma espécie de minarete com base circular, mais largo na sua parte inferior do que em seu extremo superior, de construção antiga, e que parecia um dedo apontando para o céu. Havia sido coberto parcialmente por uma torre de tijolos de barro, como se por alguma razão quisessem ocultar a estrutura dos olhares indiscretos.

— On... Onde estamos? — balbuciou Nick. Sua ferida tinha parado de sangrar.

— Aqui é o Curdistão livre, coronel — anunciou solenemente Artemi Dujok, abrindo os braços para o abismo que os separava dos edifícios. — A terra sagrada dos herdeiros de Noé.

Martin engoliu o ar.

Aquele sujeito não estava mentindo. Deviam ter percorrido quase quatrocentos quilômetros até que chegassem a esse lugar. A partir dessa sua nova posição, os picos nevados do vizinho Ararat faiscavam sob as últimas luzes da tarde. Ele calculou que deveriam se encontrar próximo à sua face sul, em algum ponto equidistante entre as fronteiras da Armênia, da Turquia e do Irã.

— E o que fazemos aqui? — Allen voltou a abrir a boca enquanto pisoteava o chão debilmente, como se tentasse recuperar o tônus muscular. — Não podem aprisionar dois norte-americanos!

O sujeito com longos bigodes e seus homens sorriram de lado, apenas com a metade da boca.

— Vamos! Não reconhece o lugar, coronel?

— Eu sim — cortou Martin, apontando o horizonte. — Aquela é Ağri Daği, "a montanha da dor", em turco. Ou Urartu, "a porta que dá para cima", em armênio.

— Muito bem, senhor Faber. Hoje irá saber por que a chamam assim.

— Esse é o seu plano? — falou entre os dentes. — Vocês vão nos abandonar aqui? Na montanha? Vão nos fazer despencar por algum desses barrancos?

— Não, não. Nada disso, — Dujok retomou aquele estranho sorriso que nunca saía do rosto. — Isso lhes daria uma imerecida oportunidade de escapar do seu destino, senhor Faber. E queremos que seja dolorido. Nós, os yazidis, creia-me, fazemos as coisas com seriedade.

— Yazidis?

Por alguma razão, Martin estremeceu ao ouvir aquele termo. O jovem enviado da ASN ficou encarando-o com surpresa, enquanto o homem se adiantava até a borda do despenhadeiro e o examinava com inquietante satisfação. Apesar de estarem em pleno mês de agosto, o pôr do sol começava a abrir espaço para um vento frio do norte que não reanimou os prisioneiros.

— Você sabe quem são eles? — sussurrou Allen quando Dujok se afastou.

Martin, solícito, respondeu logo em seguida.

— Naturalmente! — sibilou. — Meu pai falou muito sobre eles. Ele explorou essas regiões faz anos e contava coisas assombrosas desta gente. Os habitantes da região os acusam de adoradores do diabo, mas, na verdade, eles mantêm o único culto exclusivo aos anjos que existe no mundo. Os santarrões yazidis não cortam nunca os bigodes. Veja como eles são. Eles acreditam na reencarnação. Não comem alface. Nem se vestem de azul. Os yazidis se consideram os sobreviventes legítimos de vários dilúvios e, portanto, os únicos leais protetores de relíquias como as de Santa Echmiadzin.

— Fanáticos... — chispou Allen, irritado.

— Mas não assassinos.

— Como? Quase me mataram na catedral!

Martin não soube o que replicar. De pouco serviria explicar a um homem ferido por uma lâmina yazidi a fascinação que aquela gente exercia em sua família. Os pais de Martin tinham passado anos se interessando por sua estranha teologia e os consideravam pacíficos. Ou quem sabe seus pais haviam sido cegados pelos sutis laços que uniam os yazidis a John Dee. Ambos — yazidis e seguidores do mago inglês — asseguravam ter estabelecido comunicação com inteligências superiores e alegavam inclusive terem visto "livros" e "tábuas celestiais" que lhes havia permitido o acesso direto ao Criador.

E era justamente isso o que Martin, inspirado por seu pai, porém impulsionado pelo projeto em que militava, havia ido buscar na Armênia.

— Sabe de uma coisa? — Artemi Dujok girou sobre seus calcanhares, interrompendo os cochichos de seus prisioneiros. Seu olhar estava voltado para o jovem Martin. — Eu não deveria estranhar que tenha herdado a ambição de seu pai.

— Meu pai? — pulou Martin no mesmo lugar. — Você o conhece?

— Senhor Faber, por favor. Sua ingenuidade me comove. Conheço a todos e a cada um dos envolvidos no Projeto Elias. Houve um tempo inclusive em que eu trabalhei para ele. Antes até que o senhor começasse a fazer uso da razão. Entretanto, eu o deixei quando descobri as verdadeiras intenções de seu país.

— Você... trabalhou para Elias?

Os olhos do armênio relampejaram. Os de Martin também.

— Sim. E, pelo que vejo, ainda continuam dispostos a conseguir o monopólio das pedras a todo custo.

Nicholas Allen estava aturdido. Não conseguia entender do que aqueles sujeitos estavam falando. Os pais do seu parceiro conheciam os yazidis? E que diacho era esse tal Projeto Elias? E por que, de repente, tinha a impressão de que sua agência o havia metido em um vespeiro sem ter a consideração de lhe informar sequer de sua existência?

— O que não estou entendendo muito bem — atalhou Martin, alheio aos pensamentos de seu enfraquecido colega — é o motivo de nos trazer até aqui. A uma de suas famosas torres...

Dujok se aproximou de seus prisioneiros com as mãos nas costas:

— Fico feliz que reconheça o lugar, Martin Faber. Não esperava menos do senhor.

— Tenho lido sobre elas nos livros de William Seabrook. E também nos livros de Gurdjieff.

"Torres? — a consternação de Allen ia aumentando. — Gurdjieff? Seabrook?"

— E leu por acaso o que Pushkin ou Lovecraft dizem de nós? — sorriu Dujok malevolamente. — Talvez até já saiba, mas a minha obrigação é dizer-lhe que todos mentem. Gurdjieff, o místico mais famoso do meu país, nem sequer chegou a ver essas torres. Não há como negar, ele desfrutou de uma popularidade imerecida na Europa só porque publicava seus panfletos em francês.

— Mas William Seabrook descobriu seu segredo, não é verdade?

— Seabrook, sim — resmungou.

— Ele foi um ocultista e repórter que trabalhou para o *The New York Times* no início do século XX...

— Sei quem foi Seabrook, senhor Faber. O primeiro a publicar detalhes destas construções — Dujok respondeu apontando a imensa agulha de pedra oculta por estreitos tapumes de barro e plástico. — O mais estúpido de tudo é que ele as chamou de "torres do mal" porque acreditava que irradiavam vibrações com as quais Satã dominava o mundo. Mas quando escreveu sobre elas, não pôde demonstrar sequer a sua existência. A maioria havia sido destruída ou, no melhor dos casos, sepultada debaixo de outras estruturas.

— Li seu livro *Adventures in Arabia* — assentiu Martin, satisfeito por estar distraindo seu carrasco. — E senti falta das localizações exatas...

— Ele nunca as conheceu. Foi por isso que não pôde escrever sobre isso. Nenhum dos *sheikhs* yazidis com quem conversou nos anos 1920 revelou a localização das torres. O pobre teve que se contentar em supor que alguém muito bem preparado, na noite dos tempos, as distribuiu por todo o continente e que nós, de vez em quando, as visitamos para saber se ainda funcionam.

— E esta é uma delas?

— É sim — assentiu o armênio. — Minha família se viu obrigada a ocultá-la de Seabrook durante algum tempo por culpa de seus escritos. Seu livro conseguiu estigmatizar o nosso povo ao nos vincular com o diabo e afirmar que essas torres estavam controladas pelo mal.

— E não estão? Vocês por acaso não são satanistas? — interveio Nick com a voz cansada. Suas pernas começaram a fraquejar e a respiração ficava cada vez mais penosa. Começava a desejar que aquilo que os esperava, fosse o que fosse, terminasse rápido.

— Claro que não!

— E então por que vai nos sacrificar? — tossiu. O coronel piorava. A febre havia ensopado por completo sua testa ferida. Aquele suor frio não pressagiava nada de bom. — Os adoradores do mal não fazem isso? Sacrificar seres humanos?

Dujok deixou de dar voltas ao redor de seus prisioneiros para inclinar-se sobre o texano.

— O interessante de tudo isso, coronel — sussurrou —, é que não serei eu quem irá executá-los. Não quero manchar as mãos com seu sangue. Por sorte, ao roubar uma relíquia sagrada, os dois se fizeram merecedores de um ordálio. Sabe o que é isso?

Nick Allen não tinha a mais remota ideia do que era aquilo. Jamais havia ouvido aquela palavra. E Dujok, como era de imaginar, não demorou em esclarecer:

— É um juízo de Deus, coronel — sibilou. — Justiça pura dada pelo Todo-Poderoso. Uma sentença implacável. Instantânea. Exata. Quem irá decidir a sua sorte será Ele. Não parece ótimo?

— Você está louco...

Outro sopro de vento gelado do norte, reflexo quem sabe da tempestade que estava se formando na altura do pico menor do Ararat, deu por encerrada a conversa.

— Não há tempo a perder — o armênio se ergueu, desprezando a desfeita de seu prisioneiro.

Com um gesto seu, dois de seus homens empurraram os prisioneiros para mais próximo da beirada daquela cratera escura. O corte na rocha era feroz: debaixo de suas botas se abria um penhasco vertical, um buraco como se tivesse sido feito por um cinzel, que, ao senti-los mais de perto, banhou-os com um inesperado bofetão de ar quente. Dujok pensava em atirá-los ali? Era nisso que consistia o ordálio?

Faber conhecia bem aquele termo.

Foi cunhado pela Santa Inquisição na velha Europa e se referia aos julgamentos contra as bruxas e os hereges nos quais se renunciava ao processo habitual, forçando os réus a demonstrar sua inocência vencendo as chamas ou flutuando com os pés e mãos atados diante de um grupo de eclesiásticos. Ele não acreditava que Dujok os lançaria ao vazio. O ordálio devia lhes dar uma pequena oportunidade para se defender. E não parecia um precipício como aquele que fosse concedê-la.

— O que irá fazer conosco, Dujok? — perguntou Martin inquieto ao notar que o solo terminava logo abaixo de suas botas.

— Vamos colocar sua fé à prova, senhores.

O armênio havia pegado a pequena relíquia de Echmiadzin entre as mãos e a sustentava sobre sua cabeça. Aquele rim de pedra emitia seu brilho como se fosse um diamante. Devia ter luz própria porque a escuridão já se havia feito dona daquele lugar e não havia nada que pudesse provocar aquele cintilar.

— Agora você já sabe por que estas relíquias são chamadas de pedras do sol, senhor Faber?

Martin não esperava aquela pergunta. Sem baixar a peça de suas mãos, Dujok seguiu falando:

— As *heliogabalus* são minerais especiais que só reagem a certos estímulos do Astro Rei. Há apenas poucas horas, um eclipse total do Sol ensombreceu uma latitude próxima à nossa, deixando visível parte de sua coroa de plasma. Mesmo que não tenham notado, essa energia impactou contra o planeta e ativou as sete torres dos anjos que ainda restam no mundo durante algumas horas. Se uma das pedras estiver em suas imediações, receberá essa energia e poderá desencadear uma interessante reação.

— Que reação?

— Nós a chamamos de Glória de Deus, senhor Faber — sorriu. — A Bíblia hebraica a chama de *kabod*. É o brilho do Pai Eterno. O mesmo fogo que Moisés contemplou no Sinai. Aquele que queimava a sarça, mas não a consumia, e que tornou possível que o Inefável falasse através dela... De fato, é nosso canal mais antigo para falar com Deus. Só que aos senhores, se não tiverem o dom necessário para receber a luz, o brilho os matará.

— John Dee viu esse fogo e não morreu — replicou Martin num tom de desafio.

— Foi uma exceção. Ele usou videntes com o dom e ensalmos e encantamentos que o protegeram.

— Nesse caso — sorriu Faber, recordando seus anos de estudo das fórmulas mágicas de Dee —, estou desejando ver essa Glória.

O rosto do mestre yazidi brilhou malevolamente por trás da pedra.

— Então, senhores, que assim seja.

59

39°25'34" N
44°24'19" L

Os algarismos relampejaram em um extremo do monitor, iluminando o rosto do armênio.

— Já o localizamos — exclamou ele, sem se importar com o tempo em que estivera sentado no chão de pedra de Santa Maria, a Nova, com o traseiro rígido e frio.

Artemi Dujok estava com a cabeça em outras coisas. Talvez sua maior preocupação fosse que eu não descobrisse o embuste em que ele estava me colocando. Mas, ingênua, eu não podia nem imaginar o que me esperava.

Concentrado, o armênio introduziu imediatamente essas coordenadas em um programa cartográfico de acesso livre do Google, e aguardou que a bola do globo deixasse de girar sobre seu eixo para aproximar-se do seu objetivo.

Nós dois prendemos a respiração. Esperávamos que os dados fornecidos pelo satélite nos pusessem, por fim, na pista de Martin. As imagens sobre as quais esse aplicativo estava trabalhando nos dariam, em segundos, uma ideia aproximada do ponto em que se encontravam meu marido e a segunda adamante.

O movimento do mapa deixou para trás a Europa, acelerando rumo ao leste. Cruzou a Península dos Bálcãs, a Grécia e dois segundos depois se centrava sobre um ponto de interseção entre as fronteiras da Armênia, do Irã e da Turquia. A trinta e nove graus latitude Norte, a velocidade do mapa começou a diminuir e a superfície, a se ampliar na tela.

Quando se deteve por completo, a imagem resultante foi mais que desoladora:

— É... isso? — perguntei incrédula. Dujok assentiu.

O que aparecia ante nossos olhos era um terreno plano, de cor ocre, sem uma árvore sequer, uma superfície monótona, pedregosa e infinita que era interrompida apenas por um conjunto de miseráveis casebres esparramados sobre suaves colinas desmatadas.

— Esse programa não dá coordenadas cem por cento exatas — desculpou-se Dujok, enquanto deslocava a imagem para cima e para baixo. — Exploraremos os arredores para ver se encontramos algo de interesse.

A paisagem deslizou obedientemente sob o cursor, oferecendo-nos um panorama cada vez mais desalentador. O único caminho da imagem aparecia marcado pelas rodas de veículos de grande cilindrada, talvez caminhões pesados, e se estendia a ambos os lados do bastante próximo posto de fronteira de Gurbulak. Era um campo liso. Sem acidentes geográficos que se destacassem nem populações ou assentamentos de interesse. Por fim, a apenas um quilômetro de uma miserável aldeia chamada Hallaç, dentro de uma zona militar cercada, vimos algo curioso. Quem sabe a única coisa anacrônica do lugar: o telhado novo, impecável, de uma mansão enorme e uma pista de terra batida que poderia servir para o pouso de aviões de pequeno porte. De um lado, escrito em caracteres grandes e alongados, alguém havia traçado um nome que só seria discernível de grandes alturas: *Turkiye*. Turquia. E na cabeceira da pista, uma centena de metros mais ao sul, o perfil de um edifício ou instalação havia sido apagado deliberadamente da imagem tomada por satélite.

Eu sabia que esses "apagados" no *software* do Google eram habituais. Quando fui utilizar o programa para estudar a localização de algumas igrejas cristãs na cidade velha de Jerusalém, descobri que todas elas eram confidenciais por "razões de segurança" e não existia maneira de consultar nem o mapa urbano. E o mesmo acontecia com as instalações militares sensíveis de Gibraltar, Cuba, China e tantos outros lugares. Mas quem poderia querer esconder alguma coisa em Hallaç?

Ao mover o cursor até o fim da pista, encontramos outra surpresa. Era ainda mais estranha que a zona censurada: uma lacuna arredondada, regular, um poço enorme — de uns quarenta metros de diâmetro — aberto naquele solo miserável.

Dujok deteve o cursor sobre ele e começou a ampliá-lo.

— O que é isso? — perguntei.

Ele nem me deu importância. Vi que tomava nota de uns dados periféricos que o programa oferecia. Altura: 4.746 pés. 39°25'14" Norte. 44° 24'06" Leste. E calculou algo mais: sua distância entre os picos gêmeos do Ararat. Estavam muito próximos. A uns trinta quilômetros em linha reta.

Depois, absorto, começou a girar a imagem para vê-la de todos os ângulos possíveis.

— O que é isso? — insisti.

Dujok não conseguia desgrudar a vista daquela peculiar ferida geológica. Parecia que tinha caído um míssil justamente naquele ponto, deixando uma fenda descomunal em um perímetro geométrico muito preciso.

Ele sorriu.

— Seu marido está aí — sentenciou com serenidade.

60

NICK ALLEN FICOU ANOS sem encontrar as palavras exatas para descrever o que aconteceu naquele buraco próximo ao Monte Ararat no verão de 1999. A única coisa que conseguiu dizer em seu informe para a Agência foi que uma espécie de turbina colossal, uma esfera do tamanho de um edifício de seis andares, emergiu do fundo daquela cratera, dando voltas sobre si mesma e parando em seguida, levitando a pouco metros da torre pontuda e do grupo de pessoas.

No primeiro momento, o vendaval que aquela coisa levantou o fez acreditar que se tratava de um avião despencando no sentido vertical. Mas, na verdade, não era nem remotamente parecido. O vocabulário de Allen não dispunha de um nome para aquilo. E menos ainda quando se viu mais próximo e comprovou que era algo composto de uma substância que não parecia metálica. Aquele tubo — ou o que diabos fosse — parecia uma espécie de cordão umbilical feito de paredes aquosas e deslumbrantes.

E como se já não fosse o bastante, emitia uma gama de frequências acústicas e cromáticas que alteraram profundamente seus sentidos.

A visão foi o primeiro de seus sentidos a abastecê-lo de informações erradas. As silhuetas dos guerrilheiros yazidis, que haviam apontado suas armas para eles naquela noite na fronteira turco-armênia, tornaram-se sinuosas de repente e até os traços afilados de seu próprio rosto começaram a se diluir como manteiga derretida.

"Não é verdade — Allen repetia para si mesmo várias vezes a fim de tentar manter a calma. — Isso não está acontecendo. É uma alucinação." Mas sua boca secou de um instante para o outro, dando-lhe a impressão de que sua língua havia se soldado ao céu da boca.

E quanto à audição, tudo o que conseguiu escutar foram os ecos das frases lançadas por seus captores em sua língua natal

— Eis aqui a Glória de Deus! — escutou de longe, sufocado pelos chiados daquela coisa.

— A Glória! — gritavam em coro os demais.

Allen então fez o impossível para deitar-se no solo. Seu enorme corpo havia perdido a noção da gravidade. Sabia que estava à beira do abismo e que um passo em falso poderia fazê-lo despencar. Por isso, ainda que lhe custasse um enorme esforço descobrir para que lado deveria deixar-se cair, procurou alcançar o chão com toda a sua força de vontade. Aquilo flutuava a poucos palmos de sua cabeça. Havia se deslocado sobre a posição que Martin ocupava antes, girando a uma velocidade alucinante e absorvendo as pedras e os arbustos do lugar conforme ia passando. Se não fizessem algo logo, aquilo os devoraria também.

Então ele a viu engolir um dos milicianos.

E viu Dujok se converter em uma fina linha horizontal em algum ponto de seu campo de visão.

Enquanto seu mundo evaporava, aquele enorme globo alongado que gravitava na vertical começou a iluminar os arredores como se o dia tivesse voltado de repente.

Mas a Glória de Deus, por uma estranha razão, não o matou.

E mais, ao sobrevoar sua posição, Allen ainda pôde escutar como Martin Faber repreendia aquela coisa. E Martin o fez com palavras estranhas. Ininteligíveis para ele. Vocábulos que o vento arrastou por toda a planície enquanto engolia seu companheiro e o deixava para trás, como se não servisse para nada.

Ele não voltaria a vê-lo. Por isso, agora que sabia estar vivo e que os satélites de seu governo o haviam localizado no outro extremo do continente, tinha uma poderosa razão para viver.

Ele precisava falar com Martin. Ainda que fosse uma só vez. Para perguntar-lhe o que acontecera no ventre daquela coisa.

61

— **VOCÊ ESTÁ FALANDO SÉRIO?** Meu marido está aí... Neste exato momento?

Artemi Dujok não se deixou pressionar pelo meu desespero. Contemplava absorto o solo ermo do noroeste da Turquia através da tela de seu *notebook*, como se as imagens pudessem lhe dizer algo que ninguém mais no mundo conseguiria compreender.

— Há uma coisa que devo lhe dizer, senhora Faber...

Sua frase foi concisa.

Por um instante, temi o pior. Seus olhos não se moviam. Por isso, quando o armênio completou sua mensagem, senti um profundo alívio.

— Eu conheço esse lugar — acrescentou ele, pensativo. — Estive com seu marido aí mesmo há anos.

— Verdade?

— Sim — murmurou Dujok com um ligeiro tremor nos lábios. — Ali eu me converti em seu *sheikh*. Seu mestre. Se seus sequestradores o levaram para esse lugar, é porque sabem mais sobre as pedras do que supúnhamos.

— Quanto mais?

— Muito mais. — respondeu secamente. — Prepare-se. Vamos.

62

PERTO DE NOIA, A SOMENTE três milhas náuticas da enseada de A Barquiña, assim chamada em homenagem ao lendário encalhe da arca de Noé no estuário vizinho, o *Sirena de Lalín*, um pesqueiro de dezesseis metros de popa a proa, tentava reparar nesse momento seu motor Caterpillar de quatrocentos cavalos que estava avariado. O mar agitado havia engripado o motor principal e inundado o auxiliar, deixando a tripulação de onze homens encalhados bem em frente da costa de Vigo, com sua carga de lampreias e bacalhaus prestes a ser perdida. Nesse momento, nada funcionava a bordo. O chefe das máquinas, um vaidoso galego de Muxía famoso por untar a calva com azeite de oliva para fazê-la resplandecer, havia pedido que alguém desconectasse o gerador de eletricidade e, com ele, o radar, o sonar, o rádio e até o forno de micro-ondas, para assim poder trabalhar sem riscos nas entranhas da nave.

Foi ele quem notou a primeira turbulência.

Sua brevíssima vantagem foi conseguida por estar deitado nessa hora justamente sobre a quilha do *Sirena*. Sua orelha direita estava apoiada contra a madeira para confirmar se a hélice respondia a seus ajustes quando escutou aqueles três golpes surdos, um atrás do outro. Perto. Muito perto.

Tum. Tum. Tum.

Tito — assim o chamavam — não teve tempo para reagir. Após os impactos, viu algo que não conseguiu entender: uma imensa agulha atravessava o piso a meio metro dele e, na medida em que passava, ia destruindo o casco do barco e abrindo uma passagem para a água que o encharcou até os ossos. Aquela incisão lembrava um lençol sendo rasgado sob o fio de uma faca de açougueiro. O rosto redondo e vermelho do oficial de máquinas empalideceu. Porém a brecha não se deteve. Ziguezagueou como uma cobra pelo porão do pesqueiro sem que o pobre Tito chegasse a vê-la. A espuma do mar e a força da água eram tão impetuosas que, antes que o marinheiro conseguisse colocar-se em pé para chegar até a escada e subir ao convés, a *Sirena* o arrastou até o fundo, expulsando-o em direção ao abismo como se fosse um pedaço de merda.

A comoção chegou à cabine ao mesmo tempo em que o infeliz Tito dava suas últimas golfadas de ar e o mar abraçava sua garganta. Os três companheiros que estavam tomando umas cervejas com o capitão tombaram de suas cadeiras e caíram como marionetes. Um pouco mais abaixo, no local das cabines, o ângulo em que o barco começava a inclinar tinha aberto todos os armários, lançando roupas e utensílios contra as paredes de madeira. Tristán, o responsável por armar as redes, tropeçou em um baú, caiu de bruços e quebrou o pescoço contra o batente de uma porta. Nem soube se doeu. Por desgraça, o mesmo não aconteceu com os outros dois jovens, irmãos de Padrón, que encontraram seu destino fatal ao cair no porão de carga e serem esmagados pelos paletes que iriam usar para desembarcar a pesca do dia.

No total, quatro mortos e sete feridos em seis segundos e meio.

Mesmo horas mais tarde, quando o Salvamento Marítimo decidiu despejar o restante dos marinheiros da *Sirena de Lalín* no Hospital Nuestra Señora de la Esperanza de Santiago, não souberam o que ou quem os havia atacado. Ou quando conheceram os detalhes do sinistro através dos lábios de um capitão da Marinha, que os obrigou a assinar um contrato de confidencialidade se quisessem receber uma indenização e conseguir um barco novo, de casco metálico, à custa do Estado.

— Ou assinam todos, ou ninguém irá receber nem um euro sequer — disse o capitão, como se eles tivessem culpa de algo.

É que o misterioso tritão que os havia espetado como uma sardinha era o mastro fotônico altamente secreto de um monstro de cento e quinze metros de comprimento com nome próprio. Um submarino nuclear da novíssima classe Virgínia, batizado como USS *Texas* e a quem o Departamento de Defesa dos Estados Unidos havia ordenado se aproximar da costa de Vigo, nas águas da OTAN, para uma manobra de resgate da qual nem sequer seu almirante chegaria nunca a ter os detalhes exatos.

Quando tudo aconteceu, as luzes vermelhas de alarme no interior do *Texas* pulsaram instantes antes de roçarem no *Sirena de Lalín*. Mas já era tarde.

— É inexplicável, senhor — justificava-se o responsável pelo sonar tridimensional de bordo. — Nenhum sensor detectou nada. Devemos ter sofrido algum tipo de contramedidas eletrônicas.

— E isso afetará nossa operação em terra?

A pergunta do capitão estava carregada de urgência.

— Não, senhor. O desembarque pode ser feito agora mesmo, se o senhor quiser. Nem o sistema de comunicação, nem as comportas foram afetadas.

— Excelente — suspirou o capitão. — Vamos fazer isso agora.

Oito minutos depois daquela conversa, a tripulação do *Sirena de Lalín* flutuava à deriva sobre os restos de seu barco enquanto olhava estarrecida quando parte do convés do USS *Texas* se abriu com um zumbido surdo, deixando entrever uma lancha motorizada, para onde saltaram seis homens armados com fuzis de combate compactos M4A1, lança-granadas, capacetes e viseiras eletrônicas.

Nenhum desses homens se deteve para dar uma olhada de compaixão em direção aos náufragos. Acionaram seu veículo rapidamente e se dirigiram com toda a pressa rumo à costa espanhola, deixando para trás xingamentos e insultos em um idioma que não entendiam.

63

ARTEMI DUJOK ABANDONOU por um momento a nave de Santa Maria, a Nova para dar algumas instruções aos homens que estavam de guarda do lado de fora. Não senti falta de saber compreender seu idioma, porque fui capaz de imaginar as ordens que ele estava passando: que recolhessem suas armas, avisassem o helicóptero e preparassem o nosso retorno. O trabalho em Noia estava concluído.

Por sorte, a operação havia sido limpa, frutífera e breve. Não havíamos causado nenhum estrago ao recinto histórico — exceto ter forçado duas fechaduras perfeitamente reparáveis —, e tinha ficado evidente que carregar aquelas armas havia sido um exagero de sua parte. Sobretudo tendo em conta o diagnóstico fatal que Dujok deu para o único "inimigo" que poderia ter interceptado nossa equipe: o coronel Allen.

Sei que pode parecer estranho, mas nesse instante me senti em paz pela primeira vez em horas. Estava esgotada pela tensão. As correrias, o nervosismo e não ter notícias de Martin haviam consumido quase todas as minhas forças. E agora que o panorama começava a se esclarecer, minha mente começara a administrar as primeiras endorfinas de complacência.

Em meio a essa súbita felicidade, ouvir Dujok se definir como tendo sido o mestre de Martin me fez lembrar uma coisa que aconteceu anos antes. Em Londres. Justamente naquele tempo excitante que se seguiu ao nosso casamento e que foi repleto de tantas confidências. Uma das poucas que Martin me confiou sobre seu passado estava relacionada, precisamente, com algo que ocorreu numa esplanada ao norte da Turquia, não muito distante do lugar para onde nos dirigíamos agora. O acontecimento teve lugar no dia em que conheceu seu *sheikh* particular, uma palavra de origem árabe que quer dizer "tutor" ou "sábio", e que somente agora eu começava a compreender.

Aquela amizade começou na única vez em que Martin foi levado contra sua vontade a uma paragem inóspita e no mesmo dia em que perdeu um companheiro de viagem. Seu colega — ele dizia — era um sujeito duro, resistente, que se volatizou diante de seus olhos, em meio a uma tempestade na montanha. "Como você já deve saber — ele me disse —, foi uma dessas borrascas bruscas que só se produzem nas alturas e que sempre trazem desgraça." Na verdade, sempre foi uma incógnita para ele se seu colega havia morrido ou não. "Aquela tempestade, *chérie*, não foi normal." Martin falou que ela surgiu sem nenhum aviso; tinha o aspecto de uma parede acinzentada, quase sólida, que emergiu das profundezas da terra e ascendeu até se situar ao lado deles. Meu marido me descreveu essa tempestade com um horror estampado no rosto. Haviam passado muitos anos desde o incidente, mas ele ainda sofria pesadelos com aquele mar de pó e pedras que se levantou contra eles. Tremia só de lembrar. Nesse dia, ele me explicou, foi a primeira vez que o mundo se tornou incompreensível para ele. Estranho. "Igual às tempestades magnéticas de filmes de ficção científica", disse.

E então ele soltou seu "segredo".

Martin me contou que, no meio daquele caos, braços rígidos, feitos de aço, elevaram-no pelas axilas e o chacoalharam sem consideração. Ele não tinha visto máquinas nos arredores nem nada que justificasse algo assim... E insistiu em afirmar que aquilo não foi um sonho ou uma alucinação, que inclusive chegou a vislumbrar o proprietário daquelas extremidades. Quem as guiava era um rosto inumano, geométrico, de olhos vermelhos e sem expressão, que de algum modo o incitava a lutar. "Como Jacó e o anjo, lembra?", acrescentou. Porém, Martin não tinha mais forças para resistir. Desorientado e entorpecido, arrastou-se até a borda do precipício tentando fugir de seu atacante. Não conseguiu. E em vez de escapar da tempestade e daquela espécie de monstro mecânico, ele se arrastou por engano em sua direção. Quando quis corrigir a sua decisão, já era tarde demais: por azar, tinha entrado numa espécie de caverna elétrica. Martin se viu de repente flutuando em meio ao nada, entre faíscas e relâmpagos que ziguezagueavam ao seu redor.

O relato de Martin parou aí. Creio que estava com medo de ter que dar mais detalhes. Ou talvez não se lembrasse, não sei. O fato é que, nas poucas vezes em que toquei no assunto depois de sua primeira confissão, ele sempre se aferrava na mesma ideia. Que sua vida fora salva graças ao fator onipresente em sua vida: John Dee. Nem preciso dizer que ele estava obcecado por ele. E o entendo, como agora vou explicar.

Sob as garras do monstro, por acaso em seu ventre, um pequeno detalhe o fez pensar no mago de Mortlake. Antes de cair inconsciente, Martin foi arrastado por aquele torvelinho até uma rocha saliente, na qual se agarrou com todas as forças. E, gravado nela, Martin pensou ter visto um símbolo que depois se mostrou familiar: .

Descobrir aquele código de Dee gravado numa pedra tão perto do Ararat o ajudou a recordar um ensalmo aprendido com sua tia Sheila. Um dos que eram empregados pelo mago para conjurar tormentas.

Martin o havia repetido tantas vezes que, mesmo exausto, conseguiu a força necessária para pronunciá-lo de novo:

"*Dooaip Qaal, zacar, od zamram obelisong!*", vociferou com toda a sua alma.

Suas palavras foram arrastadas pelo vento e sufocadas como se nunca tivessem saído de sua boca. Então, quando estava a ponto de repeti-las de novo, algo mudou.

Foi como se as faíscas que o rodeavam duvidassem um segundo de seu propósito.

"*Dooaip Qaal, zacar, od zamram obelisong!*", repetiu animado.

E fez uma vez mais.

Após a terceira repetição, suas palavras provocaram uma reação perceptível. Foi como se aquela espécie de "abre-te sésamo" tivesse acionado um interruptor e tudo cessasse, como acontecem com os pesadelos. A diferença é que, nessa ocasião, tudo havia sido real. Seu corpo estava ferido, apresentava queimaduras de graus diferentes e lhe restavam forças apenas para respirar. Quando viu que o campo elétrico que o havia aprisionado já não estava mais ali, desabou ao chão.

Martin contava, espantado, que um homem o acolheu logo em seguida daquele evento e cuidou dele em sua casa durante oito longas semanas. O homem estava tão surpreso por um estrangeiro ter sobrevivido ao ataque do "Guardião da Terra" que concluiu que ele havia sido levado às suas terras pela Divina Providência. "Se venceu o monstro, do mesmo modo que Gilgamesh venceu os leões de aço, é porque tem o sangue forte", disse o homem.

Aquele homem humilde e dadivoso acabou por se revelar o mesmo que o havia forçado a ir até ali. Desprovido de sua ferocidade inicial, seu inimigo se converteu em um poço de sabedoria e bondade. Falou muito sobre aqueles misteriosos guardiães e sobre como haviam sido deixados ali, adormecidos, invisíveis para proteger um antigo tesouro. Também lhe ensinou a invocar os elementos e a dominar seu medo. "A ser como Enoque — dizia —, que foi arrebatado pelo torvelinho e conseguiu, apesar de tudo, vencê-lo e regressar à sua casa."

Martin sempre me falou dele com afeto, quase como se fosse da família. Ele o chamava "*o sheikh*".

Agora eu acabava de descobrir que seu outro nome era Artemi Dukoj.

64

ANTONIO FIGUEIRAS CHEGOU ao aeroporto ao mesmo tempo em que o voo que trazia seus reforços não solicitados pousava em Lavacolla. Estava nervoso. Não havia pregado o olho a noite toda, e as notícias do exército sobre o paradeiro do helicóptero não eram nada animadoras. Diziam que os radares haviam sofrido várias panes nessa madrugada e por isso ficaram incapacitados de registrar certas operações nas proximidades.

Agora, vagando pelo terminal de desembarque com um exemplar já bem manuseado do *La Voz de Galícia* debaixo do braço, teria que esperar por aqueles sujeitos. Dois americanos interessados pelo caso — mais dois! — e que o delegado-geral lhe havia encarregado de atender pessoalmente.

— Inspetor Figueiras?

Uma voz de mulher o arrancou de suas elucubrações. Ao se voltar, quase caiu de cara no chão. Era uma mulher jovem, morena, de curvas bem proporcionais, vestida com umas calças compridas justas e um sobretudo preto Armani, usando uma pasta executiva e lhe estendendo a mão em sinal de cumprimento. E que mão. Uma palma macia. De dedos longos, unhas feitas à francesinha que deslizou como seda em seu casco áspero.

— Sou... Eu... — gaguejou, em um inglês aceitável. — E a senhora deve ser...

— Ellen Watson, do gabinete executivo do presidente dos Estados Unidos.

— Do gabinete do presidente?

Ela sorriu. Era muito consciente do efeito que causava essa apresentação.

— E este é Tom Jenkins, meu parceiro — acrescentou, indicando um sujeito louro, de aparência fria. — Assessor de inteligência. Espero que vocês se deem bem. Vão ter coisas a fazer juntos.

"Ah, sim?"

Após as formalidades de praxe, Figueiras os guiou até o estacionamento. A linda Ellen preferiu ir rumo aos balcões de aluguel de veículos onde se equipou com uma moto potente, de muitas cilindradas, enquanto o sujeito empertigado que a acompanhava ficou ao seu lado.

"Que azar", disse para si mesmo.

Para Figueiras, o americano não lhe pareceu precisamente um sujeito falante. O homem sentou-se no banco do passageiro de seu Peugeot, afivelou o cinto de segurança e se limitou a lhe pedir que o levasse para ver o coronel Allen. O policial não precisou de nem mais um segundo para se dar conta de que não ia extrair nada do caso se não o abordasse diretamente. É que aquela gente — como acontecia sempre que trabalhavam com os serviços de segurança estrangeiros — sempre ficava na sua. Isto é, pedia tudo e dava o mínimo possível em troca.

— É um caso complicado, certo? — o inspetor comentou com ar distraído enquanto contornava a pequena via do aeroporto rumo à cidade. Estava amanhecendo, e o perfil de Santiago prenunciava um dia mais livre de nuvens do que o anterior. — Esta noite dois de meus homens foram mortos enquanto vigiavam um veículo aéreo que fugiu da praça da catedral. Um veículo... estrangeiro. O senhor sabe de alguma coisa sobre isso?

— Foi esse o veículo em que levaram Julia Álvarez?

— Creio que sim.

O americano sorriu enigmático sem acrescentar nada.

— O que há de tão engraçado, senhor Jenkins?

— É que hoje será o seu dia de sorte, inspetor — disse, tirando seu telefone celular do bolso. — Neste momento, o que o senhor procura está estacionado próximo a estas coordenadas — ele leu: — 42°47' latitude Norte. 8°53' longitude Oeste.

Figueiras encolheu os ombros.

— Não entendo muito de mapas.

— Não importa. Elas correspondem a um povoado chamado Noia, inspetor — disse Jenkins, como se não tivesse muito interesse em dar mais detalhes. — Nossos satélites já localizaram Julia Álvarez ali. Mas não se preocupe. Não deixaremos que a tirem do país.

— E como pensa impedir? Vocês são apenas dois...

Jenkins voltou a esboçar aquela careta de autossuficiência em seu rosto magro e pálido.

— Para onde você acha que minha parceira foi com tanta pressa?

— A... Noia?

Jenkins assentiu.

— Estando ali, se ela precisar de reforços, saberá como pedi-los. Contamos com o senhor para isso, certo?

O inspetor ficou nervoso, dando uma guinada no carro.

— Esses homens assassinaram dois policiais, senhor Jenkins! Deveríamos avisar o comissário e enviar meus homens. Não se pode deixar uma mulher sozinha enfrentar esses caras!

O americano o pegou pelo braço, mantendo-o grudado no volante.

— Continue dirigindo, inspetor, e não faça idiotices — o americano o repreendeu. — Este é um daqueles casos que está acima de sua alçada. Deixe-nos agir do nosso jeito, e eu me encarregarei de lhe entregar pessoalmente seus assassinos.

— Do seu jeito? — a expressão de Figueiras não podia ser mais estúpida. Ele se endireitou ao volante e voltou a acelerar o motor.

— Temos mais meios empenhados neste caso do que você imagina. Para nós, a segurança de Julia Álvarez e de seu marido é tão importante quanto para o senhor. Entendeu?

— Então, senhor Jenkins, acho que vou me converter em sua sombra — disse o inspetor, retirando a garra de seu acompanhante de cima dele e dando outro golpe no volante, que fez tremer o veículo. — Esses dois policiais mortos eram amigos meus.

— Estou de acordo, inspetor. Pode ficar comigo o tempo que desejar — o americano sorriu fleumático. — Mas agora, por favor, gostaria de estar inteiro para entrevistar Nicholas Allen. Mantenha-se na estrada.

Figueiras ajustou seus óculos em um gesto instintivo e pisou no acelerador.

— Muito bem. Chegaremos em cinco minutos — disse.

65

FORA DA IGREJA DE SANTA Maria, a Nova, algo de mal estava se passando.

Um décimo de segundo antes de ver como seu companheiro Janos caía de bruços ao chão e quebrava o nariz, Waasfi, o jovem de confiança de Artemi Dujok, sentiu que um suspiro lhe roçava o rosto. Foi uma sensação peculiar, como se o ar se rasgasse à passagem de um mosquito com um motor a jato no rabo.

Sua adrenalina transbordou: "Dispararam em nós!".

Quando vários estilhaços de pedra saltaram das lápides de mármore que protegiam suas costas, ele já não teve mais nenhuma dúvida. Eles estavam sendo atacados.

Pow, pow, pow.

Três tiros silenciosos tiniram às suas costas, enquanto um ponto vermelho de laser saltava de tumba em tumba.

Janos se encontrava a cinco metros dele; o rosto e o braço esquerdo sangravam e o homem se contorcia de dor junto ao objeto ao qual os armênios se referiam todo o tempo como *Amrak*. "A caixa." Aquela coisa era uma peça do tamanho aproximado de um tabuleiro de xadrez e todos eles haviam jurado defendê-la com a vida.

Minutos antes de entrar na Santa Maria, a Nova, Artemi Dujok havia ordenado a seus homens que a destampassem não muito longe do acesso ao templo. Se a adamante que buscavam estivesse ali, a caixa poderia ativá-la. O *sheikh* sabia que uma das torres secretas de seu clã havia sido levantada nesse lugar na noite dos tempos. No *finis terrae* dos antigos. E sabia também que seus guerrilheiros tinham como manejar esse caudal energético oculto. Deviam destampar a caixa e orientá-la em direção ao muro norte, justamente sob o nicho de um certo Pedro Alonso de Pont. Porém, Janos questionou a ideia. Aquele homem era um mercenário perito no manejo de substâncias químicas e bacteriológicas, treinado nos campos de Sadam antes de descobrirem que sua mãe era curda e seu pai um sacerdote yazidi, e não havia deixado de lamentar que o plano de

Dujok fosse uma loucura. Ele temia que, se por alguma circunstância, a caixa estourasse ou entrasse em ebulição como naquela noite em Santiago, levaria embora tudo o que estivesse à sua frente no perímetro de dez metros. O que significava que nenhum deles sairia vivo daquele lugar.

Waasfi o contemplou sem compaixão. O destino, pensou, estava vingando-se de sua pecadora resistência.

Com calma, retirou a trava de segurança de sua arma automática enquanto ajustava um sofisticado visor eletrônico de infravermelho. Sabia que seu mestre estava fazendo algo importante dentro da igreja e que seu êxito dependia da impecabilidade de seu trabalho. Por isso, do modo como lhe haviam ensinado, avaliou bem sua posição antes mesmo de acariciar o gatilho.

Quando viu Janos se arrastar até um lugar seguro, deixando uma trilha de sangue, soube que seu companheiro não teria como se defender. O rastro abundante que jorrava debaixo do seu braço indicava que tinha um pulmão perfurado. Dujok tampouco, sem dúvida nenhuma, poderia ajudá-lo até que saísse do templo. E Haci, seu segundo homem, estava nesse momento fora de seu campo visual. Ele havia se instalado em um mirante junto aos nichos de entrada do cemitério.

Talvez já estivesse morto.

Que mais poderia acontecer de errado por ali?

Ah, sim, claro. *Amrak*.

Momentos antes do tiroteio, a caixa exibira uma reação singular. Janos, a contragosto, havia retirado a tampa de chumbo, deixando que o ar acariciasse seu conteúdo. Então deu uma olhada. O que viu lá dentro lhe pareceu indefinível: era uma superfície rugosa, negra, cheia de grumos e protuberâncias unidas por traços de uma velha escritura que não se parecia com nada que tivesse visto antes. E como se já não bastasse, quando aquela coisa entrou em contato com atmosfera úmida de Noia, começou a muda de cor. A "lâmina" se tornou avermelhada e iniciou uma sequência de chiados lamuriantes que o deixaram confuso.

"Mas que diabos...?"

Waasfi ordenou a ele pelo intercomunicador que a depositasse ao lado da tumba definida e se esquecesse dela.

E já, sim, ele iria esquecer.

Um projétil de calibre trinta o atingiu pelas costas, tombando-o de bruços. O impacto foi tão brutal que Janos sentiu que seu coração parou durante três segundos, deixando-o sem fôlego.

Foi então que Waasfi viu o agressor correndo sobre o perímetro de pedra esverdeada que fechava o cemitério. Carregava uma arma de assalto. Parecia bem treinado. E ziguezagueava seguindo técnicas de evasão que lhe pareciam familiares. "Um SEAL?" O armênio não moveu um músculo. Ficou imóvel como uma árvore, esperando para poder distinguir seu alvo com nitidez. Infelizmente, quando isso aconteceu o intruso já o havia visto também.

Não teve opção. Waasfi apertou o gatilho e deixou que o trovão de seis balas por segundo embutisse aquele sujeito contra as lápides. Morto.

Não teve tempo sequer de comemorar. Outro som inconfundível — de botas pisando em cascalhos às suas costas — atraiu uma segunda rajada de fogo. E, desta vez, um novo corvo armado com o equipamento de assalto da Marinha dos Estados Unidos caiu sobre o terreno.

Dois.

A adrenalina do armênio corria por todo o corpo.

De repente se lembrou de Haci. Ainda que os atacantes usassem silenciadores, ele deveria ter ouvido seus disparos. Aquele lugar era um anfiteatro de concreto. A parte do terreno onde se erguia Santa Maria, a Nova estava rodeada de casas, quase todas mais altas que seu campanário e que a haviam encaixotado sem remédio. Uma palmada ali ecoaria por todas as partes. "Eles o abateram. Certeza", concluiu. E sua mente pulou para outra coisa. Recordou que as equipes americanas de assalto nunca agiam em duplas. Necessitavam de um mínimo de seis homens.

— Baixem as armas e abandonem suas posições com os braços para o alto!

Uma voz amplificada por um megafone, que falava em inglês, eliminou suas dúvidas.

— Vocês estão cercados! — acrescentou.

Waasfi se atirou ao chão, mas não respondeu. Avançou arrastando-se pelo solo, como um réptil, durante poucos metros até alcançar uma velha cruz de pedra protegida pelas ruínas de uma parede e se entrincheirou atrás dela. Sabia que aquilo podia acontecer. Se ele identificasse de onde vinha aquela voz, talvez tivesse alguma chance.

Viu um terceiro soldado dirigir-se até a porta de Santa Maria, a Nova, onde Dujok e Julia Álvarez ainda permaneciam alheios àquilo tudo. O *sheikh* e a *vidente* estavam concentrados em outra coisa. Por isso Waasfi não pensou neles. Colocou o soldado em seu ponto de mira e, com um disparo certeiro, arrebentou o capacete, abrindo-lhe uma brecha letal no osso parietal do crânio. Ao ver o terceiro homem cair, o armênio deu graças a Deus e a seu tio por tê-lo provido de munição encamisada por liga de metal, capaz de atravessar uma blindagem de grossura mediana. Eram as balas mais caras do mercado, mas ainda assim um precioso seguro de vida se não se sabe que inimigo terá que ser enfrentado.

— Rendam-se e abandonem suas posições! — a última ordem da voz se confundiu com um disparo de precisão. — Se não depuserem as armas, abriremos fogo pesado...

"Fogo pesado?"

Os olhos de Waasfi se apertaram.

"Eles têm artilharia?"

O jovem não havia terminado de formular a segunda pergunta quando cinco projéteis estalaram com fúria a três centímetros dele, fazendo em pedaços parte de uma velha inscrição latina. "Atiram para matar." O armênio se atracou com a correia de sua Uzi cheia de pó de mármore, mas conseguiu se jogar ao chão justamente quando uma nova disparada explosiva fez saltar pelos ares a pedra na qual havia apoiado a cabeça.

Ao cair para trás, Waasfi viu seu algoz.

Era um homem enorme, vestido de negro, que o seguia com sua ponteira luminosa a laser.

Uma nova bala golpeou o chão ao lado de seu joelho. E outra. E outra mais. Aquele bastardo com o rosto oculto por uma balaclava o tinha à sua mercê e parecia disposto a se divertir.

— Reze — a ordem soou macabra através de sua balaclava.

— O quê?

— Reze o que souber, filho da mãe...

Waasfi se lembrou então de Melek Taus, o anjo protetor de seu clã, e se aferrou à coronha de sua arma para, ao menos, morrer como herói. Seu último pensamento foi para seu tio. O homem que o havia convertido no que era. *Sheikh* Artemi Dukoj.

Porém, o gigante não disparou.

Um projétil amigo cruzou o cemitério de leste a oeste. Sobrevoou as ruínas da parede de tijolos e estalou contra o pomo de adão do soldado. O gemido que ele produziu ao ter suas cordas vocais dilaceradas impressionou Waasfi.

"Louvado seja Deus!"

Haci, que havia rastejado desde sua posição original até o acesso ao pátio principal do cemitério, acabava de lhe salvar a vida.

"Quatro", somou Waasfi.

— Tudo bem? — ele o ouviu gritar de sua posição.

— Tudo bem!

O guerrilheiro se levantou eufórico e fez um sinal a seu companheiro para que se reunissem junto à parede norte da igreja. Deviam colocar *Amrak* em segurança. Haci, um sujeito miúdo, de olhos saltados e treinado durante anos na fronteira entre Armênia e Turquia, venceu em seguida a distância que o separava de seu objetivo. Ali, Janos ainda lutava para sobreviver. Abraçado à caixa, arrastava-se como réptil até a porta da igreja. Tombado entre os sepulcros de pedra, ele concentrava suas últimas forças nas pernas para seguir empurrando a caixa e mantê-la a salvo. Mas ainda temia que ela explodisse.

— É a sua última oportunidade! — o armênio ferido ouviu de novo a voz metálica amplificada que estava fora do seu campo de visão. Desta vez, não tinha dúvida, ela lhe pareceu mais distante. — Entreguem o emissor e os deixaremos com vida. Vocês têm cinco segundos antes de abrirmos fogo contra vocês.

"O emissor?", Janos bufou consigo mesmo, exausto. "Esta maldita coisa significa isso para eles?"

— Cinco... Quatro...

O interlocutor havia iniciado a contagem regressiva.

— Três...

Waasfi e Haci apontavam de um lado para outro, nervosos, incapazes de determinar o lugar de onde estavam falando.

— Dois...

A voz se alongou imperceptivelmente na contagem regressiva. Mas não parou.

— Um...

Por um segundo, o guerrilheiro sentiu que o mundo se fundia às suas costas. Uma pequena nuvem de fumaça silvou justamente atrás dele, enquanto algo enorme e quente passou roçando sua cabeça, penetrando até o interior de Santa Maria, a Nova. Embora Janos tivesse reflexos para levar as mãos aos ouvidos, a explosão lhe arrebentou os tímpanos. "Mas... Eles não queriam a caixa?" Janos ainda não tinha se recuperado quando várias rajadas de metralhadora zumbiram sobre ele. Intuiu que deviam ser seus companheiros varrendo o lugar. Mas o alívio durou pouco, porque, quando ainda tateava com seu braço saudável o lugar onde deveria estar *Amrak*, mãos enormes o tomaram pelas axilas e o arrastaram até o interior do templo.

— Nós temos que sair daqui! — ouviu Waasfi gritar. — E logo!

66

HOUVE UMA EXPLOSÃO.

E, em seguida, um ruído e um tremor infernal seguidos de cheiro de pólvora e de coisas chamuscadas.

Foi como se o anjo do Apocalipse me houvesse batido nas costas com sua trombeta de ouro, lançando-me de bruços em cima do computador de Dujok e fazendo-me chocar contra o sarcófago de Juan de Estivadas. "Deus!"... Por uma fração de segundo, tive a impressão de ser empurrada por um furacão. Primeiro ele me lançou contra a pedra, fazendo-me ricochetear nela ao mesmo tempo em que me machucavam os joelhos, os antebraços e a testa e logo me deixava cair como chumbo em algum lugar do centro da igreja.

Ao sentir o último impacto, acreditei que me quebrava por dentro. A dor e o sabor agridoce de sangue em minha boca me fizeram maldizer o fato de eu não haver perdido a consciência. Foi estranho. Um golpe assim deveria ter me deixado fora de jogo, mas ao invés de cair num estado de letargia, todos os meus sentidos ficaram alertas. A onda expansiva me despertou. De repente, tudo começou a girar à minha volta. Estava caída de boca para cima, com minha roupa feita em farrapos e uma de minhas botas perdida a alguns metros lá longe.

Durante alguns instantes, não me mexi. O corpo deixara de enviar sinais de emergência ao cérebro, que parecia, pouco a pouco, recuperar-se do atordoamento. Então, uma densa fumaceira se estendeu por toda Santa Maria, a Nova. Gravitou ameaçadora sobre mim e, antes que eu me desse conta, deixou-se cair, cobrindo-me por completo. Grandes espirais de pó, fumaça e fragmentos de silício se infiltraram em meus pulmões, obrigando-me a tossir com violência e multiplicando a minha dor.

— A senhora está bem?

Artemi Dujok emergiu de repente entre a névoa; cambaleando e dando braçadas para dissipá-la.

— Julia! Responda!

Com o rosto cheio de fuligem e com uma expressão tensa, Dujok se inclinou para me examinar. Avaliou-me com um olhar clínico e, quando concluiu que meu aspecto não era de todo ruim, disse algo que processei com certa demora:

— Temos que sair daqui. — Ele me puxou com força. Foi incapaz de me levantar. — Você entendeu?

— Você quer fu... gir?

Então acrescentou.

— Sei por onde sairemos... Levante-se.

Na segunda tentativa, conseguiu colocar-me em pé.

Esfreguei os olhos em um esforço vão para me libertar da fumaça enquanto Dujok me empurrava até a parede contra a qual o sarcófago estivera apoiado um minuto antes.

"*Se-te-da-visionada*" havia sido transformado em cacos.

Eu continuava tonta.

— Vamos! Siga-me!

Eu sabia que nessa direção não havia saída, o armênio estava me arrastando até um muro de pedra de seis metros de altura, impossível de saltar. Mas, ainda assim, caminhei atrás dele. O que eu não esperava era tropeçar em um vulto que quase me fez cair de bruços. Quando reconheci que se tratava de um de seus homens, comecei a tomar consciência da situação. Aquele era o cara da cabeça raspada. Estivera o tempo todo tombado ao meu lado, encolhido sobre si mesmo, contendo uma ferida em suas costas que sangrava sem parar.

— Não pare! — alertou-me Dujok.

— Mas e esse homem?

— Janos sabe o que deve ser feito! Corra!

Enquanto o armênio se desvanecia fumaça adentro, meu cérebro precisou de um segundo mais para processar o que havia acontecido: uma bomba — ou algum tipo de artefato explosivo similar — havia explodido dentro da igreja e arrebentado com um bom número de lousas daquele pavimento. O temível inimigo de quem Artemi Dujok não queria me falar devia ter nos localizado. E o desastre causado por seu ataque era desolador. Lápides de mil anos haviam saltado pelos ares, enchendo toda a nave de entulho. A força da explosão levara inclusive a mais distante delas, uma muito velha, um tanto mais escura do que o resto, que até este momento tinha servido de base para o monumento do ceifeiro. Aquela pedra havia praticamente sido desintegrada, deixando ao relento seis ou sete degraus que desciam para o subsolo.

A princípio, acreditei que fosse minha imaginação. Um efeito secundário do transe. Santa Maria, a Nova não tinha uma cripta.

Mas eu estava errada, o armênio descia resoluto por eles e me fazia sinais para que o imitasse.

— Espere! — tateei, tentando afastar o pó da minha vista.

Eu o segui por aquela estreita passagem, dando graças a Deus pelo milagre.

As escadarias terminavam de frente a uma parede que deixava pouco espaço de manobras. Descobri que a única saída que existia era uma espécie de passagem na base da parede, de apenas um metro e pouco de altura, pela qual se devia ir de gatinhas e que Dujok já atravessara.

— O que está esperando? — eu o ouvi gritar do outro lado.

Pensei em não obedecer às suas ordens quando senti passos às minhas costas. Passos firmes. De soldado. Retumbavam na nave principal da igreja. Se aqueles eram os passos de alguém que havia nos atacado no templo ou que tinha alguma coisa a ver com os ladrões de pedras sobre os quais Martin havia me advertido, o melhor a fazer seria seguir o armênio.

Pulei para o interior do túnel exatamente quando o trovão de outro disparo chegou, vindo do piso superior.

“Santo Deus. Janos!”

Com o coração na mão, segura de que Janos acabara de ser morto, meu trajeto pelos infernos foi breve. O túnel — melhor dizendo, os restos de um antigo bueiro pluvial — desembocava a apenas trinta metros dali, na direção oeste, bem abaixo da rua Escultor Ferreiro e se unia a outro canal mais amplo que, sem dúvida, formava parte da rede de esgotos do povoado. A escassa luz diurna que entrava por um dos escoadouros do teto ajudou a me localizar: aquele bueiro de pedra talhada, antiquíssimo, fedia a urina e ovos podres, mas nos distanciaria do templo.

— O que aconteceu? — gritei para Dujok, enquanto me punha de pé de novo e sacudia a roupa, buscando em vão a bota que eu tinha perdido. Os efeitos da minha “viagem” ainda não tinham desaparecido de todo. Havia uma desagradável sensação de tontura gravitando pelo meu estômago, e a impressão de que eu poderia desmaiar a qualquer momento.

— Eles nos encontraram — disse num tom de muita seriedade.

— O coronel Allen?

— Ou os seus... Que importa? — grunhiu me puxando. — A questão é que eles estão vindo atrás de você... E por isto.

O armênio segurava minha pedra em sua mão esquerda. Ainda cintilavam luzes do seu interior. Resquícios de uma energia que resistia em se consumir.

— Só me diga uma coisa... — engoli em seco, embargada por aquela visão. — Nós o encontraremos, certo?

— Martin? Naturalmente! Agora já sabemos onde ele está. Bem perto do Ararat. Sinto não ter tempo para lhe explicar melhor, mas devemos nos afastar daqui o quanto antes.

— Não... Não pode me deixar assim sem explicação, senhor Dujok! Não sei sequer se o senhor fez ou não essa maldita chamada com a pedra! — Eu me surpreendi gritando aquela loucura, seguindo-o descalça de um pé por um piso viscoso e escorregadio.

— Cale-se e caminhe, senhora Faber.

Como fui idiota. Em vez de baixar a cabeça e reunir forças para seguir seus passos, uma onda descontrolada de pânico se apoderou de mim. Dei três passadas, no máximo quatro, antes que meu coração finalmente se descontrolasse. Eu estava histérica. Taquicárdica, melhor dizendo. Incapaz de pensar com serenidade e quase a ponto de vomitar de angústia.

— Calar-me? — meu tom de voz se elevou muito em relação ao dele, reverberando pelo bueiro que estava à nossa frente. — Como você quer que eu me cale? Quase nos matam por sua culpa! Não percebeu? Quase nos matam!

— Cale a boca!

— Não quero! — repliquei de imediato.

Dujok apertou minha mão até me machucar e sem parar.

— Você não vê que eles estão atrás de nós?

— Quero ir embora daqui! — alterei-me, puxando o braço até que ficasse livre. — Deixe-me sair!

— Não se detenha! — ele provocou.

— Nem por um sonh...

Então, quase às cegas, sem saber o que fazia, eu me safei dele ao lado de uma pequena rampa descendente, fazendo-o perder o equilíbrio. Agarrado à pedra, o armênio fez um estranho movimento para não cair de bruços no canal de água que escorria a nossos pés. Ainda assim não pôde evitar desmoronar de joelhos contra o pavimento.

O golpe foi seco. Sua arma se chocou com estrondo contra o chão e escorregou ladeira abaixo.

Por um instante, os olhos daquele homem soltaram faíscas de ira.

Uma fúria incandescente, súbita, que me deixou gelada.

E, durante alguns segundos, Artemi Dujok me olhou com uma expressão de ferocidade, como se fosse me arrancar a cabeça. E de repente, contra toda a lógica, enquanto se erguia e esfregava os joelhos, aquela expressão se desfez. Tremi. Meu guia havia erguido seu rosto emoldurado por aqueles longos bigodes, deixando em suspenso qualquer movimento, tal como faria um cão de caça ao farejar a proximidade de uma presa.

— Você percebeu? — sussurrou.

Sua prudência repentina me desconcertou. Não soube o que dizer.

— Não notou? — insistiu ele, com o olhar perdido no trecho da galeria que acabávamos de deixar para trás. — Não se ouve nada!

— Nada... — repeti.

— Eles deixaram de nos seguir...

O armênio tinha razão. Mudos, aguardamos que algum ruído delatasse a presença no bueiro de nossos atacantes. Só conseguimos distinguir o suave murmúrio das águas lambendo o solo que pisávamos, mas aqueles oitenta ou noventa segundos de quietude tiveram um efeito balsâmico em ambos. A calma e o frescor do lugar conseguiram apaziguar nossos ânimos. Mesmo que minha mão ainda doesse e o latejar ainda golpeasse com força minhas têmporas, a respiração havia começado a entrar em compasso e os músculos a se tonificarem novamente. De repente, a ameaça ficava mais distante.

— Devemos sair daqui... — Dujok quebrou o silêncio, já em pé.

Ofeguei.

— Não há com que se preocupar, senhora Faber. Tudo sairá bem.

Bem lá longe, por cima das abóbadas de pedra que nos cobriam, seguramente muito além da Igreja de Santa Maria, a Nova, o ulular de várias sirenes me convenceu a me colocar a caminho.

— Sabe? — disse Dujok de forma conciliadora enquanto retomava o passo, bem mais tranquilo. — A senhora fez o trabalho de Jacó.

— De Jacó? Que Jacó?

— O patriarca bíblico, senhora. Jacó foi um homem de vida surpreendente. Comprou a primogenitura de sua família de seu irmão Esaú.

Brigou com um anjo de carne e osso, a quem inclusive chegou a ferir na perna. Porém, acima de tudo, entrou para a história porque, graças a uma adamante como a sua, teve uma visão extraordinária da Terra Prometida.

— Com uma adamante? — enquanto tratava de não perder o ritmo das passadas, na verdade eu me perguntava como aquele homem podia pensar na Bíblia em um momento desses.

— Sim. Um dia ele adormeceu sobre ela e aquilo com que sonhou o deixou estupefato. — Prosseguiu: — De repente, os céus se abriram e o surpreso Jacó contemplou uma escadaria ígnea se revelar a alguns passos dele. Aos poucos, uma multidão de criaturas começou a descer e subir por seus degraus, todas alheias à sua presença. Sem saber muito bem como, Jacó havia atraído os Mensageiros de Deus e, com sua pedra, aberto uma via de descida para a Terra.

— O que está querendo me dizer com isso, senhor Dujok? — respirei fundo. — Isso é que o senhor fez com a minha adamante? Abriu uma escadaria aos Céus?

Artemi Dujok sorriu pela primeira vez depois de muito tempo:

— Foi a senhora quem disse. Não eu.

Um ruído distante, súbito, como se um muro tivesse vindo abaixo na igreja que havíamos deixado para trás, nos fez apertar o passo.

— E quem você espera quem desça por ela agora?

— Anjos. Seres de luz. Os mensageiros sobre os quais todas as religiões falam, senhora Faber. Quando chegarem, eles nos ajudarão a vencer o Apocalipse a que estamos condenados.

— Verdade que acredita nisso?

— Não sou apenas eu que acredito, senhora — ele me puxou pelo braço, dirigindo-me a um clarão que se abria a uns metros à nossa esquerda, ao fim de uma encruzilhada de galerias. — Martin também acredita.

Aguardei um segundo antes de dizer alguma coisa. Fiquei em dúvida se deveria fazê-lo, mas me animei:

— Agora que o mencionou, ainda não perguntei se o senhor sabe por que o sequestraram...

Dujok não titubeou.

— Pela mesma razão que estão nos perseguindo, senhora. Querem suas pedras para abrir esse portal invisível, ao qual se referem todas as religiões do planeta, esse portal que existe entre o seu mundo e o nosso, e assim serem os primeiros a falar com Deus. E, se possível, os únicos.

— E com as pedras poderão fazer isso?

— Não. Eles também precisam da tábua que as faz funcionar.

O armênio, então, deteve-se junto a uma escada corroída pela ferrugem que subia ao teto daquela galeria. Ela terminava em uma abertura redonda, perfeita, pela qual se podia ver o inconfundível perfil de Waasfi. Deveria fazer já um bom tempo que estava ali à nossa espera.

— A tábua? Que tábua?

— Suba. Rápido — ordenou. — Direi a meus homens que a mostrem. Hoje a senhora ganhou o direito de vê-la.

67

A PORTA DO QUARTO 616, no andar de tratamentos intensivos do Hospital Nuestra Señora de la Esperanza, abriu-se sem que ninguém fosse anunciado. Nicholas Allen aguardava esfomeado pela chegada do café da manhã e, assim que a ouviu deslizar no chão, levantou-se da cama animado. O que viu, entretanto, tirou-lhe a vontade de comer. "Esse sujeito de novo!", contorceu o rosto ao reconhecer Antonio Figueiras caminhando distraído até sua cama, acompanhado de outro homem que jamais havia visto antes. Ambos pareciam resolvidos a falar com ele, porém essa urgência era mais evidente no homem desconhecido.

— *Mister Allen...* — começou o inspetor em seu inglês de meia-tigela, com sua cara de caveira e sua capa amarrotada —, um compatriota seu veio visitá-lo.

O coronel, ainda com o soro gotejando em um de seus braços, moveu a cabeça em direção ao recém-chegado.

— Se é da funerária — murmurou —, diga-lhe que sairei desta. Vai ter que procurar outro.

Tom Jenkins apertou os dentes, simulando um sorriso.

— Excelente. Estou contente em ver que manteve seu senso de humor, coronel — disse. — Isso sugere uma rápida recuperação.

— Não conheço você...

— Trabalho no Gabinete do Presidente dos Estados Unidos. Vim até aqui para lhe pedir algo em nome dele.

— Hein? Do Gabinete do Presidente? — sibilou. — Você foi rápido...

— Bem, coronel... O pessoal de nossa embaixada em Madri me informou que você e Julia Álvarez foram atacados por algum tipo de arma eletromagnética há cerca de oito horas. Poderia confirmar? Isso é verdade?

Allen olhou para aquele sujeito com indissimulada desconfiança. Havia sofrido seu "acidente" no cumprimento de uma missão secreta e devia medir até que ponto poderia falar sobre certas coisas com completos desconhecidos.

— Quem lhe disse isso?

— O responsável pela inteligência da embaixada, Richard Hale.

— Oh, sim. Rick. — Relaxou. — Suponho que o diretor Owen o tenha colocado a par de meu caso.

A cara de surpresa do inspetor Figueiras não passou despercebida para Tom Jenkins. Seu limitado inglês o deixava fora dos matizes da conversa, mas não o suficiente para que não percebesse a importância do que falavam. Figueiras ainda não havia relacionado os apagões da noite anterior com a presença de um forte emissor eletromagnético no centro de Santiago. Não sabia muito bem a que os dois se referiam exatamente, embora intuísse.

— E diga-me, coronel — prosseguiu Jenkins —, o senhor tem pelo menos ideia de quem possa ter atacado vocês?

— Naturalmente que sim. Já disse ao chefe Owen. Mas, se quer saber mais — tossiu —, terá que esperar que eu escreva meu relatório.

— Um relatório para a Operação Elias que nunca nos deixarão ver, não é isso?

Allen não respondeu.

— Veja: é urgente que encontremos a mulher que estava com o senhor ontem à noite, coronel — replicou Jenkins. — Não podemos perder tempo em questões burocráticas.

— Urgente? E o presidente necessita dessa mulher para quê?

Tom se inclinou sobre ele, sussurrando-lhe algo ao ouvido que, quando Figueiras conseguiu escutá-lo, quase o fez dar um pulo:

— O senhor sabe tão bem quanto nós. Precisa da pedra dela. O presidente quer o controle total desta situação. E quer agora mesmo.

A reação de Allen com relação àquela confidência foi ainda mais explícita do que a do inspetor. Sua languidez se desfez de repente, ao mesmo tempo em que se inclinava para trás sobre seus travesseiros com os olhos abertos como dois sóis.

— Não sei o que o senhor sabe sobre Elias — protestou —, mas o projeto tem prioridade máxima. Não pode me obrigar a dizer-lhe nada sem uma ordem de meu superior. Nada! Entendido?

Tom o olhou sem uma gota de misericórdia.

— Não importa o que diga agora, coronel. Você irá colaborar...

O assessor do presidente pronunciou aquelas palavras olhando para Figueiras, que tinha seus olhos abertos como pratos. A menção de Jenkins em sussurros a uma "pedra", *stone*, o fez recordar de sua última conversa com o joalheiro Muñiz.

— ... faça o que quiser — ele prosseguiu. — Encontraremos a mulher por nossos próprios meios, e o senhor e seus mandantes ficarão como aqueles antipatriotas que ignoraram as ordens diretas de seu presidente. Pense nisso.

Nick Allen se remexeu em sua cama, incômodo.

— Posso... lhe fazer uma pergunta, coronel? — titubeou então o espanhol.

Antonio Figueiras sentia que tinha sua breve oportunidade de saber mais sobre aquele enredo. Allen o olhou com enfado.

— Conhece as siglas TBC? O que sabe sobre The Betilum Company? — disparou, vocalizando aquele nome o melhor que pôde.

Sua pergunta soou estranha para Tom Jenkins, ainda mais que para o militar.

— Onde diabos você ouviu falar disso...?

— Responda-me, por favor — insistiu.

O coronel o olhou desconcertado.

— É uma companhia que acoberta o projeto da Agência para qual eu trabalho, inspetor. Compreenda que não se pode falar sobre isso. É uma informação reservada.

— E sabe por que essa companhia tem se dedicado a comprar as primeiras edições e manuscritos de um tal... — sem se acovardar, Figueiras deu uma olhada no bloco de notas que levava consigo — ... John Dee?

O militar se sentiu encurralado. Não era fácil encontrar o rastro de algo assim. Dee — todos da estrutura de Elias sabiam disso — era a obsessão particular de Martin Faber. E também a de seu pai. O climatologista havia estado sob o controle de seu progenitor até que ambos se distanciaram da ASN e a Agência retomou as rédeas do projeto, entregando ao coronel Allen a parte operativa. Seus últimos movimentos tinham sido, de fato, a aquisição de tratados de magia vinculados ao mago da era isabelina para tentar compreender o que exatamente os Faber buscavam nesse personagem.

— Nós precisávamos... — Nick hesitou. — Nós queríamos decifrar um símbolo que vimos em umas fotos antigas. Em um material secreto do qual não posso lhe dizer nada.

— Umas fotos? — Tom falou de repente. — Eles nos contaram em Madri sobre umas velhas imagens do Monte Ararat que Martin Faber solicitou à CIA um pouco antes de pedir demissão. São essas?

— Talvez... — resmungou Allen, agora com evidente má vontade. Se ele pretendia dar uma pista a Figueiras que o conduzisse a um beco sem saída, aquele sujeito do gabinete do presidente tinha colocado sua estratégia a perder.

— Talvez, foi o que disse?

— E o símbolo que investigava? — insistiu Figueiras mais animado, folheando seu bloco de anotações. — Era esse?

Nicholas Allen se inclinou sobre a página rabiscada com evidente tédio. Ao reconhecê-lo, a expressão austera do militar se enrugou. Pegou o caderno da mão do policial, perguntando-se até onde poderia falar. Aquele desenho, de fato, estava na capa de um livro de John Dee impresso em 1564. Isso não era um segredo. E Figueiras, seguramente, já devia saber disso.

— Exato! Sim, é ele — admitiu, devolvendo-lhe o desenho no mesmo instante.

— E que relação tem com as pedras, coronel? — o assessor americano o cortou. Figueiras o olhou com irritação. Ele havia tido a educação de não se intrometer em seu interrogatório.

Mas Allen voltou o rosto para a janela de seu quarto, tratando de evitar ambos.

— Não importa que não fale agora, coronel — acrescentou Tom Jenkins, colocando uma de suas mãos em cima de suas pernas. — Você o fará logo. Sabemos onde se encontram as duas adamantes nesse momento. Nossos satélites as localizaram. E também temos a informação de para onde se dirige Julia Álvarez e seus sequestradores. E sabe de outra coisa? Vou lhe pedir que me acompanhe. O senhor vai comigo para a Turquia. Agora.

— Para a Turquia? — Allen se rebelou. — Estou hospitalizado!

— Eu também poderia ir com vocês — Figueiras se voluntariou com entusiasmo, mas Jenkins o evitou, dirigindo-se de novo para o militar:

— O senhor já esteve antes no lugar onde vão reunir as pedras, fala o idioma deles e conhece os dois desaparecidos. Exijo que ajude o presidente de seu país.

— E se eu não o fizer?

— Se não me acompanhar, coronel, eu mesmo cuidarei para que não saia daqui... nunca mais.

68

— O QUE É ESSA TÁBUA EXATAMENTE?

Waasfi sorriu, deixando que a serpente que levava tatuada na maçã do rosto se encolhesse, como se estivesse assustada. Não acredito que ele tenha entendido nem uma palavra do que eu disse, mas por minha atitude ele soube que eu estava falando da relíquia que protegia em sua bolsa de *nylon*. A explosão quase não o havia afetado. Suas roupas não estavam rasgadas nem queimadas e seu aspecto geral era bastante aceitável.

— A tá-bua? — repetiu, fixando-se em meu aspecto desalinhado e apontando seu tesouro em seguida. — *Amrak*?

Assenti.

— É uma relíquia da época de John Dee, senhora Faber — intercedeu Dujok às minhas costas. — Na verdade, ele a chamou de mesa de invocação.

Enquanto o *sheikh* Dujok abandonava o subsolo e batia o pó de suas botas e de sua roupa, o rapaz da tatuagem deixou que eu desse uma olhada.

A princípio, achei que a bolsa estivesse vazia. Seu fundo era de cor escura, enrugada e não pensei nem por um momento que "isso" fosse a bendita relíquia de Dee. Mas ao prestar mais atenção e graças à luz do dia, que clareava cada vez mais tudo, me dei conta do equívoco. Claro que havia algo ali dentro. Era um quadrado da cor de carvão que apresentava delicadas inscrições na superfície. Estava muito deteriorado em função da passagem do tempo. Rachaduras e protuberâncias se repartiam por toda parte, distorcendo alguns desenhos — talvez algum tipo de escrita —, cada uma mais estranha que a outra.

— Após o desaparecimento da Arca da Aliança, quase mil anos antes do nascimento de Cristo, Deus não voltou a dar instruções sobre como construir nenhum outro artefato sagrado até que desenhou esse que agora tem ante seus olhos.

Dujok se aproximara de nós, tranquilo, como se nada tivesse acontecido e se controlasse a situação.

— E vocês acreditam que foi Deus quem...?

— Foi o arcanjo Uriel — sorriu. — Ou isso foi o que Dee explicou em seu livro *De Heptarchia Mystica*. Uriel se dirigiu a ele como uma criatura de cabeça tão brilhante como o Sol, longos cabelos, com uma corda atada ao longo do corpo e uma luz deslumbrante na mão esquerda. O arcanjo entregou a Dee algumas pedras para fazer conjurações e depois foi dando as indicações para dar forma a essa tábua, ou mesa de invocação.

— E isso foi o que você resgatou em Biddlestone, ou estou errada?

— Exatamente. Este é o objeto que Martin descobriu e quis ativar no dia de seu casamento. Desde então, ela não tem deixado nunca de dar sinais de vida.

— Que tipo de sinais?

— Por exemplo, ela mantém uma temperatura constante de dezoito graus centígrados. Nenhuma pedra faz isso.

— Não parece um detalhe importante.

— Todos os detalhes são.

— Então, vocês têm ideia do motivo pelo qual os anjos deram algo assim a Dee?

O armênio se aproximou de mim com jeito paternalista.

— É uma boa pergunta. Martin e eu a fazíamos com frequência e por fim chegamos a uma conclusão um tanto estarrecedora. Veja: Dee passou os últimos anos de sua vida obcecado com o que ele chamava de o Livro da Natureza. Acreditava que o Universo inteiro podia ser lido como se fosse as páginas de um grimório. Acreditava inclusive que podia ser manipulado à vontade se você conhecesse as palavras que deveriam ser intercaladas aqui e acolá; caso você dominasse a língua com a qual foi escrita a Criação. O caso é que os anjos que o visitaram pareciam bem nervosos quando lhe confiaram essa lâmina. Por alguma razão, eles tinham urgência que Dee conseguisse compreender de uma vez por todas essa linguagem secreta, essa "cabala" que lhe permitiria modificar a obra de Deus. Mas acho que isso foi como tentar ensinar genética a um garoto de onze anos. Fracassaram. Então eles ameaçaram com a chegada de mudanças terríveis no clima, desastres sem par, se ele não conseguisse aprender a manusear a tábua e o idioma que a ativava... mas Dee morreu sem conseguir fazer isso.

— E os tais desastres?

— Eles aconteceram, senhora — suspirou. — Aconteceram.

— Sério?

— Poucos anos depois de sua morte, e até 1650, a Europa viveu um dos piores momentos em termos de meio ambiente nos últimos nove mil anos. As temperaturas baixaram tanto que colheitas inteiras foram perdidas. Milhares de famílias pereceram de fome, enfermidade e frio. E hoje sabemos por quê. Tudo foi por culpa do Sol — prosseguiu. — A atividade magnética do Astro Rei alcançou mínimos históricos. Nos livros de astronomia, chamam a esses anos como os do "mínimo de Maunder" e seus terríveis efeitos se estenderam até o princípio do século XVIII. Acredito que isso foi o que os anjos quiseram advertir a Dee e ele não soube interpretar.

— E o senhor? Acredita que saberá fazê-lo melhor do que ele?

— Bom... — sorriu. — Se essas criaturas voltassem a estabelecer comunicação conosco através das pedras, estou seguro de que o faríamos muito melhor. Ao contrário do que acontecia na época de Dee, ou na de Moisés, nossa civilização já dispõe de linguagem científica e poderíamos interpretar os seus avisos com mais rigor. Por isso, essas pedras devem estar em nosso poder, e não em mãos de quem só especularia com elas, e aproveitariam as comunicações angélicas com Deus sabe-se lá com que propósitos obscuros.

— Então, vocês não estão fazendo isso por fé nem por desejo de poder?

— Nós não, senhora. Estamos fazendo por pura sobrevivência. Nós aprendemos que os anjos só falam através da tábua e das adamantes se tiverem algo muito sério para nos advertir. E este momento não é uma exceção. Disso, eu tenho certeza.

69

QUANDO O CADILLAC BLINDADO do presidente dos Estados Unidos chegou ao estacionamento da Casa Branca, uma lua cheia e magnífica prateava os principais monumentos do Washington Mall. A sombra do obelisco levantado em memória a George Washington começava a se alongar até os jardins de sua residência oficial como uma lança afiada. Castle considerou aquilo como um mau presságio. E com esse ânimo pisou duramente nos tapetes do Salão Oval, calculando o que faria se os homens de Owen se adiantassem a seus observadores na Espanha e conseguissem a pedra que havia criado as alterações detectadas pelo NRO. Poderia confiar no que dissera o diretor da Agência de Segurança Nacional? E com quem poderia consultar suas dúvidas depois de jurar que não faria uso da informação sobre a Operação Elias?

Nunca havia se sentindo tão só.

Sobretudo agora.

Estava certo de que nem o vice-presidente, nem qualquer outro membro de sua equipe entenderiam que ele não gastaria nem um minuto de seu tempo em satisfazer o que, visto de fora, poderia ser mal interpretado como uma curiosidade pessoal. Mas não era.

"Pelo menos, Elias existe", ele se permitiu.

E com infinita nostalgia, daquela ideia veio outra em seguida. "Papai estava certo."

Tinha quase esquecido o jantar que acompanhou a longínqua recepção aos Hopi no Capitólio de Santa Fé. Era curioso como funcionava a memória. Uma nota musical, uma fragrância ou um sabor poderiam transportá-lo a tempos aos quais não dava atenção há muitos anos. Desta vez, o estímulo foi uma palavra. Um nome próprio, para ser mais exato. Chester Arthur. A última vez que ouviu falar dele foi precisamente dos índios Hopi. E apesar de não ter todos os detalhes frescos na memória, recordava muito bem de suas linhas gerais. Urso Branco, um tipo grosseiro de olhar felino e rosto sulcado pelas profundas rugas que lhe conferiam a certeza de ter tido uma vida cheia de decisões difíceis, repetia de tempos em tempos que em 1882 Arthur assinou a ordem executiva pela qual seus antepassados receberam os dois milhões e meio de acres de terra no coração do Arizona e que hoje formam sua impressionante reserva. "Mas foi um presente envenenado — resmungou. — Até aquele momento, todo mundo perseguia a minha tribo: os colonos nos odiavam, e os missionários católicos não paravam de nos pressionar para que nos convertêssemos à sua fé. A promessa de uma terra própria, independente, chegou como um presente inesperado." "E onde está o veneno?", Castle lhe fez a pergunta-chave encolhendo os ombros. Sabia que o presidente Arthur fora um homem sensível com as minorias étnicas e que quis retirar os nativos do Novo México e de Nevada para agrupá-los em uma zona neutra, onde ficassem a salvo de saques. Mas Urso Branco resistiu a aceitar esse ponto.

O velho chefe índio tinha oitenta e cinco anos no dia de sua visita a Santa Fé e uma história a contar a um homem branco influente antes de morrer. Castle foi o eleito.

— Sabe de uma coisa, governador? — disse. — Fico enternecido ao ver os esforços que fazem os políticos para proteger seus eleitores.

— Por que diz isso? O senhor não gostou da recepção?

— Oh, sim — sorriu ele. — Não é por isso. Eu pensava que se soubesse o que dizem nossos ancestrais sobre o destino que aguarda a humanidade, talvez o senhor não se deixasse levar tanto por seus aborrecimentos e passaria mais tempo com sua família.

— Entendi, o senhor quer que eu me aposente agora? — brincou Castle.

— Não. Quero que se prepare. As profecias dizem tudo de maneira bem clara.

— As profecias? As de seu povo? — Castle deixou que lhe servissem o café. — E o que dizem?

— Que estamos na reta final do quarto mundo, governador. Nós, talvez nossos filhos, veremos o desaparecimento desta civilização.

— O quarto mundo? Eu só conheço este...

O ancião sorriu com benevolência.

— Dos dois primeiros, sabemos bem pouca coisa, senhor. Na ocasião o homem ainda não existia e não viu as erupções e deslizamentos de terra que fecharam o primeiro ciclo do planeta. E por sorte tampouco sofreu com o frio e o gelo do segundo. Mas do terceiro nós aprendemos muito... Nesse, sim, padecemos.

— Verdade?

— O terceiro mundo foi destruído por uma gigantesca inundação.

— Ah! O Dilúvio Universal!

O ancião assentiu.

— Vocês cristãos o chamam assim. Mesmo que ainda sempre se esqueçam do que aconteceu antes da catástrofe. Os Hopi, não. Nossos anciãos ainda pronunciam o nome da capital do mundo antigo. A Washington daquele tempo se chamava Kasskara, governador. Essa capital foi levantada sobre uma terra em meio ao oceano que afundou depois que as águas se elevaram.

— Também conheço o mito.

— Todos o conhecem — cortou o ancião. — A questão é: "Acreditam nele?".

Urso Branco prosseguiu:

— Os cidadãos de Kasskara foram os últimos que tiveram o privilégio de ver, tocar e conversar com os antigos deuses. Eles os chamavam de katchinas, os "elevados e respeitados sábios", e deles receberam imensos conhecimentos. Durante milênios, foram os verdadeiros donos da Terra. Dispunham de máquinas voadoras e eram capazes de se comunicar à distância, de provocar a chuva ou a seca e até de destruir um país em uma só noite. Quando o presidente Arthur soube de sua existência e viu que Kasskara se parecia tanto com a Atlântida, reconheceu os Hopi como os depositários de um conhecimento que lhe interessava e nos propôs trocar esse conhecimento pela propriedade de nossas terras. Por isso, eu disse que a cessão estava envenenada, governador.

Urso Branco fez que não deu importância ao olhar incrédulo de Castle e de sua esposa. Se Castle soubesse na ocasião da fascinação que Chester Arthur sentia pela Atlântida e pelo "grande segredo", ele teria prestado mais atenção.

— Com todos os seus avanços, sua ciência e sua maravilhosa tecnologia — o Hopi continuou falando, — os katchinas foram incapazes de deter aquele dilúvio. Por isso, quando compreenderam que a catástrofe era inevitável, decidiram salvar alguns humanos. E treinaram esses sobreviventes para receber um presente que, se fosse usado com prudência, poderia nos ser de grande utilidade no futuro, quando chegasse o momento final do mundo e eles não estivessem por perto para nos ajudar.

— Uma canoa salva-vidas...?

— Uma pedra sagrada, governador — o ancião o cortou, muito sério. — Ou, para ser mais exato, uma pequena coleção delas que foram espalhadas nos quatro cantos da Terra, ocultando-se em lugares muito sagrados.

— Uma pedra não parece um grande presente.

— Não julgue apressadamente. Aqui, ao Novo México e ao Arizona, foi trazida uma muito poderosa. Foi talhada pelos katchinas e depositada em um lugar secreto ao qual apenas o chefe de cada tribo tem acesso de tempos em tempos. Esses chefes a visitam para comprovar se há algo para nos dizer. Algo mal. O presidente Arthur soube de sua existência graças a um antepassado meu e a consultou em várias ocasiões. Eu a vi pela última vez em 1990. E devo lhe dizer que continua escondida em seu estado, governador.

— E com o senhor, ela falou alguma vez? — sorriu Castle, perplexo ante as superstições indígenas.

— Eu lhe contarei: nesta mesma semana, acreditei que morreria sem ouvi-la. No fundo, se isso acontecesse, garanto que seria um alívio. Preferia que fosse meu sucessor quem tivesse essa responsabilidade... Mas algo acaba de acontecer, senhor.

Castle deixou seu café sobre a mesa.

— Continue.

— Governador, a falta de chuvas dos últimos anos e a seca de poços e rios em nossa reserva me obrigaram a regressar a seu esconderijo há poucos dias. E depois de três mil anos de silêncio, a pedra falou.

— Sério?

— Não estou louco, governador. — O rosto do índio havia se ensombrecido. — Acredite ou não, mas o seu pronunciamento anuncia que o fim do quarto mundo chegará em breve, talvez dentro de poucos anos. Meus antepassados juraram lealdade ao governo dos Estados

Unidos quando assinaram os acordos com o presidente Arthur, e recorro ao senhor em virtude deles. Sei que o governador pode informar à Casa Branca antes que tudo aconteça. E deve fazê-lo o quanto antes. E mais, antes de agir, o senhor deveria falar com a pedra. Isso lhe daria argumentos ante os incrédulos.

70

O PRIMEIRO-SARGENTO Jerome Odenwald sentiu seu pulso tremer de raiva quando a mira telescópica de seu míssil portátil M72 pousou sobre seu objetivo. Os filhos da puta que haviam matado quatro de seus companheiros e ferido um quinto mereciam uma lição. Por culpa deles, ele logo enfrentaria um tribunal militar, teria que dar explicações sobre por que um "fogo não especificado" havia reduzido sua unidade ao mínimo e em nome de que haviam convertido o centro de um pequeno povoado da costa norte da Espanha, que estava em pleno território da Otan, em um campo de batalha com risco para a população civil. Teria sorte se não terminasse diante de um conselho de guerra.

Odenwald estava furioso. Sua euforia ao fazer saltar a tampa dos miolos do sujeito que havia encontrado ferido na entrada da igreja já se evaporara. Agora compreendia que matá-lo tinha sido um erro. Devia ter disparado no estômago e deixado que ele sangrasse como um porco até que as câimbras terminassem com ele, ainda que isso tampouco tivesse respondido às perguntas que agora o atormentavam. De onde havia tirado, aquele desgraçado, o armamento de precisão que levava consigo? E em que campo de criminosos ele havia sido treinado?

Odenwald estava certo de uma apenas coisa: os sujeitos que estavam em sua linha de fogo nesse instante não eram uns terroristas quaisquer. Ou, pelo menos, não do tipo de homens "de baixo perfil agressivo" que lhes haviam ordenado neutralizar no quartel-general.

O soldado desligou o rádio para que nada o distraísse e se concentrou no que via em seu visor.

— Agora eu os peguei — sussurrou.

Três homens e uma mulher — Dujok, Waasfi, Haci e Julia Álvarez — acabavam de emergir pela boca do bueiro, bem próximos aos pórticos do teatro Noela. O SEAL logo os reconheceu. Fugiam do caos que se havia instaurado rua abaixo, onde uma nuvem de viaturas policiais e ambulâncias ainda tentavam formar alguma ideia do que havia acontecido.

Aqueles sujeitos estavam com sorte. Quando o sargento ia abrir fogo contra eles, se deu conta de algo: apesar dos evidentes sinais de fadiga que o grupo demonstrava, conversavam absortos ao redor de um objeto que emergia de uma bolsa escura que descansava sobre o asfalto.

"A caixa!"

As pupilas do atirador se dilataram. Isso era exatamente o que sua unidade recebera a ordem de recuperar.

Jerome Odenwald tirou o dedo do gatilho e apalpou o corpo de sua arma em busca de outro de seus sofisticados aparatos: o *whisper detector*, uma espécie de orelha eletrônica direcional incorporada ao visor de sua arma e conectada por *bluetooth* aos fones que levava escondidos sob seu gorro de lã. Bem direcionado, o sensor podia amplificar qualquer conversa que se desenvolvesse dentro de um raio de cento e cinquenta metros. Seu objetivo estava dentro dessa área. O sargento o ativou e, sem que ninguém suspeitasse, se pôs à escuta.

— Senhora Faber... — a voz grave de Artemi Dujok, que para Odenwald pareceu de porte militar, soou em seu capacete com total nitidez —, a senhora está diante do emissor de rádio mais antigo do mundo. Tem quatro mil anos e funciona quase como os modernos.

"Quatro mil anos." Odenwald ajustou o volume.

— Martin e eu investimos muito tempo para encontrá-lo — continuou Dujok. — Finalmente, seu marido descobriu o paradeiro disto ao decifrar uma das tábuas com nomes angélicos que Dee deixou escritas antes de morrer.

— E ele disse que com isso se pode falar com Deus? — titubeou a moça, sem perder de vista o conteúdo da bolsa.

— Uma lenda diz que São Jeremias a usou para atender à Palavra de Deus e escrever o livro de profecias que se incorporou depois à Bíblia. Através desta pedra, ele soube dos tempos nefastos que cairiam sobre Jerusalém, a chegada de Nabucodonosor e o exílio na Babilônia. Por isso, e para evitar que algo tão valioso caísse em mãos pagãs, Jeremias o levou para o mais longe que pôde, escondendo-o nas Ilhas Britânicas.

Julia arqueou as sobrancelhas.

— Até que terminou em Biddlestone...

— Sim. Agora sabemos que este objeto só atua quando detecta o campo de energia de uma adamante em dias "especiais" e quando há alguém como Jeremias que sirva como catalisador. Sem o saber, a senhora já o fez funcionar por duas vezes. É mais do que havíamos conseguido com qualquer outra pessoa.

Odenwald havia escutado o bastante. Estava certo de que a relíquia que haviam ordenado recuperar estava a seus pés. Era mais do que necessitava. Se não errasse o tiro — e não havia uma só razão para fazê-lo —, restavam três segundos de vida àqueles quatro indesejáveis antes que *Amrak* passasse, finalmente, para suas mãos.

Sua missão não estava definitivamente arruinada, afinal de contas.

71

APESAR DOS ACESSÓRIOS e dos assentos térmicos de sua moto BMW K1200 de aluguel, Ellen Watson não conseguiu se livrar do frio horrível que pressionava suas articulações. Seu instinto lhe fizera optar por um veículo leve e veloz como aquele. Sabia que não tinha tempo a perder se pretendia alcançar Julia Álvarez e seus sequestradores antes que abandonassem Noia. E o bendito povoado de pescadores estava a quase quarenta quilômetros de Santiago. Situado ao final de um vale brumoso e úmido, demorava quase uma hora para se chegar até lá.

A maldita autopista que deveria unir ambos os pontos esperava há que a terminassem e, a não ser que se tivesse um meio de transporte rápido, a viagem poderia ser interminável.

Ellen acertou em cheio.

Faltavam apenas vinte minutos para as nove quando seus cento e dez cavalos ronronaram ao encarar a rua Juan de Estivadas. Se ela a subisse, chegaria logo ao centro histórico do povoado. Seu coração começou a bater com força. O GPS conectado por *bluetooth* aos fones de ouvido de seu capacete rosa de fibra de vidro indicava os metros que faltavam para chegar. Só estranhou que, apesar da hora, o comércio e as calçadas estivessem completamente vazios.

— O que há por aqui? Ninguém sai na rua?

Ao contornar uma esquina e encarar a última ladeira que a separava das coordenas fixadas pelo GPS, ela pôde ver a primeira silhueta humana. Não percebeu nada de estranho nela, tratava-se de um jovem vestido com roupas negras bem justas — talvez outro motoqueiro — que estava ligeiramente reclinado sobre o capô de uma vã de entrega. Descansando talvez. Porém, foi no segundo seguinte quando Ellen se alarmou. Aquele homem usava uma Eagle-1, óculos de lentes de policarbonato especiais para atiradores de elite do exército norte-americano, e que ela conhecia muito bem. Aquele era um OOPART. Um *Out-Of-Place-Artifact*. Um objeto fora de lugar. Em uma fração de segundo, distinguiu que seu gorro de lã cobria boa parte de suas feições e que um cabo negro que estava enfiado na camisa devia se ligar a algum tipo de intercomunicador.

"Com todos os diabos!"

Ellen freou bruscamente sua máquina, calçou-a na rua e se lançou como uma louca até o militar. Seu coração subiu até a boca.

"Ele vai disparar! — ela se alarmou. — Tenho que detê-lo!"

De fato. Aquele sem-vergonha tranquilo acabava de levantar o tubo verde de seu lança-míssil portátil e apontava diretamente para um ponto ao fundo da rua. Um ponto — calculou Watson — que devia coincidir quase exatamente com o que marcava a informação do seu satélite.

"Eu tenho que detê-lo!", repetiu para si mesma.

Antes que aquele sujeito terminasse de ajustar sua mira ao objetivo, Ellen apontou sua arma:

— Alto! Levante as mãos! — gritou.

O homem nem sequer se alterou. Sem se mover em sua posição, agitou levemente o tubo de sua arma e apalpou o gatilho para acioná-lo. Nem pensou. Na fração do segundo seguinte, dois disparos da Beretta que ela havia sacado romperam o silêncio do povoado. *Tum. Tum.* Só então, nervosa e perdida, retirou o capacete, respirou fundo aquela mistura de pólvora e brisa marítima que flutuava ao seu redor e descobriu quem acabara de abater: um homem de porte musculoso, vestido com o uniforme escuro de ataque noturno dos SEAL, cujo sangue empapava agora os paralelepípedos, que sabe lá Deus quantos séculos de antiguidade tinham.

"Merda! É um *marine*!"

Seus tiros o acertaram em cheio. Um, o mais estrondoso, na altura do pescoço, atravessando de lado a lado. Outro no rim e nos pulmões, letal.

Rua abaixo, justamente onde morria a calçada em que ela se encontrava, outras quatro silhuetas — as únicas que conseguiu distinguir no local — se apressavam em colocar a salvo uma bolsa preta de viagem enquanto assumiam claramente posições de defesa. Três eram homens e estavam armados. A quarta era uma mulher com o cabelo cor de cenoura. Acreditou reconhecê-la pelas fotos que havia visto em Madri. Era Julia Álvarez! E seus dois tiros, como se temia, não lhes passaram despercebidos.

Ellen Watson, treinada para tomar decisões cruciais em tempo recorde, calculava agora como enfrentaria os homens que — segundo as estimativas que escutara algumas horas antes na embaixada — possuíam um sofisticado armamento eletromagnético e haviam sequestrado Martin Faber e, logo depois, sua esposa.

72

COMECEI A TREMER como uma criança.

Nem bem havíamos escapado do pesadelo da explosão em Santa Maria, a Nova, dois disparos soaram a poucos metros de nós. Eu logo os reconheci: detonações secas, fortes e que precederam à queda de um sujeito vestido com roupas escuras, escondido atrás de um furgão.

— *Anvrep Kragoj!* — gritou Waasfi às minhas costas.

— Atirador! — traduziu Dujok alarmado. — Para o chão!

No entanto, para minha surpresa, eles não se referiam ao motociclista que estava em pé no meio da rua, com uma arma curta fumegando nas mãos. Não. O que os assustou de verdade foi o cara que este acabava de abater.

— Proteja-se! Rápido! — ordenou-me Dujok.

Trêmula, me agachei atrás de um carro azul.

— O ... O que está acontecendo agora? — balbuciei.

Foi o *sheikh* armênio quem, irritado e fora de si, agarrado a sua temível metralhadora, cuspiu:

— Não sei, senhora! Eu-não-sei!

73

A NOVE MIL QUILÔMETROS de distância da costa galega, um supercomputador da *National Reconnaissance Office* recolhia e analisava todas e cada uma das informações que o satélite HMBB gravava no espaço.

— Por todos os santos! E agora, quem disparou contra o S23?

Esse era o nome-código do sargento Odenwald. Uma gota de suor nervoso escorreu pela testa escura de Michael Owen, que decidira ficar na frente dos monitores da sala de controle para seguir a evolução da bendita emissão eletromagnética. "Por sorte, o presidente não viu isto", pensou. O ícone que figurava sob o nome-código do soldado havia se tornado vermelho. Estava morto. As notícias que chegavam em tempo real vindas da costa norte da Espanha não podiam ser mais catastróficas. O capitão do *USS Texas*, fora de si, acabava de terminar uma videoconferência com ele, furioso por não ter conseguido autorização especial para desembarcar um novo contingente de homens no estuário de Noia. Owen não queria se arriscar. "Teria que dar explicações demais a Castle", raciocinou.

A seu lado, sobressaltado, Edgar Scott tirava os óculos para enxugar os olhos com um lenço de tecido.

— Senhor — o diretor do NRO parecia esgotado. Não tinha sido fácil manter a compostura diante do presidente da nação sem lhe dar a informação comprometedora que solicitava. — Não queria parecer inoportuno, mas não acha que se deve compartilhar com Castle *tudo* o que sabemos?

— O que quer dizer com *tudo*?

— Quero lembrá-lo de que essa fonte magnética — disse, assinalando outro indicador no monitor maior da sala — não foi a última que detectamos nas últimas horas. De fato, em outros pontos foram registradas emissões parecidas, mesmo que de menor intensidade. Jerusalém. Arizona. O caso de Noyon, na França, na madrugada passada, foi importante.

— E já está sob controle, Scott. Não vamos deixar que ocorra outra crise das catedrais como a de 1999, certo?

O diretor do NRO não parecia estar bem seguro.

— Isso foi há muito tempo, senhor...

O que Owen chamava a "crise das catedrais" lhe trazia lembranças funestas. Naquele ano, enquanto Nicholas Allen e Martin Faber tentavam obter uma rocha magnética da família das adamantes em Echmiadzin, um cientista do Centro Nacional de Estudos Espaciais de Toulouse descobriu, enquanto processava imagens de um satélite da série ERS, seis emissões de "categoria X" procedentes do subsolo de outro tantos templos góticos do norte da França. Do "Gótico precoce", recordou. O caso é que aquele engenheiro, um tipo afável chamado Michel Temoin, contrariou seus superiores por culpa de um achado fortuito similar ao que agora sua equipe estava detectando. Nenhum quis então investigar o assunto, e o engenheiro acabou fazendo suas averiguações por conta própria, as quais se revelaram das mais incômodas. Ninguém o avisou que o caso estava relacionado com um projeto altamente secreto que estudava esse tipo de fontes energéticas anômalas. Foi em Amiens, na mesma fachada de um dos templos afetados, que aquele engenheiro recuperou uma pedra, coisa que jamais deveria ter feito sem a permissão da Operação Elias, colocando-os em sérios apuros. Ninguém queria que algo tão delicado, e que podia gerar tanta curiosidade científica, histórica e política, acabasse sendo de domínio público. Para sorte de Elias, em 1999 os sinais de mudança climática ainda eram escassos e a imprensa deixou de lado as notícias sobre essas emissões. Mas agora a situação era diferente. Se um novo cientista independente conseguisse relacionar a ativação de todas essas antigas balizas de pedra com a proximidade de um evento geológico severo — eufemismo para uma catástrofe global —, poderiam ter problemas. E muito sérios.

— Isso não pode acontecer! — atalhou Owen com dissabor. — O caso de 1999 nos pegou de surpresa. As emissões se produziram justamente depois de certas anomalias na coroa solar potencializadas por um eclipse no mês de agosto sobre a França. O que Nostradamus predisse, lembra? O de Noyon, mesmo sendo na mesma região, poderia ser algo pontual. Descobrimos a emissão. Enviamos uma equipe. E a pedra magnética que alguém enterrou na cripta de sua catedral já está em nosso poder. Assunto encerrado.

— E poderemos fazer o mesmo com isto? — perguntou Scott, apontando para a tela em que HMBB fazia sua varredura da costa setentrional espanhola.

Uma última informação acabava de ser processada pelo satélite. Owen a interpretou estupefato.

— Não é possível...

Edgar Scott se apressou para contradizê-lo:

— Sim, é possível, senhor.

O computador acabava de triangular a posição do atirador que tinha acabado com a vida de S23. No lugar estimado, o satélite havia filmado o perfil de uma pessoa enfiada num macacão de motociclista branco e cinza, que já havia renderizado e passado pelo filtro de identidades da Agência de Segurança Nacional. Uma foto, um nome e uma localização bastaram para deixar Michael Owen derrubado na sua poltrona.

"Ellen Leonor Watson."

"Gabinete do Presidente, Casa Branca. Washington D. C."

74

ESTAVA MORTA DE MEDO. Mesmo assim, a curiosidade acabou por vencer o temor e me projetei à rua em que tinha ouvido os disparos. Haviam se passado dois minutos desde que trovejara o último. Ninguém voltara a apertar o gatilho. Era um bom sinal.

Então eu a vi.

A motociclista era uma mulher que vinha descendo pela ladeira do teatro Noela com os braços para cima. Dava passos muito lentos. Estava só.

— Eu guardei minha arma! — gritou em um inglês perfeito, que ricocheteou nas paredes de pedra ao seu redor. — Não atirem! Trabalho para o gabinete do presidente dos Estados Unidos! Só quero conversar com Julia Álvarez!

Ao ouvir o meu nome, tomei um susto.

Ela disse que trabalhava para o presidente dos Estados Unidos?

— Mantenha os braços para cima e não faça nenhum movimento brusco — Dujok a ameaçou, mostrando a boca da arma por cima do capô atrás do qual havia se apoiado. — Você entendeu?

A mulher assentiu.

O *sheikh* quis saber se eu conhecia aquela mulher, mas eu neguei. Nunca a tinha visto em minha vida. Era uma moça morena, atraente, que eu não teria apagado de minha mente tão facilmente, caso eu tivesse cruzado com ela em alguma parte.

— Eu posso ser de ajuda a vocês! — gritou outra vez. — Sei onde Martin Faber está! Tenho suas coordenadas. Só quero ter certeza de que a senhora Faber está bem e que continua com vocês a pedra da qual os agentes da Operação Elias estão atrás.

— O que você sabe sobre isso? — reagiu Dujok.

Ellen sorriu. Tinha dado um palpite certeiro.

— Sou assessora do presidente, senhor. Sei que esse projeto não está autorizado por ele. Se vocês têm problemas com eles, nós também temos.

Desta vez, foi Dujok quem sorriu. Tive a impressão de que lhe acabara de ocorrer uma ideia. De um pulo, abandonou seu parapeito no capô do carro e caminhou em direção à jovem com a arma apontada para o chão:

— E se eu lhe contar o que o presidente precisa saber sobre Elias? — disse ele. — Você nos dará a garantia de sua proteção até completarmos a nossa missão?

— Missão? Que missão?

— Chegar até a Turquia, resgatar Martin Faber e colocar as adamantes em um lugar seguro. Isso é tudo.

— Vocês me levariam junto?

— Se é o que deseja, vamos.

Ellen lhe estendeu a mão. Era seu melhor lance para estar mais próxima das pedras.

— Trato feito, senhor. Com quem eu tenho o prazer de colaborar?

— Com Artemi Ivanovich Dujok. *Baba sheikh* da mais respeitável e antiga fé de Malak Taus. Somos yazidis.

— Já ouvi falar de sua religião...

— Pois agora nos conhecerá melhor. Vamos sair daqui!

75

"**QUEM TEM O DIREITO** de chamar a Deus?"

O cérebro de Roger Castle soltava fumaça enquanto marcava os dez dígitos do telefone do Novo México da pessoa com quem desejava se comunicar imediatamente. Havia solicitado a seu secretário uma linha segura e quinze minutos sem interrupções para resolver um assunto pessoal.

"E o que poderia lhe dizer um simples ser humano que fosse de interesse?"

Acomodado em seu sofá, com o olhar perdido nos jardins da Casa Branca, a linha encontrou tom de discagem no mesmo instante. Ao terceiro toque, alguém levantou o telefone.

— Andrew? É você?

Andrew Bollinger figurava na agenda privada do presidente há mais de duas décadas. Brilhava em suas primeiras páginas, na seção "astrônomos". De fato, ambos foram companheiros de colégio e até jogaram na mesma equipe de beisebol. Desde que se conheceram no ano de 1982, Castle teve muita certeza de que aquele sulista de traços orgulhosos se converteria em um autêntico gênio em matemática e física. E assim foi. Bollinger era um desses caras que, com sorte e investimentos suficientes, ajudaria seu país a levar um homem a Marte. Qualquer um que tivesse visto, na época, aqueles dois passeando pelo *campus* de Albuquerque teria apostado em Bollinger como o jovem com o futuro mais promissor. E assim foi até que Castle entrou na política. Seu amigo obteve o doutorado em astrofísica aos vinte e três anos e, após a defesa de sua defesa de tese, não demorou em ser nomeado para a direção das vinte e seis antenas do Very Large Array Telescope de Socorro. Sob seu comando, o VLA se convertera em um lugar famoso. Estava na moda desde que aparecera no filme *Contato,* com Jodie Foster, ainda que suas antenas jamais tivessem buscado sinais de radiotransmissão extraterrestre. E, quanto a seus projetos, já não eram apenas financiados por filantropos e empresas de comunicação, mas também pelas hordas de curiosos que compravam suas camisetas ou participavam de suas visitas guiadas. Todos voavam até lá atraídos como moscas por aquilo que o VLA inspirava: a escuta de "sons" do espaço profundo, de quasares, supernovas, das frequências de rádio naturais que as estrelas emitem e inclusive a recepção de mensagens da sonda Voyager 2, que estava nessa altura bem depois de Netuno.

Com razão, não havia passado pela cabeça de Castle um candidato melhor para responder às perguntas que começavam a se amontoar em sua mente:

— Andrew? Andrew Bollinger? — o presidente insistiu. Fazer uma chamada direta a um civil, ainda que fosse um velho amigo, produzia-lhe certa excitação.

No segundo seguinte, uma voz masculina respondeu:

— Deus meu... Roger? Roger! O que aconteceu?

— Bravo! — exclamou Castle. — É uma bênção que você ainda se lembre de seus colegas.

— E como não? Eu vejo você todos os dias nos noticiários! — ele riu nervoso. — Faz quanto tempo que não nos falamos? Quatro anos? Cinco talvez?

— Bastante tempo, eu sei. E eu sinto muito, Andy.

— Diga-me, o que posso fazer pelo meu presidente? Não será uma emergência nacional?

Andrew gostava de brincar. Passava tempo demais só em frente a seus computadores e quando o despendia em "contato humano", fazia-o enfeitando esses minutos com doses de humor.

— Bem, preciso lhe perguntar algo.

— Siga em frente, presidente. Deve ser muito importante para que me chame pessoalmente.

— E é. Lembra-se do Urso Branco?

A linha ficou muda por um instante.

— Urso Branco? O chefe Hopi?

— Ele mesmo.

— Claro que eu me lembro. Sobretudo depois daquela excursão surrealista que nós três fizemos à reserva dele... ou onde diabos tenha sido. Não vai me dizer que ele ressuscitou? Porque ele já morreu, certo?

— Sim. Faz anos. Aliás, queria pedir a você que fizéssemos de memória agora juntos aquela excursão. Pode ser?

Como esquecer a radiante tarde de primavera que passaram ao sul de Carlsbad perseguindo algo tão absurdo como uma pedra falante?

Urso Branco os havia convocado às cinco em ponto no cruzamento da Interestadual com a 285, próximo da fronteira mexicana, para lhes mostrar sua relíquia mais sagrada. O ainda governador Roger Castle aceitara o convite, colocando apenas uma condição ao encontro: queria que um cientista de confiança o acompanhasse. Um que o ajudasse a julgar o que iriam ver. Se havia algo que ele havia aprendido em sua carreira política, era a de se apoiar em especialistas. Eles eram o melhor seguro de vida dos políticos. Os únicos que o salvariam de cometer gafes diante de seus eleitores e os sujeitos perfeitos a quem se poderia jogar a culpa se alguma coisa desse errado.

O ancião Hopi não colocou empecilho, mas aproveitou para lhe pedir outra coisa como uma justa compensação: seu amigo e ele viajariam com os olhos vendados até o lugar marcado e não falariam daquela visita a ninguém. Nem antes, nem depois.

Castle aceitou.

Chegado o mês de março, com os escritórios do Estado funcionando em meio expediente por culpa da Semana Santa católica, Castle e Bollinger se colocaram nas mãos dos Hopi. Na segunda-feira 13, o governador deixou uma nota simples anexada em sua agenda, indicando só o lugar de encontro e uma mensagem — meio brincando, meio sério — para sua ajudante, dizendo que, se se passassem vinte e quatro horas sem receber notícias dele, que avisassem a Guarda Nacional.

Por sorte, não foi necessário. Teriam tido muitos problemas para localizá-los, especialmente porque eles mudaram até três vezes de veículo e a maior parte do tempo circularam por estradas particulares, pistas de terra distantes da rodovia principal e não pagaram nada com cartão de crédito. Primeiro usaram um sedã preto, depois uma picape e mais tarde um velho, porém robusto, jipe, que com eles fez uma longa viagem por aqueles campos. Em nenhum momento, Urso Branco e sua gente deixaram de lhes recordar que não deviam ver para onde se dirigiam. "É um lugar sagrado. O homem branco não é bem-vindo aqui", insistiram. Nem Castle, nem Bollinger questionaram a afirmação. Mas quando ambos foram depositados no esconderijo da bendita pedra falante, eles tinham dado tantas voltas que nem em um milhão de anos lhes seria possível marcar aquele lugar em um mapa.

Supunham que estavam em uma espécie de mina. Uma gruta escura e fresca, iluminada por um gerador elétrico, que desembocava em uma sala grande.

— Não há nada a temer — disse Urso Branco, adivinhando seus receios.

— Sua pedra... — sussurrou o governador incrédulo — ... está aqui?

— Está sim — assentiu complacente o ancião. — Bem diante do senhor, governador.

Um dos seus acompanhantes iluminou algo que brilhou um metro além de onde estavam.

Era uma espécie de cristal do tamanho de uma moeda de vinte e cinco centavos. Tinha suas bordas irregulares, sem veios visíveis. Era opaco, brilhante como a obsidiana e dava a impressão de ter sido arrancado há pouco tempo de uma rocha maior. Como se fosse uma lasca de sílex. Eles nem sequer a haviam protegido em uma urna. Na verdade, os nativos a haviam depositado sobre um fino leito de folhas secas, colocando-a no que parecia ser o centro de um anfiteatro natural. O que chamou a atenção de Bollinger e Castle foi descobrir um grupo de cinco garotos recostados nas paredes ao seu redor. Estavam muito quietos. Tanto que pareciam estátuas. Haviam apoiado suas cabeças a alguns palmos abaixo da pedra e entoavam um cântico monótono, triste, apenas perceptível.

— O que faz essa gente aqui? — perguntou o astrofísico intrigado.

Urso Branco fez um sinal para que se aproximassem. E, ao fazê-lo, algo os desconcertou ainda mais. Não eram os garotos que cantavam. Era a pedra! Sua melodia, explicou o ancião, atuava como uma onda portadora modulada em intervalos regulares por algum mecanismo invisível.

— São jovens com dons especiais, senhor Bollinger — esclareceu Urso Branco. — Só estão escutando a pedra. Se seu canto sofresse a mais leve variação, eles me avisariam.

Andrew ficou impressionado. "A natureza não faz isso", pensou.

— Quê? Acredita em mim agora, governador? — Urso Branco estava eufórico. — A pedra vem nos falando assim há mais de uma semana.

"Falando com eles?"

O astrofísico se aproximou curioso daquela espécie de lasca. Foi se desviando das crianças ouvintes e aproximando pouco a pouco seu dedo indicador até tocá-la. Logo, com a aquiescência do chefe índio, aproximou-a de seus lábios. Todos o deixaram fazer isso. E também aquela coisa, que continuou "cantando" alheia à sua presença. Os Hopi concordaram que seus hóspedes a tomassem nas mãos, suspendessem-na, medissem-na e batessem com os nós dos dedos ou a aproximassem do rosto. Seu exame — às vezes rude, e não em poucos momentos — prolongou-se durante quase meia hora. E, durante todo esse tempo, o zumbido não deixou de ser ouvido nem por um segundo. Por mais que a examinassem e a agitassem, nenhum detalhe os fez mudar de ideia sobre a sua natureza inerte e compacta. Não era uma máquina. Aquela pedra era desprovida de uma fonte de alimentação ou de alto-falantes. Não era tampouco um fungo, um fragmento de metal nem nada que pudesse emitir qualquer tipo de sinal. E, sem dúvida, ela o fazia.

Sentados junto ao venerável Urso Branco já fora daquele lugar, os dois homens tiveram a chance de conversar por um bom tempo sobre o que haviam presenciado. Foi uma conversa dilatada, que se estendeu durante quase duas horas e que lhes trouxe mais dúvidas do que certezas.

— Esse sinal é a conversa que a pedra mantém com a terra dos deuses — disse o ancião em dado momento.

— E o senhor a entende?

O velho Hopi contemplou Bollinger como se ele se apiedasse de sua ignorância.

— Claro! Todos os da minha estirpe a entendemos.

— E o que ela diz?

— Ela fala do dia final.

— Sério? E ela dá uma data? — pulou Castle.

— Isso mesmo, governador. Falou disso mais de uma vez. Mas ela não faz uso do tipo de calendário com o qual vocês estão acostumados. Na vastidão do Universo, o tempo não se mede com o ajuste das órbitas que a Terra completa ao redor da nossa pequena estrela. Deve compreendê-lo, senhor.

— E qual é esse tempo?

— O tempo do Sol, senhor.

— Deus Santo, Roger. Já se passaram mais de vinte anos daquilo! — protestou energicamente Andrew Bollinger do outro lado do telefone. — Quase prefiro nem me lembrar!

— Você nunca mais voltou a se preocupar com aquilo? Que tipo de cientista você é?

Bollinger não riu do sarcasmo de seu amigo:

— Tudo o que eu concluí, Roger, é que naqueles dias o Sol decidiu nos bombardear com uma bonita tempestade eletromagnética. Foi uma espécie de furacão Katrina de plasma. Talvez você não se recorde, mas eu tenho essa data gravada a fogo. No dia 13 de março de 1989 aconteceram muitas coisas esquisitas na América. Em San Francisco, as portas automáticas da maioria das garagens dos subúrbios começaram a subir e abaixar sozinhas, como em uma cena de *Poltergeist*. A metade de nossos satélites se desprogramou sozinha, e até o ônibus espacial Discovery teve que abortar seu regresso à Terra porque os indicadores de seus tanques de hidrogênio ficaram malucos. E sabe o que foi pior?

Castle havia emudecido.

— A rede elétrica de Quebec entrou em colapso por completo. Vinte e um mil e quinhentos megavolts foram para o caralho durante noventa segundos! E isso veio do nada! A metade do Canadá esteve nove horas sem eletricidade e demoraram meses para reparar os danos que aquilo causou. Quando me inteirei do desastre na volta de nossa excursão, até que pareceu normal que aquela pedra cantasse...

— Você nunca me falou sobre isso.

— Você jamais me perguntou, Roger. Você retomou seus assuntos logo em seguida e não nos vimos mais por muito tempo. Você estava muito ocupado.

O presidente passou por alto a sutil reprovação de seu amigo.

— O caso é que agora tenho gente atrás de pedras como as do Urso Branco — disse o presidente. — Pedras que emitem sinais e poderiam nos ser úteis na previsão de catástrofes desse tipo. Minha equipe sabe que esses sinais aumentam sua potência de maneira exponencial e podem chegar a alcançar o espaço exterior, porém não sabemos o que significa esse comportamento.

O astrofísico não disse nada.

— Não sei o que você irá pensar disso tudo, Andy — continuou Castle. — Mas eu lhe direi o que isso me sugere. E se aquela maldita pedra fosse... — titubeou — ... uma espécie de emissora para alertar uma civilização extraterrestre de algo? Poderia ter detectado alguma mudança no magnetismo terrestre e começado a emitir sinais para avisá-los, como se fosse um sinal de socorro ou algo assim... Isso faz algum sentido para você?

— Você está brincando? Você sabe quais condições extremas um sinal deve reunir para escapar de nossa atmosfera e alcançar um ponto distante no Universo? E além disso — grunhiu —, se isso ocorresse, se a bendita pedra do Urso Branco, ou qualquer outra, enviasse sinais ao espaço profundo, nossa rede de antenas e satélites a teria detectado.

— Nossos satélites-espiões têm feito isso.

— O quê?

— Algo está saindo de nosso planeta e nós não o estamos enviando, Andy. O que preciso saber é para onde se dirige esse sinal. Poderia me ajudar com isso?

— Claro! — o tom de voz de Bollinger não soou muito convincente. — Mas isso não parece nada fácil, Roger.

— Eu não disse que seria.

— Ainda que eu conseguisse determinar o rumo desse sinal e investigasse o seu destino, aí fora há pelo menos um milhão de planetas fora de nosso sistema solar para onde o sinal poderia se dirigir. Temos classificado colossos do tamanho de Júpiter, de estrutura gasosa, próximos demais de suas estrelas para que possam abrigar vida e ter uma civilização capaz de escutar um sinal procedente da Terra. Mas também...

Andrew Bollinger titubeou.

— Bem... Também produzimos um cálculo conservador que estima existir uns quarenta mil sistemas planetários do "tipo Sol" a menos de cem anos-luz de nós. Isso você sabe, planetas que orbitam ao redor de uma estrela do tipo M, nem muito grandes, nem muito frágeis. E mesmo que, estatisticamente, apenas cinco de cada cem planetas reúnam condições de habitat semelhantes às da Terra, isso significa que neste bairro cósmico há pelo menos dois mil lugares com possibilidades reais de acolher alguém que escutasse seu sinal.

— Tantos assim?

— Quem sabe haja mais — admitiu Bollinger. — Por isso sua pergunta tem uma resposta tão complexa.

— Você acha que isso é possível ou não?

— Que tenha gente aí fora escutando o sinal que umas pedras emitem?

— Vou lhe enviar os dados desses sinais, Andy. Você averigue o que puder. Tudo bem?

— Claro, presidente.

76

QUANDO OS TRÊS ROTORES do inseto de aço de Artemi Dujok começaram a silvar de novo sobre nossas cabeças, senti um profundo alívio. Tínhamos retrocedido nossos passos em direção à praia e encontrado nosso helicóptero justamente onde o deixamos. Era um bom sinal. Mas, sobretudo, não tínhamos voltado a tropeçar com nenhum dos soldados que quase acabaram com nossas vidas na igreja das lápides. Agora, grudada à minha adamante, começava a ver uma luz no fim do túnel pela primeira vez em muito tempo. Dujok, seguro de si, me prometeu que seria questão de horas — um dia talvez — e eu voltaria a estar junto de Martin. E que, antes que me desse conta, aquele pesadelo haveria terminado.

— E se os sequestradores forem superiores a nós? — murmurei desconfiada.

— Para isso temos ela... — sorriu Dujok, como se aquela hipótese extrema não o preocupasse.

"Ela" era, claro, Ellen Watson.

A mulher não tinha o aspecto de ser a arma secreta de que precisávamos em um momento como aquele. Pareceu mais uma mulher altiva, temerária, capaz de qualquer coisa para alcançar seus objetivos. Mas, francamente, eu duvidava de que ela sozinha seria o suficiente para conter um grupo de terroristas armados até os dentes.

— A senhora deve ser Julia Álvarez, correto?

Seus olhos escuros relampejaram ao me encontrar naquela agitação do helicóptero. Quando afivelei o cinto de segurança e ajustei os fones de ouvido, Watson havia escolhido o assento bem na minha frente e não tirava seus olhos de cima de mim.

— Isso mesmo — respondi lacônica.

— Fico feliz por tê-la encontrado.

— Diga-me — falei secamente. — É verdade que sabe onde está o meu marido?

— Naturalmente — assentiu. — Se comparar as minhas coordenadas com as do senhor Dujok enquanto estivermos voando, creio que ambos teremos a mesma informação. Seu marido se encontra na fronteira nordeste da Turquia. A senhora está com a sua adamante?

Pelo menos, não se podia negar que aquela mulher ia direto ao ponto.

— Sim, claro.

— E... eu posso...? Eu posso vê-la?

Watson formulou seu pedido com alguma ansiedade. Eu estendi a pedra para ela enquanto a aeronave começava a erguer seu trem de pouso da areia.

— É simples e bonita — murmurou, enquanto a acariciava sobre a palma de sua mão. A rocha voltara a ficar apagada.

— E muito potente, Ellen. Poderia fulminá-la se não souber manejá-la...

— Não é estranho? — Dujok nos interrompeu, mais tranquilo ao ver que seu pássaro se elevava sem contratempos sobre o estuário. — Que por uma pedra assim exista tanta gente capaz de matar e morrer?

Ellen se voltou para ele.

— Como o senhor, por exemplo.

— Ou o seu presidente.

O armênio falou aquilo sem dar muita importância à sua nova passageira. Levantou um dos assentos desocupados que tinha à frente dele e destampou uma pequena geladeira, da qual tirou várias garrafas de água mineral e uns sanduíches frios que repartiu entre nós. Eu particularmente estava desfalecida. Ficara a noite toda sem pregar os olhos, e o estresse do ataque a Santa Maria, a Nova, ainda que me mantivesse aceitavelmente em guarda, havia me aberto um apetite voraz. Enquanto fincava os dentes em um sanduíche de caranguejo com alface, fui escutando como Dujok e a mulher iam se concentrando ainda mais em sua discussão.

— Vejamos — retomou ela —, desde quando o senhor sabe que existe um projeto nos Estados Unidos para assumir o controle da pedra?

Dujok a olhou com assombro.

— Desde que o pai de Martin chegou à Armênia procurando por ela, senhorita. E isso faz muito anos...

— O pai de Martin? Bill Faber? — A segunda abocanhada em meu sanduíche quase me engasga.

— William L. Faber. Exato. Conhece bem seu sogro, senhora?

Senti uma pontada no estômago.

— A verdade — engoli — é que eu nunca o vi. Inclusive no dia em que eu imaginava que iria conhecê-lo, em Biddlestone, ele não compareceu ao nosso casamento.

— Não imagina o quanto eu teria estranhado vê-lo ali! — riu o armênio. — É uma pessoa muito fugidia, sabe? Ele chegou ao meu país em 1950, pouco depois que o Pentágono conseguiu obter suas primeiras fotos de uma suposta Arca de Noé no Monte Ararat com seus aviões de reconhecimento. Ele se apresentou diante de minha comunidade como um peregrino muito jovem. Contou a todo mundo que estava ali em busca de uma pedra sagrada que chamava de *chintamani*. Todos acreditaram que ele era uma espécie de *hippie* quando disse que havia percorrido o Himalaia atrás dela, sem resultado, e que finalmente havia se convencido de que a pedra poderia ter ido parar em nossas montanhas. E depois de ter ganho o afeto de meu povo, desaparecia durante longas temporadas sem que ninguém soubesse aonde ia e o que fazia.

— Ele percorreu toda a Ásia em busca de uma pedra? — perguntei. — E quem pagava tudo aquilo?

— Agora eu sei que foi a Operação Elias, senhora. Mas até então ninguém nem tinha ideia de sua existência. Na verdade, Bill contou que soube da existência dessa pedra sagrada graças a um súdito russo, um pintor de certo renome chamado Nicolás Roerich, que a pintou como um venerável instrumento de comunicação com os Céus. Roerich inclusive foi além, chegando a afirmar que quem a possuísse disporia da chave para entrar em Shambhala.

— Shambhala?

— É um velho e muito conhecido mito asiático, senhora Faber. Shambhala é um reino oculto habitado pela irmandade dos sábios que rege, em segredo, os destinos de nossa espécie. Um paraíso terreno inacessível para os impuros e de um poder inimaginável.

— Mas o Tibete fica muito longe do Ararat, senhor Dujok... — protestou Ellen Watson.

— Não para um mito como esse, senhorita. Aquela *chintamani*, ou seja lá como era chamada, tinha muitas coisas em comum com as nossas adamantes. Os seguidores de Roerich diziam que quando a *chintamani* escurecia, tinha o poder de atrair nuvens sobre ela. Acreditavam que cada vez que ela ficava pesada, era o prenúncio de derramamento de sangue. E não era incomum que aparecessem sinais sobre ela pouco antes de acontecimentos importantes.

Artemi Dujok engoliu saliva antes de prosseguir:

— No sul da Ásia, eles acreditam que a *chintamani* chegou à Terra no dorso de um cavalo voador e costumam representá-la assim nos templos budistas mais importantes. Nesses quadros, a pedra apresenta o aspecto de uma protuberância bulbosa que brilha dentro de um cofre e que se desloca sobre um equino. Sinal mais do que evidente de que é uma rocha que tem viajado por todas as partes! Bill Faber, com certeza, conhecia a história do cavalo *Lung-ta*, que nos trouxe ainda quando eu era apenas um adolescente.

— E ele falou de Elias?

Dujok sorriu.

— Oh, sim. No fim, falamos de tudo. Bill e eu nos tornamos muito amigos. Ele passou vários anos vivendo na Armênia e terminou me convidando para estudar nos Estados Unidos e a me juntar ao projeto dele.

— E encontraram o que ele procurava?

— Mais ou menos. Ao ganhar a confiança dos *sheikhs* de meu povoado, eles lhe contaram que no Monte Ararat se escondia a fonte de todas as pedras. Sua *chintamani*, foi isso que eles lhe disseram, devia ter saído da Arca de Noé ao término do Dilúvio. Então vieram os russos. A Armênia era uma província pobre para o Politburo soviético, mas em Moscou acabaram sabendo que havia um "capitalista branco" na região e vieram atrás dele. Bill conseguiu escapar, porém os russos aproveitaram para nos contaminar com sua propaganda. Eles nos disseram que Faber trabalhava para um projeto secreto do inimigo e que só queria roubar de nós minerais de grande valor estratégico. E também disseram algo mais: que o pai de seu presidente atual, senhorita Watson, os apoiava.

— O pai de Roger Castle conhecia a Operação Elias? O senhor tem certeza disso?

— Absoluta. William Castle II esteve a par do segredo e trabalhou para ele. Bill Faber também. E Martin, por sua vez, herdou essa tarefa até o instante em que me conheceu. Círculo curioso, não é mesmo?

— Com certeza.

— Pergunte-se, senhora Watson, por que seu presidente está tão interessado em Elias. Creio que o que lhe tenha contado resolve essa dúvida.

— Eu perguntarei a ele, não tenha dúvida.

— E, de passagem — disse, oferecendo-lhe um telefone com conexão por satélite enquanto estudava sua reação —, verifique também de onde saíram os homens que nos atacaram. Quem os enviou, foi ele?

Watson o olhou fixamente:

— Isso eu posso dizer já, senhor.

— Sério?

— Esses homens são SEALS. Chegaram em um submarino tipo *Virginia* que nesse momento navega na zona do estuário, a poucas milhas daqui.

— Deve ser uma brincadeira, eu suponho.

— Em absoluto. Foi Elias quem enviou esse submarino. Disso eu não tenho dúvida. E acredito que o presidente não saiba de nada.

Dujok empalideceu de repente, como se aquela última frase ocultasse algo terrível.

— Então... Faça essa chamada!

De uma pancada só, ele fechou a geladeira que abrira sob o assento e se colocou numa postura muito rígida. Deu algumas ordens em armênio a seu piloto e depois cravou seu olhar intenso na norte-americana.

— O que está esperando? — gritou. — Se aí embaixo está o monstro que a senhora disse, ainda demoraremos cinco minutos para estar fora do alcance de sua potência de fogo. Faça a chamada agora, já, por Deus!

77

AS COISAS ESTAVAM FICANDO feias para Michael Owen. Se não agisse com prudência, os sabujos do presidente iriam interceptar as adamantes antes dele, comprometendo totalmente a sua operação. E como se isso já não bastasse, as detecções de outras "emissões x" em vários pontos do globo — como se fossem um eco do sinal emitido pelas pedras dos Faber — não prenunciavam nada de bom. Algo estava mudando no geomagnetismo do planeta. Talvez se tratasse de um aviso. Um sinal da chegada do "grande e terrível dia". Mas... Estava seu país preparado para isso? A Agência que dirigia estava?

O certo é que não.

Que ele soubesse, só existia um precedente conhecido desse momento. Durante anos, sua preocupação em documentar o único "grande e terrível dia" de que falavam todas as crônicas antigas havia sido máxima. Nisso, ele seguia a obsessão de seus predecessores desde o mesmíssimo Chester Arthur. O decepcionante era que todo o conhecimento que foi aprendido, todas as provas acumuladas, cabiam com folga em um único envelope. Na verdade, era uma pasta que Owen tinha pedido para examinar pela enésima vez na tranquilidade de seu escritório encouraçado em Fort Meade, Maryland, e à qual sempre recorria quando seu trabalho chegava a um beco sem saída. "Para entender o fim, antes tem que compreender o princípio", disse a si mesmo.

Entretanto, ao cruzar o umbral de seu escritório e sentir todo o poder que vibrava daquelas quatro paredes, algo o distraiu.

"As notícias que nos chegam do departamento de Oise, ao nordeste de Paris, são desconcertantes..."

Seu enorme televisor de tela plana ligou sozinho, elevando o volume o suficiente para captar a sua atenção.

Owen deixou cair sua jaqueta sobre um dos sofás Chester e escutou. Aquela sala era provida de um sistema de escaneamento de notícias multicanal, o qual, quando detectava algo de interesse, gravava o evento e o transmitia no instante em que se certificasse de sua presença no ambiente. Naquela manhã sua secretária, sabendo que ele havia passado a noite na *National Reconnaissance Office* vigiando anomalias magnéticas, programou esse aplicativo de informática para recolher tudo que tivesse a ver com o assunto.

Ao se iluminar o plasma, a apresentadora do telejornal das sete do C-SPAN começou a dar as notícias internacionais. A cara mais conhecida do canal a cabo de Capitol Hill, Lisa Hartmann, parecia mais preocupada que de costume.

— O que está acontecendo na França, Jack?

O rosto anguloso de Jack Austin, o correspondente da cadeia no país europeu, passou para o primeiro plano. Owen o escutou com curiosidade.

— Aqui são passados alguns minutos das nove da manhã e a pequena cidade de Noyon, capital de Picardia, continua sem compreender a razão dessa emergência. Seus vinte mil vizinhos ficaram sem luz esta noite. A companhia EDF, *Électricité De France*, não dá explicações sobre a falta de fornecimento que afeta inclusive desde o trânsito ferroviário até os hospitais e que começa a gerar certa incerteza sobre a população.

— Há a possibilidade de que possamos estar diante de uma sabotagem terrorista?

— Nesse momento, as autoridades policiais têm sido bem claras. O apagão não obedece a causas técnicas conhecidas. A razão disso deve estar em outro lugar, no entanto não em um ataque. Durante a noite, foi examinada cada uma das subestações desse departamento e todas elas se encontram em perfeitas condições. Nem sequer as nevadas desses dias as afetaram.

— E com que hipótese trabalham os especialistas? — insistiu Lisa Hartmann de seu estúdio em Washington.

— Uma comissão de estudos está reunida neste momento analisando o problema. Aqui todos cruzam os dedos para que o apagão não se estenda a cidades próximas, mais povoadas, como Amiens...

O diretor da ASN olhou para seu relógio e comprovou que essa informação havia sido transmitida fazia somente seis minutos.

"Já começou?"

Owen afastou essa ideia da cabeça. "Se fosse uma tempestade magnética, nossos satélites teriam sido afetados", disse a si mesmo. Desligou o televisor e se concentrou no que fora fazer ali. Precisava abrir o envelope que acabavam de lhe enviar do arquivo e examiná-lo com a maior concentração possível.

Owen se aproximou de um aparador dissimulado atrás de sua mesa. Ele se serviu de café, encheu-o de açúcar refinado e pôs mãos à obra.

Para o diretor, era reconfortante saber o que encontraria: um punhado de fotografias antigas impressas em um papel que já não se fabrica mais e documentos manuscritos, alguns deles datando de mais de um século. Ele os pedira ao arquivo sigiloso da ASN horas antes, quando seu homem de confiança na Espanha, Richar Hale, disse-lhe por telefone sobre o interesse que Martin Faber havia demonstrado por isso antes de abandonar a Agência.

"Martin Faber — resmungou. — O que você queria ver aqui?"

As lembranças que Owen havia associado a esses papéis eram quase todas gratificantes. Velhos amigos como George Carver, especialista em segurança da CIA que morreu de ataque cardíaco em 1994, havia dedicado seus últimos meses de vida para rastrear aquela quimera da Arca de Noé, convencendo-o de sua existência e da necessidade de tê-la sob permanente observação. Para ele não havia dúvidas de que tínhamos muito que aprender sobre o "grande e terrível dia" em que a humanidade pereceu uma vez, se pretendíamos superar outra situação dessa envergadura.

Aquele Carver foi um homem de princípios. Tinha se interessado pela questão depois de escutar um professor da Universidade de Richmond que, sendo cadete em West Point, escutou seus oficiais falarem que um satélite da CIA havia fotografado a Arca de Noé por acaso, sobrevoando o Monte Ararat. Carver fez algumas comprovações em Langley e descobriu, para sua surpresa, que essa história não era uma farsa. Em setembro de 1973, de fato, um dos três satélites orbitais da série KH-11 imortalizou algo estranhíssimo: nas bordas de uma geleira em degelo, na face nordeste no cume maior do Ararat, apareciam três enormes vigas curvas, de madeira, como as que formariam parte do casco de um velho barco. E que outro barco poderia encontrar-se ali nesse cume senão a bendita Arca?

Carver consultou seu achado com todo mundo. Fez perguntas. Levou petições documentais e até convenceu alguns representantes do Senado a avançar no caso. Por desgraça, sua enfermidade o deteve subitamente. Após sua morte, seu amigo, o tal professor, redobrou os esforços para trazer à luz o dossiê sobre a Arca e não se deteve até que conseguiu a desclassificação de segurança para então tornar pública boa parte do material gráfico relativo à "anomalia do Ararat". Isso ocorreu em 1995. Nem é preciso dizer que o tema não demorou nem vinte e quatro horas para sair nas páginas do *The New York Times* e se converter em uma anedota que correu de boca em boca por toda a comunidade da Inteligência.

Entre as sequências desclassificadas, foram liberadas não só as imagens do KH-11 como as obtidas por aviões-espiões U2 e até mesmo pelos heroicos satélites Corona. Todas estavam datadas entre 1959 e 1960 e demonstravam que aquela maldita coisa com o aspecto de um grande caixote de madeira existia. E que se deixava ver só quando os caprichos dos Céus queriam.

Entretanto, não havia sido unicamente isso que Martin Faber solicitou aos arquivos de Langley.

O que ele pediu fazia parte de um dossiê mais reduzido, não desclassificado em termos de segurança, do qual uns poucos membros de Elias conheciam a existência. E justamente esse era o arquivo que estava agora em sua mesa.

Michael Owen o acariciou nostálgico.

Já tinha uma ideia do que Faber procurava; do que o fizera fugir para o Ararat antes de seu sequestro e inclusive o que Dujok queria. Tudo era o mesmo. Só esperava que aquilo que seus satélites estavam detectando não tivesse a ver com ele.

78

— **SIM?**

A conversa telefônica de Ellen Watson foi tão breve, tão asséptica que pensei que não havia conseguido se comunicar com seu interlocutor. Suponho que para mim fosse bem estranho que uma moça como aquela pudesse discar um número e falar com o homem mais poderoso do planeta.

— E aí? — Dujok a abordou impaciente. — O que ele disse?

Os olhos água-marinha de Ellen escureceram.

— O presidente cuidará pessoalmente para que o *USS Texas* não nos traga nenhum aborrecimento.

— Isso é tudo?

— Ele me perguntou para onde nos dirigíamos e se pensávamos em fazer o trajeto de helicóptero.

— E o que você respondeu? — insistiu.

— Que nosso objetivo está próximo da Turquia, no lugar onde foi detectado o sinal da última adamante, e que não tinha nem a mais remota ideia de como chegaríamos ao local. O senhor sabe como?

A sombra da soberba iluminou o rosto do armênio.

— Este aparelho tem uma autonomia de voo de onze horas — anunciou. — Pode alcançar uma velocidade de seiscentos quilômetros por hora, assim precisaremos de apenas sete ou oito horas para chegar ao destino sem ter que fazer nenhuma escala. Você poderia cuidar para que eles nos autorizem um plano de voo?

— Naturalmente. Precisa das coordenadas da "emissão X" que conseguimos triangular em Washington?

— Não será necessário — sorriu um tanto mais tranquilo, teclando no computador em que havíamos visto o "eco" de minha adamante. — O sinal que recebemos procede de um de seus satélites. Confiamos em vocês.

79

NA PONTE DE COMANDO do submarino mais moderno da frota dos Estados Unidos, o desespero se espalhava. Dois dos três grandes monitores que serviam de painel de comunicações entre o "ventre da baleia" e o exterior tinham recebido as imagens de satélite nas quais se via a sua unidade de assalto cair sob o fogo inimigo. Todos a bordo estavam consternados. O HMBB havia captado o preciso momento em que um veículo não identificado entrou na zona de combate e decidiu a sorte do sargento Odenwald, confirmando o fracasso da missão. E para piorar ainda mais as coisas, o capitão do submarino havia interrompido de maus modos sua conferência com o diretor da ASN quando este lhe ordenou que ficasse de braços cruzados.

Agora se abria uma nova frente.

— Capitão, aqui sonar.

A imagem do oficial responsável pelas equipes de detecção apareceu no terceiro monitor ao lado de um gráfico que reproduzia a costa do estuário de Muros e as embarcações que a essa hora transitavam por ali. O capitão Jack Foyle aproximou o nariz do plasma para enxergar melhor.

— O que ocorre, sonar?

— Uma detecção suspeita, senhor. Um helicóptero sem número de série e com o transponder desconectado saiu de Noia faz alguns minutos. Voa rumo noroeste.

— E... que mais?

— Acabamos de cruzar sua posição com as coordenadas que o satélite deu apontando a anomalia. Senhor — o tom do oficial se tornou sombrio —, a "caixa" está a bordo. A leitura eletromagnética não deixa espaço para dúvidas.

— A que distância se encontra de nós?

— Menos de dez milhas.

A enorme torre de aço, sua sofisticada antena de captação de sinais e parte do convés do *USS Texas* apontavam sobre as águas do Atlântico. Por mais rápida que fosse sua navegação, seria impossível para eles interceptar aquele pássaro.

— Quer que o derrubemos, senhor?

A pergunta de um dos oficiais que acompanhavam Jack Foyle se adiantou em relação aos seus pensamentos. Era um jovem contramestre recém-saído da Academia e que seguia sem pestanejar as evoluções do caso na ponte de comando.

— Nossas ordens são de recuperar essa caixa intacta, soldado. Se abrirmos fogo contra eles, nós a perderemos. Além disso... Você pensou nas implicações que surgiriam se fôssemos cobrados por mais vítimas em um país aliado? As do pesqueiro desta manhã já foram suficientes.

O contramestre não replicou.

— Sonar, sabemos se o helicóptero mantém seu rumo?

A nova pergunta do capitão os devolveu aos monitores.

— Neste momento, vão costeando em direção a La Coruña, senhor.

— La Coruña?

— É uma cidade de médio porte ao norte de nossa posição.

— A cidade tem aeroporto?

O oficial titubeou. Virou-se para o monitor e teclou várias instruções no computador antes de responder.

— Tem, senhor.

— Comunicações — disse o capitão Foley, virando sobre si mesmo e cravando seus olhos em uma mulher morena que sustentava um telefone sem fio nas mãos. — Ligue para a ASN e peça a eles que bloqueiem o aeroporto e que deem um alerta geral às autoridades locais para que controlem as estações de trem e de ônibus. Enviaremos em seguida uma equipe ao local.

Em vez de regressar a seu posto de controle e acatar a ordem, a militar deu um passo à frente, arrancando o fone de ouvido:

— Senhor, uma chamada.

— Que espere! — ele grunhiu.

— Sinto muito, senhor — a mulher estava rígida, pálida. — Com esta chamada não será possível fazer isso.

80

HACI ERA UM PILOTO MAGNÍFICO. A fim de nos tirar dali, ele havia manobrado seu helicóptero para bem longe das linhas de alta-tensão e sob o raio de alcance dos radares militares. Ele sabia que seu voo não estava registrado nem contava com a autorização para viajar no espaço aéreo espanhol e que a melhor opção para passar despercebido das autoridades militares locais era tentar se movimentar sem ser detectado. Por isso, antes que nos déssemos conta, deixamos de voar pela costa e apontamos nosso pássaro de metal na direção noroeste, sobrevoando casas de campo e aldeias do interior da Galícia enquanto saboreávamos os primeiros golpes de vento da liberdade. Não deixava de me surpreender que um sentimento assim pudesse brotar com tanta espontaneidade. Visto de fora, meu panorama não era precisamente algo que me trouxesse doçura ou suavidade. Não havia pregado o olho a noite toda. Haviam atirado em mim duas vezes. Tinha ainda contusões no pescoço e nos músculos das pernas e havia estado só a um passo da morte, talvez, inclusive, bem dentro dela. E tudo — ou quase tudo — por culpa do indivíduo que agora dirigia nossa expedição.

Mesmo assim, saber que eu estava finalmente indo rumo a Martin me fazia enterrar bem fundo qualquer reprovação quanto às atitudes daquele homem e sentir um crescente sentimento de gratidão por Dujok e seus companheiros.

"Uma síndrome de Estocolmo de livro — disse a mim mesma. — Contudo, o que mais importa nisso tudo?"

Estávamos relaxados, contemplando a paisagem que se estendia sob nossos pés, quando um dos painéis da cabine de comando se iluminou, soltando uma série de apitos intermitentes.

— Mestre — disse Haci em inglês. — Fomos localizados pelo feixe de um radar.

— Você consegue se livrar dele?

— Tentarei.

O Sikorsky x4 desceu outra vez até roçar as copas dos eucaliptos. A máquina zumbiu como uma abelha gigante sobre as trilhas e pequenas construções, contudo o painel se mantinha vermelho.

— A que distância nós estamos da costa? — perguntou Dujok.

— A uns três quilômetros, mestre.

— Bem... — Dujok cruzou os braços, pensativo. — Senhora Watson, agora saberemos se valeu a pena aceitá-la nesta viagem. Se o seu chefe der a ordem a tempo, poderemos sair desta. Se não, é mais provável que nos atinjam com um míssil nos próximos segundos. Já sabe disso, não?

— Confio em meu presidente, senhor Dujok — disse Ellen, sustentando o olhar. — Ele nos ajudará.

— Assim espero.

81

— **ESTOU FALANDO COM** o capitão Jack Foyle?

A voz que crepitava do outro lado do telefone parecia familiar para o oficial de mais alto posto no USS *Texas*. Haviam lhe transferido aquela chamada a um pequeno receptor da sala de comando. Nem por um segundo, passou despercebido o halo de autoridade que desprendia do homem que perguntava por ele.

— Capitão Foyle falando, senhor. Com quem tenho a...?

— Sou o presidente Castle, oficial.

O oficial da Marinha ficou mudo.

— Sei quem lhe enviou para a costa espanhola — disse o presidente sem rodeios e sem nenhuma sombra de reprovação. — Ainda que a Agência de Segurança Nacional tenha suas razões para fazê-lo, eu lhe ordeno que revogue suas ordens imediatamente.

— Senhor, eu...

— O senhor é um soldado, capitão Foyle, cumpre ordens e eu o entendo. Não será admoestado por isso.

— Não é isso, senhor — o tom do militar se tornara neutro. — Fizemos uma incursão por terra e perdemos quatro homens.

— Uma incursão em solo espanhol?

— Isso mesmo, senhor.

Durante alguns segundos, Castle não disse nada. Logo prosseguiu:

— E onde estão seus corpos? Estão a bordo?

— Não, senhor. Suponho que a esta hora nossa embaixada trabalha em sua repatriação. Estão nas mãos das autoridades locais; os quatro foram rechaçados por fogo inimigo durante uma escaramuça urbana.

— Fogo inimigo? — o tom de incredulidade do presidente havia dado lugar à preocupação. — Onde?

— Em Noia, senhor. Uma pequena localidade da costa oeste da Espanha.

Castle guardou silêncio de novo. Tinha sido muito próximo dali, a bordo de um helicóptero, que Ellen Watson telefonara.

— E houve morte de civis, capitão?

— Não que eu saiba, senhor. Entretanto, causamos muitos danos a um edifício histórico.

— Está bem, capitão — bufou o presidente. — Você deve saber agora que as circunstâncias que motivaram sua missão sofreram alterações por completo. Necessito que faça três coisas por seu país.

— Três, senhor?

— A primeira, que abandone neste mesmo instante qualquer ação de combate ou interceptação, seja de que tipo for. Não está autorizado a causar nem uma só baixa mais. Compreendido? Sei — acrescentou — que uma aeronave decolou de Noia faz somente alguns minutos. Seguramente já devem tê-la detectado. Nela viaja pessoal de meu gabinete em missão especial. Eles me informaram de sua presença em águas de jurisdição espanhola. Deixe-os seguir adiante.

— Senhor... Não quero contradizê-lo, entretanto foram os ocupantes desse helicóptero que abriram fogo contra nossos soldados.

— Limite-se a obedecer às minhas ordens, capitão — cortou Castle severamente. — A segunda coisa que eu lhe peço é que se ponha em contato com o almirante da Sexta Frota para receber seu novo destino e redigir o relatório do ocorrido. Envie notícias aos familiares das vítimas e garanta uma pronta repatriação de seus corpos. Depois, abandone a área em que se encontra.

— E a terceira, senhor?

— Quero que responda à pergunta que vou lhe fazer, capitão. E lhe peço que seja totalmente sincero comigo.

— Claro, senhor.

— O que se supõe que vocês devessem fazer exatamente em Noia?

Jack Foyle hesitou por um segundo. O diretor da ASN havia ordenado que ele não revelasse, sob nenhuma circunstância, o conteúdo da mensagem cifrada em que se especificava sua missão. Contudo... Não responder a seu comandante em chefe era uma "circunstância"?

— Senhor — Foyle tomou sua decisão com rapidez —, nossas ordens eram para nos apoderarmos de uma fonte de energia eletromagnética móvel e muito poderosa e levá-la de volta aos Estados Unidos para ser estudada.

— Só isso?

— Não. Deveríamos capturar com vida uma civil, Julia Álvarez, e neutralizar seus acompanhantes.

— E lhe disseram o motivo?

— Sim, senhor. Parece que esses terroristas planejam um atentado em escala global. Um de potência inconcebível e utilizando armas eletromagnéticas.

82

TRÊS MINUTOS MAIS TARDE, o sinal vermelho do painel de controle do Sirkovsky se apagou por completo. Haci e eu fomos os primeiros a nos dar conta disso.

— Já escapamos, mestre — informou o piloto.

Artemi Dukoj arqueou uma sobrancelha, incrédulo.

— Tem certeza?

— Absoluta. O feixe do radar já não nos persegue mais.

O *sheikh* se voltou orgulhoso em direção a Ellen Watson.

— Obrigado, senhora Watson. A senhora nos brindou com um serviço excelente.

— E agora que lhe demonstrei minha boa vontade em cooperar — ela aproveitou, dissimulando seu alívio —, me contará tudo o que eu quero saber sobre a Operação Elias?

Eu me concentrei na expressão de Dujok. O armênio devia uma explicação à sua hóspede e esperava fazer isso sem que eu estivesse ao lado:

— Não prefere relaxar e dormir por algumas horas antes de chegarmos ao nosso destino?

— Haverá tempo para isso. Agora eu gostaria de tomar conhecimento do que o senhor sabe sobre esse programa secreto.

— Muito bem — concordou ele. — A senhora ganhou esse direito. Temos várias horas de voo daqui por diante. Não vejo por que razão não haveria de compartilhar com você tudo que sei.

Ellen sentiu que havia chegado o seu momento.

— Bem, até onde eu sei, a Operação Elias é uma velha iniciativa dos serviços secretos do seu país. Talvez uma das mais antigas, porque implica a segurança coletiva de sua nação. Naturalmente, nas últimas décadas esse projeto tem passado por fases mais ativas do que em outras. Nós, os yazidis, soubemos de sua existência faz muito tempo. Foi, como eu lhes contei, graças a seu sogro, às advertências dos russos e também por culpa de umas velhas fotos do Monte Ararat. Elas foram tiradas pouco depois de estourar a revolução bolchevique em Moscou, durante uma expedição de que participaram alguns seguidores da nossa religião. Desde então, ninguém que as tenha visto viveu o suficiente para contar. Entretanto, nelas descansa a verdade derradeira daquilo que esse projeto persegue...

83

A PRIMEIRA ERA UM FOTO muito velha. Quase uma antiguidade.

Michael Owen a tirou do envelope e a acariciou com veneração. Sabia que havia sido obtido pelas tropas do czar Nicolau II no verão de 1917, em algum lugar indeterminado da fronteira turco-russa. Mostrava um grupo de homens com aspecto sujo. Pareciam cansados, mortos de frio, vestiam seus uniformes de pano que pareciam trapos e tinham barba crescida de vários dias. Três deles posavam em posição de sentido ante o que parecia uma casa em ruínas recém-sepultada por uma avalanche. Um terremoto, talvez. A impressão, de todas as maneiras, não podia ser mais ambígua.

Owen sabia o que havia custado para que aquela imagem estivesse agora em seus arquivos. Os serviços secretos pagaram com sangue sua passagem até Washington. E fizeram isso quatro décadas depois de, por circunstâncias, caírem nas mãos dos bolcheviques. Eles a queriam. E mais ainda, necessitavam dela mais do que sua própria revolução. E não era difícil compreender o motivo.

Se melhorasse o foco e se conseguisse deixar de lado o granulado da imagem, a casa que se via por trás dos soldados se mostrava bem estranha. Tinha três andares e dava a impressão de que sua fachada havia sido derrubada há pouco tempo. Curiosamente, os andares que ficaram expostos à intempérie não exibiam os utensílios próprios de uma moradia. Ali não havia móveis, nem roupas, nem pedaços de vigas ou tijolos. O que ficava à vista eram uns quartos escuros. E se alguém prestasse atenção, poderia distinguir vários pequenos alojamentos, situados um ao lado do outro, que se perdiam para dentro em uma sequência infinita.

Ao compará-la com outras contidas no dossiê, o quebra-cabeça por fim se mostrava mais inteligível. Uma segunda foto, obtida a uns trezentos metros da estranha casa, provavelmente tirada de um barranco situado bem acima, parecia ter a chave. A casa era em realidade a parte visível de uma estrutura alongada, retangular, presa em uma imensa geleira que em algum momento se partira em duas, deixando suas tripas ao relento. No verso da foto, escrito em russo, com os caracteres bem cuidados, podia-se ler:

Expedição Romanov, julho de 1917
Arca de Noé

Durante anos, especialistas especularam sobre a existência daquelas fotos. Todos os livros sobre a Arca de Noé as mencionaram, mas sem reproduzi-las. Falavam de uma missão de exploração na fronteira turca ordenada por Nicolau II pouco antes dos distúrbios que terminaram com a vida dele e de sua família, contudo careciam de provas. Pois todas estavam ali. Contavam a história de centenas de soldados, engenheiros, fotógrafos e desenhistas que tiveram a má sorte de cair nas mãos dos inimigos do czar ao descer da montanha e serem acusados de alta traição. A maioria foi fuzilada próximo de Ereván, e os poucos que conseguiram escapar com vida não falaram nunca do que viram lá em cima. Para um regime ateu, a aparição de uma relíquia bíblica era dinamite pura. O próprio "pai da revolução" ocultou as fotos entre seus papéis, resistindo a destruí-las por um misto de fascinação e repugnância que elas provocavam. E mais, ao que parece, enviou várias equipes de sapadores para que destruíssem a arca, entretanto estes — menos experientes e resistentes que os soldados imperiais — foram incapazes de encontrar aquela espécie de transatlântico encalhado no meio do nada.

Talvez fosse coisa de Deus.

Depois, claro, veio o roubo.

Em 1956, um agente duplo conseguiu ter acesso aos arquivos do camarada León Trotsky e tropeçou nas fotos. Conseguiu surrupiá-las e vendê-las em Berlim para um representante da Embaixada dos Estados Unidos. No entanto, no dia da entrega, ele e seu comprador foram interceptados no lado oeste da cidade e chacinados a balaços pela Stasi, a polícia secreta da Alemanha Oriental. Dois dias mais tarde, um capitão sem escrúpulos da fronteira e um milhão de dólares no meio da conversa edificaram o milagre de levá-las ao seu destino. A Operação Elias as conseguira, mesmo que à custa de perder um dos seus espiões mais eficazes.

Quando isso aconteceu, Michael Owen era uma criança. Por isso não lhe doía vê-las.

A que mais lhe chamava a atenção era a última da série. Havia sido tirada na parte superior da "casa", em um local intacto que parecia ter sido selado hermeticamente. Ali não se via nenhum quarto, mas apenas uma parede frisada em tons escuros, sobre a qual estava apoiado um sujeito com as sobrancelhas e os bigodes congelados. Que o homem era russo, não era nem preciso jurar. Tinha um desses olhares de cossaco, desgastado pela vodca, que parecia dizer "atreva-se a chegar até aqui, seu imbecil". Foi a sua foto favorita desde a primeira vez que a viu. Sobretudo por uma razão: um dos indicadores enluvados do soldado assinalava algumas marcas esculpidas na parede. Pareciam iniciais gravadas em pedra. Só eram visíveis quatro, embora na imagem se pudesse intuir que havia lugar para mais. Um pouco mais abaixo despontava uma figura rabiscada que Michael Owen conhecia bem. No século XVI, alguém a havia chamado de *Monas Hierogliphica*. O curioso é que nenhuma dessas letras ou desenhos era em escrita hebraica. Se aquilo, como parecia, era a Arca de Noé, o patriarca bíblico não havia marcado sua nau com o alfabeto de seu povo, mas com outro, desconhecido.

Aqueles eram os mesmos glifos que foram entregues tempos atrás ao melhor analista do projeto, William L. Faber. Tudo o que ele havia dito é que esses símbolos eram aparentados com um alfabeto estranho que no Renascimento foi chamado de "enoquiano" e que se canalizou por completo, nos tempos da Rainha Elisabeth I, a um grupo reduzidíssimo de médiuns. Sua hipótese de trabalho defendia que quem conseguisse articular a pronúncia exata dessas letras — e não havia outra opção para fazê-lo a não ser estudar a língua enoquiana — conseguiria ativar as adamantes e dominar seu mecanismo emissor.

Tudo indicava que Faber estava a ponto de consegui-lo, contudo, infelizmente, seu paradeiro também era desconhecido.

Na Turquia.

Provavelmente procurando seu filho.

84

FOI UM PRESSENTIMENTO.

De repente, Andrew Bollinger, enterrado entre latas de Coca-Cola e copinhos de café com suas borras já petrificadas, viu com clareza por onde começar a estudar o problema que seu velho amigo Roger Castle lhe havia colocado. Ele havia imprimido o *e-mail* da Casa Branca em que recebera os dados dos dois sinais surgidos na Espanha e na Turquia, mas até esse momento não lhe haviam dito nada. Nada de nada.

Tudo mudou em um segundo. Uma luz se acendeu. Como não havia se dado conta antes? O fato, na verdade, é que ele não estava vendo duas emissões idênticas. A primeira, sem ir muito longe, não irradiava de um ponto fixo; a segunda, sim. A primeira, além do mais, movia-se neste momento seguindo um vetor direcional que parecia levar ao encontro da segunda. Certamente, não se tratava de buscar uma mensagem extraterrestre nesses traçados magnéticos, e sim localizar até onde estavam sendo dirigidas ambas as emissões. E seu objetivo não parecia ser, de modo algum, um planeta distante.

Isso foi o que lhe deu a ideia.

Solícito, Andrew Bollinger telefonou ao chefe de antenas do telescópio VLA de seu escritório no centro de operações do complexo e lhe pediu que concentrasse toda a sua potência de escuta em um segmento específico do espaço radioelétrico. Seria questão de meia hora. Uma hora, no máximo. Devia isolar qualquer sinal de certa intensidade de natureza eletromagnética que estivesse atravessando a ionosfera neste momento, modulando a frequência de mil quatrocentos e vinte mega-hertz a uma longitude de onda de vinte e um centímetros.

— Começaremos... — consultou o monitor — ... nos aproximando o máximo possível à área 39°25' N. 44°24' L.

Bollinger teve que repetir sua ordem duas vezes.

— E lembre-se — advertiu ao chefe das antenas —, não quero os sinais que são recebidos nessa área e frequência, apenas os que forem emitidos. Compreendeu?

— *Nessa* frequência?

O ceticismo de seu técnico, que o escutou como se seu chefe tivesse perdido um parafuso, conseguiu irritá-lo. Lawrence Gómez, um engenheiro de cinquenta e seis anos que já havia visto de tudo, não conseguia engolir como alguém poderia estar emitindo a mil quatrocentos e vinte mega-hertz. E muito menos que um sinal desse tipo pudesse interessar tanto a Bollinger, geralmente indiferente quando se tratava de perseguir os LGM. Os *Little Green Men* não o preocupavam nem um pouco.

— Limite-se a me dar os resultados — ordenou Bollinger. — E faça-o rápido.

Nove minutos mais tarde, as vinte e oito antenas de duzentas e trinta toneladas cada uma do VLA giravam como uma só para leste, apontando em ângulo ao horizonte oriental. Então, a rede computadorizada realizou uma operação pouco comum ao fixar a região circundante da Terra que estava deixando escapar o sinal captado pelos satélites da Agência de Segurança Nacional. Para o assombro do doutor Gómez, o sistema achou rapidamente o que procurava. Durante os dezenove minutos seguintes, e desde o momento em que sintonizaram a frequência, um potente sinal de mil volts foi filtrado em seu analisador de espectros. Obediente, o computador o registrou. Era uma emissão singular. Não havia dúvida. Entretanto, o cérebro eletrônico fez algo mais: calculou a localização para onde a emissão estava sendo focalizada.

O técnico balançou a cabeça de um lado e de outro.

— Não pode ser.

Gómez repetiu a operação. Orientou as antenas. Calibrou o computador. Localizou o rebote residual do sinal na camada Heaviside da ionosfera pela segunda vez e analisou o seu rumo. Porém o resultado continuou o mesmo: era um sinal potentíssimo, de origem desconhecida e sem perda energética. Já não havia margem para dúvidas. Aquela espécie de jorro eletromagnético estava apontando diretamente para... o Sol.

— Para o Sol? Você tem certeza?

O rosto bronzeado de Bollinger empalideceu ao receber a chamada de seu engenheiro.

— Eles estão enviando um sinal modulado na frequência do hidrogênio, doutor Bollinger. Disso não há dúvida. E o mais curioso é que o Sol parece responder com uma emissão de características similares. Se eu não soubesse que é impossível, diria que estão conversando.

Andrew Bollinger sentiu um arrepio.

— Você conseguiu averiguar se é um sinal sequenciado?

— A pergunta se refere a... se pode ser inteligente?

— Sim.

— Não, senhor. Isso levará mais tempo.

O diretor do VLA ficou por um minuto com o olhar perdido no pôster do Sistema Solar que tinha pendurado à sua frente em seu escritório. Um enorme globo vermelho situado à esquerda ocupava a metade da imagem. O artista o havia representado com enormes labaredas de hélio pulando para o espaço e lambendo a superfície de um minúsculo e indefeso Mercúrio. "O Sol contém 98% da matéria do Sistema Solar", rezava a frase impressa justamente abaixo. Para Bollinger, essa informação lhe parecia agora uma ameaça.

Era estranho. Lá fora, no *campus* do Instituto de Mineração e Tecnologia de Socorro, o inverno estava a ponto de chegar. Havia chovido mais do que o costume naquele outono e Bollinger, como todos os demais, se abrigava ao pensamento de que o Sol poderia nascer por compaixão para retardar a chegada do frio.

De repente, havia deixado de desejá-lo.

O cientista sentou-se na frente de seu computador e redigiu um correio eletrônico para dois destinatários "Espero estar equivocado", pensou. Em Colorado Springs, o Esquadrão Meteorológico número cinquenta da Força Aérea tinha toda uma divisão dedicada ao clima espacial. E em Greenbelt, Maryland, não muito longe da Casa Branca, o Goddard Space Flight Center também. Se tivesse acontecido algum tipo de alteração no Astro Rei nas últimas horas, qualquer um deles já teria detectado. Apenas seus cientistas poderiam tranquilizá-lo. A primeira e única ocasião em que vira uma pedra "falar" foi pouco antes da grande tormenta solar em 1989. Aquela que deixou Quebec às escuras e ocasionou perdas nos satélites e redes elétricas, o que custou vários milhões de dólares. Inclusive o acidente do petroleiro *Exxon Valdez*, que derramou trinta e sete mil toneladas de combustível no Alasca, pode ter sido provocado por uma falha em seu sistema de navegação como resultado das erupções do Sol. Se, segundo o presidente, outras pedras estavam "falando" agora, não era para levar o assunto na brincadeira.

Ele sabia que cada vez que o Sol espirra, lança ao espaço bilhões de toneladas de plasma. A uma velocidade de mil e quinhentos quilômetros por segundo — uns três milhões por hora —, sua carga poderia demorar de dois a três dias para impactar contra a Terra. Era melhor estar preparado.

"Urgente — ele teclou. — Foi detectada alguma EMC nas últimas horas?"

Aquelas três siglas o submergiram em uma profunda inquietude. Ejeção de Massa Coronal. A pior das reações que a estrela mais próxima do nosso mundo poderia sofrer.

Bem, agora só lhe restava esperar.

85

PARECIA QUE MINHA CABEÇA IA EXPLODIR.

Após sete horas e quarenta minutos de voo — e de suportar o zumbido monocórdio das hélices do helicóptero, os apitos de aviso cada vez que atravessávamos uma zona de vigilância aérea ou as conversações mecânicas autorizando-nos a entrar nos espaços aéreos da França, da Itália e da Grécia —, eu me sentia como se estivesse presa em uma montanha-russa. Eu só queria ter podido dormir. Estava cansada de suportar giros, voltas, chacoalhadas, turbulências e minha resistência física ameaçava se extinguir de uma hora para outra. Por sorte, alcançamos nosso objetivo no extremo nordeste da Turquia antes que isso acontecesse. O aparelho aterrissou em algum lugar não identificado quase sem que eu percebesse que ele estava fazendo isso. Eu tinha as minhas costas despedaçadas por causa da posição incômoda durante tantas horas. Meus neurônios não eram capazes de processar nem mais um *bit* de informação, e meu único desejo era dormir em uma cama, como Deus manda.

Talvez por isso Artemi Dujok retrocedeu sobre seus passos e me deu um tranco no ombro para que eu reagisse.

— Ande! Só falta mais um pouco! — foi assim que ele me alentou.

Já era noite fechada na Turquia. Uma noite negra, fria e adornada de estrelas. Havíamos descido com os rotores do Sirkovsky em "modo silencioso" alguns minutos antes e apenas a trezentos metros de nosso objetivo, e agora, protegidos pelo silêncio e pela solidão infinita daquele local inóspito, nossa meta era assaltá-lo. Eu caminhava como um zumbi, na fila do grupo, arrastando os pés, totalmente alheia às rajadas de vento gélido e seco que fustigavam meu rosto.

Eu não queria dar mais nem um passo sequer. E menos ainda até o ponto que Dujok havia descoberto em seu computador, e que tinha o aspecto assustador de uma cratera sem fundo.

Eu tinha medo.

Apesar de meu atordoamento, lembrava muito bem do bendito buraco e de como tinha aparecido na tela de seu computador em Noia, quando triangulou a posição da adamante de Martin. Foi Dujok quem me explicou que seu nome geográfico era cratera de Hallaç. Contudo, saber agora que eu estava tão próxima de suas bordas afiadas e escuras, mesmo com os óculos de visão noturna e as roupas aquecidas que o armênio nos havia oferecido, me enchia de inquietude. Razões não me faltavam. Esta depressão devia ter uns quarenta metros de caída vertical. Era uma cova perfeita de paredes vitrificadas pelo calor. Uma ratoeira que era acessível somente a uma boa equipe de escalada, e que eu não via em nenhuma parte. Assim sendo... Como raios se poderia descer naquela cratera sem deixar nossa pele no caminho?

— Se vamos para a cratera, eu não... — sussurrei a Dujok, preparando-me para o pior.

— Não vamos para a cratera, senhora, e sim ao prédio que está ao lado dela. O sinal de Martin partiu dali.

Sua extrema confiança me provocou um arrepio.

— De... Desse prédio?

A nova perspectiva tampouco me seduziu. A uns cem metros de onde nos encontrávamos, descendo por uma suave ladeira, levantava-se um imóvel fortificado de tamanho considerável e que dava a impressão de estar abandonado já há algum tempo. Apesar da falta de luz, era possível notar em suas paredes erosões que me pareceram impactos de bala. Eu não era uma especialista nisso, contudo eu já havia encontrado marcas parecidas com essas durante as minhas restaurações. A Guerra Civil havia deixado muitas paróquias da Galícia com aspecto de peneiras.

— E o que faremos se os sequestradores de Martin estiverem nos esperando lá dentro? — sussurrei, apertando o passo para me colocar ao seu lado.

— Deixe-os por nossa conta, senhora Faber. Eles não serão um problema — disse Dujok.

— Ah, não?

— Não. — E ele me calou com sangue-frio.

O armênio, seus dois homens armados, Ellen Watson e eu não demoramos a alcançar a fachada do prédio. Em realidade, não se tratava de um único recinto. O prédio principal estava integrado a um grupo de edifícios menores, também com aspecto de abandono. Suas três estruturas mais destacadas davam ao conjunto um aspecto de propriedade agrícola. Mas não era. A casa maior, uma construção de dois andares e telhado de duas águas dispunha até de um pequeno minarete. A seus pés se estendia um pátio que fazia as vezes de estacionamento e, na frente dele, outro edifício anexo — o mesmo que nas imagens do satélite aparecia censurado com uma mancha branca — se alçava orgulhoso mostrando um aspecto certamente incomum.

Grandes pranchas de aço cobriam sem capricho uma espécie de torre feita de uma única peça. Não pude ver direito sua forma, mas me pareceu ter o aspecto de um dente canino gigante que teria sido encravado no solo, com a maior parte de sua estrutura mantida subterrânea. Não parecia ter janelas, adornos ou qualquer outro elemento supérfluo. E apesar do fato de que a torre irradiava uma inequívoca sensação de antiguidade, tinha por sua vez um estranho toque vanguardista.

— Vamos — ordenou Dujok ao me ver tão absorta.

— O que é isso? — interroguei o armênio.

— Uma antena.

— Antena, para quê?

— Uma antena de sinais de alta frequência, senhora. Não pare, por favor!

— Mas parece ser muito antiga... — protestei.

— E é muito antiga!

Caminhamos então até a porta principal da casa de tamanho maior. Nós cinco nos posicionamos em ambos os lados dos batentes, esperando um sinal de nosso líder. O portão, uma enorme prancha de madeira reforçada com cravos e ferragem, estava aberto de par em par, mas mesmo assim continuávamos sem ver ou ouvir nada de suspeito. Ellen Watson, que estava desarmada como eu, protestou.

— Vamos entrar aí, assim sem mais?

— Sim. E as senhoras farão isso primeiro — disse Dujok, olhando para nós duas.

— Nós?

— Não me parece uma boa ideia...

— Não é uma ideia — grunhiu então o armênio. — É uma ordem.

E, dizendo aquilo, levantou o cano de sua Uzi em direção ao meu estômago.

86

NEM DANTE TERIA IMAGINADO um inferno pior do que aquele.

Uma labareda de cem mil quilômetros de longitude, carregada de plasma fervendo a cinco mil e oitocentos graus centígrados, elevou-se solenemente sobre a superfície da coroa solar. As duas sondas STEREO que a NASA havia posto em órbita heliocêntrica para vigiar qualquer alteração no Astro Rei, chamadas de *Ahead* e *Behind* de acordo com sua posição relativa ao seu objetivo, foram as primeiras a detectar a anomalia. Ambas funcionavam como um par de olhos gigantes e proporcionavam imagens tridimensionais de qualquer coisa que viesse a acontecer em sua superfície. Ainda assim, por não estarem orientadas para interceptar sinais dirigidos ao Sol — quem iria fazer semelhante coisa? —, não capturaram o tremendo feixe magnético que o havia impactado um pouco antes, nas proximidades da mancha 13057.

Até trinta segundos antes, a zona de sombra da 13057 tinha apenas o tamanho da Terra. Seu intenso campo magnético se viu então alterado por esse conjunto de sinais e logo começou a entrar em mutação, absorvendo as manchas 12966 e 13102. De maneira automática, e sem que nenhum operador no Goddard Space Flight Center de Maryland interviesse, as STEREO começaram a gravar os movimentos no magma solar e a transmitir as primeiras informações a suas bases. Para o seu processador de dois milhões de dólares, forram suficientes apenas segundos para determinar que a mancha 13057 fora a responsável pela explosão. Seu perfil ovoide havia desaparecido de seus leitores ultravioleta, deixando em seu lugar aquele monstro abrasador que se deslocava sobre a rugosa superfície do Sol a quase trezentos quilômetros por segundo.

O que veio na sequência acabou por quebrar todas as escalas de atividade solar conhecidas.

A onda de plasma se deixou cair contra a fotosfera de forma parecida como faria um tronco sobre um lago de águas calmas. Com a diferença de que, nessa ocasião, o perímetro das ondas concêntricas que a onda de plasma provocou superava um milhão de quilômetros. Era um *tsunami* magnético e de gás a uma temperatura inconcebível que arrastava tudo o que encontrava pela frente. Então, um rugido surdo percorreu o astro antes que, como se fora um dominó de proporções hercúleas, a peça seguinte entrasse em ação. Quintilhões de partículas de alta energia, sobretudo prótons, receberam a bofetada do gás, aceleraram-se e foram despejadas para além da heliosfera. E elas foram seguidas pelo mais brutal carrossel radioativo que as STEREO jamais haviam registrado.

Com aquela detecção, o programa Solar Terrestrial Relations Observatory iria entrar definitivamente para a história.

Contudo, as câmeras ultravioleta da *Ahead* captaram algo mais.

Como se fossem os dedos longos e retorcidos de um Nosferatu cósmico, uma corrente magnética de pelo menos quarenta mil quilômetros de extensão disparou logo atrás do mar de prótons. Ela se movia como a cauda de uma lagartixa, sacudindo-se da direita para a esquerda conforme a corrente gerada por seus polos. Ao mesmo tempo, sobre a superfície da nossa estrela, abriam-se e fechavam-se buracos colossais de um tamanho que quintuplicava o diâmetro terrestre. Pareciam bocas famintas. Gargantas diabólicas dispostas a devorar tudo.

Em oito minutos, toda aquela radiação chegaria à Terra como uma súbita bofetada de calor. Seria apenas um aviso do que estaria por vir depois.

Entre dezoito e trinta e seis horas mais tarde — se os cálculos estivessem corretos —, seria o turno da chuva de plasma. As medições das STEREO determinariam em um segundo que região do planeta receberia seu impacto. Eles estavam diante da maior Ejeção de Massa Coronal do Sol jamais detectada. Uma erupção de classe X23. E suas consequências eram impossíveis de prever.

Justamente quando a STEREO *Behind* enviou seu prognóstico sobre o lugar em que se precipitaria o *tsunami* magnético, chegou a pergunta do diretor do grande radiotelescópio de Socorro: "Urgente. Foi detectada alguma EMC nas últimas horas?".

Entretanto, havia surgido outra emergência no Goddard Space Flight Center. Já tinham as coordenadas do choque do plasma.

As autoridades turcas deveriam ser avisadas imediatamente.

87

OS PRIMEIROS PASSOS dentro da casa foram vacilantes.

Não era para menos. Não havia luz elétrica, o chão estava repleto de escombros e minhas pernas tremiam de medo. Não conseguia entender por que Artemi Dujok — o amigo de Martin, o homem que arriscara a vida por mim para me proteger e me levar até ali — me ameaçava agora com sua arma e me olhava como se eu fosse sua pior inimiga. Ellen Watson, ao meu lado, também estava desconcertada. Haci havia grudado em suas costas, com o cano de sua metralhadora cravado em seus rins, e forçando-a a obedecer ao seu líder sem chiar. Mas tudo aquilo, por mais absurdo que parecesse, devia ter algum sentido para o armênio. Dujok não era um fanático. Nunca me pareceu que fosse. Eu sentia um impulso de desculpá-lo de algum modo. Por isso me agarrei à observação de que sua expressão não mostrava tensão, senão euforia. Custava-me acreditar que fosse fazer algo de mal conosco.

Em silêncio, o armênio nos guiou por aquele labirinto de corredores, escadarias e quartos que se abriam à nossa frente, conduzindo-nos até um aposento do andar inferior que — desta vez, sim — dispunha de energia elétrica. A princípio, a luz machucou meus olhos. Levantei as mãos para protegê-los de uma única lâmpada que estava pendurada no teto e as mantive ali por alguns segundos. Foi Haci quem, firme, me deu um toque com a arma nas costas.

— Ju-lia Al-vrez! — disse ele com rudeza.

E então eu abri os olhos.

A impressão foi tão espantosa como inesperada. É que, apesar de estar no outro extremo do mundo, em um lugar que não se podia imaginar mais distante de meu pequeno universo, reconheci aquele lugar.

E Ellen também.

Girei sobre meus calcanhares para exigir uma explicação de Dujok, porém, com um gesto ameaçador que de repente emoldurou seu rosto, ele me pediu que olhasse de novo para a frente.

— Ainda lhe resta muito por ver — murmurou.

Eu não tinha dúvida alguma: aquelas paredes descascadas e cobertas de musgo que tinha diante de mim, esses grafites que apareciam entre os fragmentos de gesso que ainda não tinham vindo abaixo, a mesa desconjuntada e até mesmo a pobre lâmpada que gravitava sobre nós eram as mesmas que apareciam no vídeo do sequestro de Martin. A gravação foi feita ali! Nessa sala de apenas quinze metros quadrados!

Mil perguntas começavam a pedir passagem.

— Tá, tá, tá... Por fim chegaram. Odeio esperas — uma voz familiar entrou de repente pela porta que acabávamos de cruzar. Tive a sensação imediata de que se dirigia para mim. Falava em um inglês com impecável sotaque britânico, pausado, como se lhe fosse gratificante encontrar-se com aquele grupo de pessoas em seus domínios. — Todos nós aguardávamos a sua visita impacientes, querida.

"Querida?"

Uma certeza fugaz relampejou em minha mente. Era absurda, porém só havia uma forma de comprová-la.

Deus.

Ao voltar-me, quase perdi a fala por causa do impacto.

— Daniel... Daniel Knight?

Parado de pé a alguns passos de mim, um sujeito corado, enfiado em uma grossa parca e calçando botas especiais para montanha, com o rosto oculto por uma barba avermelhada que o fazia parecer mais feroz do que era, me observava com uma estranha complacência.

— Eu fico feliz que se lembre da nossa amizade. Cinco anos se passaram desde a última vez que nos vimos, Céus. Cinco anos sem que se dignasse a me telefonar uma só vez.

— Voc... Vocês se conhecem? — titubeou Ellen Watson.

Assenti.

— Este homem esteve em minha cerimônia de casamento — disse eu, bem séria. — É um velho amigo de meu marido.

— E também algo mais, querida.

— Sim... É verdade — sorri com má vontade. — Ele me instruiu sobre como manipular as adamantes.

Ainda que Daniel Knight estivesse desarmado, irradiava a inequívoca impressão de ser ele quem controlava a situação. Eu não conseguia fazer uma ideia, nem sequer uma remota que fosse, de que diabos estava fazendo ali um rato de biblioteca como ele, nem tampouco por que ainda não havia dado a ordem para que Dujok deixasse de apontar as armas para nós.

— E Martin? — eu o interroguei severamente. — Sabe onde ele está?

— Minha querida — disse ele, acercando-se de mim e colocando seu indicador em meus lábios —, você deveria mostrar um tanto mais de alegria ao me ver. No final das contas, vou ajudá-la a fechar o círculo. Chegou o momento de conhecer as respostas para todas as suas perguntas.

— Mas... e Martin? Sabe onde ele está? — insisti.

— Seu marido está perfeitamente bem. De fato, ele também está esperando por você já há algum tempo. Quer um pouco de chá?

— Chá?

— Seria bom que você se hidratasse, querida. E sua amiga também — acrescentou, olhando para Ellen. — O trabalho que você tem daqui em diante não vai deixar muita margem para beber.

— Trabalho? Que trabalho?

— Vamos, Julia — Daniel moveu suavemente sua cabeça como se me repreendesse por algo que eu deveria saber. — Um que a redimirá, porque faz parte do seu destino, queira você ou não.

— Não sei do que você está falando.

— Ah, não? — sorriu. — Eu lhe refrescarei a memória. Quando Martin deixou você em Santiago para fazer a viagem à Turquia, você lhe respondeu que não o ajudaria mais com suas “bruxarias”. Você disse “bruxarias”, lembra-se? E também que não queria mais ouvir falar de suas pedras, nem de John Dee, nem de seus apocalipses... Nunca mais. Você se empenhou em sair do seu caminho. Da missão para a qual sua vida a preparou durante todo o tempo. Para sua sorte, estes velhos amigos e eu vamos lhe devolver a ela...

— Eu disse a ele que fizesse com a pedra o que quisesse! — protestei. — E que não me arrastasse mais uma vez para suas obsessões. Isso foi tudo — eu me decidi. — Martin está por trás disso? Diga-me!

— Não são obsessões, querida.

— Além disso — meu estado de nervos não me deixava parar de falar —, não entendo o que isso tudo tem a ver com o sequestro dele... Não estou entendendo nada!

— Sequestro? — o rosto redondo e peludo de Daniel se iluminou. — Por favor! Você é uma mulher inteligente. Pense em tudo que tem passado nessas últimas semanas. Primeiro, o Martin escondeu sua adamante em um lugar seguro porque você negou sua colaboração. Como resultado, você se concentrou em suas investigações, vindo parar aqui. E não há dúvida, querida, você sabia tão bem quanto ele que sua presença na Turquia, a seu lado, seria imprescindível, mais cedo ou mais tarde. Estou errado?

Uma onda de calor me subiu até as maçãs do rosto, sufocando-me.

— Eu não sei aonde você está querendo chegar, Daniel...

— Julia, Julia — disse ele, ainda mais beatífico. As rugas que se formaram ao redor de seus olhos aumentaram seu estranho magnetismo. — Você se casou com um homem que precisava de uma pessoa como você para cumprir uma tarefa superior, uma missão que estava acima inclusive do casamento de vocês. Martin passou anos buscando uma mulher com o dom da visão. Alguém que o ajudasse, que nos ajudasse, a sublimar seu trabalho com as pedras e pudesse estabelecer contato com as hierarquias angelicais.

— Como John Dee fez com seus médiuns — resmunguei de má vontade. — Conheço a ladainha.

— Isso mesmo, Julia.

Daniel tremeu imperceptivelmente o pulso ao me servir um pouco de chá do recipiente de metal que havia sobre a mesa. Meu cérebro não apreciou o gesto. Lutava para encaixar as coisas absurdas que haviam cruzado o meu caminho nas últimas horas.

— Então... Ora, ora... — interveio Ellen, ainda em pé ao meu lado. — Você montou todo um circo, fingindo um sequestro para atrair Julia até este lugar?

O ocultista sorriu.

— É uma maneira de ver as coisas, senhora Watson.

— Mas... Por quê? — gritei.

— Se Martin tivesse implorado para que você o acompanhasse na boa até o Ararat e que trouxesse sua adamante para uma última cerimônia, não teria aceitado, correto?

Vacilei por um segundo. Havia algo naquela última frase que conseguiu me inquietar de verdade. Uma insinuação velada que confirmava sem nenhuma dúvida que Martin estava por trás daquilo. Mas... Por que ele não dava as caras?

Meus pulmões inspiraram com ansiedade outra dose de ar frio e úmido que enchia aquele quarto.

— Nós precisávamos de uma motivação poderosa que a trouxesse até nós. E rápido — prosseguiu Daniel. — Você ainda não sabe, Julia, mas existem motivos cósmicos muito poderosos para ativar as adamantes justamente agora. Era imperioso contar com sua presença por mal ou por bem, e esse plano pareceu o menos intimidatório para você.

— O menos intimidatório... Pois sim...

— Sei que ama Martin. E o amor é uma fraqueza muito humana. Por isso apelamos a seu bom coração. E aqui está você! Bem a tempo!

— Maldito seja você, Daniel — sussurrei. — Quase me matam por culpa de vocês.

O ocultista sorveu um gole de sua xícara que reverberou por todo o quarto. Ellen, a meu lado, enviou um olhar de desprezo que Knight sustentou.

— Eu sinto muito — desculpou-se ele sem retirar o olhar frio. — Não estava previsto que os responsáveis pela Operação Elias interceptassem nosso vídeo e muito menos que decidissem ir atrás de você. Por sorte — acrescentou, dando tapinhas nas costas de Dujok, que ainda continuava nos apontando sua arma —, enviamos alguns anjos da guarda para velar por sua segurança.

— E agora, o que mais? Que pensa em fazer comigo? Obrigar-me a participar outra vez dos seus joguinhos?

Knight deu outro gole no chá antes de responder.

— Desta vez já não se trata de um jogo, querida — disse ele. — A cada certo período de tempo, a atmosfera e o solo deste planeta recebem uma overdose de magnetismo solar, convertendo o nosso mundo em uma espécie de farol cósmico por algumas horas. Demorei anos, no observatório de Greenwich, compilando informação sobre esses momentos. São momentos muito raros. Apenas um ou dois por século. E breves. Contudo, enquanto a maioria de meus colegas se limita a elaborar gráficos a título estatístico, eu tenho me dedicado a comparar esses dados com certos eventos históricos. E me dei conta de que, se soubesse aproveitar essas forças e se elas fossem canalizadas através dos instrumentos necessários, seria possível enviar mensagens a esferas de existência que você nem imagina que existem e receber ajuda delas.

Os olhos de meu interlocutor se estreitaram, misteriosos.

— John Dee conseguiu fazer seu contato angélico porque suas primeiras tentativas de comunicação coincidiram com uma das maiores tempestades solares da História. O Sol enlouqueceu no fim de maio de 1581. No dia 25 daquele mês se produziu o maior pico de atividade, quando gigantescas auroras boreais se deixaram ver abaixo do Trópico de Câncer. Nunca antes o campo magnético do planeta havia experimentado uma deformação desse porte por culpa de uma emissão energética. Agora sabemos que, na hora em que isso aconteceu, John Dee rezava em sua capela particular em Mortlake. Um ruído o fez aproximar-se da janela. Talvez tenha sido o crepitar da aurora. Nunca saberemos. Porém, o certo é que, estupefato, ele distinguiu uma espécie de menino-anjo de pele resplandecente que flutuava diante dele, a uns três metros do solo. Dee abriu a janela, o tocou com a ponta de seus dedos e o anjo lhe entregou algumas pedras que, dali em diante, o mago usaria para suas invocações. Dee tinha cinquenta e quatro anos. Um ancião para sua época. E não estava para fantasias. De fato, graças a um médium que ele contratou depois, e usando essas pedras, foi consumada uma conexão que fazia pelo menos quatro mil anos que ninguém conseguia estabelecer. O importante — tossiu, engolindo saliva e deixando sua xícara de lado — é que essas circunstâncias cósmicas estão a ponto de se repetir. Uma nova tempestade solar está a caminho... e você tem o dom de ativar as pedras. Que mais podemos pedir?

Eu queria chorar. Gritar bem alto na sua cara que não me interessavam aqueles seus experimentos. Que já havia tido o suficiente sendo seu porquinho-da-índia em Londres e que tudo isso já bastava. Mas contive meus instintos. Se Daniel — a quem até essa altura eu considerava um intelectual inofensivo — era capaz de fazer tudo aquilo, talvez fosse melhor não instigar sua ira.

— O que eu não entendo — disse por fim, afogando minha raiva — é essa obsessão de vocês para se conectarem com os anjos. Nem tampouco a desta gente — disse apontando para Artemi Dujok, que seguia nossa conversa sem pestanejar.

— Isso é porque você ainda não dispõe de certa informação sobre nós.

— Informação? Que informação?

— Querida, os yazidis e minha família pertencemos a uma velha dinastia angélica. Você ainda não se deu conta?

— Ai, por favor!

Poderia jurar que Daniel entrou em deleite diante do meu estupor. Alisou as barbas com ambas as mãos e, inclinando seu enorme corpo sobre mim, aproximou seus olhos claros dos meus. Nunca tinha estado com Daniel assim tão próximo, mas isso não bastava para explicar a profunda perturbação que senti ao notar o seu olhar.

— Somos descendentes de uma estirpe que caiu em desgraça e que só busca se reconectar com suas origens e sair deste mundo. — Aquelas palavras soaram solenes: sem vislumbre de engano ou intenção dúbia. Ele falava bem sério. — Minha família ficou presa neste mundo faz milhares de anos. Tal e como conta o Livro de Enoque, aqui nos misturamos com os humanos e aqui temos convivido com vocês. Sem dúvida, apesar das gerações transcorridas desde aquele tempo antediluviano, jamais perdemos a noção de quem somos nem de onde viemos.

Daniel inspirou profundamente antes de continuar:

— Assim sendo, isso que você chama de obsessão para nós é um projeto. Um velho anseio vital.

Não repliquei. Não me atrevi.

E Ellen muito menos.

— E como já deve ter concluído — continuou —, Dee foi também um de nós; talvez aquele que tenha levado mais longe o nosso desejo de voltar para casa. Porém, desde a sua morte em 1608, não temos avançado muito na direção que definimos.

— Isso só pode ser uma piada... — ofegou a norte-americana, tão ou mais atônita que eu.

— Não é não, senhora. Pergunte aos yazidis — algo no gestual de Daniel me intimidou quando apontou Dujok. — Há alguns anos descobrimos que eles também eram descendentes dos mesmos anjos que povoaram a Terra há dez mil anos. Sobreviveram ao Dilúvio como nossos antepassados, mas, ao contrário do nosso clã, eles souberam proteger melhor suas origens. Foi um autêntico achado saber que eles controlavam forças que nós havíamos perdido de vista há séculos. E o fazem graças ao fato de terem continuado fiéis à terra na qual tudo começou. Aqui, nestas montanhas, descansa o último vestígio desse mundo antediluviano. A última peça intacta da tecnologia angélica que resta na Terra e que poderia nos ajudar a retomar contato com o nosso lar.

Eu fiquei de boca aberta.

— A Arca de Noé, suponho...

— Isso mesmo. Deus deu as instruções para Noé fazer sua embarcação, porém foram os nossos antepassados que supervisionaram toda a construção.

— E essa cratera aí fora? — Ellen voltou a interromper. — Também é consequência dessa tecnologia?

Daniel sorriu. Creio que se divertia com o tom inquisitivo e ácido de Ellen.

— A cratera de Hallaç é de onde saíram as pedras que serviram de base para essa tecnologia — respondeu. — Elas fizeram o papel equivalente ao silício para os computadores modernos. Por isso os yazidis a protegem há muitas gerações, impedindo que suas rochas sagradas, com propriedades transmissoras, caiam em mãos impróprias.

Olhei para Dujok com o canto do olho.

— Anjos? Yazidis? Vocês? Mas... Que tipo de loucura é essa? Você não vai acreditar neles, não é mesmo, Julia? — bufou Ellen Watson, incapaz de conter sua frustração. — É a coisa mais ridícula que eu já escutei na minha vida!

— Eu lhe asseguro que não estou mentindo, agente Watson — respondeu Daniel impassível, como se não lhe importasse o que aquela mulher pensasse dele, e só respondia para que a mensagem calasse em mim. — Uma parte da humanidade, acredite ou não, descende de seres que se misturaram com os humanos na noite dos tempos. Somos de carne e osso. Compartilhamos o DNA com vocês, mas não somos estritamente humanos.

— Ah, sim, claro, naturalmente! — Ellen disse aquilo ofendida. — Como puderam enganar Julia assim dessa forma? Como seu próprio marido se atreveu a...?

— Já disse que essa missão está acima de seu casamento. Talvez vocês não compreendam, porém nossa espécie tem um sentido de ética um tanto mais pragmático que o seu. Pode ser que sejamos mais frios, que nossa razão prevaleça sobre os sentimentos, mas sem dúvida isso nos torna mais eficazes. E mais fortes.

— Sua espécie? Que espécie? — a americana tinha os olhos injetados de tanta raiva. Eu a deixei se desafogar. — Nunca ouvi falar de vocês!

— Certamente ouviu, agente Watson — replicou Daniel sem alterar-se. — Todas as tradições sagradas falam de nós e explicam como fomos condenados a ficar presos neste mundo por culpa de nosso acasalamento com os humanos. Somos filhos dos exilados. Infectados. Vocês mesmos nos indicaram como a causa de todos os seus males, quando tudo o que fizemos foi dar um impulso à sua genética para aproximá-la da nossa, e inventaram mitos como o de Lúcifer, Toth, Hermes, Enki ou Prometeu para nos descrever. Por um lado, esses personagens os fascinam porque trouxeram o conhecimento ao mundo, mas por outro eles os aterrorizam porque, cedo ou tarde, vão querer cobrar seus favores de algum modo. Por isso vocês nos demonizaram. No passado nos perseguiram, acusando-nos de todo tipo de aberrações. Fomos tachados de hereges, magos, bruxos e inclusive de vampiros. E se muitos de nós, tradicionalmente, nos refugiamos nas ciências ocultas é porque foi nelas que nossos antepassados conseguiram disfarçar o conhecimento que trouxeram de seu lugar de origem. Isso explica por que nossa presença na História é intermitente. Estávamos obrigados a proteger essa informação até que pudéssemos compreendê-la de novo e utilizá-la para chamar nossa casa e pedir permissão para regressar...

— E já decifraram? — indaguei desconfiada.

— Sim, Julia — sorriu. — Graças a Martin, a seu pai, a Dee, aos místicos como Emmanuel Swendemborg, William Blake ou tantos outros, finalmente conseguimos compreender a "antiga ciência" e sabemos agora como usá-la para fazer a nossa chamada.

— E quem vocês acham que virão salvá-los? — chiou Ellen. — Uma esquadrilha de anjos alados? Extraterrestres a bordo de um disco voador?

Daniel levantou uma mão, pedindo-lhe que se tranquilizasse.

— Não, agente Watson. Nada disso. Contra tudo o que as pessoas pensam, os anjos, nós, não temos asas. E a Bíblia já dizia isso, não sabia? Abraão, Tobias ou Jacó, por exemplo, todos eles se encontraram conosco cara a cara e nos descreveram como realmente somos: homens e mulheres de um lugar distante, dotados de uma psique mais aguçada que a de vocês. Temos outra sensibilidade, podemos sintonizar com toda criatura viva e compreendê-la sem ter que falar com ela ou colocá-la debaixo de um microscópio. Podemos ver e ouvir partes do espectro eletromagnético que vocês não podem. E não muito mais...

Sacudi a cabeça, mais incrédula do que nunca. Isso não pareceu importar muito para Daniel.

— E essa psique, Julia, é o que nos permite admirar humanos como você — disse ele. — Você, curiosamente, possui um dom que nós perdemos. Um gene que não vingou na cadeia principal dos anjos, mas que, ao se misturar com o DNA humano, ficou latente em seu código genético. Esse gene sublime dá a capacidade de comunicação com o transcendente e emerge em um a cada milhão de indivíduos por mecanismos genéticos difíceis de compreender.

— E os anjos o perderam? Esqueceram como se pode falar com Deus? — Ellen estava cada vez mais ácida.

— Por muitas gerações, sim. Ainda bem que, por sorte, transmitimos antes essa capacidade a vocês, quando os filhos de Deus tomaram as filhas dos homens. Isso lhe soa familiar? Por isso alguns de vocês — acrescentou ele, cravando seus profundos olhos claros em mim — a desenvolve de tempos em tempos. E por isso procuramos esses humanos com tanta vontade. De algum modo, eles são a única esperança que temos de nos reconectar com nossas origens.

— Uma história estranha — disse eu.

— Eu sei — confirmou Daniel. — Compreende agora por que Martin se alegrou tanto quando a encontrou, Julia? Pensou que havia encontrado finalmente a chave que nos abriria as portas do céu de novo.

— E onde ele está agora?

Daniel olhou de relance para Dujok. Este continuava de pé, ao meu lado, com sua pistola-metralhadora Uzi nas mãos, atento a qualquer movimento. O armênio parecia aguardar a mesma resposta que eu.

— Ele está na montanha — disse por fim. — Preparando-se para fazer essa chamada... Esperando por você.

88

O ESCRITÓRIO EXECUTIVO do Presidente dos Estados Unidos (EOP) é um órgão frequentemente subestimado. Integrado por pessoas de confiança da máxima autoridade da nação, ele se subdivide em unidades que se encarregam de conectar o presidente com temas tão díspares como o meio ambiente, o Tesouro ou a segurança interna da Casa Branca. Em ocasiões pontuais, sua cabeça dá instruções diretas a um dos seus empregados sem o conhecimento expresso do assessor do presidente, porém, quando o faz, é uma grande honra para quem for eleito.

Tom Jenkins havia saboreado várias vezes essa rara ambrosia no último ano e meio. Ele era um dos poucos que tinham o telefone pessoal criptografado do presidente, além de sua autorização expressa para chamá-lo a qualquer momento do dia. Não mais do que uma dezena de pessoas — entre elas a primeira-dama, sua filha ou Ellen Watson — gozava desse privilégio, e Tom tratava de não abusar dele.

Logo depois de seu encontro com o coronel Allen no seu quarto hospitalar em Santiago de Compostela, Jenkins queimou um dos seus cartuchos telefonando para Roger Castle.

— Não quero lhe perturbar com pequenos detalhes do caso, senhor — desculpou-se Jenkins. — Mas é preciso que alguém pressione a Agência de Segurança Nacional para que esse sujeito colabore conosco.

Roger Castle foi surpreendido com essa chamada durante um jantar com embaixadores europeus, no Salão Vermelho de sua residência oficial. O presidente já tinha salvado o rabo de Ellen — que graças a Deus, estava agora vigiando Julia e seus sequestradores de perto —, mas se queria que aquela operação seguisse secreta, sabia que deveria intervir de novo e fazer o que Tom havia pedido.

— Não se preocupe, Jenkins. Eu me encarregarei disso.

— Obrigado, senhor presidente... — o tom de voz de seu "assessor de gelo" fraquejou por um instante. — Talvez não seja necessário que lhe diga isso, mas Ellen e eu pensamos que o senhor deu um grande passo intervindo nesse assunto. Os dias da Operação Elias estão contados.

Castle não respondeu.

Minutos mais tarde, assim que teve espaço para se ausentar do banquete e telefonar para Michael Owen, acabou tocando no assunto.

— Suponho que esteja informado do que aconteceu com o homem que você enviou à Espanha atrás da adamante, certo?

O imperturbável diretor da ASN soube que Castle o estava cercando. Acabava de ler o informe preliminar que Nicholas Allen havia enviado por correio eletrônico cifrado diretamente do hospital e sabia também do fracasso do USS *Texas* e das contraordens que o submarino havia recebido do presidente. Estava, assim, consciente de que as coisas não corriam muito bem.

— Estou a par de tudo, senhor. Sofremos o segundo ataque com armas eletromagnéticas em zona civil desde o sequestro de Martin. A situação é preocupante...

— Este telefonema é para lhe propor algo, Michael. Quero que considere essa proposta com atenção. Talvez já saiba que tenho dois homens no caso, que localizaram as pedras e os terroristas que você busca. Dispomos da informação sobre o rumo que eles tomaram e eu poderia compartilhar esse dado com a sua gente se você colaborar comigo.

— Eu também tenho essa informação, presidente. Os satélites que o senhor consulta estão sob minha administração — respondeu seco.

— Você não está entendendo, Michael. Nós enfrentamos um inimigo comum. Eu quero essas pedras tanto quanto você e sei que a Operação Elias sabe mais sobre elas do que qualquer um. O que estou propondo a você é unir esforços e recuperá-las. Se você me ajuda, eu o ajudo.

— Unir-se diante de um inimigo em comum? Como Reagan e Gorbachev em Genebra?

Castle sorriu. Recordava-se bem daquele episódio. A Guerra Fria entre Moscou e Washington atravessava seu momento mais delicado. Era outono de 1987 e seu predecessor, Ronald Reagan, tinha diante de si um texto para convencionar a redução dos arsenais nucleares que não sabia se seu par soviético assinaria. Então soltou uma daquelas frases de impacto que passaria a fazer parte da história: "Muitas vezes penso que nossas diferenças se desvaneceriam rapidamente se sofrêssemos uma invasão extraterrestre. Por acaso, já não existe uma força alienígena entre nós?".

— Exato — concordou o presidente —, como Reagan e Gorbachev.

— Muito bem, presidente. O senhor está dentro da Operação Elias desde nosso encontro desta manhã. Não tenho razão alguma para desprezar sua colaboração. O que deseja fazer?

— Coloque-se em contato com seu homem na Espanha e ordene que ele siga as ordens de meu pessoal. Quero que persigam essas benditas pedras até o seu esconderijo final e que as recuperem para nós.

— Deseja que eu me encarregue da logística? Meu homem dispõe de um jato particular à sua disposição que poderia levá-los para a Turquia.

— É mais do que eu esperava. Obrigado, Michael.

— Bem — acatou Owen num tom de neutralidade. — E para que não restem dúvidas da minha vontade de colaboração, senhor presidente, deixe-me compartilhar com o senhor as últimas notícias.

O presidente trocou o telefone de ouvido.

— Que notícias?

— Elas não são nada animadoras, senhor.

— Ultimamente nenhuma delas tem sido... — lamentou Castle.

— Acabamos de detectar uma explosão eletromagnética colossal acima da linha do equador do Sol. Ainda não sabemos se está relacionada com as emissões x que interceptamos na Terra, entretanto, se for confirmado que sua onda expansiva se dirige em nossa direção, vai ser como se nos arrebentassem uma bomba de pulso eletromagnético sob nossos narizes.

— Uma bomba?

Castle recordou o que o capitão do submarino disse quando falou com ele. Mencionou um atentado em escala global. O grande temor de Owen.

— Isso mesmo, senhor. Por que acredita que Elias deseja ter essas pedras sob nosso controle? Além de ser um rádio sobrenatural, elas poderiam provocar uma catástrofe se fossem mal empregadas.

89

— **ANJOS? MAS... COMO** pôde acreditar em uma só palavra dessa papagaiada toda?

Ellen liberou toda a sua tensão depois que Daniel deu ordens para que nos conduzissem a um quarto sem janelas para que passássemos a noite ali. Tinha os olhos avermelhados e aspecto de muito cansada.

— Na verdade, não sei nem em que pensar... — sussurrei, enquanto comprovava o aspecto ruinoso de nossas camas. Dois colchões de palha com cobertas de puro trapo corroídas pela umidade.

— Como assim, não sabe o que pensar? — ela gritou comigo. — Os anjos não existem, senhora Faber! Ainda não se deu conta? Essa gente descobriu uma fonte de energia poderosa e tentam escondê-la disfarçando-a com uma mitologia ultrapassada. Se você conceder a eles um só resquício de confiança, continuarão enganando você. E o pior: sairão da História com a sua pedra, impedindo nosso acesso a esse conhecimento.

— O que está querendo dizer?

— Conhece aquela frase de Arthur C. Clarke? "Qualquer tecnologia superior é indistinguível da magia." Creio que define muito bem a situação que enfrentamos.

— Agora entendo — abri os olhos. — Os Estados Unidos estão interessados nas pedras porque acham que fazem parte de uma tecnologia superior? É isso?

— Se Artemi Dujok nos disse a verdade, um projeto secreto dentro do meu próprio governo vem tentando analisar essa tecnologia faz mais de um século. Meu presidente descobriu esse projeto e quer jogar luz sobre esse assunto tanto quanto você. Estamos do mesmo lado, Julia.

— Só que meu marido e eu somos peões dispensáveis.

— Ninguém disse isso. Martin Faber é um cidadão norte-americano.

— Está bem... Devemos nos acalmar. Temos acumulado muita tensão.

Ellen se sentou naquele catre.

— Sim. Tem razão.

— Amanhã pela manhã sairemos rumo à montanha. Em busca de Martin. Então tudo se esclarecerá. — Suspirei. — Diga-me uma coisa: por que são tão importantes para seu país umas pedras antigas com algumas capacidades elétricas?

— Elas são muito mais do que isso, como você sabe.

— E vocês têm alguma ideia sobre a origem dessa tecnologia?

Ellen se reclinou sobre o colchão, cravando seu olhar no teto.

— Ocorrem-me várias hipóteses. Que sejam os restos de uma tecnologia pré-histórica que perdemos após alguma catástrofe climática, um legado deixado aqui por homens de outro planeta, ou o fragmento de uma tecnologia do futuro trazida por engano a nosso tempo...

— E você me diz que não acredita em anjos! Você me surpreende, Ellen.

— Anjos, fantasmas, deuses, espíritos... Todos são termos que disfarçam a nossa ignorância. Se pudéssemos levar essa lâmpada ali para a época de Maria Tudor — disse ela, apontando o teto para onde olhava —, eles nos acusariam de bruxaria por ter criado uma rocha incandescente.

— John Dee passou por isso... — sussurrei. — Talvez tenha razão.

— Já ouviu falar alguma vez dos "Cultos à Carga", senhora Faber?

Neguei com a cabeça.

— Foi algo que ocorreu ao fim da Segunda Guerra Mundial, nas ilhas da Nova Guiné que não haviam tido apenas contato com o homem branco. Nosso exército estava preparando a frente de combate contra o Japão, assim decidimos cortar seus suprimentos e montar bases de onde poderíamos atacá-los. Mas eu não quero cansá-la com uma história tão velha, Julia...

— Oh não, não! Prossiga por favor — insisti.

Ellen inspirou profundamente.

— Está bem. Começamos a instalar as bases em atóis do Pacífico Sul. Imagine o impacto sobre os nativos: de repente, milhares de homens saídos de parte alguma, municiados de bastões de fogo e pássaros metálicos, tomaram os bosques próximos a suas aldeias e os derrubaram para construir no lugar as instalações militares. Em sua ingenuidade, acreditaram que éramos deuses e que tínhamos poder infinito sobre a natureza.

— E por que chamaram de "Cultos à Carga"?

— Porque, ao ver como esses deuses deixavam cair do céu mais e mais recipientes com a palavra "carga" impressa neles, acreditaram que havíamos decidido abrir as comportas do Paraíso para compartilhar nossas riquezas com eles. Como resultado disso, nasceram então várias religiões que ainda resistem em desaparecer.

— Sério?

— Isso mesmo. E tudo foi fruto do contato com uma "tecnologia superior" que os nativos acreditavam ser mágica. Consegue ver aonde quero chegar?

— O único ponto que percebo é que você prefere uma visão materialista das coisas, em vez de uma visão religiosa.

— Naturalmente. E tenha certeza de que será essa visão que vai nos tirar daqui. Não os anjos.

— O que quer dizer com isso?

— Já estamos há várias horas em Hallaç, senhora Faber. A essa altura, nossos satélites já terão triangulado a posição das relíquias de Dee. Não acho que ficaremos sozinhas por muito tempo.

90

AINDA NÃO HAVIA CAÍDO a tarde em Santiago de Compostela, a quase seis mil quilômetros a oeste de Hallaç, quando o inspetor Figueiras teve a certeza absoluta de que havia sido enganado. O americano que lhe prometera notícias sobre os assassinos de seus homens havia se volatilizado. Ingênuo, Figueiras acreditou quando o homem disse que o levaria ao espião que havia iniciado o tiroteio na catedral para concluir a investigação. E também quando, amparado em suas impressionantes credenciais, seu terno caro e seu envolvente *after shave*, Tom Jenkins jurou que nem Julia Álvarez, nem eles sairiam da Espanha sem consultá-lo antes.

Agora, tendo em vista as evidências vistas, ele sabia que tinha sido ignorado.

Uma chamada do Escritório da Polícia Nacional do aeroporto de Lavacolla o havia colocado a par de que seus norte-americanos tinham embarcado em um flamejante LearJet 45 — o mesmo em que Nicholas Allen havia aterrissado em Santiago — e abandonado o país apenas uma hora depois de suas promessas. Tinham conseguido um plano de voo preferencial com escala em Istambul, permissão para se deslocar até o aeroporto de Kars e um tanque cheio de combustível cedido pelo Ministério da Defesa espanhol.

Quando se inteirou de tudo isso, já era tarde demais. Se a informação do aeroporto era correta, Jenkins e Allen já estavam a três horas de seu destino e nesse tempo tampouco havia recebido nem uma simples mensagem de texto deles. Nada.

Assim, as coisas estavam desta forma para ele: sua testemunha principal havia se esfumaçado depois de passar por Noia. Seus reforços norte-americanos também. E as notícias que vinham a conta-gotas de tempos em tempos desse município de apenas quinze mil habitantes na Costa da Morte não podiam ser piores. Confirmavam que o helicóptero dos assassinos havia pousado bem cedo fora daquele povoado e que eles haviam deixado outro rio de sangue em sua passagem por ali.

Em Noia não se falava em outra coisa. Os ocupantes do helicóptero haviam protagonizado uma batalha campal contra soldados norte-americanos, deixando mais quatro cadáveres para os técnicos forenses, assim como numerosos danos patrimoniais.

Sem ninguém a quem interrogar, Figueiras decidiu regressar ao lugar onde havia começado o seu pesadelo. A ele ocorreu que, se conseguisse certa cumplicidade com o decano da catedral, talvez pudesse encontrar um ou outro detalhe para pesquisar enquanto esperava um telefonema do americano.

Por isso, às quinze para as nove da noite, ambos os homens se encontravam em frente à Porta Santa do templo. Não era uma reunião secreta — não tinham nada para ocultar —, contudo ninguém os viu.

— Fale-me desse símbolo que apareceu na catedral, padre.

Figueiras fez sua pergunta à queima-roupa no instante em que distinguiu a silhueta do padre Benigno Fornés sob a luz macilenta dos postes santiaguenses. Já não chovia, e o frio avançava posições no termômetro. Ao vê-lo de pé, em plena praça, tremendo, quase se apiedou daquele ancião de setenta e um anos, de coluna encurvada, com o qual não recordava nunca ter trocado uma palavra amável. Quase. Porque antes que tirasse suas mãos do seu sobretudo, o policial soltou uma rajada de perguntas que se acumulavam nas últimas horas.

— Ainda acredita que seja uma espécie de sinal do fim do mundo? Como foi que o senhor chamou ontem à noite? Uma marca dos anjos do Apocalipse?

Benigno Fornés engoliu saliva. Franziu suas rugas, olhando-o com desconfiança ao mesmo tempo em que soltava uma baforada de resignação, e estendeu a mão com má vontade:

— Chegou tarde — grunhiu.

O decano tinha o aspecto cansado e, na verdade, não estava de bom humor para debater sobre angeologia com um comunista.

— O senhor não acredita em nada, delegado. É ateu. Um homem sem esperança. Para que vou gastar minha saliva a fim de lhe dar noções de fé?

— Não é a fé o que me fez chamá-lo, padre — sorriu Figueiras, cínico. — Estou interessado em averiguar por que, depois do tiroteio de ontem à noite e de aparecer essa espécie de grafite na catedral, Julia Álvarez foi sequestrada.

O olhar do decano se obscureceu.

— Sequestrada? Julia?

— Foi isso mesmo que eu disse, padre.

— Eu não... Não sabia nada disso, delegado — gaguejou o velho. — Pensei que hoje ela não viera trabalhar porque os senhores estavam interrogando a pobre coitada.

Figueiras não lhe ofereceu nenhum detalhe. O assunto estava sob segredo de investigação, assim ele decidiu ir ao cerne da questão:

— Lembra-se do helicóptero que vimos de madrugada?

— Como poderia esquecê-lo... — assentiu o sacerdote.

— Acreditamos que pertença a um grupo terrorista.

O decano o olhou desconcertado. A ETA, a organização terrorista basca, havia posto algumas bombas em Santiago no passado, mas, pelo que ele sabia, nunca tivera acesso a esse tipo de equipamento.

— São uns fanáticos com tentáculos internacionais, padre — precisou Figueiras, compreendendo a estupefação do padre. — Eles a levaram para a Turquia. O mais provável é que tenham sido os mesmos terroristas que sequestraram seu marido.

— Ah! Martin também foi sequestrado?

As palavras do decano soaram entristecidas e sinceras.

— Sim. E tem alguma ideia do motivo?

Fornés, um galego autêntico, refletiu sobre a resposta. Não lhe escapou que, apesar de tudo, seu interlocutor podia colocá-lo num aperto, se dissesse algo inconveniente.

— E ao senhor? — retrucou. — O que lhe ocorre? O senhor acredita que o sequestro de Julia tenha a ver com o sinal?

— Ou quem sabe com seu trabalho no Portal. Não sei. Talvez o senhor tenha visto algo suspeito nos últimos dias. Alguma atitude estranha da senhora Faber em seu trabalho. Qualquer coisa. Sua perspicácia poderia nos ser de alguma ajuda — sorriu. — Pelo menos para ela.

Os dois homens caminharam até encontrar refúgio dentro da catedral. Alcançaram uma de suas portas de serviço, que Fornés abriu com diligência usando uma grande chave de ferro, e penetraram corredor adentro caminhando sobre um pavimento de pedra que retumbou sob os saltos de seus sapatos. O ancião se deslocava a passos curtos, abrindo antigas portas, uma depois da outra, decoradas com imagens do apóstolo Santiago.

— O que o senhor pode me dizer sobre os homens que levaram Julia, inspetor? O senhor sabe que tenho muito apreço por essa garota...

— Não muito, na verdade. Só que meio mundo está atrás deles.

— Ah, é?

— Os Estados Unidos estão investigando o caso.

— É lógico... — sugeriu Fornés enquanto abria a última porta, com um esplêndido Santiago Matamoros distribuindo golpes de espada na batalha do Clavijo. — Martin é cidadão norte-americano.

Dom Benigno procurou então o interruptor de luz daquele quarto e se arrastou para detrás de uma grande mesa de carvalho a fim de se sentar.

— E nada mais? Não tem nada mais para dizer desses sujeitos?

Figueiras se sentiu intimidado pela primeira vez. O decano tinha colocado suas mãos sobre a mesa, como se esperasse que ele lhe entregasse alguma coisa.

— Na verdade, tenho sim — aceitou. — Parece que desapareceram por culpa de algumas pedras. Não são joias, mas parece que têm certo valor. Além disso, estão relacionadas de um modo ou de outro com mais um símbolo.

— Outro símbolo, inspetor?

— Isso. E como o senhor é um especialista nesse assunto — prosseguiu Figueiras —, talvez se der uma olhadela, poderia me indicar qual o caminho devo seguir.

— Posso vê-lo?

— Claro!

Figueiras fuçou nos bolsos de sua capa, tentando localizar algo. De um deles, tirou um caderno de notas e abriu justamente no desenho que havia copiado na casa do joalheiro Muñiz e o mostrou ao padre. Era aquela espécie de garatuja com chifre de lua e patas em formato de um número três deitado.

— O senhor sabe o que isso pode significar, padre?

O decano agarrou o caderno e o examinou com atenção.

— Hummmm. Parece um signo lapidário — murmurou. Seus olhos perscrutavam o desenho com avidez.

— Um signo lapidário, claro...

Um eco de decepção se projetou na frase do inspetor. Fornés não deu importância a isso.

— Os signos lapidários são marcas antigas, de origem incerta, inspetor — prosseguiu. — Seguramente são pré-históricas e podem ter entre quatro e dez mil anos de idade. A Galícia está cheia dessas marcas. Quem sabe seja a região da Europa onde mais se encontram delas. Quando são descobertas em rochas no meio do campo, elas são chamadas de petróglifos, entretanto, se isso acontece em igrejas como esta, são classificadas como marcas dos antigos pedreiros especializados da Antiguidade. As mais famosas são as de Noia. Conhece?

— Noia? — o sobressalto de Figueiras não passou despercebido para o decano.

— Ali se conserva a mais importante coleção de lápides com inscrições medievais do mundo. Em muitas delas aparecem sinais como este. Aproxime-se. Eu lhe mostrarei.

Fornés se inclinou então até uma estante fechada por duas portas de madeira, escolheu uma pequena chave do molho que levava pendurado à cintura e a abriu. Logo depois, um tomo enorme cheio de relevos antigos caiu sobre a sua mesa.

— Ainda que ninguém saiba com exatidão se são letras, ideogramas ou representações esquemáticas de alguma coisa, é significativo que este tipo de marcas nunca tenha aparecido em edifícios civis — disse enquanto folheava o tomo. — Isso demonstra que se trata de ícones sagrados de algum tipo, mesmo que aquele que existe na Igreja de Santa Maria de Noia exceda todos os cânones, creia-me. Veja.

Do tomo que o decano havia selecionado, logo emergiu um mar de curiosos desenhos. Pareciam bonequinhos traçados a partir de cruzes toscas e círculos. Iguaizinhos aos de Dee. O inspetor os examinou, seguro de que aquilo queria dizer alguma coisa, ainda que não fosse capaz de decifrar o quê.

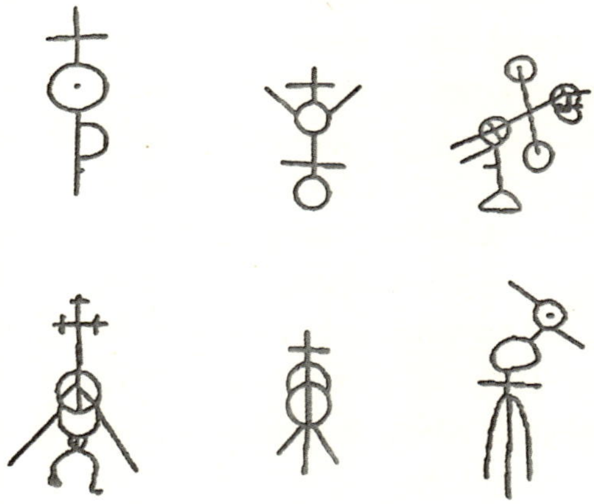

— E alguém sabe para que serviam essas coisas? — murmurou absorto, folheando as páginas posteriores e anteriores, também cheias de garranchos semelhantes.

— Não. Não existe ninguém que tenha explicado de forma convincente, inspetor. Cada historiador tem sua teoria, e eu, claro, também tenho a minha.

— É mesmo? E qual é a sua?

— Estes signos mais complexos, como o círculo com o ponto no centro que se repete diversas vezes, estão vinculados a famílias. Poderiam ser uma espécie de escudos heráldicos primitivos. Algo parecido aos ferros para marcar gado, cuja origem nos levaria de volta a pré-história.

— Isso é algo bastante vago.

— Tem razão. Porém, não há muito mais o que dizer.

— E o símbolo que eu mostrei? — titubeou o inspetor por um instante. — Sabe a que família poderia pertencer? Ou de que época ele é?

Figueiras o olhou com certa ansiedade enquanto fechava o livro.

— Creio que já sei aonde você quer chegar com suas perguntas, inspetor. Entretanto, temo que por esse caminho só consiga chegar a um beco sem saída.

— Mas... Você o reconhece ou não? — insistiu.

— Esse símbolo que tanto lhe interessa é uma reelaboração do mais antigo símbolo que está preservado em Noia. Uma raridade absoluta. E, por isso, é o símbolo sobre o qual menos sabemos. Mas se isso pode lhe servir de algo, em Noia eles acreditam que represente o patriarca Noé.

— Como? Noé?

As rugas do decano voltaram a emoldurar seu olhar perscrutador.

— Sabe de uma coisa? Agora que eu estou pensando melhor, quem sabe você tenha aí a razão pela qual eles levaram o casal Faber até a Turquia.

— A razão? Que razão?

O padre Fornés se desesperou. Aquele sujeito era estúpido de verdade.

— Não lhe ensinaram no colégio que Noé encalhou sua célebre arca na montanha mais alta da Turquia? Nunca ouviu falar do Monte Ararat, inspetor?

— Jamais gostei das aulas de religião, padre.

91

AS PREVISÕES DE DANIEL KNIGHT se cumpriram ao pé da letra.

Tal e como havia anunciado, ele apareceu para nos despertar pouco antes do amanhecer. Muito amável, ele nos pediu que vestíssemos as roupas de escalada que havia preparado para nós e nos convocou para que no prazo de meia hora nos apresentássemos para o café da manhã. Ellen e eu obedecemos sem chiar. Ainda sonolentas após o papo em nossa improvisada cela sobre os "cultos de carga" e sobre a natureza dos anjos, nós duas nos afundamos em uns grossos macacões térmicos — com fibra de chumbo, dizia uma etiqueta —, meias grossas de lã, umas pesadas botas de montanha e o seguimos.

Mais animadas, Ellen e eu comemos um pouco de fruta com iogurte, queijo, mel e frutas secas. E em seguida, ainda às escuras, e despertadas pelas primeiras rajadas de ar gelado do dia, fomos levadas sob guarda até o Sirkovsky por um grupo de homens que não havíamos visto antes. Todos eram sujeitos rudes, de caras curtidas, cabeças cobertas por turbantes cristalizados pela geada e com túnicas de tecido velho. Caminhavam com suas AK-47 ao ombro e, pelo que intuímos, não falavam nem uma palavra em inglês.

— Rápido, senhoras! — apressou-nos Artemi Dujok da porta do helicóptero. — Hoje será um grande dia!

Eu o olhei com displicência. Ainda me custava admitir que o mestre de Martin me enganara daquele modo para me levar até ali.

O armênio parecia feliz. Em seu universo particular, tudo devia estar em ordem. Tinha a adamante, a mesa de invocação... E me tinha à sua mercê, a centenas de quilômetros de qualquer lugar no qual eu poderia pedir ajuda.

Nosso voo foi curto.

A apenas três dezenas de quilômetros da cratera de Hallaç se levantava o último acampamento-base antes do cume do Grande Ararat. Estava a quatro mil e duzentos metros, sepultado sob o manto de neve do qual sobressaíam apenas as pontas afiadas de centenas de rochas basálticas. Dujok, muito mais relaxado do que na tarde anterior, fez-nos ver que com o helicóptero nós havíamos economizado pelo menos dois dias de subida, além de não ter que calçar os pitões nas botas a partir dos dois mil metros, nem suportar as rajadas de vento, de chuva e de neve pulverizada que converteriam a nossa subida nessa época do ano em um verdadeiro tormento.

— Daqui em diante, o caminho até a Arca não será muito difícil — prometeu para nos tranquilizar. Não conseguiu.

Situado em uma ladeira mais ou menos plana do Ararat, o acampamento-base era a própria imagem da solidão. Sob as primeiras luzes do dia, emergiram os perfis de meia dezena de pequenas tendas iglu de campanha e uma estrutura maior, no formato das tendas tipi, que deveria servir para armazenar a água e os alimentos. O caos criado por nossos rotores fez que tudo aquilo se agitasse.

— Sabem que muitos curdos ainda acreditam que é impossível escalar a montanha? — murmurou Daniel através de nossos fones de ouvido. Estava risonho. Com vontade de falar.

— Não é de estranhar — eu disse com má vontade. Ele nem se alterou.

— Eles ainda acreditam que o Ararat foi tocado pelo dedo de Deus e que ninguém pode profanar o tesouro sagrado que ele abriga — acrescentou, enquanto nos distribuía algumas pastilhas de Diamox para o mal das alturas. — Aqui convém levar essas coisas em conta e não ofender a montanha, sabiam? Nós a estamos abordando por sua face sul, a mais amigável. A face norte é um desfiladeiro inexpugnável. Eles a chamam de Garganta de Agora, ou de Arghuri, que significa "a plantação de vida", apesar de que nada cresce ali embaixo há milhares de anos. Para que façam uma ideia melhor, esse lado do Ararat é ainda mais abrupto que o cânion do Colorado e em dias muito remotos foi um vulcão...

Uma sombra de preocupação me fez afastar o rosto da janela. Estava distraída vendo como nossas hélices levantavam um redemoinho de neve em pó ao redor do acampamento, contudo aquele comentário me alarmou. Levantei o olhar a seu cume amplo, já ameaçado pelas primeiras nuvens de tempestade do dia.

— E ele continua ativo?

— Oh, não, não... — Daniel sacudiu a cabeça. — Ele está há séculos sem dar sinal de vida. Seguramente, quando Noé chegou, o vulcão já estava "fora de serviço".

— Melhor assim — bufou Ellen.

— Nesses sopés tão frágeis como os que vemos — ressaltou Daniel —, qualquer erupção destruiria todos os vestígios da Arca. Isso teria sido terrível.

— Embora o terremoto de 1840 tenha estado quase a ponto de fazê-lo — gritou Dujok da cabine.

— Terremoto? Então... Aqui é uma zona sísmica?

— Sim. A capacidade destrutiva daquele sismo foi comparável à erupção do Monte Santa Helena. Arrastou para longe vários povoados da região, matou duas mil pessoas e destruiu o monastério de San Jacó, onde se guardavam as relíquias mais importantes da Arca de Noé. Até aquela época, acreditem ou não, existiram peregrinações esporádicas para ver a Arca. Pelo menos ainda se conservam os diários de muitos fiéis que contemplaram e rezaram a seus pés.

— Verdade?

— Oh, sim — confirmou Daniel. — Todo mundo por aqui conhece essas histórias ou já ouviu falar das pedras santas que a Arca levava a bordo. Qualquer pessoa que você perguntar vai falar dos grandes homens que mandaram expedições para se apoderar desses tesouros depois da catástrofe. Napoleão III, Nicolau II, o visconde James Bryce, a CIA. A lista é interminável. Contudo, ninguém lhes dirá que muitas das adamantes que percorreram o mundo, entre elas as Urim e Tumim de Salomão, foram retiradas daqui sem permissão de nosso povo.

— Da Arca?

— Da Arca, senhora Faber.

Não deixava de me chamar a atenção que nem Dujok, nem Daniel duvidassem por um minuto de que nesses cumes de neve eterna descansava um barco milenar. Um objeto colossal que, segundo a Bíblia, teria trezentos cúbitos de comprimento por cinquenta de largura e trinta de altura, com uma capacidade aproximada de quarenta e dois mil metros cúbicos e que foi entalhado segundo um desenho que contradizia as mais elementares técnicas navais da pré-história. Devia ter o aspecto de uma enorme gaveta. E por mais que me esforçasse, não conseguia imaginar algo com uma envergadura similar à do *Titanic* encalhado a quase cinco mil metros de altura.

Se sempre havia me custado muito acreditar naquela história — a atribuíram a Noé, a Utnapishtim ou a Atrahasis —, agora as dúvidas me dilaceravam. Como tantas pessoas no Ocidente, eu também cresci colorindo arcas de Noé na escola ou sonhando acordada cada vez que o jornal anunciava seu descobrimento. Nos anos 1980, sendo eu pequena ainda, acompanhei sem pestanejar as expedições de James Irwin ao Ararat. As freiras do meu colégio nos falavam dos seus avanços e recordo até que nos pediram que rezássemos por aquele intrépido astronauta metido a arqueólogo. Irwin foi, de fato, um dos doze americanos que havia posto o pé na Lua com o Projeto Apolo, e se ele dizia que a Arca existia, não seria uma pirralha como eu a colocar isso em dúvida. Meu sentido crítico estava então adormecido e só começou a despertar no dia em que o ouvi dizer no rádio que sua busca tinha um lado mais místico do que científico. Para ele, afirmava, tão importante quanto ter visto um homem caminhar na Lua era demonstrar que Deus o havia feito milênios antes na Terra.

Por fim, Irwin fracassou. Jamais chegou a ver a Arca. E com sua decepção, me arrastou ao ceticismo.

Na verdade, todos os descobrimentos que se anunciaram depois pela televisão, ocupando grandes manchetes e recebendo declarações estrepitosas, terminaram em acusações de fraude ou sob suspeita. Se a Arca continuava ainda lá em cima no Ararat, ninguém conseguira vê-la.

Ou não era bem assim?

Algo me dizia que eu estava a ponto de sair dessas dúvidas todas.

Eram nove e meia da manhã quando Daniel e Artemi Dujok decidiram que havia chegado o momento de iniciar a subida até a Arca.

Creio que desde o princípio eu soube que a montanha não seria o pior da travessia. Nossos verdadeiros inimigos seriam a neblina, a neve gelada e brilhante que se estendia a nossos pés e, sobretudo, a evidente falta de aclimatação. Qualquer montanheiro com alguma experiência sabe quão necessário é um período de descanso a certa altura da escalada para que os pulmões se acostumem com a falta de oxigênio e com a pressão atmosférica. Um tempo que nós não teríamos e do qual senti falta no momento em que notei que a corda que havíamos atado à cintura como medida elementar de segurança me laçou para cima.

Dujok encabeçou a caminhada ao mesmo tempo em que meu ritmo cardíaco disparava.

O armênio caminhava com determinação, seguro do rumo que devia tomar, sustentando uma vara longa com a qual media a espessura da neve que ia pisando e com a segurança que só alguém que já tivesse passado por aquele caminho antes poderia demonstrar. Vê-lo ali calado, absorto, com o olhar fixo no branco fantasmagórico que tínhamos em nosso horizonte, me fez recordar outra vez como eu havia sito tão estúpida. Aquele sujeito me arrastara até ali, fazendo-me acreditar que juntos havíamos descoberto a pista para me reunir ao meu marido. Que idiota eu havia sido! E que estranha angústia se aferrava agora em meu peito ao saber que Martin era capaz de tudo, inclusive de colocar em risco minha vida para satisfazer suas estranhas obsessões.

Martin.

Como eu reagiria quando o visse? Ele assumiria por fim a sua responsabilidade? Ele esclareceria o sentido final daquilo tudo para mim? E como?

Logo atrás do armênio, asfixiada, caminhava Ellen. Havia passado um bom tempo lamentando-se de uma forte dor de cabeça, mas ninguém a atendeu. Quem a seguia era Waasfi, e, justamente atrás de mim, Daniel e Haci fechavam a comitiva puxando uma espécie de trenó de alumínio carregado com equipamentos e provisões. Caminhávamos com lentidão, pisando nas pegadas que Dujok ia marcando na neve. Apesar das desavenças da noite anterior e de minhas crescentes dúvidas, os ânimos não eram dos piores afinal. Às minhas costas, por exemplo, o oculista resfolegava por causa do esforço e seguia sem parar de fuxicar. Estava feliz como uma criança.

— … A etimologia dos topônimos desta área confirma que esta montanha, e não outra, foi o lugar de desembarque de Noé — dizia sem fôlego por causa do ar rarefeito. — Na face norte, antes de chegar ao grande barranco, há um povoado que se chama Masher. Significa "o dia do Juízo Final" — uma abocanhada de ar frio o fez pigarrear. — No lado armênio, a capital se chama Ereván, que dizem ser a primeira expressão que pronunciou Noé ao descer da arca e olhar com atenção essas terras. "*Erevats!*" Aí está! E muito próximo se levanta a aldeia de Sharnakh, que significa "povoado de Noé". Ou Tabriz, "o barco". E tudo é assim numa circunferência de cem quilômetros...

Eu estava mais concentrada em onde colocaria os pés do que em escutar aquela torrente inútil de informação.

Avançávamos a uma velocidade cada vez mais desesperadora, de caracol, tratando de evitar as nevascas e os taludes, mas também com a prudência que nos impunham Daniel Knight e Ellen Watson, que se revelaram mais trôpegos do que ninguém no grupo esperava. Por isso, quando, ao fim da terceira hora, os seis de nós nos detivemos diante de uma enorme parede de rocha, senti um profundo alívio. O muro era impressionante. Estava sulcado por cicatrizes quase verticais, às vezes cravadas em forma de "x", que o vento lambia com avidez, fazendo-as sussurrar. As nuvens baixas nos impediam de ver onde terminava, o que nos fazia sentir como formigas ao pé de um arranha-céu. Todos nós compreendemos o que se encontrava ao final daquilo que se assemelhava a uma onda petrificada, e Dujok em seguida nos explicou que o paredão estava no extremo de uma gigantesca geleira.

— Chegamos! — anunciou.

— Verdade? — ofegou Ellen.

Dujok cravou seu bastão no gelo e deu uma olhada no GPS que levava consigo.

— Sim — respondeu lacônico. Suas vozes retumbaram naquela solidão.

— Ah, sim? — o curto horizonte que se abria diante de nós não podia ser mais decepcionante. Eu me impacientei: — E onde está?

— Você a verá em breve.

— A Arca não — protestei. — Martin.

Dujok não replicou. Alisou seus bigodes gelados como se quisesse que recuperassem sua forma antiga e, desatando-se do grupo, pegou uma lanterna para se dirigir até a escarpa que tínhamos adiante.

— Para onde você vai? — grunhiu Ellen às minhas costas.

— Responder as suas perguntas, senhoras! — respondeu por fim e se perdeu neblina adentro.

Eu mal sabia então que alguns olhos, que não faziam parte do grupo, estavam seguindo aquela manobra com binóculos militares infravermelhos.

92

— **É A ENTRADA DE UMA** caverna de gelo... Não há dúvida.

O diagnóstico de Nicholas Allen, com os binóculos ainda grudados nas maçãs do rosto, não tranquilizou em nada Tom Jenkins. Ele tinha a mandíbula congelada e se sentia francamente incomodado dentro de sua roupa térmica. Embora os equipamentos que tinham alugado em Dogubayazit fossem os melhores — forros polares North Face, óculos de proteção ultravioleta, luvas Marmot —, a subida em marcha forçada até o cume o deixara totalmente dolorido e com uma deprimente sensação de derrota no corpo. Seu desânimo tinha muito a ver com a perda de sinal de seus telefones celulares — nenhum equipamento eletrônico parecia funcionar nas imediações do Ararat —, assim o coronel Allen decidiu não lhe dar muita importância. O que mais preocupava o militar era que suas armas tinham sido confiscadas e que as autoridades tinham destacado dois guias para não perdê-los de vista. "Compreendam, por favor — as autoridades lhes explicaram no último posto de controle da polícia turca —, o Ararat continua sendo uma zona sensível. Temos presença militar em toda a sua área. Se acontecer alguma coisa durante a sua subida, nossos soldados estarão a seu lado para socorrê-los antes que se deem conta."

— Estão parados diante de uma caverna? — resmungou Tom, alheio às suas confabulações.

— E pela atitude deles, diria que estão se preparando para entrar... — acrescentou o coronel.

— Quantos homens você consegue ver, coronel?

— Estou vendo cinco. Seis talvez. Alguns levam pistolas. Vejo uma, duas carabinas automáticas. Espero que não disparem. Provocariam uma avalanche...

— Reconhece alguém?

Nick se esticou na neve tudo o que pôde, fixando bem as lentes. O escasso calor que aqueles corpos transpiravam não facilitava a identificação.

— Não. Mas apostaria que a pessoa que acaba de entrar é Julia Álvarez. São eles, sem dúvida. Nenhum outro louco subiria até aqui em novembro.

Depois de uma pausa, acrescentou:

— Você prestou atenção na forma que essa área no cume tem? A parte alta parece a cobertura de um edifício...

— O que está querendo dizer, coronel?

— Que talvez isso aí seja a Arca. Nas fotos sigilosas que guardamos na Operação Elias se vê algo parecido. Uma protuberância geométrica dentro de uma massa de gelo que só aparece nos verões mais quentes. O lógico — acrescentou — é que para acessar essa estrutura você seja obrigado a entrar na geleira.

— A Arca de Noé? Você acha que eles se dirigem para a Arca de Noé?

— É a única coisa que parece fazer sentido — encolheu os ombros e lhe passou os binóculos. — Que outra coisa eles poderiam vir buscar aqui?

Jenkins levou as lentes ao rosto e aumentou sua potência ao máximo:

— Bem, o bendito barco deve ser uma atração famosa por aqui, porque todos eles já entraram.

— Perfeito. É o momento de tomar posições. Você me acompanha?

93

EU ME APROXIMEI DA FENDA com o coração na mão, exalando curtas e densas nuvens de vapor. Devia ser próximo do meio-dia porque meu estômago rugia pedindo comida.

Só quando a tive a alguns centímetros do meu rosto compreendi a sua função. A rachadura era suficientemente larga para deixar passar um adulto de bom tamanho debaixo das estalactites, e assim, como antes fizera Dujok, deslizei cuidando para não tocar nenhum deles e cravei os pitões no solo gelado para assegurar meu equilíbrio.

A primeira coisa que me surpreendeu foi que havia claridade em um lugar tão estreito. A explicação chegou de imediato. Aquela fenda que corria até o coração da geleira estava derretendo, e o gelo era de textura tão fina que dispersava os raios de sol como o difusor de um *flash* fotográfico. Ainda assim, o excesso de luz não conseguiu tirar da minha cabeça que eu estava num lugar perigoso. Suas paredes eram quebradiças. E isso não era um bom sinal. Aquilo não era o tipo de gelo que existiria no interior de uma língua de gelo milenar. Acelerei o passo. Atraída pelo rumor que emergia das profundezas da montanha, avancei até a sua desembocadura.

Três silhuetas me esperavam ao final do túnel. A primeira era de Artemi Dujok, que se desembaraçara de sua mochila e me estendia os braços para ajudar-me a vencer o grande degrau em que o corredor acabava. As outras duas, em contrapartida, não consegui identificar.

— Querida — disse a mais próxima. Sustentava uma lanterna na mão que me obrigou a estreitar os olhos. — Quanto tempo sem vê-la!

Meu coração deu uma reviravolta. Mesmo que tenha demorado em associar a imagem, teria reconhecido aquele sotaque entre um milhão de vozes. Como não me ocorreu pensar que Sheila Graham estaria por perto quando Daniel apareceu no Hallaç?

— Sheila!

— Mas é claro, jovenzinha! Quem mais poderia ser? — riu, baixando a lanterna.

A velha "guardiã do Graal" estava esplêndida. Não prestei muita atenção que a metade de suas madeixas havia desaparecido sob um grosso gorro de lã. Seu eterno jeito brincalhão despontava em sua perfeita boca carmim e em seus cílios recém-esticados. Era como se o frio a embelezasse.

— Eu suponho, querida — disse depois de estalar em mim um par de beijos —, que ainda não conheça William, certo?

Então, a terceira silhueta deu um passo adiante. Ele se apoiava em um bastão e mancava enquanto fazia esforços para erguer sua figura em um gesto que intuí de galanteio. Tinha um rosto branco como a neve, barba bem cuidada e maçãs do rosto que pareciam que saltariam da cara. Não. Nunca o havia visto em minha vida. E sem dúvida, quando nossos olhares se encontraram, ele me cumprimentou como se eu fosse uma pessoa que lhe trouxesse boas recordações.

— Você está esplêndida, Julia — sussurrou.

Fiquei impressionada ao encontrar lá em cima um ancião que teria por volta de uns oitenta anos. Embora o Ararat não fosse uma montanha difícil para alpinistas experientes, do mesmo modo não era adequada para um homem daquela idade. Ele, porém, não parecia se sentir fora do lugar. Bem ao contrário. Vestia roupas térmicas como as do resto do grupo e um vistoso cachecol verde-maçã que lhe cobria o pescoço e realçava seu porte aristocrático. Falava com fluidez, como se não lhe importasse que o oxigênio fosse escasso nessa altitude, e seus movimentos eram graciosos.

— Agora comprovo que tudo o que ouvi dizer sobre você é verdadeiro... — acrescentou com assombro, sem tirar os seus olhos de mim. — Muito verdadeiro.

— Este é William Faber, querida — precisou Sheila ao perceber meu desconcerto. — Seu sogro.

"Bill Faber?"

Demorei um segundo para assimilar o dado.

"O homem que não quis comparecer à minha cerimônia de casamento?"

Uma enxurrada de imagens funestas começou a emergir das minhas recordações, bombeando ondas de sangue às minhas têmporas.

"O pai que nunca telefonava a seu filho nem se interessava por ele? O mesmo que foi embora para os Estados Unidos a fim de trabalhar, encarregando a Sheila e Daniel que investigassem as pedras de John Dee?"

"O que fazia ele ali?"

O velho William deu alguns golpes no solo com seu bastão. Veio em minha direção e apertou minhas mãos com uma força e um calor que me surpreenderam. Sua presença era imponente. Tinha que reconhecer que, apesar de todas as minhas prevenções, ele irradiava algo de especial. Uma espécie de majestade, como aqueles onipotentes senhores medievais que, sentados em seus tronos de pedra, julgavam o mundo, colocando-se além do bem e do mal. Suponho que essa impressão contribuiu para a impressão de que Bill fosse algo mais alto do que eu, ainda que tivesse as costas curvadas e as marcas de expressão da idade à flor da pele, e com sua cútis bronzeada e sem manchas. Era um sujeito atraente, magnético.

— Então... o senhor deve ser também um desses anjos... — murmurei.

William Faber riu.

— Quero que veja algo, querida Julia. Tenho esperado por este momento há muitos anos e queria lhe mostrar...

Mancando, mas com humor excelente, o ancião me conduziu até a parte mais profunda da geleira. Era uma cavidade distanciada da embocadura do corredor de gelo, de paredes de dez metros de altura que se estreitavam até um óculo que dava para o céu aberto e onde se perdia um zumbido que me pareceu familiar. Só uma de suas paredes não estava congelada. Mais parecia uma saliência de rocha de aspecto geométrico, impecável, de cor escura, na frente da qual se estendiam várias mesas metálicas dobráveis com toda sorte de equipamentos eletrônicos em cima.

"Um laboratório? Num cume de montanha a cinco mil metros de altura?"

Engoli em seco.

Naquela espécie de fissura, a temperatura era mais cálida do que no resto das outras galerias. Distingui vários computadores — foi daí o reconhecimento do *runrun* familiar —, um barômetro digital, um termógrafo, um sensor sísmico, outro de análise gravitacional, uma torre de armazenamento de dados, um equipamento de comunicação por satélite conectado a uma antena de aspecto tubular e, sobretudo, uma mesa de som com terminações em uma rede de auto-falantes que descansavam em frente à rocha e cujo propósito eu não conseguia imaginar. Duas grandes colunas de PVC e aço bombeavam calor ao conjunto, enquanto um gerador do tamanho de um frigorífico fornecia a corrente elétrica.

Olhei para Bill Faber com cara de assombro.

— É nisso que Martin vem trabalhando desde que chegou à Turquia, querida — disse.

— Isto? O que é exatamente?

— Essa parede — respondeu o ancião, levantando seu bastão à frente e dando uns pequenos golpes no muro — é parte da ponte de comando do famoso barco de Noé, Julia. Ele ficou aqui durante quatro milênios esperando por nós, conservado entre capas de gelo a quarenta graus abaixo de zero.

Bill deixou que sua revelação calasse pouco a pouco em mim. Logo depois acrescentou:

— É um milagre que tenha se conservado em tão bom estado. As neves perpétuas foram petrificando sua estrutura, transformando a celulose original no que temos aqui: uma madeira dura como uma rocha. Ou melhor, uma rocha com vago aspecto de madeira.

— A Arca... — titubeei. Mesmo que a tivesse diante de mim, aquilo me custou a acreditar.

— O interior está selado, querida — precisou. — Não há forma de acessá-lo sem utilizar cargas explosivas, contudo, fazer isso seria um suicídio. A onda expansiva da explosão nos sepultaria debaixo de toneladas de gelo e rochas antes que pudéssemos dar a volta para procurar uma saída.

Tratei de ter uma ideia das dimensões daquele muro. Na verdade, era apenas um segmento de uns seis ou sete metros de largura, que nascia e morria nos dois taludes de terra que caíam aos seus lados.

— Demoramos décadas para localizá-lo — prosseguiu Bill Faber. — Os últimos que chegaram aqui foram os russos. Foi descoberto no verão de 1917 graças às altas temperaturas daquele ano, que fundiram parte da geleira em que nos encontramos agora. E, então, os soldados do czar descobriram o que mais nos interessa. Algo que se mostrou vital para nosso propósito: uma inscrição.

Notei como os músculos de meu rosto ficaram mais tensos.

— Que tipo de inscrição, senhor Faber?

O ancião agitou seu bastão no ar e deslizou para a sua direita. Foram cinco passos, nada mais. Suficientes para alcançar a parte do casco da embarcação que mais sofrera erosão. Ali, sobre o que parecia o perfil de uma porta selada quem sabe quando, se adivinhava o contorno de quatro caracteres estranhos. Era difícil reparar neles se alguém não lhe dissesse para onde olhar. Sua cor não se distinguia do resto do muro e tampouco o ângulo em que a luz do Sol incidia sobre eles contribuía para lhes dar um relevo excessivo.

Levada pela curiosidade, eu me inclinei para examiná-los mais de perto. Pude percorrê-los com a ponta do meu dedo indicador.

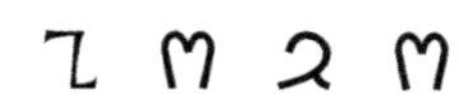

— Você os reconhece?

Não respondi.

— Dizem que é assim que se escreve o nome original de Deus — sorriu. — E que revelará todo o seu poder quando alguém o pronunciar corretamente. Martin acredita que essas letras sejam uma espécie de chave. Um timbre que, se o acionarmos bem, poderia nos abrir a passagem para o interior da Arca.

— E o que esperam encontrar aí dentro?

— Uma metáfora.

Desgrudei a vista do muro para pedir mais explicações.

— Um símbolo, Julia — insistiu. — Queremos a escada que Jacó viu para poder regressar com ela ao lugar que nos corresponde. Isso é tudo.

— E como se supõe que seja essa escada?

— Seguramente se trata de algum tipo de singularidade eletromagnética que é ativada invocando essas letras. Sua frequência acústica deve colocá-la em andamento como se fosse uma senha, um interruptor de luz. Porém tudo depende de sua pronúncia exata. De seu som e de que as adamantes potencializem seu sinal.

— E para isso precisamos de você.

Aquela última exclamação não foi pronunciada pelo ancião Faber. Ricocheteou pelas paredes da caverna, e fez encolher meu estômago. A voz caiu sobre nós vinda da parte alta do muro, obrigando-me por instinto a olhar para cima. Ali, suspenso a uns metros de altura, perto da parte externa da geleira, eu o vi.

— Martin!

Um nó se instalou na minha garganta. Vestido com um macacão impermeável vermelho e uma malha de gola alta branca, Martin procurava compor seu melhor sorriso ao mesmo tempo em que se agarrava a uma corda e deixava correr seu arnês por ela.

— Julia! Já está aqui!

Antes que eu recobrasse o fôlego, seus braços me alçaram pelo ar, girando-me com entusiasmo.

— Martin... eu... — tratei de soltar-me. — Preciso de uma explicação...

— E a terá, *chérie*!

Aquele Martin não me pareceu em nada com o que vi no vídeo. Estava exultante, cheio de força e energia. Nem em seu rosto, nem em suas mãos pude constatar vestígios do cativeiro que havia visto na gravação.

— Espero que me perdoe — murmurou, inclinando-se sobre meu ouvido e depositando-me com suavidade no chão. — Eu precisava de você para este momento! E você veio!

Uma torrente de emoções desencontradas ascendeu até meu peito. Era um magma incandescente que, no mínimo, explodiria. Inspirei ar com força. Contive as primeiras lágrimas enquanto me esforçava para conservar a calma. As expressões angulosas do rosto e os cachos dourados do homem ao qual havia jurado fidelidade eterna não facilitavam as coisas. Deus. Era ele quem havia me traído. E continuava me pedindo que eu o ajudasse!

— Eu... — balbuciei. — Eu não sei quem é você, Martin. Não sei! — soltei por fim. A pressão do peito melhorou um pouco.

Martin inclinou seu rosto para mim, alheio aos olhares que nos rodeavam.

— Tenho tentado contar a você desde o dia em que a conheci, mas sempre tive medo de ser mais explícito.

— Não acredito em você.

— Você o fará, *chérie*. Ainda que careça do dom da fé, tem outros dons e acabará entendendo tudo.

Martin estendeu sua mão para mim, deslizou-a entre meus cabelos e me acariciou na base do meu crânio.

— É curioso, sabe? Apesar de todas as maravilhas que temos visto juntos, ainda continua se debatendo entre acreditar e não acreditar. Entre a razão e a fé. Abra mão de suas dúvidas, Julia. Agora, mais do que nunca, preciso que acredite em si mesma e que me ajude a nos salvar.

— Salvar quem?

Os profundos olhos azuis de Martin se cravaram nos meus. Destilavam uma emoção que nunca havia apreciado neles. Um brilho estranho. Poderia jurar que era medo. Durante um instante fui capaz de perceber seu terror. De aspirá-lo, inclusive.

— *Chérie*, neste exato momento uma massa colossal de plasma solar se dirige para nós. Vai se impactar contra esta parte do planeta dentro de algumas horas e provocará a maior catástrofe geológica desde os tempos de Noé. Só que desta vez, Julia, não dispomos de um refúgio. Não há outra arca e nenhum Deus que tenha vindo até aqui nos avisar...

Notei que Martin hesitava, procurando as melhores palavras para continuar.

— Quando essa nuvem invisível penetrar na atmosfera e chegar ao solo — prosseguiu —, afetará o equilíbrio do núcleo da Terra e provocará movimentos sísmicos, destruirá nossa rede elétrica, provocará efeitos imprevisíveis no DNA das espécies mais expostas e fará com que vulcões inativos como este entrem em erupção, obscurecendo o céu durante meses. É o grande e terrível dia de que fala a Bíblia.

O espanto que transparecia em suas palavras me perturbou. Minhas unhas se cravaram na capa impermeável de seu macacão vermelho, como se buscassem a sua carne.

— E... não há modo de evitar isso?

Bill Faber deu uma batida seca no solo com seu bastão. A seu lado Sheila, Daniel e Dujok permaneciam calados. Somente Ellen se remexia incômoda.

— Existe uma maneira — grunhiu o velho Faber. — Ative as pedras e nos ajude a chamar Deus!

— Chamar Deus? Para quê?

— Deus é outra metáfora, Julia — disse Martin. — O símbolo de uma força todo-poderosa que impregna o Universo inteiro e que, se vier a se alinhar conosco, poderia nos ajudar a compensar os efeitos magnéticos da chuva de plasma solar.

— Mas eu não sei como chamá-lo!

Então o ancião franziu a testa, presenteando-me com uma expressão dura.

— É como rezar, querida. Ou você se esqueceu disso também?

94

UMA DAS LINHAS DE EMERGÊNCIA do telefone do Salão Oval se iluminou justamente quando Roger Castle pretendia tirá-lo do gancho. O presidente tinha a intenção de se comunicar com o diretor da Agência de Segurança Nacional. Os primeiros dados captados pelas sondas STEREO já estavam sobre sua mesa, pedindo aos gritos que tomasse uma decisão. "STEREO — informava o correio eletrônico enviado da sala de controle do Centro Espacial Goddard — já calculou o ponto de impacto de uma primeira rajada de dois milhões de toneladas de prótons de alta energia sobre o hemisfério norte. Vai ocorrer em uma área de quinze milhões de hectares entre a Turquia e as repúblicas do Cáucaso. Sentiremos o impacto entre as próximas quarenta e oito e setenta e duas horas. — E acrescentava: — Nossa recomendação é que o senhor informe, através das Nações Unidas e do comando supremo da Otan, sobre a necessidade de desconectar todos os sistemas elétricos e de telecomunicações da região até que cesse a tempestade de prótons. E também que ordene que se mantenham nossos satélites o mais longe possível dessa área de influência."

— Sim? — tirou o fone do gancho com má vontade.

— Sou eu, Bollinger, presidente.

— Andy! — a nuvem que havia se instalado no olhar de Roger Castle se dissipou. — Santo Deus. Você leu o comunicado do centro Goddard?

— Por isso mesmo que eu estou lhe telefonando. Essa erupção não é como as demais. Foi provocada, presidente.

Um silêncio de chumbo emudeceu a linha.

— Sei do que estou falando — prosseguiu. — Meus equipamentos encontraram o rastro de energia eletromagnética de suas benditas pedras e descobriram que as emissões x que vocês haviam captado tinham um destinatário: o Sol.

— Você tem certeza?

— Absoluta. Não eram sinais para um planeta distante. Além disso, não estou falando do Sol como uma abstração. Esses sinais apontavam para um ponto localizado a setenta graus oeste na longitude solar. Para a mancha 13057. Justamente a que acaba de explodir.

O presidente guardou outro prudente silêncio. Intuía que seu amigo não havia terminado suas explicações.

— Porém, eu lhe telefonei — acrescentou — porque acredito que os cálculos do Goddard sobre essa erupção e seu tempo de chegada à Terra estejam equivocados.

— A que você está se referindo?

— As STEREO estimaram que a erupção solar foi de classe X23. Classe X23! Não há precedentes para isso.

— X23?

— As erupções solares se classificam em leve, classe C; medianas, de classe M; e fortes, de classe X. Aquela de 1989 que deixou a metade do Canadá às escuras era de classe X19 e a mais alta que temos classificada até o momento. Mas esta a supera em quatro pontos! E creia-me, o que ela pode provocar vai além de algumas bonitas auroras boreais na altura da Flórida ou uns tantos milhões de novos casos de câncer de pele...

— O que quer dizer?

— Fiz algumas averiguações, Roger. Consultei os arquivos do Esquadrão Meteorológico da Força Aérea no Colorado e conversei com vários colegas climatologistas e que me fizeram recordar de algo importante — o tom de voz de Bollinger ficou mais sombrio. — Em 2005, quando se produziu o último grande pico de atividade do Sol, as tempestades do princípio daquele ano nos golpearam lateralmente e provocaram o aquecimento da corrente do Golfo, o que desembocou nos piores furacões do século. Lembra-se do Katrina?

O presidente agarrou o telefone sem dizer nada.

— Aquilo foi desencadeado por uma só mancha solar. Hoje estamos razoavelmente certos de que foi a 720. Eu repassei os dados daquela anomalia magnética, que alcançou o tamanho de Júpiter e foi de classe x7, e as notícias não são boas.

— Não estou entendendo...

— Quanto tempo lhe disseram que a tempestade de prótons vai demorar para chegar à Terra?

— De dois a três dias.

Andrew respirou ofegante ao fone.

— Isso é o padrão, de fato. Mas em 2005, por causas que ainda desconhecemos, a erupção da mancha 720 só demorou meia hora para nos alcançar. Trinta minutos! Em vez de viajar a uma velocidade entre mil e dois mil quilômetros por segundo, aquela coisa o fez em setenta e cinco mil. A uma fração da velocidade da luz. Deus, Roger. Essa massa poderia estar a ponto de nos golpear... Agora mesmo!

— Sabemos que, de momento, não impactará contra os Estados Unidos — replicou o presidente, sem vestígio de alívio em sua voz. — Isso vai acontecer em território de um país aliado.

— Deixe-me adivinhar, Roger: na Turquia?

— Sim...

— Isso é porque a Ejeção de Massa Coronal está seguindo o sinal das pedras. Elas atuam como um sistema de guia. Só Deus sabe o que pode acontecer quando os prótons solares entrarem em contato com elas.

— Podemos fazer algo?
A pergunta de seu amigo surpreendeu Andrew Bollinger.
— Não muito. Vigiar e rezar, senhor presidente.

95

— **O QUE SABEMOS SOBRE** esses símbolos? — perguntei.

Todos havíamos nos reunido junto ao calor do laboratório para decidir quais os próximos passos que iríamos dar. A cinco mil metros de altura, com a tormenta batendo com fúria crescente nas gretas da geleira e os corredores de gelo assoviando como tubos de órgão de igreja, a melhor opção era me mostrar mais colaboradora. Inclusive com Martin. Daniel Knight, que havia sentado em uns fardos próximos ao gerador, foi o primeiro que se animou a responder aos meus questionamentos.

— Sua pergunta tem a ver com os signos da Arca? Bem, acreditamos que pertençam à língua ancestral de nossos antepassados, Julia — disse ele, bem sério. — Mostras dessa escrita foram encontradas em todos os continentes, sobretudo em cavernas, grutas e monumentos de pedra. Embora elas sempre tenham sido associadas com as primeiras formas de comunicação humana, a maioria não passou de grosseiras imitações da escrita dos anjos. Estas aqui, em contrapartida, são as letras originais.

— E vocês conseguiram reconhecer alguma coisa nelas?

O ocultista negou.

— Infelizmente, seu significado se perdeu há milênios. De fato, até John Dee, ninguém conseguiu interpretá-las ou ordená-las de novo. E ele só o fez porque, graças às pedras, recebeu o alfabeto completo daqueles com quem se comunicou.

— John Dee, sempre ele, não? — comentei.

— Agora você compreenderá por que ele nos interessa tanto. Foi Dee quem organizou esses sinais e lhes deu coerência. Graças a seus interlocutores, ele descobriu que ninguém desde o patriarca Enoque havia sido instruído nos segredos dessa língua, por isso ele decidiu batizá-la de "enoquiana". E sabe o motivo? Enoque aprendeu essa língua depois de ter sido arrebatado aos Céus por um tipo de anomalia magnética que se produziu nesta região e que chamamos de a Glória de Deus. Seu epicentro está na cratera de Hallaç, ainda que sua presença se tenha deixado notar em cinquenta quilômetros de circunferência, o que inclui este lugar.

— Eu acho que essa moça ficará interessada em saber que primeiro foi Enoque e depois Dee que desenvolveram ensalmos para ativar as adamantes, conseguindo com isso um surpreendente domínio das forças da natureza — interferiu Bill Faber —, e tudo a partir da entonação de sons primordiais capazes de ressoar na estrutura atômica da matéria.

— Nós sempre acreditamos — acrescentou Dujok, puxando os bigodes — que essa língua foi a que se falava no Paraíso antes da expulsão de Adão. Tem vinte e uma letras que se dividem em três grupos de sete e sua combinação é a que, quando potencializada pela força das pedras, pode atrair a atenção da Força Superior.

— E como vocês podem estar tão seguros de que funciona? — perguntei, olhando-os um a um nos olhos.

— Eu já vi essa força, *chérie* — respondeu Martin. — Com Artemi. Foi nessas montanhas, já faz muitos anos. A Glória de Deus desperta de tempos em tempos e posso lhe assegurar que sua força é aterradora.

— Mesmo assim, ela é ainda escassa para o que necessitamos! — queixou-se o ancião Faber. — Esse barco aí — disse, apontando a parede que tínhamos à nossa frente — esteve em contato com Deus durante as semanas que durou sua travessia. Estabeleceu um enlace contínuo com o céu e fez isso num momento em que a capa magnética protetora do planeta se ressentiu de algum tipo de impacto energético que foi similar ao que estamos esperando.

— O que eu não entendo, senhores — retruquei, bem severa —, é como eu posso ajudar vocês nesse assunto. Eu não conheço enoquiano ou que diabos se chame esse idioma! Não saberia dizer nem uma palavra! E os senhores parecem saber de todo o seu funcionamento!

Bill Faber deu umas batidas no solo com seu bastão antes de replicar:

— Não é preciso gritar, querida. O que queremos de você é muito simples: que entoe o Nome de Deus diante das pedras e da Arca. Ainda que não seja preciso usar sua garganta para fazê-lo...

Eu o olhei, incrédula.

— Ah, não?

— Veja, Julia, este laboratório dispõe de uma sofisticada interface que pode conectar a área de linguagem de seu cérebro com um sintetizador que interpretará qualquer impulso cerebral que você emita, e o converterá em som. Trabalha de forma parecida com um escâner neural. No entanto, como se poderia supor, o experimento não funcionará enquanto você estiver em seu estado de consciência habitual. A verdade é que, se conseguirmos que as suas ondas cerebrais alcancem a frequência delta situando-se entre um e quatro hertz, que é a frequência que surge durante os transes mediúnicos, poderíamos conseguir resultados.

O velho Faber disse aquilo como se estivesse falando com um macaco de laboratório.

— E que o faz pensar que *isso* servirá para alguma coisa, senhor Faber?

— Muito simples — sorriu ele. — Edward Kelly, o vidente que John Dee usou para se comunicar com os anjos no século XVI, conseguiu entoar o enoquiano em inumeráveis sessões. E fez isso sempre na presença dos três elementos que reunimos aqui: as duas adamantes e a mesa de invocação. O entrelaçamento de seus campos energéticos é que potencializa o dom que precisamos de você. Sua mente, os sons neurais que venha a produzir e essas peças atuarão como um único instrumento.

— *Amrak*.

— Em seu sentido mais amplo, sim — assentiu o ancião. — A caixa completa. Por isso nossas possibilidades de êxito são altas.

— E isso me fará algum dano?

— Os videntes de Dee sempre saíram incólumes...

— Mas eles nunca tentaram fazer o que você quer realizar hoje, não?

Bill Faber encolheu seus ombros.

— Você não tem com o que se preocupar. Está rodeada de anjos.

— Claro — sorri, pouco convencida. — Quase tinha me esquecido disso.

— Então, querida, vamos começar o quanto antes.

96

TOM JENKINS CRAVOU SEUS DEDOS na neve com força e arrastou seu corpo até a borda do precipício. Sabia que, dali em diante, deveria medir cada milímetro de todos os seus passos se não quisesse colocar tudo a perder na operação ou acabar com seus ossos estraçalhados seis metros mais abaixo. Em um gesto de reflexo, checou seu telefone via satélite pela enésima vez, confirmando irritado que continuava sem cobertura de sinal.

"Estamos sós."

Percebida de seu ponto de vigia, a visão da caverna não poderia ser melhor. Com apenas uma olhadela, ele podia controlar o laboratório, a brecha de acesso à ravina e inclusive a cavidade do teto que conectava o lugar com o mundo exterior. Por um momento, teve a impressão de estar na cornija do Panteão de Roma, junto ao seu celebérrimo óculo, espiando o chão como se fosse uma pomba. Por isso, com cuidado extremo, Jenkins se acomodou o melhor que pôde na saliência, instalou seu binóculo sobre um pequeno tripé dobrável e se dispôs a contemplar o espetáculo que se desenvolvia a seus pés. Não tinha uma pressa especial para agir. Havia assegurado o apoio de Nick Allen e a enorme vantagem — impagável em termos militares — do fator surpresa. Se jogasse bem suas cartas, logo sairia dali com seu companheiro, com o casal Faber a salvo e as duas pedras que havia prometido ao presidente.

A preocupação de Jenkins era agora a de fazer saber a Ellen que a cavalaria havia chegado a seu auxílio. Disso dependia em parte o êxito de seu plano. Mas... como seria possível se comunicar com ela?

Ellen Watson parecia petrificada. Sua silhueta era inconfundível, mesmo vestindo roupas térmicas. Observava Dujok e o jovem de macacão vermelho em sua manobra para deitar Julia sobre uma maca e conduzi-la até o laboratório, e não parecia que tivesse alguma intenção de intervir.

— Vê aquela área ali? — sussurrou Allen a Jenkins, indicando um armário metálico situado a alguns metros à esquerda de Ellen. — Creio que seja um depósito de armas...

Tom fez que sim com a cabeça, desconfortável com a situação. Havia algo na linguagem corporal de Ellen que o alertou, mas não conseguia determinar do que se tratava.

— Se conseguíssemos alcançá-lo e pegar algumas delas, poderíamos controlar a situação. São seis contra dois e eles estão desprevenidos.

Jenkins mordeu o lábio, sem grandes convicções quanto ao plano do militar.

Enquanto calculavam suas forças, outra cena estava se desenrolando no laboratório. Um monitor plano de cinquenta polegadas prestava conta do tempo que faltava para o impacto da primeira enxurrada de prótons de alta energia contra a Terra. A NASA tinha recalculado várias vezes a velocidade do *tsunami* de prótons em cima das previsões de Andrew Bollinger, e agora a equipe de Faber interceptara suas estimativas graças a uma antena especial plantada fora da geleira.

Vinte minutos, quarenta segundos.

O contador marcava o tempo do primeiro contato com a ionosfera e o momento em que todas as comunicações por rádio do hemisfério norte se apagariam.

"Meu telefone já se foi", lamentou Jenkins. Os satélites Iridium deviam estar fora de combate.

Os dígitos se moviam inexoráveis. O ancião e Dujok não os perdiam de vista. Enquanto isso, ao redor de Julia estavam Sheila, Daniel e Martin. Eles a seguravam pelas mãos enquanto um dos ajudantes do armênio se esfalfava em ajustar umas correias elásticas ao redor do corpo da mulher e colocava um capacete com fios e cabos na cabeça dela. Com profissionalismo, ia comprovando se todas as suas terminações estavam bem ajustadas.

— Que diabos estão fazendo? — murmurou Jenkins, forçando o ajuste de seus binóculos.

Então, o conselheiro do presidente viu como a maca de Julia era empurrada até o extremo da geleira. Ali, distribuídas sobre uma espécie de tablado, estavam a mesa de invocação e as duas adamantes.

"Lá estão elas!" — murmurou.

As pedras haviam começado a emitir uma débil luminosidade. Um brilho pulsante que Allen contemplou com certa inquietude.

— ... Julia, você deve procurar relaxar — disse o ancião em um tom que Jenkins e o coronel escutaram com nitidez. Por uma inesperada boa condição acústica, ao se mover até aquele espaço, a voz do ancião quicava com definição e clareza sobre a abóboda de gelo que os dois *voyeurs* abelhudos tinham a seus pés.

— Relaxar? — protestou Julia. — Presa nessas correias?

— São para a sua segurança, *chérie*. — Martin a tranquilizou. — Desconhecemos a potência que sua mente pode chegar a desenvolver nessas circunstâncias. Você sabe, nós não queremos lhe causar nenhum mal.

— Lembre-se — intrometeu-se Dujok —, o que ocorreu com você em Noia quando *Amrak* desdobrou a nuvem magnética dele ao seu redor. Teve sorte de não deslocar as vértebras do pescoço ao cair no chão...

O ancião se aproximou, mostrando pressa.

— O impacto magnético está previsto para dentro de dezoito minutos — apressou a todos. — Devemos começar.

— E como sabem que este é o momento? Que este é o grande e terrível dia?

Daniel havia se deslocado solícito em direção à maca de Julia. Trazia uma pasta e uma caneta sob o braço como se estivesse encarregado de registrar toda a sessão. De fato, foi ele quem respondeu a Julia, assinalando algo na parede.

— John Dee deixou tudo profetizado em sua obra *Monas Hieroglyphica*, querida — pestanejou ante as lâmpadas do laboratório. — E nesse livro ele desenhou um símbolo que, por certo, também aparece gravado na Arca.

— John Dee esteve aqui?

— Não. Não creio — respondeu incisivo. — Sabemos que Dee viajou muito pela Europa. Paris, Lovaina e Bruxelas, ambas na Bélgica, e também Hungria, Boêmia e Polônia. Sem dúvida, não existe uma só pista que indique que tenha viajado para a Turquia e muito menos que pudesse ter chegado a um ponto tão remoto na época para um ocidental como este.

— Então, como ele chegou a conhecer esse símbolo?

— Deve ter sido mostrado a ele por algum dos peregrinos que subiram até o Ararat para venerar a Arca. Está claro que esta é a sua representação mais antiga.

— Um peregrino?

— Até o terrível terremoto de 1840, que derrubou parte da face norte da montanha, as visitas até a Arca eram algo frequente entre os nativos da região.

— E você acha que o símbolo esconde uma profecia, Daniel?

— Sem dúvida. Dee a decifrou, mas por razões que são fáceis de entender, não se arriscou a deixá-la por escrito. Não em um tempo em que a Inquisição vigiava todos e cada um dos seus movimentos, analisando seus livros com lupa. Uma mensagem disfarçada em gráfico, compreensível apenas para os iniciados, era o método mais seguro de transmitir uma informação que tinha sido escrita há milênios.

— Que foi copiada deste lugar.

— Exato. Noé, descendente dos anjos como nós, gravou o símbolo no casco de sua nave, ao lado da ponte de comando, para que as gerações futuras reconhecessem o momento em que outra catástrofe semelhante pudesse nos afetar. Creio que ele sabia que nenhum deus nos avisaria de novo... Assim, ele nos deixou essa advertência. É como um desses sinais de trânsito que anunciam curvas perigosas... Se você aprender a interpretá-los, pode reduzir a velocidade de seu veículo a tempo assim que vir uma delas e não correr grandes riscos. Preste atenção. Ela está bem aqui.

Os binóculos eletrônicos de Jenkins ampliaram duzentas vezes a área que havia sido indicada pelo deselegante gigante de barbas eriçadas e pele rosada.

— Está vendo?

Julia e Ellen assentiram. Jenkins a focalizou com toda clareza, sorrindo de forma enigmática. Pediu a Allen que desse uma olhada.

— Certo, certo... — sussurrou o assessor do presidente. — Esse deve ser o símbolo que aparecia nas fotos russas que estão sob a guarda da Operação Elias. Não é?

O coronel devolveu a ele as lentes, assentindo. O inspetor galego que o havia interrogado nem imaginou quão próximo estava de resolver o caso.

— Se você analisá-la detalhadamente — a voz de Knight continuou retumbando na abóboda cristalina como a água —, verá que essa figura mostra o que parece ser uma combinação de signos astrológicos e ocultistas. A esfera com os chifres lembra o signo de Touro. E com essa cruz abaixo poderia evocar algum tipo de energia do princípio feminino. Vênus, talvez. Contudo, não devemos nos enganar. Nós fazemos essas interpretações porque a cultura ocidental, tão carregada de imagens alquímicas e astrológicas, nos cega. Nos tempos de Noé não existia nada disso. Sua leitura deve ser feita, portanto, sobre princípios mais simples. Isto é um aviso simples. Universal.

— Vamos ao cerne da questão, por favor — insistiu o ancião, observando de soslaio o relógio do monitor. Quatorze minutos. Trinta e dois segundos.

— Está bem — grunhiu. — O círculo com o ponto no centro ⊙ foi usado como símbolo do Sol no antigo Egito, talvez antes ainda. De fato, a moderna astronomia ainda o emprega para se referir ao Astro Rei. O ponto central é que tem a chave para tudo. Ele evoca as manchas solares. Na Antiguidade, sua aparição, distinguível a olho nu, era tida como um sinal temível. Algumas das duzentas lendas que relatam a catástrofe do Dilúvio mencionam que, antes da inundação, o Sol ficou doente. Eram alusões às suas manchas. E quanto a essa meia-lua que o corta, representa as ondas de plasma produzidas pelas manchas. Na pré-história, não se sabia o que elas eram. São invisíveis. Entretanto, eles sentiram seus efeitos na pele, em hemorragias internas, cegueiras... Como se tivessem sidos tomados por energias bestiais advindas de uma força maléfica. Chifruda.

— E a cruz?

— Isso tampouco é uma cruz, Julia. — sorriu Knight como se estivesse compadecido ao ver uma mulher tão linda presa a um catre. — Trata-se de uma espécie de espada que se crava sobre as protuberâncias gêmeas... Exatamente como os cumes do Ararat. O conjunto esconde uma advertência e uma esperança para nossa espécie: o momento em que o Sol joga sua potência sobre este lugar será também o tempo em que teremos a oportunidade de abrir nosso enlace com a fonte da qual Dee bebeu e nos reconectar com Deus ou seus mensageiros. Os vigilantes. Os nossos antepassados não corruptos.

— O sinal é antiquíssimo — precisou Martin, tomando-me pela mão. O capacete me pressionava a cabeça e as têmporas. — Os primeiros descendentes de Noé o espalharam por todas as partes como advertência para as gerações futuras e pode ser encontrado em petróglifos por todo o planeta.

— E o que vocês esperam que eu faça com tudo isso? — perguntou Julia.

— Concentre-se na mesa de invocação, *chérie*. Isso já será o suficiente. Reconheça cada símbolo e seu valor. Combine-os em sua mente. Segure as pedras em ambas as mãos e procure canalizar o que desejar que sua alma transmita — indicou Martin. — Os eletrodos aos quais você está conectada foram feitos para perceber a mais leve variação na atividade elétrica do hemisfério esquerdo do seu cérebro, e que agora será estimulado por esses símbolos. Se essa variação corresponder com um fonema, o computador o sintetizará e o enviará a estes alto-falantes. Não pode existir forma mais pura de extrair essa informação do seu interior. As vibrações acústicas que extrairemos de sua mente abrirão a "escada para o céu".

— E o que o faz pensar que isso funcionará, Daniel?

— Oh... — sorriu ele. — É algo que está no código genético dos humanos. Antes de expulsar os homens do Paraíso, Deus os ensinou a língua perfeita. Idioma que foi falado até que chegou a confusão de Babel, quando o Altíssimo adormeceu esse idioma universal em suas mentes. Os anjos nunca tiveram que aprender essa língua porque, quando éramos puros, não precisávamos disso para nos comunicar. Por isso, nossa única possibilidade de ativar essa espécie de emissor dos tempos antigos e chamar o nosso lugar de origem é encontrar esses fonemas em alguém que tenha os seus dons.

— E por onde devo começar? — insistiu a mulher, desesperada.

— Respire fundo, tranquilize-se. Busque seu equilíbrio interior. E lembre-se do que é capaz de fazer com o seu dom.

97

"E LEMBRE-SE DO QUE É capaz de fazer com o seu dom."

Aquela frase ressoou em mim de uma forma estranha. Presa a uma maca e colocada quase na vertical, senti que os pelinhos do meu corpo se arrepiavam enquanto uma agradável sensação de cócegas percorria minha coluna. Foi uma reação insólita, dadas as circunstâncias. Por alguma razão, não pude impedir que meus músculos relaxassem e que as tensões acumuladas depois da péssima noite passada em Hallaç, da subida matutina ao topo do Ararat e até de meu reencontro com Martin desaparecessem por completo.

Comecei a me sentir bem. Tranquila. A proximidade de Martin, apesar de tudo, me infundia confiança. Reconheci naquele banho de endorfinas um bem-estar distante, familiar e reconfortante, no qual eu não mergulhava fazia uma eternidade. E assim, de forma natural e sem sobressaltos, descobri algo essencial: que aquela reação havia se desencadeado no instante em que aceitei as pedras em minhas mãos. Elas — e não uma droga, ou algum tipo de reação hipnótica — eram as únicas responsáveis pela minha sedação.

Se é que eu havia aprendido algo do mundo psíquico em meus trinta anos de vida, foi que nada acontece antes que nós mesmos outorguemos a permissão para que algo aconteça. É um beneplácito que se concede de uma forma voluntária e que sucede até que "o invisível" não demore a irromper com força em sua vida. Por isso, quando Martin me pediu que recordasse o que eu era capaz de fazer com meu dom e compartilhou isso com sua gente, ao não me negar estava dando carta branca sobre mim mesma. Ele sabia. Por isso me entregou uma adamante em cada mão e me convidou a ativá-las.

Eu podia ter mantido meus punhos cerrados, mas abri as mãos para recebê-las.

Eu podia tê-las deixado cair no chão. E não fiz isso.

— Agora — sussurrou Martin ao ouvido — deixe-se guiar por elas. Não as force, *chérie*. Contemple a mesa de invocação. Já conhece *Amrak*. Fixe-se em seus símbolos e também observe fixamente os que estão na sua frente, na Arca. O tom adequado para pronunciá-los está escondido bem em seu interior. Combine-os. Visualize-os. Brinque com eles... Juntos eles integrarão o som perfeito para que este lugar ressoe e volte a comunicar-se com o Criador como aconteceu há nove mil anos. Você tem esse dom.

— Não sei se vai dar certo. — Meus lábios disseram aquilo sem resistir. — Faz muito tempo que eu não...

— Vai dar — atalhou Martin com doçura. — Confie em nós.

Sei que me entreguei nesse momento. Apertei as adamantes e fechei meus olhos com mais força ainda.

No início não senti nada de especial. Seu toque liso e morno me pareceu indiferente. Só um segundo antes, enquanto memorizava os signos esculpidos na parede que tinha diante de mim, acreditei ver um suave lampejo em seus frisos. Foi uma luz pálida, apenas um reflexo parecido ao que elas irradiaram no dia de meu casamento, assim eu pensei que nada de mal poderia me acontecer se eu voltasse a experimentar o seu poder.

Seria só uma vez mais.

"A última", disse a mim mesma.

— Sinta como elas pulsam — escutei a ordem de Sheila. Chegou amortecida, como se falasse do fundo de uma piscina.

— E procure a essência que compartilha com elas — acrescentou Daniel. — A vibração pura é a única linguagem que as potências celestiais compreendem.

— Nós a trouxemos até aqui para que nos comuniquemos com elas. Ajude-nos, Julia.

"Ajude-nos."

A súplica encontrou um eco dentro da minha mente.

"Ajude-nos, Julia."

Era um pedido desesperado. Intenso.

"Ajude-nos", eles repetiram.

Quase uma oração. Um mantra. Um pedido que na realidade não era novo, que eu já tinha ouvido antes, muitos anos atrás.

No limbo da minha infância.

Fechei os olhos.

Apesar de ter nascido na Galícia, nos confins do mundo antigo, e de ter crescido ouvindo minha família falar de fantasmas e aparições, de demônios que roubavam crianças ou de espíritos que nos protegiam, sempre coloquei um empenho especial para não acreditar em nada disso. Não é que eu me considerasse uma descrente que só admitia o que a ciência era capaz de explicar. Não. Aos nove anos, uma pessoa não pensa em termos racionais e a ciência é apenas uma palavra a mais nos livros didáticos. Minha razão para não acreditar nessas coisas era muito mais trivial: eu tinha medo. Um temor profundo, atávico, com o qual me vi obrigada a conviver desde que nasci.

Em uma Noite dos Mortos muito parecida com a que me havia levado à Turquia aconteceu algo que ficou armazenado em meu inconsciente com a etiqueta "terror". Minha tia Noela e minha avó Carmen vieram até meu quarto me procurar para me levar a um lugar que jamais pude esquecer.

Estava a ponto de completar dez anos. Tia Noela enviuvara há pouco tempo do irmão de minha mãe, e mamãe pensou que seria bom que ela viesse ficar em casa durante esses dias de visitas a cemitérios e missas dos finados para se distrair em companhia de sua alegre sobrinha.

Como sempre nessa época, fui dormir pouco depois de jantar. O frio e a umidade eram tão intensos em casa que o mais prudente era se deitar cedo e esquentar os lençóis antes que a noite os umedecesse de todo. Se tivesse sorte, lá pelas dez da noite eu já teria adormecido. E aquela noite não foi uma exceção. Só que aconteceu algo que eu não pude prever. Vovó e tia Noela aguardaram até que mamãe adormecesse para vir me buscar sem sequer me avisar e me arrancaram da cama com toda a pressa. Não me deixaram nem acabar de me vestir. Pareciam nervosas, sussurravam coisas desconexas, andavam aos tropeções, como se fosse muito urgente sair do povoado. Rapidamente, as duas me envolveram em um velho *anorak* azul e me pediram para sentar no banco dianteiro de nosso Citröen de dois cavalos sem chiar.

— Aonde vamos, tia? — perguntava eu, esfregando os olhos de sono.

— Sua avó e eu queremos que veja algo.

— Algo? — bocejei. — O quê?

— Queremos saber se você é uma de nós, mocinha. Se seus olhos são especiais.

Eu olhei as duas com terror.

— Não se preocupe. Você ficará bem.

Porém, tia Noela não disse nada mais.

Quando, ao fim de três horas de curvas, altos e baixos e buracos chegamos ao nosso destino, descobri aliviada que era um lugar que eu conhecia bem. Apesar de nunca ter estado ali no inverno, e menos ainda de noite, soube que haviam me levado até a praia de Langosteira, uma enseada de quase dois quilômetros de extensão, de areias brancas que nascem de umas colinas sempre verdes, paradisíacas, a pouca distância do cabo Finisterre. Aquele era o fim do mundo no sentido estrito da expressão. Quem sabe por isso me desconcertou descobrir, olhando sob a luz da lua, que aquele lugar estivesse tão cheio de gente. Contei não menos do que vinte mulheres e meninas que perambulavam por ali a altas horas. Fazia muito frio. E um vento gelado que vinha do mar. Parecia que aquela multidão estava celebrando algo. Tinham levado cestas com comida, refrescos, vinhos e umas garrafas grandes, forradas de cânhamo, que destampavam enquanto conversavam alegres sob a luz espectral da noite.

— Sabe o que é isso? — a avó me perguntou ao ver que eu sentia curiosidade.

Sacudi a cabeça, negando.

— Licor de feiticeiras, mocinha. Se você bebe um trago, poderá voltar para onde quiser. Tem vontade de prová-lo?

Nunca havia olhado minha avó com tanto estupor quanto o fiz naquela noite. As únicas feiticeiras que eu conhecia até então eram as de meus contos de fadas. A diferença em relação às bruxas do sul, é que as feiticeiras eram sua versão adocicada. Eram herbalistas que curavam pequenas enfermidades ou entorses, atuando como uma espécie de médicos populares como os clínicos gerais. Apesar de tudo, de vez em quando a sombra da heterodoxia pairava sobre elas. Até essa noite, eu acreditava que minha avó fosse o oposto desse mundo. Mulher de missa diária. Devota da Virgem de Fátima e confidente do padre da nossa paróquia. Era ela quem arrumava as flores da igreja e tomava nota das crianças que se inscreviam na catequese.

— E você é... uma bruxa? — eu lhe perguntei atônita.

Minha avó me olhou com aquelas pupilas indistintas, azuladas e que tanto carinho haviam dado a mim. Então me presenteou com um sorriso terno e com a resposta mais estranha e amorosa que seus lábios jamais pronunciaram:

— E desta noite em diante, você também, Julia — disse meio que sério.

Nessa distante noitada, bebi e dancei com a tia Noela e com vovó até o amanhecer. Uma vez recuperada do primeiro susto, fiz amizade com outras meninas da minha idade, também netas de feiticeiras e inclusive experimentei pela primeira vez o dom de voar sem asas, mais além das minhas limitações físicas. Foi a primeira ocasião em que senti que meu corpo não era um obstáculo. Que eu dispunha de recursos que ultrapassavam o físico e com os quais nem sequer havia sonhado até então. A bebida que haviam me deixado acalentar na praia converteu-se em uma mistura carregada de propriedades. Não me explicaram do que era feita, contudo não precisava ser muito inteligente para distinguir que no fundo do copo havia pedaços de urtiga, cardos e outras ervas de proteção nadando em uma base amarga de álcool. Agora eu sei que eram substâncias psicotrópicas. Drogas naturais capazes de alterar a percepção e mudar minhas funções cerebrais.

Quando eu já estava ébria, minha tia se ajoelhou junto a mim e me estendeu um papel.

— E agora, ajude-nos, Julia.

— Ajude-nos — repetiu minha avó.

Em uma folha amarrotada e suja distingui várias palavras.

— Leia em voz alta e diga-nos o que sente — ordenou.

Eu fiz o que me mandaram, claro. Todas eram vocábulos estranhos. Sem sentido. Pedaços de frases de um idioma que eu não conhecia.

— *Arakib... Aramiel... Kokabiel...*

Tremendo de medo, nem bem acabei de pronunciá-las em voz alta, e minha boca começou a se encher de sabores exóticos. Cada vocábulo evocava um sabor distinto. Notei com clareza a menta subindo pelo meu nariz. E o alecrim. E em seguida a samambaia. Inclusive, a partir de certo momento comecei a ver aquelas palavras escritas em caracteres luminosos, flutuando sobre mim como pequenos insetos. Eles se destacavam sobre o fundo escuro da noite, balançando alegres a cada vez que alguém voltava a pronunciá-las.

Tia Noela e a avó Carmen se olharam com satisfação ao perceber minha cara de surpresa.

Depois, alheias a meu pavor, me pediram que escutasse o que iam cantar para mim e que apertasse os olhos para perceber a cor de suas vozes. Era uma loucura! Mais uma! Porém, eu, bêbada como estava, comecei a descrever minhas sensações em voz alta. Se elas entoavam em fá, eu distinguia uma espécie de sombra amarela que crescia sobre suas bocas, igual como faria o vapor. Em dó, a sombra era vermelha. Em ré, violeta. As cores duravam o mesmo tempo das entoações, caracolavam sob a lua e depois se dissolviam.

— Querida — sorriu minha avó ao fim de três ou quatro provas, acariciando-me o cabelo cor de cenoura —, você tem o dom da visão. Não há o que duvidar. Seus olhos podem penetrar onde a maioria não vê. É uma de nós. Do clã.

Eu não disse nada.

— Ter o dom implica uma responsabilidade, mocinha — advertiu minha tia com prazer. — A partir de hoje, sua missão será utilizá-lo para socorrer a comunidade.

— Compreendido?

— Mas isso me dá medo!

— Acalme-se. Isso passará.

Noela e minha avó Carmen me empurraram até um promontório onde um grupo de mulheres alimentava uma fogueira. O calor do lume coloriu minhas maçãs do rosto no ato, reconfortando-me. Minha tia cumprimentou as pessoas reunidas ali uma por uma, chamando-as pelo nome e abraçando-as com afeto. A todas, falava sobre mim e lhes contava o que acabara de acontecer comigo. Eu as olhava com vergonha, desejando que não voltasse a contar de novo sobre as cores ou sobre as palavras. Eu era incapaz de avaliar a importância do que tinha acontecido e me dava certo pudor estar na boca daquelas mulheres por algo que eu acreditava de início ser apenas uma espécie de jogo.

Logo compreendi o quanto eu estava equivocada. Cada vez que tia Noela concluía o seu relato, sua confidente dava alguns passos atrás, me olhava fixamente com os olhos tão abertos como pratos e depois se lançava sobre mim, beijando-me na testa ou nas mãos. Aquele ritual deve ter se repetido por umas vinte vezes e se alongou durante quase duas horas. As que passavam por ele se serviam de um copinho de plástico com mais licor das feiticeiras e ficavam me rondando, comentando entre si coisas que eu não conseguia escutar.

Mas quando aquela espécie de ritual acabou, ocorreu algo impactante.

As mulheres que já conheciam o meu "segredo" se puseram em fila diante de mim e começaram a pedir que eu as visse. A princípio não entendi. Como assim, ver? Para quê? Teve que ser minha avó que, com paciência, me explicou que sua comunidade queria comprovar que, de fato, havia nascido em seu seio uma menina com o dom da visão. Uma capacidade singular, rara, que permitia a umas poucas pessoas de cada geração acessar a informação invisível sobre o presente, o passado e o futuro de seus congêneres. A ver sons ou escutar imagens. Definitivamente, a capacidade de acessar a umbrais da percepção que são muito distantes da maioria dos seres humanos.

— Você só precisa semicerrar seus olhos e dizer a primeira coisa que passar pela sua retina — disse-me ela.

E assim eu o fiz.

Até quando o amanhecer veio clarear as nossas costas, estive "vendo" todas aquelas feiticeiras à luz da fogueira. Vi todas elas rodeadas por um tipo de nebulosa ou campo de luz de diferente intensidade, que me dizia muito de sua saúde e de seu estado anímico. "Ajude-nos, Julia", me pediam com seus olhos brilhantes, excitados. Eu lhes dizia coisas sem pensar e todas as aceitavam. "Cuide da sua circulação." "Examine seu ouvido." "Vá ao médico para que ele faça exames nos rins." O fiz seguindo o meu instinto. Onde via uma luz mais apagada, ali eu intuía que estava o problema. Tia Noela e a avó sorriam satisfeitas. "Ela vê a aura!", as duas se maravilhavam. E eu concordava, embora ainda não soubesse sequer o que aquilo significava. Com dez anos, minha ignorância era proverbial. Por não saber, nem imaginava que, em outros tempos, essa auréola fora tomada como sinal de santidade. Ou que seres humanos com dotes excepcionais também a emanavam, sobre os quais não poucas delas me falaram.

— Há anjos entre nós que têm a aura na cor dourada — disse-me uma velhinha muito mais idosa do que minha avó, com o rosto cruzado de rugas longas e profundas. — Eles buscam meninas como você. São como esses chacais egípcios que serviam de guia aos mortos para entrar no além...

— E como a senhora sabe?

A senhora me sorriu condescendente.

— Eu sei, filhotinha, porque já tenho idade para conhecer esse tipo de coisa...

Também vi a aura daquela mulher. Estava muito apagada. Tanto que temi que não lhe restasse muito tempo de vida. A aura tinha o aspecto de uma película de óleo muito fina que cobria todo o corpo e que parecia ter transmutado para preto. Não obstante, cada vez que essa leve capa de luz flutuava — e o fazia a cada respiração sua — soltava umas graciosas faíscas douradas ao ar.

Meus olhos se abriram de estupefação.

— A senhora... — compreendi. — A senhora é uma del...?

Ela me fez calar, levando um de seus dedos nodosos à minha boca, e sorriu.

Dois dias depois, soube que ela havia morrido. Desde aquele dia, fiquei com medo do meu bendito dom.

98

ZERO MINUTO. ZERO SEGUNDO.

Um silêncio absoluto se apossou da caverna de gelo. Inclusive a entrecortada respiração de William Faber deixou de soar na abóbada onde se ocultavam Jenkins e Allen. O conselheiro do presidente estava tão absorto com a serena beleza irradiada por Julia Álvarez que demorou alguns instantes para se dar conta do fim da contagem regressiva. Ali estendida, com a cabeça cheia de eletrodos, apoiada em um pequeno travesseiro e com sua maca erguida em um ângulo próximo dos noventa graus, Julia dormitava com placidez. Parecia uma princesa de conto de fadas que estivesse esperando o beijo de um príncipe encantado para voltar à vida. Jenkins se perguntava em que ela estaria pensando naquele instante. Com que estaria sonhando.

Porém, a espanhola não abriu os olhos quando o contador se colocou no zero.

De fato, nenhum daqueles que a rodeavam — nem sequer Ellen Watson, que ainda continuava pasma com o olhar fixo na Arca — parecia esperá-lo. Todos aguardavam que seu dom evanescente ativasse esse misterioso mecanismo de comunicação no qual as pedras que Julia agarrava desempenhavam um papel essencial.

— Bem, senhores, chegou a hora — anunciou William Faber, rompendo a quietude geral. — A chuva de plasma está atravessando a ionosfera neste momento. Agora saberemos se essas partículas de alta carga energética cumprirão seu trabalho. Será questão de segundos até que façam sua irrupção e...

Um crepitar intenso o interrompeu. Soou em algum lugar próximo do gerador a diesel, como se alguma coisa estivesse queimando.

Artemi Dujok se dirigiu até lá, porém não percebeu nada fora do lugar. Seus homens, armados com suas fiéis Uzis, apontaram naquela direção buscando em vão algum intruso. Era absurdo pensar que alguma pessoa os tivesse seguido até ali. Porém, antes que pudessem se voltar outra vez para Julia, um arco de luz elétrica caiu do céu a poucos passos deles. E outro. E outro mais, e em segundos uma pequena enxurrada deles se precipitou contra o solo como se fossem faíscas de soldador.

— O que é isso? — assustou-se Ellen.

Nenhum dos anjos reagiu.

O curioso daquelas chispas é que não se fundiram ao tocar o gelo. Várias delas começaram a se arrastar como réptil pelo solo, atraídas pela maca da médium. Eram como espaguetes planos agrupados em cachos. Brancos. Muito brilhantes. Porém pareciam, sobretudo, mover-se de acordo com uma intenção determinada. Algum tipo de inteligência.

Martin deu um passo para trás ao ver aquilo. Haci e Waasfi fizeram o mesmo.

As "aranhas" — como ela estava prostrada, era isso que parecia — alcançaram o capacete de Julia e se dividiram em três grupos. Cada uma se desdobrou por sua vez em um novo novelo de faíscas e logo cobriam o corpo inteiro da mulher. Sua maior densidade se concentrou nos punhos. As adamantes atraíam aquela corrente como se fosse um ímã. Julia, inconsciente, sacudiu-se uma, duas, três... E até seis vezes antes de voltar a se prostrar de novo na maca. Tirou as correias, incrustando-as em seu peito e se derrubou contra o colchonete, tesa como um cadáver.

— O que é isso? — voltou a gritar Ellen, histérica. — O que é isso?

Porém, desta vez, sua voz soou inaudível.

Os alto-falantes que estavam bem em frente ao grupo começaram a emitir algo. Era como um silvo agudo, quase imperceptível, que talvez estivesse a um bom tempo flutuando no ambiente sem que ninguém tivesse percebido. Depois, enquanto as aranhas elétricas se multiplicavam espalhando-se por todas as partes e os equipamentos eletrônicos estalavam dando os primeiros sinais de sobrecarga, aquele silvo se transformou em um zumbido constante. Tudo aconteceu ao mesmo tempo em que a mesa de invocação que estava na frente do grupo, e que Sheila e Daniel vigiavam sem descanso, começara a exalar uma coluna de fumaça esverdeada que disparou em direção ao teto. Um instante depois, como se tudo obedecesse a uma meticulosa coreografia, sopros sequenciados, rítmicos, surgiram dos amplificadores, deixando os armênios enfeitiçados e Martin, seu pai e seus dois colegas em um estado de êxtase.

Iossssummmmm... Oemaaaa...

— Funciona — exclamou Ellen, entre risadas nervosas, olhando para os anjos.

Hasdaaaaeeee... Oemaaaa...

— Funciona!

Seis metros acima de suas cabeças, Tom Jenkins e Nick Allen não precisavam dizer nada um ao outro para saber que esse era o momento que haviam esperado.

Cautelosamente, vigiando de soslaio a cena e evitando interferir na subida da nuvem verde, ambos desceram por uma vala próxima da entrada da geleira. Ninguém detectou a presença deles. Jenkins foi o primeiro a tocar o solo e o fez com pulsação acelerada. Se tivessem sorte, pensou, seria questão de um minuto que chegassem até o armário que abrigava a artilharia. Allen, um sujeito que tinha o dobro de sua envergadura e que, apesar da idade, estava muito mais preparado para situações de combate do que ele, arrastou-se pela borda mais ocidental da parede de gelo e encontrou refúgio por trás de vários contêineres metálicos. Estava só a cinco passos de Haci e a uns sete ou oito das armas. Se aqueles insetos luminosos continuassem a hipnotizá-los, não seria muito difícil alcançar o seu objetivo.

Porém, quando ia percorrer o último trecho, um *flash* o retardou.

Foi um brilho. Apenas um golpe de luz na parede que o lembrou algo que preferia ter esquecido há anos. O ar estava rareando igual daquela vez, em 1999, junto à cratera do Hallaç.

O coronel não pôde evitar um calafrio.

Quatro pequenas formas sinuosas relampejaram então na mesma parede da Arca.

"Os símbolos!"

E o velho pânico que havia experimentado anos atrás, tão próximo dali, em companhia de Martin Faber e de Artemi Dujok, começou a nublar sua visão. Não queria pensar na Glória de Deus.

"Outra vez não."

Mas Allen era um soldado. Assim, usando toda a sua disciplina militar, concentrou-se em completar a sua missão.

Com todo o ímpeto que foi capaz de reunir, o coronel Allen atravessou a zona descoberta que o separava do arsenal bélico e antes que tivesse tempo para calcular o seu movimento seguinte, abriu o armário examinando seu conteúdo. Vários fuzis de assalto M16 aperfeiçoados, iguais aos que são empregados nas tropas de assalto dos Estados Unidos, descansavam alinhados sobre suas culatras. Sem titubear, armou os dois primeiros, acoplou seus respectivos carregadores, colocou um no ombro como reserva e se preparou para se lançar contra os homens de Dujok.

"Desta vez essa coisa não irá me encontrar desarmado", disse a si mesmo para ganhar força.

Nessa fração insignificante de tempo, os decibéis que bombeavam dos alto-falantes conectados ao capacete de Julia aumentaram de forma exponencial. O tom das notas longas — *Iosssummmm... Oemaaaa... Hasdaaaaeeee... Oemaaa* — se tornou mais agudo. E com uma sincronização perfeita, um após o outro, em uma sequência pavorosa, como de cronômetro, os glifos , ,  e  começaram a se iluminar e a escurecer alternadamente.

Allen não viu aquilo. Ou não quis. Porque, ao girar em torno de si mesmo com as armas carregadas, seus olhos se encontraram com outro espetáculo difícil de digerir.

As sete pessoas que faziam parte do grupo a ser neutralizado haviam se transformado de repente.

As aranhas elétricas haviam se precipitado sobre eles, cobrindo seus corpos com uma rede de pequenas descargas que os faziam refulgir como cobre.

O mais velho de todos tinha os braços elevados em direção à Arca, enquanto os que estavam armados haviam deixado cair suas metralhadoras. Waasfi, o tenente de Dujok, parecia olhá-lo através de sua prisão crepitante, sem mostrar emoção nenhuma com a sua presença.

Mas ele não esperou mais. Antes que aquelas luzes que ele tinha sobre seus ombros começassem a estourar, ou sei lá o quê, o coronel se lançou sobre Ellen Watson. Uma língua de centelhas lambeu no ato o lugar que ele havia deixado livre. Jenkins, nesse meio tempo, teve a presença de espírito de agarrar a mulher e empurrá-la para fora do laboratório, a uma área distante do alcance daquelas coisas. A mulher tropeçou e caiu no chão, rolando ao lado de seu companheiro. Não foi de todo mal. A aguda fisgada que notou em seu tornozelo esquerdo a ajudou a sair de sua abstração.

— Tom! — gritou ela. — É você...!

Seus olhos azuis pareciam finalmente ter entrado em foco.

— Por Deus, Ellen! — ele a sacudiu pelos ombros — Pensei que haviam feito algo com você!

— Onde está Julia? — balbuciou. — Ela está com as pedras! Pegue-as!

Jenkins se deu conta de que sua companheira estava em estado de choque. Sua ansiedade talvez fosse o efeito secundário da sua exposição ao forte campo magnético circundante. Estavam a cinco mil metros de altura e a chuva solar deveria tê-la impactado em cheio.

— E Martin Faber? — insistiu Ellen com o olhar ainda perdido — Isto... Isto é uma armadilha dele!

Tom foi procurar Martin. Apesar de tê-lo visto somente no vídeo de seu suposto sequestro, ele o reconheceu entre o grupo. Martin estava a uns cinco metros dele, em pé, teso como uma estátua, com as chispas o percorrendo de cima a baixo, cobrindo-o totalmente. Sua intenção era tirá-lo dali, mas Jenkins não se atreveu a tocá-lo. Estava preso em uma espécie de rede de alta voltagem que o mantinha vivo e, sem dúvida, alheio ao que acontecia à sua volta. Só as notas que irradiavam dos alto-falantes pareciam importar para aquela espécie de zumbi. As quatro notas seguiam subindo e descendo de intensidade como se alguém as tivesse programado em uma espiral infinita. *Iosssummmm... Oemaaaaa... Hasdaaaeeee... Oemaaaa.* Cada vez que reiniciavam, alguma coisa mais explodia em alguma parte da geleira. Restavam apenas poucos lugares intactos. Os computadores tinham deixado de funcionar e as telecomunicações, que há apenas alguns minutos conectavam aquele cume com a rede global de satélites, haviam se desintegrado.

Surpreendentemente, só três pessoas pareciam imunes àquela espécie de chamada: o coronel Allen, sua companheira Ellen Watson e ele.

Não tinha como ver Julia. A corrente a mantinha envolta como os demais. Parecia que havia sido tragada por um inseto gigante. Um inseto do qual partiam incontáveis filamentos elétricos que se arrastavam pelo resto do grupo e os mantinham fora do jogo, porém unidos por um cordão umbilical de alta voltagem.

— Que diabos está acontecendo aqui?

O grito de Nick o obrigou a interromper sua avaliação da situação.

— Está acontecendo algo muito sério aos anjos...! — a voz de Ellen era quase inaudível sobre o zumbido reinante. Tom duvidou. Sua companheira estava lânguida, como se quisesse dormir.

— Anjos? Deus meu. Você está bem, Ellen?

— Foi isso que eles disseram a Julia, Tom — continuou ela sem vontade de lhe dar mais explicações. — Esses caras... são todos descendentes de anjos caídos que querem se comunicar com a casa deles. Aproveitam a energia solar para...

— Ellen, você precisa descansar — Tom a interrompeu preocupado. — Em breve a tiraremos daqui.

— Não, espere... — seus olhos o focalizaram bem pela primeira vez. — Não podemos ir embora sem as pedras. Você as prometeu para o presidente, lembra-se?

— As pedras! — bufou Allen. — Temos que recuperá-las.

Antes que o coronel se aproximasse da maca onde descansava Julia, uma espécie de vento invisível, mas duro como aço, esbofeteou os três, jogando-os contra uma das paredes da geleira.

O aturdido Allen e os machucados assessores do presidente presenciaram como o lugar se ensombrecia por completo, apagando os poucos instrumentos eletrônicos que resistiam a se extinguir. A geleira voltou a se tornar escura. De fato, só a parede da Arca, a mesa de invocação e os seis corpos envoltos pelas aranhas continuaram a irradiar uma claridade fantasmagórica em toda a cavidade. Era uma iridescência amortecida, pulsante, que se expandia e contraía como se necessitasse tomar ar para se manter viva.

Então, de forma brusca, a sequência acústica cessou.

Durante um segundo, tudo ficou em silêncio.

Porém, a calma durou pouco.

Antes que Allen e Jenkins recuperassem o fôlego e decidissem o que fazer, a caverna voltou a estremecer, fazendo com que suas paredes de gelo balançassem sobre as cabeças do grupo.

"Jesus Cristo!", tremeu Allen, agarrando-se a seus fuzis.

O Universo inteiro pareceu sentir aquela espécie de bofetada. O solo se moveu como se fosse de papel, rangendo sob suas botas, ao mesmo tempo em que a estrutura escura da Arca, abraçada pela geleira, deslizou para a frente e para trás, como se a montanha quisesse sacudir para longe aqueles hóspedes irritantes. Antes que tivessem tempo para procurar algum lugar para se segurar, uma maré de pedacinhos de gelo e estalactites começou a cair sobre eles.

"Um terremoto!"

A sacudidela foi só um aviso. Três ou quatro movimentos bruscos mais agitaram a caverna. Enquanto Allen rolava geleira abaixo, de costas, resvalando pelo solo até a base de uma das colunas refrigeradoras, Ellen caía dos braços de Tom, distanciando-se contra a sua vontade a uns metros dele e ficando perigosamente próxima da silhueta eletrificada de William Faber. O ancião, alheio a tudo, continuava erguido, aderido ao solo com firmeza.

Foi Tom Jenkins quem ficou com a pior parte.

Após deixar Ellen cair, seu corpo se desequilibrou e ele bateu o rosto contra a quina metálica de uma mesa. O sabor adocicado de sangue encheu sua boca na sequência. Não teve tempo de se preocupar com isso. Da sua posição, ele se deu conta de que a cúpula de gelo que protegia aquele refúgio havia começado a se quebrar, lançando uma salva de fragmentos contra suas cabeças.

Então ele o viu.

"O". Um artigo definido para indicar algo neutro. Não havia melhor modo de se referir àquilo.

Uma espécie de cortina fosforescente começou a se derramar sobre a caverna do mesmo modo que faria uma cascata d'água. Já não eram projéteis de gelo, tampouco neve em pó. Faltavam palavras para descrever seu aspecto. Aquela coisa era sutil, sem contornos definidos. Um lenço de seda etéreo e infinito que dava a impressão de ter se formado graças a um feixe de luz projetado dos Céus. Apesar de seu aspecto frágil, aquela "coisa" parecia integrada por partes sólidas, como se fossem vigas ancoradas a uma estrutura maior. Algo que, por outra parte, era capaz de se dobrar sobre si mesma ou se movimentar pelo poder do vento.

Antes que o coronel e os assessores do presidente conseguissem reagir, a membrana começou a deslizar pela sala atravessando cada um dos homens envolvidos pelas aranhas elétricas. Que estranho espetáculo foi vê-la passar por cima de seus corpos. Através dela, era possível distinguir o casco escuro da Arca, a mesa de invocação e a enorme tela de televisão desligada... Porém — e isso foi o que os assustou —, não se podiam ver os homens que ela ia devorando.

O primeiro a desaparecer foi William Faber.

E depois seu filho.

Em seguida, o rapaz da tatuagem de serpente na maçã do rosto, o piloto do helicóptero, o gigante de cabelos longos e sua singular acompanhante.

E por último, como se houvesse reservado o melhor pedaço para o final, aquilo se moveu em direção a Julia com inconfundível determinação.

— As pedras! — berrou Tom ao ver que a coisa se alinhava rumo à maca. — Aquilo não pode levar as pedras!

O coronel sentiu suas palavras como um pontapé em seu estômago. Ele se ergueu de onde estava e, alçando seu M16 ao céu, descarregou uma tempestade de chumbo contra aquilo.

Para que fez isso?

A cortina estremeceu ao notar o impacto do metal incandescente. Expandiu-se. Contraiu-se. E, em uma fração de segundo, redobrou sobre si mesma enquanto uma onda expansiva feroz voltava a sacudir a geleira, derrubando parte das paredes de gelo que os rodeavam e multiplicando o caos por toda a parte.

— Isto vai afundar! — gritou Allen.

— Temos que sair daqui! — berrou Tom, arrastando Ellen com ele. — Leve a Julia, coronel! Tire-a daqui, por Deus!

Julia Álvarez continuava inconsciente, atada à sua maca, e frente a ela, desafiante como um predador, a parede da Arca havia aberto sua bocarra, deixando entrever um interior sombrio e gélido. Allen preferiu não olhar para lá. Se o casco petrificado da nau se derrubasse sobre a mulher, ele perderia a primeira pessoa capaz de dominar as adamantes. Michael Owen não o perdoaria jamais.

Sem pensar muito, lançou-se sobre ela. Tinha que salvá-la.

99

FOI O FRIO O QUE ME despertou. Um frio cortante e seco envolveu minhas mãos e começou a percorrer todo o meu corpo. Seu tato hostil me tirou do estado de beatitude no qual havia adormecido. Aos meus primeiros tremores, seguiu-se uma desagradável sensação de estar com o cabelo úmido e a certeza de que ou me punha logo em um lugar seguro ou não eu demoraria em congelar.

Como se já não bastasse, quando por fim abri os olhos, o resplendor amortizado do dia feriu minha retina, secando-me os canais lacrimais de uma só vez.

"Onde eu estava?"

Minha última lembrança era ter sido atada a uma maca sob o cálido olhar de Martin e de ter recebido as instruções para que relaxasse. Devia ter perdido os sentidos quando tive as pedras em minhas mãos.

"As pedras!"

Apertei as mãos para senti-las. Não estavam ali. A única coisa que meus dedos puderam agarrar foi a neve.

Eu me encontrava derrubada de barriga para cima, a céu aberto, sob uma capa de neblina cinzenta que envolvia a tudo e me sentia incapaz de decidir se devia me mover ou permanecer onde estava. Por alguma razão, eu não me encontrava com forças para pensar. Meu cérebro tinha se entorpecido e dava voltas em um estranho sonho no qual eu acreditava ter sido testemunha da descida da escada de Jacó. Era uma ideia estúpida. Extemporânea. Porém, o mais irritante dela era a recorrência com que voltava à minha mente, uma vez e outra vez mais. Recordei então como o livro do Gênesis conta uma história parecida. A visão que o patriarca Jacó teve de uma escada pela qual ele viu subir e descer inúmeras criaturas de luz antes que a voz de Deus anunciasse que sua descendência se espalharia por todo o planeta. Eu a conhecia bem porque eram muitas as imagens que eu havia visto desse momento nas igrejas e nas obras literárias. E ainda que ignorasse por que tal visão palpitava com essa intensidade em minhas entranhas, tinha a rara impressão de tê-la em minha frente.

A verdadeira escada.

E inclusive seus anjos subindo por ela.

— Ela abriu os olhos! Vejam!

Uma voz amiga se alvoroçou ao meu lado enquanto eu pestanejava.

— Julia! Felizmente! Você está bem?

O rosto de Ellen Watson se inclinou sobre mim. Ela me examinou como se eu fosse um peixe dentro de um aquário. Ellen usava um gorro de lã cinza e um cachecol que lhe cobria o pescoço e as orelhas, deixando-a quase irreconhecível. Estávamos sob uma intempérie. Fora da geleira. Porém, isso me desconcertou menos do que o homem que se juntou a ela e que não identifiquei. Tinha a ponta do nariz avermelhado por culpa das baixas temperaturas e o rosto, os lábios e o queixo muito machucados. Parecia jovem. Irradiava um tom de distinção que perdeu quando colocou o celular no ouvido e deixou de se interessar por mim.

— Ele é Tom Jenkins — Ellen me explicou. — Trabalha comigo para o presidente dos Estados Unidos. Estamos tentando dar nossas coordenadas por telefone para que nos tirem daqui. A tempestade solar deixou vários satélites inoperantes e estamos com dificuldades para estabelecer a conexão...

— Tempestade solar? Que tempestade? — balbuciei, tentando me levantar. Notei que já não havia mais correias que me aprisionavam.

— Não se mexa, por favor — disse, colocando uma de suas mãos em meu peito. Seu gesto me alarmou. — Ainda não sabemos se você tem alguma lesão.

— Lesão?

Ellen assentiu.

— Você não se lembra de nada?

Sacudi a cabeça, incrédula.

— Nicholas Allen. — Soltou o nome como se queimasse na boca. — Sabe quem é?

— Claro... Eu o conheci em Santiago. Estava comigo quando Artemi Dujok e seus homens me sequestraram.

— Foi ele quem a tirou da caverna de gelo. Faz uma hora mais ou menos, ela desabou por causa de um movimento sísmico, mas ele conseguiu empurrá-la a tempo até a entrada do túnel de acesso. Você tem sorte de que esse homem não tenha medo da morte...

— Uh... Você disse um terremoto?

A pergunta me saiu da alma. Quem sabe deveria agradecer primeiro a Allen, que me tirou da situação de apuro, mas meu cérebro ainda não era capaz de valorizar o que acontecido.

— Um dos grandes, sim... — assentiu Ellen, sem sombra de reprovação. — Acreditamos que esteve relacionado com a alteração do campo magnético provocado por suas adamantes e alimentado pela tempestade de prótons da erupção solar... A mesma que nos deixou sem satélites.

Eu a escutei sem compreender.

— E as pedras?

— Desapareceram na geleira.

— E a Arca?

— Também.

Quase não me atrevi a formular a pergunta seguinte.

— E... Martin?

Ellen reagiu como eu mais temia. Colocou de lado o seu olhar luminoso que estava dirigido a mim, como se devesse medir as palavras.

— Antes da avalanche, aconteceu algo estranho na caverna... — Ellen ficou em dúvida. — As pedras se sintonizaram com uma força estranha: uma espécie de nuvem caída do céu se precipitou onde estávamos e...

— E Martin? — insisti.

— Martin foi engolido por essa coisa, Julia. Desapareceu.

Meu coração veio parar na garganta. Tom e Ellen se limitaram a permanecer onde estavam, atentos para o caso de eu decidir fazer algum movimento brusco. Não o fiz.

— E o coronel Allen?

— Está ferido. Sofreu algumas queimaduras ao salvá-la, mas está bem.

— E os demais?

— Todos os anjos desapareceram.

— Que quer dizer com isso?

— Dujok, Daniel Knight, Sheila... Todos. A nuvem os levou.

— A escada!

— Como?

— A escada de Jacó — sussurrei. — Ela os levou. Santo Deus. — Notei como eu me engasgava com as palavras pensando no destino de Martin. — Eles tiveram êxito. Você não percebeu...? Eles conseguiram... Alcançaram o objetivo deles!

— Conseguiram? Mas eles conseguiram exatamente o quê? — Jenkins encolheu os ombros como se ainda não soubesse no que ia dar tudo aquilo. Suponho que esperavam que eu fosse me afogar em lágrimas ou algo do estilo.

— Julia tem razão. Eles voltaram para casa, Tom — Ellen me ajudou.

— Oh, Deus! Vocês estão transtornadas. As duas — zombou Tom enquanto comprovava maravilhado que o telefone via satélite voltara a ter cobertura. — O maldito terremoto fez vocês perderem o juízo.

100

O SALÃO OVAL DA CASA BRANCA era todo um enxame de gente. Desde que Roger Castle falara com seu amigo Bollinger, não havia perdido nem um só minuto. Os funcionários haviam retirado os confortáveis sofás Chester brancos do centro do ambiente e em seu lugar haviam instalado uma mesa com monitores de vídeo com os quais o presidente podia conferenciar com até cinco centros estratégicos de uma só vez. "Vigiar e rezar", recordou. Castle tinha dado ordens explícitas de que ainda nada fosse informado ao Conselho de Segurança Nacional e, portanto, declinou as sugestões que recebeu para que utilizasse a *situation room* do porão, planejada para casos de emergência como aquele.

O Salão Oval era melhor. Mais protegido.

Agora, desde sua mesa, ele poderia ver o que estava acontecendo no centro de rastreamento de satélites do Goddard Space Flight Center, no radiotelescópio gigante de Socorro e na National Reconnaissance Office, e até na Agência de Segurança Nacional. Todos tinham passado quase meia hora vigiando sem pestanejar o que estava ocorrendo na ionosfera. Haviam sido informados, em um grau ou outro, tanto da existência das pedras como também da Operação Elias. Do mesmo modo como haviam sido informados o secretário de Defesa e o vice-presidente, que estavam em pé frente aos monitores compartilhando o mesmo gesto de estupefação que seu chefe.

"Até que não saibamos a magnitude da crise, é melhor agirmos com prudência", refletiu Castle.

Andrew Bollinger — quem sabe o mais desinformado daquele grupo tão heterogêneo — havia acertado seu prognóstico em cheio. Por isso estava ali. E por essa razão cada um dos convocados aguardava seu diagnóstico final. A chuva de prótons que ele havia previsto chegaria à Terra numa velocidade maior do que a habitual e já estava, com efeito, descarregando toda a sua potência sobre o Monte Ararat.

— Bem, doutor — Castle evitou deliberadamente se dirigir a seu amigo pelo nome de batismo. — Sua tempestade já está aqui. O que acha que vai acontecer agora?

Bollinger pigarreou.

— Não há precedentes de um temporal radioativo dessa magnitude, presidente. A última que conhecemos, a de março de 1989, foi dezesseis vezes menos potente do que esta e fundiu grandes geradores, eliminou dois de nossos satélites militares e um número não determinado de equivalentes soviéticos. Ainda mais, sobretudo, deixou sem luz seis milhões de canadenses. Mas desta vez será pior. Muito pior.

— Há algum balanço de danos até o momento? — perguntou Roger Castle de modo grave ao resto das telas sem nem sequer agradecer os dados.

— O doutor Bollinger está certo, senhor presidente. — Assumiu o turno uma mulher negra de uns cinquenta anos, aparecendo na tela do centro Goddard. — A primeira onda de prótons provocou a falta de comunicações de cerca de treze por cento dos satélites, ou provocou sérias dificuldades com sua conexão com a Terra neste momento. E tal como esperávamos, um aumento de meio por cento da potência do Sol poderia provocar esse tipo de dano nas sondas orbitais.

— E que outras consequências podemos esperar desta tempestade, doutor Scott?

Edgar Scott, escudado por trás de seu grosso monte de pastas, sentado em seu asséptico escritório da National Reconnaissance Office, tomou a palavra sem se apressar.

— Não temos tabelas suficientes para fazer esse tipo de estimativas, senhor. Contudo, se esta descarga de prótons se mantiver por mais tempo... — hesitou. — De início é certo que as transmissões de ondas curtas e dos radioamadores se interrompam definitivamente. Ainda não é o momento certo para calcular seu efeito sobre o campo magnético da Terra. Neste instante, temos umas bonitas auroras boreais em latitudes mais baixas do Polo Norte. Minha previsão, se isso é o que o senhor gostaria de ouvir, é que, por baixo, provocará envenenamento maciço por radiação. E já se sabe: afecções oculares, casos de câncer de ele, mutações nos cultivos, alterações na cadeia alimentar... Esse tipo de coisa.

— É como a Terceira Queda prognosticada pelo profeta Enoque, senhor — disse Michael Owen de sua mesa de mogno na Agência de Segurança Nacional. — Uma praga bíblica letal.

— A "Terceira Queda", Michael?

— Bem, senhor presidente, não quero ser o mais agourento do grupo, porém os vaticínios desse profeta anunciam que, depois do Dilúvio Universal, o próximo fim do mundo nos chegará por fogo. Naturalmente, a metáfora não pode ser mais oportuna. Descreve com exatidão o que está acontecendo com o Sol, não lhe parece?

O rosto de Castle ficou tenso.

— Você conhece algo sobre as profecias dos índios Hopi, diretor Owen?

O afro-americano colocou no rosto uma expressão preocupada enquanto no monitor ao lado seu amigo Andrew se remexia inquieto.

— Já estou vendo — suspirou o presidente. — Eu fui governador do Novo México e tratei muito com eles. O caso é que eles, assim como outros povos americanos como os maias, acreditam que a humanidade está condenada a sofrer destruições periódicas se antes não conseguir a clemência dos deuses. Segundo eles, vivemos no quarto mundo. Os três anteriores foram destruídos por fogo, gelo e água. E ainda que infelizmente só nos chegassem lendas sobre como foi a última devastação, parece que essa destruição por fogo a que você faz alusão já aconteceu pelo menos uma vez...

— Sou crente, senhor — disse a mulher de Goddard. — E a questão, presidente, é que na última queda ou como queira chamá-la, contamos com a ajuda divina direta.

— A doutora tem razão.

— Obrigada, senhor presidente.

— O caso é que isso que diz a Bíblia é contado também em outros duzentos e dezessete relatos do Dilúvio localizados por antropólogos dos cinco continentes. E nenhum deles anuncia que, se algo assim voltar a se repetir, poderemos contar com a ajuda de ninguém. Estamos sozinhos para enfrentar isso. Temos que assumir o desastre e agir em função disso.

Michael Owen fez sua reflexão com aspecto de derrota. Castle podia imaginar o que se passava em sua cabeça. O propósito final da Operação Elias, conseguir se comunicar com a "Instância Superior" ante um evento cataclísmico global para pedir socorro, havia fracassado. Outros haviam se adiantado e ele não pôde fazer nada para impedi-lo.

— Se o bombardeio de prótons continuar tão intenso nas próximas doze horas — voltou a intervir a técnica do centro Goddard —, os Estados Unidos se verão açoitados por ele com força e não haverá quem nos salve.

— Hum? E quem de vocês falou sobre ajuda divina? — Edgar Scott olhava nervoso para algum lugar fora do campo de visão da câmara que o focalizava. Por suas respostas, ele dava a impressão de que ou não estava atento, ou o sinal da videoconferência chegava a ele com atraso. — Vocês se referem a uma Arca de Noé ou a um barco como o que se descreve na *Epopeia de Gilgamesh*, diretor?

— Sim, algo parecido — grunhiu o robusto diretor da ASN. — Não temos nada disso que nos salve desta.

— E... — voltou a se agitar Scott. — Bem. Talvez sim.

O presidente estava ficando nervoso. Scott parecia distraído. Como se, além da conversa com os quatro colegas, estivesse com sua atenção desviada para outra coisa.

— O que insinua, doutor Scott?

— Vocês já vão ver... O HMBB está enviando em tempo real novos dados da emissão X do Monte Ararat. Infelizmente, tudo isso foi tão rápido que não chegamos a tempo de mudá-lo de órbita e evitar que sobrevoasse o norte da Turquia. E claro, tampouco pudemos programar para que ele "soltasse" a frequência das pedras que vinha rastreando. Ele poderia ter sido torrado, mas o satélite continua funcionando, por isso...

— Por isso...? — a urgência podia ser lida nos olhos de Owen. — Deixe de onda e explique-se!

— O HMBB está em serviço, senhor. E continua mandando leituras do cume do Ararat.

— Continua em atividade? Você tem certeza? — a mulher do Goddard se virou em direção a algum assistente, ordenando-lhe com gestos que comprovasse essa informação.

Scott havia erguido os óculos e esfregava os olhos nervoso. Sua expressão era grave.

— Isso mesmo. Ele acaba de relatar um sismo de seis-ponto-três graus de magnitude em um dos picos da cordilheira. E algo mais: o sinal das pedras desapareceu. E a nuvem de plasma também!

Durante um segundo, os quatro interlocutores emudeceram.

— A chuva de prótons parou? Você tem certeza disso, doutor?

— Sim, senhor presidente.

Roger Castle não teve tempo nem de suspirar de alívio. Seu telefone celular criptografado começou a vibrar em cima da mesa. Em outras circunstâncias, não atenderia a chamada, porém o nome que aparecia na tela lhe fez dar um pulo. Eram outras boas notícias, bastava ler a identificação digital de quem pretendia falar com ele.

"Thomas Jenkins. Chamando."

101

A CONVERSA DUROU APENAS três minutos. Foram cento e oitenta segundos de cordialidade e alegria que em seguida contagiaram o resto do grupo. Antes mesmo de conhecer os detalhes, Nick e Allen se abraçaram como se fossem velhos amigos. Tom havia conseguido se conectar com o presidente dos Estados Unidos e este, segundo o que comunicou depois, havia lhe prometido que enviaria uma equipe especial para tirar todos dali. Ao que tudo indicava, nas pradarias próximas de Yenidogan existia um posto de escuta da Otan que não demoraria em coordenar uma missão de resgate. Uma equipe especializada em salvamento nas montanhas nos alcançaria nas próximas três ou quatro horas e nos levaria de volta para a civilização. Era a melhor notícia que Jenkins recebia desde que, nervoso como uma criança, descobrira que seu telefone via satélite tinha cobertura outra vez.

Todos se cumprimentaram.

Eu, em contrapartida, ainda fazia esforços para me recompor.

Não conseguia compreender muito bem como eu havia saído da geleira, tampouco o que havia sido feito dos anjos. Lá fora, conosco, não havia ninguém. Creio que eu era a única pessoa que não tinha pressa em abandonar o Ararat. Eu estava mais interessada em atravessar aquela neblina com o olhar tratando de imaginar onde estaria a caverna de gelo desabada na qual havia visto Martin pela última vez.

Não consegui encontrá-la.

Meus sentidos continuavam embotados. Retalhos de imagens e sensações acudiam à minha memória como peças de um quebra-cabeça incompleto. Vi William Faber dentro de uma espécie de casulo radiante. Vi Artemi Dujok com cara de êxtase e os bigodes em pé. E vi Martin flutuando em direção a uma espécie de redemoinho de cores suaves, com o corpo envolto em uma luz serena e reconfortante. Seus olhos riam felizes e agradecidos. E quando os pousou sobre mim, um pouco antes de ser tragado por aquela coisa, notei que meu peito se enchia de uma gratidão sobre-humana. Em nenhum momento, senti medo ou angústia por vê-lo dissolver-se. Era — assim eu repetia a mim mesma de vez em quando — exatamente o que tinha que ser. "Seu dom fez falar as pedras", pensei ter escutado.

— Seu marido era um sujeito muito especial, Julia...

Foi Nicholas Allen quem me tirou de meus pensamentos. Era a primeira vez que se dirigia a mim pelo nome de batismo, e sua forma de pronunciá-lo me eletrizou.

Havia dito aquela frase para me consolar. Como se Martin tivesse morrido na caverna de gelo e ele se sentisse na obrigação de me dar os pêsames. Eu não compartilhava dessa ideia. Ao contrário, olhei para o coronel com uma complacência absoluta, fazendo-o ver que em meu coração não havia lugar para a dor pela ausência de meu marido. Sem dúvida, fui incapaz de lhe explicar em que medida aqueles minutos que eu havia passado submersa na energia das adamantes haviam operado uma profunda mudança em mim. Que aquilo desconcertante e repulsivo até aquele momento, em função de como ele e seus companheiros me haviam usado, agora havia se transformado em aceitação e felicidade. Inclusive em gratidão. De algum modo, eu compreendia que a chamada que os anjos haviam feito à sua casa fora atendida. Que a energia de destruição que se abatia sobre nós tinha sido canalizada bem a tempo por seu pedido. Que a velha "escada de Jacó" havia sido baixada pela primeira vez em quatro mil anos para recolher Martin e seus companheiros. E que esses descendentes dos anjos traidores, essa estirpe de exilados carregados de nostalgia, haviam redimido neste ato sua velha dívida para com a nossa espécie.

Talvez fosse uma ideia sem sentido. Eu admito. Meu estado mental ainda estava transtornado pelos eventos ocorridos. Mas, nesse momento, isso me dava paz.

— Julia! — Ellen me deu uma chacoalhada como se tivesse se esquecido de dizer alguma coisa. — Você deveria agradecer o coronel. Ele salvou sua vida!

— Não foi nada... — disse ele, desconcertado por minha reação.

Ellen Watson encolheu o nariz, olhando para mim e para ele alternadamente.

— Verdade? Pois você devia saber que o coronel conseguiu tirá-la da caverna de gelo colocando uns esquis de fibra de vidro debaixo das rodas de sua maca.

— Eu achei que, se introduzisse um elemento isolante entre você e o solo da caverna, ficaria livre da prisão elétrica em que estava.

Ellen comemorou:

— Por sorte, funcionou e você está viva.

— Sinto não ter podido fazer nada por Martin — o coronel baixou os olhos. — Eu sinto de verdade, sinto muito. Como você, eu também tinha muitas coisas para perguntar a ele.

— Sentiu não fazer nada por Martin? — sorri de orelha a orelha, para sua surpresa. — E o que você pensava em fazer por ele?

Allen me olhou desconcertado.

— Mas você não está abalada com sua morte?

— Não é isso, coronel. Conhece a história de Enoque e Elias? — eu o interpelei.

— Claro! — o veterano militar captou na hora o que eu estava pensando — Ambos foram levados aos céus sem necessidade de passar pela morte. Você não acredita que ele e essa gente...

— É exatamente nisso que eu acredito, Nick. Isso mesmo.

102

SANTIAGO DE COMPOSTELA, ESPANHA, TRÊS DIAS DEPOIS

— **VOCÊ É UM INGÊNUO, ANTONIO.** Um completo e fodido ingênuo.

O rosto de Marcelo Muñiz havia ficado enrubescido de maneira notável depois da terceira cerveja e do segundo prato de *pulpo a feira*, polvo com páprica, tradicional aperitivo da Galícia que compartilhava com seu amigo inspetor. O joalheiro era, quem sabe, o único amigo fora do "caso Faber" com quem Antonio Figueiras podia se abrir.

— Mas... Você não enxerga? — insistiu ele — Você está me dizendo que Julia Álvarez regressou de seu cativeiro na Turquia e que está chateado porque a primeira pessoa com a qual ela vai conversar é o padre Fornés e não você.

— E onde caralho está a minha ingenuidade?

— Essa mulher trabalha para o cônego, Antonio.

— Mas eu sou a autoridade!

— Ela é a restauradora da catedral — cutucou Muñiz. — Sua fidelidade está com eles e não com a polícia... Não entende? E mesmo sabe-se lá Deus o que ela pode ter visto durante o sequestro, ela não vai contar nada a você sem que antes seus chefes lhe deem permissão. E eu não a culpo — riu. — Com essa aparência desgrenhada que você tem, eu também não confiaria em você.

— O que você está querendo dizer?

— Olhe para si mesmo, homem. Você já está há uma semana sem fazer a barba, as olheiras chegam aos tornozelos e até parece que você não come há dias. Este caso vai acabar com você.

— Eu já não tenho caso, Marcelo... — disse como se tivessem arrancado um pedaço dele.

— Como que não? Essa mulher tem muito para contar. Deixe passar alguns dias e volte a chamá-la...

— Foi o que eu fiz esta manhã. É a quarta vez que falo com ela desde que chegou. E ela me disse que tem uma reunião com o decano... — Figueiras deu uma olhada no relógio — ... bem agora.

— Pois então terá que obrigá-la — disse Muñiz, levando outro pedaço de tentáculo à boca. — A garota foi testemunha do assassinato de quatro homens em Noia. Quatro soldados norte-americanos. Oficiais da Marinha. Não? Envie-lhe uma ordem de detenção e pronto!

— Quem dera fosse assim tão fácil. A investigação agora está a cargo da Otan. Eles deixaram a polícia de fora.

— Sério? E você fica aí, assim, tão tranquilo?

— Pediram-me que mantivesse meu nariz longe dali. A ordem veio do Ministério das Relações Exteriores. Não posso fazer nada, Marcelo.

— Que foda!

— Os Estados Unidos irão pagar a restauração da igreja de Santa Maria e farão uma generosa doação ao povoado. Também ofereceram um dinheiro para as viúvas dos dois policiais assassinados em Santiago. Em troca, dizem que não vão facilitar o acesso ao caso até que seja resolvido. Assunto confidencial. Cornos, safados.

— E isso não lhe parece esquisito?

— É o que eu tenho, é isso aí, Marcelo. Fiquei sem o caso. E ainda vou dizer mais uma coisa: isso não é o mais estranho deste assunto.

— Ah, não?

Figueiras bebeu o resto de sua cerveja de um gole só, como se esse gesto pudesse ajudá-lo a esquecer das humilhações que se acumulavam em sua mesa.

— Não — reprimiu um arroto. — E sabe o que é? A primeira coisa que Julia fez ao regressar para a Espanha foi comparecer à delegacia de polícia do aeroporto e retirar a denúncia de desaparecimento de seu marido que nós despachamos antes.

Os dedos do joalheiro tamborilavam nervosos sobre a mesa.

— E ela disse por quê?

— No formulário que ela preencheu, explicou que eles haviam se encontrado na Turquia e que ali eles decidiram se separar de comum acordo.

Muñiz alisou sua gravata-borboleta, com uma cara de quem não tinha entendido bem.

— E você acredita nisso?

— E eu é que sei? — grunhiu — Não entendo as mulheres. São mais esquisitas do que suas histórias de talismãs e símbolos.

— Homem! Já que tocou no assunto... Você sabe o que aconteceu com as pedras?

— Deve ter ficado com ele, suponho. É outro tema que virou tabu. Ninguém quer falar sobre isso.

— E essa mulher explicou por que a levaram para a Turquia?

— Essa é ótima. Agora ela diz que não a levaram, Marcelo. Que foi com seus próprios pés. E a única coisa que essa fulana me pediu foi que também retirassem a denúncia de seu próprio sequestro. De Madri, o ministério disse a mesma coisa. E até a Embaixada dos Estados Unidos falou com o delegado-geral para que entregássemos a eles o nosso dossiê do caso Faber!

— Pelo menos, Julia disse a você o que foi fazer na Turquia?

— Isso sim — resfolegou com certa indignação. — Procurar a Arca de Noé. É foda, Marcelo. Não podia ter ocorrido uma mentira mais estúpida a essa mulher. Você me diga que tipo de pessoa é essa, uma especialista no Pórtico da Glória, restauradora de arte românica, dizer que foi atrás de uma coisa assim.

— Não sei... Eu também não consigo explicar.

103

NUNCA PENSEI QUE ELE se importasse tanto.

Os pequenos olhos do padre Benigno Fornés se encheram de lágrimas quando terminei de detalhar os acontecimentos dos meus últimos dias. Seus olhos umedeceram sem se fazer notar, enchendo de brilho suas pupilas transparentes. Não é que tenha sido um pranto desconsolado e triste, tampouco foi de júbilo. Aquelas eram, por fim, lágrimas de reconhecimento. Foi como se, através de minhas palavras, o bom decano houvesse achado o consolo que procurava há tanto tempo.

Eu havia me comprometido a vê-lo por uma razão sentimental. Ele foi o primeiro que se interessou por mim — e não por minhas pedras — quando pus os pés em Santiago, deixando-me um bilhete na minha caixa de correio de casa para que o procurasse em meu regresso. Seu gesto me enterneceu. A viagem de volta à Espanha havia sido penosa. As dezesseis horas de trâmites aduaneiros e consulares para justificar por que eu não levava o passaporte comigo, sem contar o precioso tempo perdido convencendo ao destacamento aéreo número seis da Otan em Yenidogan de que eu não estava levando nenhum tesouro tecnológico arcaico para lhes devolver, haviam me deixado acabada e desanimada. Isso sem falar nos três voos regulares que tinha que pegar antes de chegar em casa.

E logo depois essa sensação.

A de que o Ararat não havia ficado com tudo. Inclusive com o meu marido.

Ao ler o recado do decano — um cartão de visita com uma frase sucinta: "Venha ao meu escritório, tenho respostas para você" —, pensei que padre Benigno me ajudaria a recomeçar.

Para minha surpresa, marcou o encontro na porta da catedral às oito, pouco antes do fechamento das portas ao público. Como é natural, ele queria escutar todos os detalhes do que ocorrera, mas não se atrevia a me pressionar. Ele conseguia imaginar pelo que eu havia passado e aguardou pacientemente minha resposta. Em seguida, eu disse que sim. Que aceitava sim, encantada. Falar me faria sentir bem. Isso me ajudaria a colocar em ordem tudo o que aconteceu entre a noite do tiroteio e os últimos momentos dentro da geleira. E funcionou, porque nada do que eu lhe expliquei lhe pareceu fantástico ou exagerado. Nem sequer quando abordei o tema dos descendentes dos anjos caídos ou sua desesperada obsessão para chamar o céu. Homem prudente e já com quase nada a perder, veio a concordar comigo que a "força" que nos havia envolvido a todos no cume mais sagrado da Turquia deveria se parecer muito, de fato, com a escada de Jacó.

O que eu não esperava — e juro por aquilo que é mais sagrado que nem passou pelo meu pensamento — foi que o velho sacerdote tenha sido sincero comigo e me explicou a sua visão do que havia acontecido.

— Já estou às portas da morte, Julia, e não creio que deva ocultar meu pequeno segredo por mais tempo — murmurou. Mesmo que estivéssemos a sós, o silêncio da catedral era sobrenatural e nos convidava a respeitá-lo.

— Seu segredo, padre? Que segredo?

— Seu valor não está em possuí-lo, e sim em saber usá-lo.

Eu, com certeza, ignorava a que ele se referia.

— Sabe por que eu lhe apoiei tantas vezes em seu trabalho no Pórtico da Glória? — padre Benigno segurou a minha mão, levando-me justamente para onde eu havia deixado os andaimes e meus computadores, cinco dias atrás. Tudo continuava ali tal e qual eu recordava. Como se o tempo tivesse se entrincheirado nesse lugar e nada do que aconteceu depois tivesse sido real. — Sempre foi uma valente ao defender suas convicções, minha filha. Você acreditava que o deterioramento das imagens dos pórticos sofria a influência de algo telúrico, uma força invisível que emana da terra e que, como a fé, é sentida, mas não pode ser demonstrada. Eu a via discutir com o comitê científico da Fundação Barrié, deixando-lhe os nervos à flor da pele por causa das polêmicas estéreis, e me perguntava quando chegaria o momento de lhe contar o que sei. De ajudá-la a demonstrar a esses técnicos — que só se interessavam pelo peso, pela medida e pelos tamanhos — o quanto estavam equivocados ao não levar em conta suas considerações... Pois bem... — suspirou ele —, agora esse momento chegou.

O padre Benigno caminhava com esforço. A catedral havia ficado vazia, e a equipe de segurança privada contratada pelo cônego repassava agora suas capelas e todos os cantinhos seguindo o protocolo, com a esperança de poder ativar os alarmes volumétricos antes das nove.

— Vê essa maravilha? — disse ele, apontando o Pórtico. — Na realidade, Julia, não deveria estar aí.

— Mas, padre...

— Não, não. Não deveria — insistiu. — O Mestre Mateo o levantou, como sabe, em 1188, impulsionado por um cônego movido pela cobiça e que só buscava atrair mais e mais peregrinos a Santiago. Era movido pelo desejo de enriquecer sua diocese mesmo às custas de deturpar o sentido íntimo do Caminho. Nesse tempo, Julia, houve muita tensão nesta cidade, e um grupo de sacerdotes que não estavam de acordo com tanta vulgarização decidiu proteger a verdadeira razão de ser deste lugar. O surpreendente, filha, é o muito que tem a ver isso com o que você vivenciou. Eu lhe explicarei.

— O Caminho, padre? — encolhi os ombros. — O senhor realmente acredita que tenha algo a ver com o que eu lhe contei?

— Tem.

— Estou ouvindo.

— Até os princípios do século XII, muitos dos que percorriam a Rota Jacóina estavam conscientes de que transitavam por uma metáfora enorme e precisa da vida. De fato, ainda hoje segue como a melhor que o engenho humano jamais desenhou. Esses fiéis encaravam a rota nos frondosos Pireneus franceses, rodeados de vegetação e água, cópia perfeita da infância. Depois, com o correr dos dias, iam amadurecendo, entrando por terrenos mais planos, terras férteis de La Rioja ou Aragón, que evocavam a adolescência e a plenitude. E, ao entrar em Castela, todo esse esforço se convertia em pó. A secura e a aspereza do Caminho ao atravessar Burgos ou León eram a encarnação ideal da velhice e da morte, oferecendo aos peregrinos uma lição inestimável sobre o quanto a nossa existência é fugaz. Contudo, Julia, todos eles sabiam que lhes restaria ainda um trecho a ser percorrido ao chegar a León. O do Paraíso. Entusiasmados, cruzavam pelo Cebreiro e entravam na Galícia exuberante, rica em árvores e riachos. Atravessavam-na assombrados até alcançar Santiago e aqui, depois de quase oitocentos quilômetros a pé, justamente neste lugar em que nos encontramos, acontecia um grande milagre.

Eu senti um estremecimento.

— Bem aqui, querida. Neste Pórtico — disse batendo no chão com o salto de seus sapatos — Só que antes desse que você e eu estamos contemplando, antes que mestre Mateo o alterasse, houve outro desenhado pelas mentes que peregrinaram pela Rota Jacóina. Como poderá imaginar, o que as pessoas encontravam aqui não era um conjunto escultórico para evocar o Apocalipse ou a chegada da Jerusalém celestial. Não. O que aqui lhes era mostrado era um portão que recordava um episódio simbólico muito mais transcendental: o da transmutação e ascensão do Senhor aos céus de cima do Monte Tabor. Esse portão desaparecido era uma "foto em pedra" do momento extraordinário em que Jesus ressuscitado deixou seu corpo de carne e osso com o qual havia retornado do além e se convertia em luz divina para ingressar na Casa do Pai. Os peregrinos, depois de percorrer o Caminho desde a sua infância até sua morte e mais além, chegavam aqui e descobriam que também eles podiam se converter em luz e seguir... Vivendo.

— E o que foi feito desse Pórtico, padre?

— Foi desmontado, e suas pedras, dispersadas por toda a Galícia. O segredo que quero compartilhar com você está intimamente relacionado com ele, Julia. Nós deões deste santo lugar estamos há séculos transmitindo o segredo uns aos outros por uma poderosa razão. Um motivo que esclarecerá por que você atravessou toda a sua odisseia e regressou ao ponto de partida justamente para compreender o ocorrido.

Notei como o padre Benigno ficou sério porque alisou sua batina e deu um passo mais para o centro do conjunto escultórico do Pórtico.

— Muito antes de Nosso Senhor nascer, antes de ser erguida a primeira igreja cristã do mundo, este lugar já era sagrado. Os celtas, e ainda antes deles os misteriosos povos do mar, elegeram estas colinas atraídos pela força que emanava delas. As lendas falam de um gigante que disse ser parente de Noé, chamava-se Túbal e que se estabeleceu aqui para marcar seu solo santo. Levantou uma torre para assinalar o ponto mais sagrado e advertiu os que habitavam as aldeias próximas que se abstivessem de se aproximar dela, se não fosse para orar para Deus. Outros levantaram colunas parecidas por todo o mundo. Em Jerusalém. Em Roma. Nas planícies de Wiltshire. Em Paris. Isso aconteceu muito antes que nós tivéssemos dado esses nomes a esses lugares. Porém, em todos os casos houve gente que as visitou atraída pela promessa de que, a partir de seu topo, podia-se conversar com Deus. Depois chegou outra torre, a de Babel, que buscava o mesmo, e após seu colapso veio a zanga de Deus, o Dilúvio e a destruição do velho mundo. A humanidade envelheceu. Esqueceu o que havia aprendido naqueles séculos de ouro nos quais os filhos de Deus compartilhavam sua sabedoria conosco, logo só nos restou a sombra do acontecido, que ficou oculta nos velhos contos e nos livros sagrados.

O padre Benigno me levou até o pilarete do Pórtico da Glória.

— Essas torres, querida Julia, não foram um capricho dos místicos, mas serviam realmente para enviar sinais para o mais além da Terra e que chamavam a atenção do Ser Supremo. Não obstante, podiam ser utilizadas somente se as pessoas estivessem de posse de uma chave material, uma pedra do céu, uma *lapis exilis*, que acabou sendo chamada por Graal na Idade Média, e outra chave, essa espiritual, uma invocação, um nome que deveria ser pronunciado. Em Santiago, o uso dessas chaves foi criptografado pela última vez em um livro perseguido pela Inquisição, famoso entre as bruxas e os hereges, conhecido como o *Grimório de São Cipriano*, do qual se dizia que o original descansava preso a uma corrente em algum lugar deste templo. Porém, não me desviarei do tema. Todos são símbolos que ainda é preciso decifrar. Os antigos recorriam a eles porque careciam de um vocabulário para descrever as maravilhas que a ciência na Idade de Ouro realizava, a do tempo anterior ao Dilúvio.

— Por que está me contando isso, padre?

Benigno cuidou de endireitar a coluna.

— É bem simples, Julia. De algum modo, você acaba de deixar para trás essa limitação secular. Os símbolos se converteram em evidências para você. Você viu pedras que falam. Escadarias que descem vindas do céu. E até criaturas do mundo intermediário que dirigiram seus passos. Contudo, ainda falta conhecer um. O último. Um que, como não podia ser de outro modo, vou lhe mostrar no lugar onde começou essa aventura...

— Qual? — fiquei impaciente. — Aquilo que os armênios descobriram em Santiago na noite do tiroteio? A marca da Porta das Pratarias?

— Oh, não, não. Isto já foi superado — sorriu. — Se não estou equivocado, e depois de escutar suas explicações, já tenho isso bem claro, os yazidis e o clã Faber passaram metade de suas vidas em busca das antigas torres e tentaram ativá-las destapando nelas os símbolos que faziam parte da "chave espiritual". Aquela que eles deviam pronunciar corretamente para que o local lhes inundasse com sua energia. Mas não. Não me refiro a isso.

— E então?

— Quanto tempo já vem trabalhando no Pórtico, Julia? — os olhos do decano faiscaram. — Seis meses? Um pouco mais, talvez?

Assenti.

— E nunca se perguntou quem seria o estranho personagem que sustenta o pilarete do Pórtico da Glória?

— Claro que sim. Todos os historiadores que têm estudado o Pórtico o mencionam em seus trabalhos. Logo de cara, aquela imagem não se trata de um personagem do Novo Testamento. Disso eu tenho certeza — disse olhando para onde o decano apontava.

Eu conhecia muito bem a figura à qual o decano se referia. Eu a vi muitas vezes ao entrar na catedral.

— É curiosa, não é? — o ancião a tateou.

Debaixo da singular coluna de mármore que marcava o centro do Pórtico, um homem de barba quadrada e aspecto rude agarrava pelo pescoço dois leões com as bocarras abertas. A escultura, de um estilo muito diferente do resto do conjunto, ocupava toda a pedra. Se uma pessoa se fixasse melhor nela, terminaria por descobrir que se trata de uma escultura de um homem completo, recostado sobre as feras, desenhado para aguentar o peso do resto da composição sobre suas costas.

— Este é um símbolo importante, Julia. A coluna que ele sustenta foi feita de um material que não existe na Galícia e que representa a árvore genealógica de Jesus, desde Adão até o Nosso Senhor. Já há oito séculos, cada peregrino que entra neste templo põe sua mão sobre ela e entoa uma oração de gratidão. Ainda hoje, é o gesto que marca o fim da viagem até Santiago. O momento em que nascem para uma nova vida, mais espiritual. Contudo, preste bem atenção em sua base, filha: toda a armação se assenta nas costas de um perfeito desconhecido. Quer saber quem ele é?

— Claro!

— É Gilgamesh. O herói que dominou as bestas no caminho do Éden.

— Impossível. — disse eu, tentando não ser demasiadamente brusca. — Gilgamesh nem sequer é um personagem bíblico. E no século XII sua epopeia não era conhecida no ocidente... As tábuas que a narram foram descobertas apenas no século XIX.

— Pois é ele. Por mais estranho que pareça, trata-se de uma réplica de inspiração mesopotâmica que já foi usada no desaparecido Pórtico da Transfiguração, onde, por certo, tinha mais sentido que aqui. Como já sabe, esse rei perseguiu a vida eterna caminhando atrás de Utnapishtim, o herói do Dilúvio, sem sucesso. Quem sabe a sua história foi escutada por algum peregrino. E este, assombrado, importou-a até aqui ao ver nela a ideia precursora da nossa fé.

— Não entendi, padre.

— É bem simples, Julia. Gilgamesh fracassou no seu empenho de vencer a morte. Sem dúvida, milênios mais tarde, outro homem metade humano, metade divino conseguiu. Ele se chamava Jesus de Nazaré e triunfou sobre a morte de uma forma inesperada: transmutou seu corpo físico em outro, feito de luz.

— E esse é o seu segredo?

— Em parte sim, minha filha. A luz é tudo. É o símbolo perfeito de todos os mistérios que nos rodeiam, algo invisível que nos permite ver. Uma parte ínfima do espectro eletromagnético que inclui o audível, o tangível e o visível por igual, e que aquelas pessoas anteriores ao Dilúvio compreenderam. Essa luz é aquilo que seu marido perseguia. Ele a encontrou pela primeira vez em dois mil anos. E isso, Julia, significa que algo está mudando neste mundo...

— Talvez tenha mudado só a gravidade, a estrutura molecular da matéria no Ararat. Sei lá eu. E o fez por apenas alguns instantes. Sei que a ascensão de Martin se produziu durante uma forte tempestade solar, e que a montanha absorveu nesses minutos uma incrível quantidade de energia.

— E não compreende ainda ao que eu me referia com os símbolos? — sorriu. — O que eu defino como transmutação, elevação à casa do Pai, você descreve como um processo científico.

— E o que importa? O caso é que foi produzido. Martin conseguiu o que sonhava. Sei que ele está bem.

— Ai, Julia — suspirou Benigno, tomando-me as mãos e batendo-as carinhosamente com as suas. — Sabe por que você antes me fez chorar?

Olhei o ancião com afeto, sem me atrever a interrompê-lo.

— Porque eu recebi faz cinquenta anos a explicação sobre o que era este lugar das mãos de meu predecessor e não a compreendi. A sua foi, naturalmente, uma descrição em símbolos. E como tal, susceptível a diferentes interpretações. O antigo decano de Santiago me falou deste Gilgamesh daqui, do que significou o Dilúvio, das torres perdidas e dessa técnica com a qual se podia invocá-Lo ou se conseguia alcançá-Lo como fez o herói sumeriano, o profeta Enoque ou Jesus de Nazareth. Foi ele quem me explicou que em Santiago, sob nossos pés, guardamos uma dessas antenas antediluvianas. Eu pensei que tudo isso fosse simples poesia mística. Mas ao ver o que se passou com você, filha, consegui descobrir seu pleno sentido. Entendi a metáfora.

— E a que conclusão chegou, padre?

— A uma conclusão muito simples, querida Julia. Que só os anjos podem chamar a Deus.

— Os anjos?

Tentei esconder uma careta de decepção. Não era precisamente o tipo de revelação que eu esperava ouvir. Em seguida, o padre Benigno continuou:

— Bem, filha. Não se decepcione. No fim das contas, você e eu também somos anjos. Ou por acaso não te ensinaram que todos nós somos frutos do cruzamento dos filhos de Deus com as filhas dos homens?

— O senhor e eu? Anjos? — ri.

— E que grande segredo é esse, não acha?

EPÍLOGO

TENHO QUE RECONHECER que não sou um escritor com um método de trabalho demasiado ortodoxo. Faz anos que trato de ambientar minhas obras em cenários e fundos históricos reais, cimentá-los em feitos comprováveis e compartilhar com meus leitores a fascinação que me provocam os descobrimentos que faço durante o processo. No caso de *O anjo perdido*, minha obsessão por um dado exato e pela descrição pura esteve em várias ocasiões a ponto de me custar a vida. Agora creio que valeu a pena.

Por exemplo, para mim foi impossível colocar o ponto final neste romance até outubro de 2010, quando por fim obtive as permissões necessárias das autoridades turcas para escalar por minha conta o Monte Ararat. Esse pico, que se eleva até a altura de cinco mil cento e sessenta e cinco metros do nível do mar, resistiu a mim por três frias e intensas jornadas. Como se o "gigante da dor" quisesse me desafiar, a cada manhã bem cedo ele me deixava ver o seu pico gelado, convidando-me a conquistá-lo. Sua provocação durava pouco. Justamente o tempo necessário para que eu me apaixonasse por seu perfil instantes antes que as nuvens o cobrissem de novo. Mas aquilo, como é natural, me atraía sem solução e, ainda que às custas de arriscar minha integridade física para documentar estas páginas, decidi escalar o Ararat.

E lá em cima, na mágica data 10/10/10 e a quase cinco mil metros de altitude, compreendi por fim o porquê da milenar fascinação que esse antigo vulcão exerce sobre a humanidade. Sobretudo em tempos de crise. Sua solidez, seu porte nobre e suas mil e uma reentrâncias serviram para iluminar partes essenciais da trama, pondo à prova, diga-se de passagem, os limites da minha própria busca pessoal e literária. Se algum lugar do planeta merece esconder a Arca de Noé, ou ao menos o sonho de nossa salvação frente à adversidade, esse lugar é o Ararat.

Contudo, não é a montanha sagrada dos turcos, dos armênios e dos curdos o único dado real desta trama. As fotos da CIA e dos satélites Keyhole existem e começaram a se tornar públicas faz já três quinquênios graças aos esforços de George Carver e Porcher L. Taylor III, da Universidade de Richmond, Virginia. A cratera de Hallaç é uma raridade que se esconde em uma zona militar, rodeada de arames farpados, a poucos passos de um destacamento fronteiriço do exército turco. Visitá-lo com uma câmera de vídeo no ombro chegou ao ponto de me custar um sério incidente com os militares. E quanto às catedrais de Santa Echmiadzin e Santiago de Compostela, ou a velha igreja das lápides de Noia, estão erguidas justamente nos lugares que descrevo e podem ser visitadas sem restrições. A última, sem ir muito longe, encontra-se ao final do Caminho de Santiago, no extremo noroeste da Espanha, escondida no coração daquele povoado. Minha fascinação pelo profundo vínculo desse lugar com Noé nasceu quando soube que, de fato, a antiquíssima lenda da fundação de Noia situa no Monte Aro próximo, na Serra da Barbanza, a chegada do barco de Noé. Naturalmente, a nenhum leitor haverá escapado o parentesco entre Noia e Noé, Aro e Ararat, assim como os caprichosos topônimos que utilizo nesta obra e que — devo sublinhar — tampouco são fruto da minha imaginação, senão daqueles que deram esses nomes a tantos lugares do sul da Europa, vinculando-os por razões que me escapam ao "mito" do Dilúvio Universal.

Devo acrescentar, caso não tenha ficado claro, que inclusive as referências bibliográficas citadas no texto — desde as obras de John Dee até as de Ignatius Donnelly, passando pelo Livro de Enoque ou a *Epopeia de Gilgamesh* — são exatas. Como também são as alusões a personagens como Joseph Smith, fundador da Igreja de Jesus Cristo dos Santos dos Últimos Dias, ao místico George Ivanovich Gurdjieff, o pintor Nicolás Roerich ou aos mesmíssimos yazidis ou aos índios Hopi.

Minha intenção ao fundi-los em uma mesma trama não foi outra senão a de empurrar o leitor a explorar os laços sutis que unem todos os povos e muitas de suas crenças desde que nossa espécie foi condenada por Deus... Ou pelos deuses. E que como àqueles, a nós também foi concedida a oportunidade — o dom, talvez — de sobreviver para além da extinção e da morte, tanto coletiva como individual. E para conseguir isso, é suficiente acreditar.

E eu, naturalmente, creio até nos anjos.

AGRADECIMENTOS

DURANTE O PROCESSO DE gestação desta obra, foram incontáveis as pessoas que me ofereceram sua ajuda desinteressada. Todas foram importantes em um momento ou outro e me vejo obrigado a deixar aqui o registro escrito de seu papel. Além do apoio mais próximo, o da minha família — sempre incondicional, à prova de bombas, de uma generosidade sem limites —, com frequência senti a força angélica de minhas editoras na Espanha e nos Estados Unidos, Ana d'Atri, Diana Collado e Johanna Castillo. Também de minhas agentes Antonia Kerrigan, Tom e Elaine Colchie. A de Judith Curr e Carolyn Reidy de Simon & Schuster em Nova York, e Carlos Revés, Marcela Serras e a formidável equipe da Editora Planeta em Madri e Barcelona. Desde Marc Rocamora e Paco Barrera a Laura Franch, Lola Sanz ou Laura Verdura. Todos eles — e muitos mais que seria impossível elencar — deram provas de seu entusiasmo e profissionalismo quando eu mais precisei, ajudando-me a manter a fé neste romance.

Também foi inestimável a ajuda de amigos escritores e investigadores como Juan Martorell, Alan Alford, David Zurdo, Enrique de Vicente, Julio Peradejordi, Iker Jiménez ou Carmen Porter. A de meu *webmaster* David Gombau. E a de especialistas como José Luis Ramos, um sábio do eletromagnetismo da Universidade de Alcalá de Henares; Luis Miguel Doménech, geólogo da Universidade Autônoma de Barcelona, ou Pablo Torijano, do Departamento de Estudos Hebraicos da Universidade Complutense de Madri. Só espero não ter traído suas informações ao ajustá-las à tensão desta trama.

Não esqueço os bons momentos compartilhados com as protetoras como Carmen Cafranga, Ana Rejano e Maite Bolaños, ou o impulso recebido de Çagla Cakici de Pasión Turca, ou do escritório de Relações Públicas do Departamento de Turismo do governo da Turquia na Espanha, para tramitar as sempre difíceis permissões de escalada ao Monte Ararat. Precisamente ali, nas alturas, fiquei em eterna dívida de gratidão com Mustafá Arsin, César e Bruno Pérez de Tudela e Álvaro Trigueros. Com eles e outros oportunos informantes e leitores que cruzaram "casualmente" meu caminho nos últimos anos, a aventura tem merecido a pena como nenhuma outra.

A todos, obrigado.

Este livro foi composto em Caslon
para a Editora Planeta do Brasil
em outubro de 2011.